魅丽文化 飞言情工作室

怳然心上

芸生 著

江苏凤凰文艺出版社
JIANGSU PHOENIX LITERATURE AND ART PUBLISHING, LTD

图书在版编目（CIP）数据

悦然心上 / 芸生著 . -- 南京 : 江苏凤凰文艺出
版社，2019.11
ISBN 978-7-5594-4112-6

Ⅰ . ①悦… Ⅱ . ①芸… Ⅲ . ①长篇小说 - 中国 - 当代
Ⅳ . ① I247.5

中国版本图书馆 CIP 数据核字 (2019) 第 231527 号

悦然心上

芸生 著

出 版 人　张在健
责任编辑　张　倩　王　青
特约编辑　长　木　小　锅
装帧设计　山　七
封面绘制　阿　栗
出版发行　江苏凤凰文艺出版社
　　　　　南京市中央路 165 号，邮编：210009
网　　址　http://www.jswenyi.com
印　　刷　湖南新华精品印务有限公司
开　　本　880mm × 1230mm　1/32
印　　张　10
字　　数　292 千字
版　　次　2019 年 11 月第 1 版，2019 年 11 月第 1 次印刷
书　　号　ISBN 978-7-5594-4112-6
定　　价　38.00 元

目录 CONTENTS

目录 CONTENTS

第一章
他就是个疯子

凌晨一点，陈应月刚结束剧本选题会，电脑还没合上，就收到一条实时推送——“上海大雪预警已由橙色转为红色，年关将近，请本市返乡人群务必注意途中安全。”

陈应月删掉推送，将A4纸摞成一堆，不轻不重地在桌上一掷：“大家稍等。”

她前脚刚走，底下就一阵窸窣。

“该不会组长还准备让我们加班吧。”

“不是吧，这都一点了，今天都年三十了。”

“糟了，我预约的顺风车又要违约了。”

还没等几人讨论完对策，陈应月又进来了，捧了三个粉蓝色的盒子。组员娜娜一眼认出：“哇，是蒂芙尼！”

陈应月抿嘴一笑，将盒子分给了自己的组员。她带这个编剧团队两年了，对每个组员都有感情，只不过做她们这行的压力大，又时常要跟剧组东奔西跑风吹雨淋，离职率很高。过年之后，金三银四，组员跳槽的概率很高，老板不看好她们这个团队，给的年终奖不高。陈应月只好自掏腰包，给手下的三个姑娘都买了礼物。粉蓝色满足了所有人关于少女心的幻想。一时间，熬夜加班的疲惫被冲淡了很多。

互道新年快乐之后，组员们都各自回到办公室整理东西，准备回家过春节了。

陈应月是组长，向来就有会后整理纪要的习惯。等她整理完，已近两点。正当她准备关掉办公室的灯时，却见原本早该回家的组员娜娜，从洗手间里走了出来。

“娜娜，怎么还没走？”

娜娜也不抬头，只是唯唯诺诺地走过来：“现在准备走了。”

凑近了，陈应月才发现她特意补了妆，还换了身衣服：“男朋友来接你？”

“还不算男朋友，在暧昧期呢。”

陈应月意味深长地“哦”了一声。

娜娜是个藏不住话的直肠子：“他是我老乡，正好大家都在上海工作，就一起返程回家了。”

“那是不是顺道一起把家长见了？”

“陈姐你老胡说……”娜娜被她调侃得有些害臊，“对了，陈姐你今年怎么回老家？”

“车送修了，还在愁今天怎么回家呢。”陈应月前两天开车追尾了，两辆车都没什么大问题，只是后车有个两岁多的小女孩没坐安全座椅，鼻子撞到了前排座位，走下车时满脸淌血的模样，着实把陈应月吓了一跳。她心有余悸，现在连方向盘都不敢摸。

“啧啧，你难道不知道楼下那辆宝马已经停了一个小时了吗？”娜娜戳了戳办公室的落地窗，“车牌我看过了，是沈亮的。”

“是吗？”口气是疑问的，但娜娜分明感觉陈应月的声音里没有期待。

沈亮是陈应月家里介绍的，家境殷实，做倒卖钢材的生意，路子遍布全国，只可惜学历不高，就混了个初中毕业。陈应月家境贫寒，沈亮家人原本是看不上的，但小镇上的暴发户对学历终究有些情结，基于陈应月是复旦大学中文系毕业的，就答应相见了。没想到见面之后，沈亮倒是对陈应月一见钟情，热烈地追求她起来。陈应月二十七岁了，父母常劝她想开点。沈亮跟她住在同一个小镇，亲戚朋友又都认识，用南城话来说，就是知根知底，是可以过日子的。

陈应月空窗一年，觉得自己不年轻了，她也想定下来了。可不知道为什么，面对沈亮的那张脸，她总觉得好像缺了点什么。

后来她仔细想想，大概是因为她年少时爱了一个颜值极高的人，而沈亮的颜值似乎欠缺了些。

陈应月和娜娜一同下电梯，两人有一搭没一搭地说着话。

“对了陈姐，你老家是在哪儿的？”

“南城。”

“就是那个距离上海不到六十公里的南城？”

“我记得全国没有第二个叫南城的地方吧。”

“天哪！你居然是南城人！”

“这……怎么了？”陈应月丈二和尚摸不着头脑。

“你居然是南城人。”娜娜惊讶地捂住嘴巴，眼珠子瞪得快要掉下来，“你竟然跟我男神是一个城市的。你知道吗？我当编剧就是为了他耶！听说当了编剧就可以见遍男主角，我的梦想就比较小了，我只要能亲眼看见男神一个人就够了。只不过听说他很高冷，我特别担心他会不会性冷淡。”

“你男神是？”

“叮咚——”电梯门开了。

娜娜跨前一步，遥遥指着大雪中上海环球金融中心的大屏。

“看！陆亦修！”

——咯噔。

陈应月的心脏骤停了一秒。

上海环球金融中心的大屏是个风向标，只有全球顶尖的东西，才配出现在这里。

陆亦修是整个演艺圈顶尖的演员，从来都是毋庸置疑的。

陆亦修科班出身，十九岁以第一名的成绩考入中央戏剧学院，大二那年，被知名导演相中，出演电影《城府》中的插画师一角，一夜成名，斩获国内外奖项无数。从业八年，他一直走在大荧幕前沿，挑剧本眼光独到，电影几乎部部爆火。外媒评价，陆亦修的八年，是整个中国电影崛起的八年。

“你怎么也喜欢他？”陈应月问娜娜。

“禁欲系男神谁不爱。陈姐你可别说，咱们组其他两个妹子也都是陆亦修的铁粉，只不过她们没有我铁。我可是从他十九岁那年就粉上了，当时他还没出演《城府》，凭借一张侧颜照爆红网络，我就一眼相中了！”

“你居然连侧颜照这个梗都知道，那可真算铁粉了。”这回换陈应月惊讶了。

“是啊，陈姐你也知道？难道你也是‘一休哥’？”

“一休哥”是陆亦修粉丝的昵称。

“不是。”陈应月笑笑。

“陈姐，你认识陆亦修吗？”

咯噔——

陈应月的心跳又停了一秒。

“怎么这么问？”

“我听说南城挺小的。”

“是啊。”

娜娜掰着手指：“算起来你应该跟我男神同岁，又同城，他这么耀眼，说不定你在哪个考场见过他呢。要是运气好一点，说不定还是同桌呢。”

陈应月呛她：“那你和赵薇还是安徽老乡呢，你见过她吗？”

“没见过。”

两人不约而同地笑起来。

挥手告别后，陈应月上了沈亮的车。

沈亮是个老实人，在凌晨的大雪里等了她两小时，就为了在载她回南城一个小时的路程里，跟她说几句话。陈应月说不感动是假的，大雪天的冒着行车危险送她返乡，她真觉得沈亮是个能够依靠终生的人。在经历过一场跨越大学，直到工作的失败爱情长跑后，陈应月真的受不起伤了。

朦胧的睡意里，微博传来一则新闻推送。

——“新春贺团圆，影帝陆亦修深夜发博，推掉春晚邀约，只为返回南城过年，多人街头偶遇男神。”

陈应月分明记得自己已经取关陆亦修了，怎么还会出现这样的推送。她揉了揉太阳穴，正想关掉，却不小心点了进去。

陆亦修的微博很简洁，只有“十年”两个字。

定位是南城二中，配图是一个月亮。

发博不到半小时，评论已上万，陆亦修的人气可见一斑。

见到这条微博，陈应月的血液轰地往脑子上跑，她也不困了，索性开了个微博会员，设置关键词屏蔽“陆亦修”。

“怎么了，看你样子咋咋呼呼的？”沈亮笑着问。

“没什么，就是太累了。”

“那就好。”

过了会儿，陈应月好像想到了什么：“对了，年初一我爸妈说要留你吃饭。”

南城的习俗里，年初一如果男方去了女方家，双方就是敲定结婚了。

沈亮的声音有些抖：“好啊。”

“待会儿你把我放悦西花苑吧，这么晚了，我爸妈都该睡了，我在那儿凑合一宿。”

沈亮是个守规矩的，没得寸进尺，只回了一声：“好。”

悦西花苑是陈应月跟人一起贷款买的。老家镇上的房子老了，陈应月原本想让老两口搬过来，但父母舍不得街坊邻里，不肯搬家，于是陈应月只好自己偶尔一个人回来住。

南城受了上海大雪的波及，整个城市都白茫茫的。

陈应月踩着柔软的积雪，走到单元门口，见到门口停了辆奔驰G500，大约是刚停下不久，车上只积了层薄薄的雪，在小区一众国产车里很是扎眼。她没当一回事，直接往楼上跑了。

扭开锁芯，她觉得有些不对劲。前段时间走之前分明反锁的，怎么现在扭一下就开了。她想，或许是父母来打扫过卫生。

打开门，当所有不对劲都堆积到一起的时候，陈应月知道出问题了。

所有家具上的防尘罩都被揭走了，地上也被打扫过了，厨房里燃气上正烧着水，“咕嘟咕嘟”，水开了，旁边还站了个一米九的高个子，戴着个黑色口罩。

已近凌晨五点，或许是因为一夜未眠，陈应月的精神麻痹了。

快一年没见他，她竟然没什么其他的情绪，只是稀松平常地将钥匙扔在玄关口。

“你换车了。”她说。

他没理她，继续背对着她。

烧开的水还在翻腾，他没动作，她干脆走了过去，关掉了火。

陈应月从橱柜里拿出玻璃杯，放在水龙头上冲了冲："我给你倒杯水。"

男人忽然一把抓过了她手上的杯子，语气愤愤然："这是我家，我自己倒。"

哦对，她买这房子的时候，他确实出了钱，这话没错。

她知道这男人的脾气，闹起来要翻天，她懒得跟他折腾，打开空调，脱掉沾了雪的外套："买这套房子的时候，你出了大头，所以主卧让给你睡，我睡次卧好了。"

陈应月话还未完，他就忽然跟饿虎似的扑了过来，她没站稳，又拽着他的衣领，两个人都倒在沙发上。

不等她反应，他就粗暴地隔着口罩吻她，手还乱放。

"陆亦修你干什么！"

她吼他，踢他，他却无动于衷。

唯一停下的那一秒，是为了揭掉碍事的口罩。

"陈应月你硬是要跟我算钱是吧。"除掉口罩，陆亦修深邃的眉眼暴露在空气里，"我就实话跟你说了，这房子上你出的钱，顶多够让你睡个沙发。可这沙发是我掏钱买的，我也想睡，所以最好的结果就是我们俩一起睡。"

陆亦修隔着外套将她的保暖内衣往上扯，陈应月拽着下摆，跟他角力。结果，"刺啦"一声，保暖内衣的边缝裂了。

他趁势将手伸进去，陈应月恨得咬牙切齿："陆亦修，你的粉丝知道你这么衣冠禽兽吗？"

"我就对你衣冠禽兽怎么了？"他不解气，"有种你去找媒体曝光我。"

"你给我滚！"

"滚床单吗？"

她白了他一眼："陆亦修！都九年了，你怎么还这么不要脸。"

她故意激他，他看穿她的把戏，根本不答。反而见缝插针地将她一把拉进怀中。

窗外还在下雪，房间里的“战况”却越演越烈，眼见事态已经无法控制，陈应月索性不反抗了，即将失去理智之际，从茶几抽屉里摸了个东西出来，递给他：“我有未婚夫了。”

陆亦修不言，接过来，拆开，扔得老远。

做完这一整套动作，他用力地捏了她一下，语气幽怨。

“陈应月，你可不就是仗着我喜欢你。”

累极了的陈应月躺倒在沙发上，陆亦修穿好衣服，拿了条被子给她盖上。

清晨六点，天边已泛起鱼肚白。

陆亦修盘腿坐在毛毯上，靠着沙发，仔细打量着熟睡的陈应月。

忍不住，他轻轻拍了拍她的脸颊，语气恨恨的：“陈应月，你这人是真狠。我不找你，你就真当我死了啊。你难道不长眼吗？你们公司门前的大屏看不见吗？你整天整天看见我的模样，怎么就想不起打个电话给我呢。”

除夕夜，有邻居开始放辞岁的炮仗。

陆亦修搓热了冰凉的手，将手捂在她的耳朵旁。

望着窗外开花的炮仗，他的思绪飘得老远。

“小月亮，除夕夜了，我们去年说好今年过年见家长的。”

陈应月半路醒了，瞧见地上的套，想起之前和沈亮约定初一回家吃饭的事儿，心里直喊罪过。

她尝试回次卧睡，偏偏陆亦修那双厚颜无耻的大手紧紧搂着她，脸还严丝合缝地贴着她的脸，她真是想逃都逃不掉。因此，她索性放弃挣扎，继续闭眼了。

一觉睡到日上三竿，陈应月刚睁开眼皮就看见陆亦修穿了一件休闲睡衣，在做早餐。

从沙发上望过去，能看见他的背影，一米九的高个儿把整个房子都衬得矮了很多，挺拔的脊背、干净的脖子，陈应月出神的时候，眼前忽然冒出两个字。

她又在心里喊了一遍罪过。

陆亦修倒是心情挺好的，见她醒了，还跟她搭话：“我刚去了隔壁菜场，碰到熟人了。”

“谁？”

“以前我们高中门口摆摊卖海棠糕的周阿姨。她现在改行卖水果了，看见我硬是塞了几个火龙果给我，还问我以前老跟我一起买海棠糕的陈班长去哪儿了。”陆亦修把做好的早餐端过来——烤面包、温泉蛋和水果沙拉，都是陈应月喜欢的。他挑了挑眉，说：“陈班长，你说你上哪儿去了。”

陈应月听他叫自己陈班长，心里瘆得慌，匆匆忙忙将衣服穿上：“你这样走出去就不怕别人认出你吗，陆影帝？”

“刚周阿姨还问我在哪儿工作，看来我在南城知名度并不高。”

陈应月真想回呛他，作为南城旅游形象代言人，南城电视台可是天天播他的广告，那句“有一种生活叫南城”都成了街头巷尾孩子的口头禅，也就是周阿姨这些不太会联想的老人家，才没有认出他。

她刚要开口，手机忽然振动了一下。

屏幕亮起沈亮的名字，她下意识地将手机翻了个面，走到阳台才接起来。

“应月，待会儿回镇上吗？”

“嗯。”

“我正好也要回镇上，待会儿我过来接你吧。”

“好，我等你。”

沈亮没谈过几次恋爱，老实得很，听陈应月说等他，电话里头的声音都在抖：“还有五个路口，十分钟就到。”

“那我收拾一下。”

陈应月挂掉电话，一回头就看见陆亦修站在阳台推拉门的后头。

他刚才还阳光满面的脸，一下子就阴沉起来：“跟谁打电话呢？”

“没谁。”

“没谁你还等他。”

“一个朋友。”她越过他身边，捡起外套，“我待会儿回镇上，他顺路捎我一程。”

“顺路，你怎么老是能遇到顺路的人。”

“你什么意思？”陈应月推了他一下。

陆亦修站在她身后，冷冷地看她：“上海大雪，高铁都停了，不知道你是搭得什么顺风车回来的。”

“这不用你管。”

陈应月穿戴整齐，拎上包，站在玄关口的镜子前，将凌乱的头发撩到后头，发丝捋到额角的时候，一条细长的疤忽然露了出来。一瞬间，她像是触电了似的，下意识地将头发往前拨了拨，以盖掉那条疤。

陆亦修显然看到了她的动作，针锋相对的话语忽然停了下来。

他的语气淡淡的：“我听说你家里给你介绍了相亲对象。”

“嗯，有一段时间了。”

“你觉得他怎么样？”

“挺好的。”

“哪里好？”

“我二十七了，是该找个人定下了，他挺老实的，家里也不错。”

陆亦修沉默了一会儿，忽然站到她跟前，半弯下腰，与她视线齐平，眼梢带着狡黠的笑意。

“那你和他分手吧。”

“你有病吧。”陈应月恶狠狠地瞪了他一眼。

“你看吧。”他带着她的手，捏着自己的脸，“我也挺老实的，家境也不差，要不你考虑考虑我？”

陈应月舒了一口气：“陆亦修，一年前我们就说好的，谁都不要回头，谁回头就谁输。”

“然后呢？”

“如果你还有点原则，就不要说这种话。”

他托腮看着她：“可是原则就是用来被打破的。”

“你什么意思？”

“我的意思是……我认输。”

末了，他还做了个摊手的动作。

陈应月被他气得不轻，整张脸都拉了下来，懒得跟他理论，转身就走。

与此同时，沈亮已经在楼下等了很久。

昨夜的积雪还没化，沈亮站在雪地里，搓着手，脚下还有两团深陷的雪，应该等了很久。

陈应月下楼，他赶紧走了几步迎上去，递了条大红色围巾给她："我想着昨天你连夜赶回来可能没带衣服，怕你冻着，就去商场买了条围巾给你。你皮肤白，大红色的，戴着好看。"

"谢谢。"

陈应月晕血，不太喜欢红色的东西，但沈亮这么热情，她不好意思拒绝，只笑了笑，收下了。

"对了。"沈亮领她到后备厢，"你说叔叔阿姨初一要留我吃饭，所以我赶着大早就去买了些东西，想让你帮忙物色物色，看哪几样更合叔叔阿姨心意。"

"这是泰国的燕窝，美容养颜的。这是进口的海参，营养价值丰富。……"

沈亮如数家珍地介绍着后备厢里的礼品，陈应月虽然很感动，但心里却又有一种说不出来的不适感。

手机响了起来，陈应月一瞧来电显示，居然是陆亦修。

她下意识地抬眼望了望自家楼层，果然窗户上有一张陆亦修缩小的脸，朝她扬了扬不知从哪儿弄来的望远镜。

此时，手机瞬间变身一只烫手山芋，在陆亦修恶狠狠的注视下，她无奈地接了起来。担心沈亮听见惹麻烦，她故意退开几步，而沈亮正沉浸在介绍礼品的喜悦中，俨然没注意到陈应月接电话的动作。

"喂，干吗？"她用手捂着听筒，声音小小的。

那头男人的声音却冷静如斯："他就是你那个相亲对象？听说是叫……沈亮？"

"有什么问题吗？"

"昨晚送你回来的那个？"

"我不需要回答你。"陈应月抬头剜了他一眼。

陆亦修站在窗台前，饶有兴致地笑着，但是这笑容，却瞧得陈应月遍体生寒："他准备的礼物还挺多的嘛，看样子你是打算年初一带他回家确认关系了。"

“这不关你的事。”

沈亮见她在打电话，关上后备厢，准备开车。

陆亦修看着，在电话那头提示她：“陈应月，他在叫你上车了。”

陈应月懒得理会陆亦修，抬脚跨上副驾驶座，就要挂掉电话。结果那个红色的按键还没摁掉，电话里忽然传来男人沉沉的声音，一点都不像平日里吊儿郎当跟她调笑的模样。这样的口气，她曾听过一次，就是在他们分手的那天。他站在她面前，摔光了两人公寓里的所有东西后，就是用这样的口气跟她说话的。

他说：“陈应月你敢再跨一步试试？”

“我为什么不敢？”

“我命令你马上给我从他的车上下来。”

“你没权利命令我。”

她仰起脸，跨前一步，与他对抗。

“很好。”他的脸消失在窗台上，陈应月听见电话那头换鞋的声音，有点慌。

他不疾不徐地说：“那我现在就下楼，砸了他的车。然后安排经纪人发通稿，正好一年前公开咱们俩关系的那则通稿写得不错，一直没来得及发出去，我觉得这时候发也不错。你说，你跟我从那时起，折腾了快十年，这个叫沈亮的要是知道了，还会不会跟你在一起。他愿意，他家里人也不会愿意吧。”

“陆亦修，你是不是疯了！”

陈应月吼了一声，沈亮听见了。他诧异地看着她，有些不知所措。

她走下车，手机里拖鞋趿拉在木地板上的声音还在继续，她深吸一口气，沉下嗓子：“好，我答应你。我现在就下车，初一回家的事情也就此作罢，这样你可以消停了吗？”

“可以。”

他这次倒是回答得很爽快。

换拖鞋的声音停了，陈应月堵在喉咙的一口气终于舒开了。

陆亦修向来是个冲动派，说得出做得到。他说要砸车、发通稿，陈应月真是一点都不怀疑他会做。

毕竟陆亦修就是个疯子。

曾经因为学长在顶楼对她吹了一声口哨，陆亦修可是连跑了六层楼，把人家摁在地上往死里打，差点没把人打残。

陈应月跟沈亮道了歉，说是父亲打电话过来说初一临时有事，要改天才能请他来家里做客了。

沈亮没察觉出异样，心里虽然有点可惜，但也没再多说。

沈亮的车陈应月算是不敢坐了，借口有公事要处理，把他支走，重新回到了楼上。

推开门，陆亦修正跷着腿，看着电影频道里，无限复播的他的成名作《城府》。

刚才的言语火拼好像过眼云烟，他整个人十分懒散地靠在沙发里，连陈应月放下包走进来的时候，他也没多看她一眼，只是轻轻地说了一句。

“你刚才骗他说打电话来的是你爸？”

“你怎么知道？”

“这么多年你撒谎的本事又精进了。”

“你是不是在我身上装了监听？”陈应月摸了摸口袋，想掏出点什么。

他说：“最近在筹备一部聋哑题材的电影，学了点唇语，能看懂。”

闻言，陈应月不说话了。

陆亦修将腿收起来，侧过脸看向她：“以后别坐别人的车回家了，我心里硌硬，就是下大雪也不可以。”

陆亦修可真不想说，昨天在陆家嘴，他在车里等了她多久。久到他看见有辆宝马取代他，停在了她公司门口的老位置。他也看见了，她下楼梯后，跟同事有说有笑地上了那人的车，看起来特别幸福。

后来，他急眼了，在雪夜的高速上飙车到两百码，提前回到了悦西花苑。这里是他们俩不靠父母，用毕业后攒下的第一笔钱，买的以后打算结婚的房子。

陆亦修从小最看重输赢，他分明跟陈应月说好，分手后谁再找对方就算输。

可偏偏他都认输了，她怎么还不肯应呢。

她陈应月就是倔，倔得像头牛。

《城府》的情节还在继续。

陆亦修站起来，将陈应月揽住，拖回沙发上跟他一起看电影。

他说："还记得吗？拍这部电影的时候，我们刚在一起。"

陈应月的眼神飘向别处："2011 年的电影，距离现在已经八年了。我们用了这么久的时间，证明了我们不合适。"

"陆亦修这么多年了，你为什么总爱把我的生活搞得一团糟。"

遇见陆亦修的那年，陈应月循规蹈矩的人生，迎来了首次崩盘。

2008 年 9 月，北京奥运会烧热了祖国大地。

十六岁的陈应月，也迎来了她的人生赛场。

南城二中，整个南城最好的高中，本科录取率高达百分之九十。很多人都说，前脚跨进南城二中，后脚重点大学就在朝你招手。当然，这么高的升学率也完不全归功于过硬的教学质量，学校总有一些"歪门邪道"。

为维持较高的升学率，保证全市第一的称号，南城二中每年都会在中考时，从南城外部贫困县级市里选取品学兼优的学生，通过减免学费的方式，吸引他们来校就学。

陈应月就是其中之一。

南城九月，天气火辣得很。

刚领完书本，回到教室，陈应月流了一身的汗。马尾辫沾上了脖颈儿上的汗珠子，蔫巴巴地贴着皮肤。

教室里坐满了人，个个都像待蒸的包子，等在蒸笼里发酵。

笃笃笃——

班主任踩着高跟鞋，踏进教室。

准备就绪的陈应月挺直腰杆，两臂交叠，在一众吵闹中的同学中显得独树一帜。

果然，如她所料，班主任一眼就认出了她。

"你是陈……"

班主任拿捏不准“应”字的发音，她立刻接上去：“我叫陈应月，应是第四声。”

“陈应月，名字不错。”

陈应月昂起头，往老师那儿看：“佛经说‘如人以手，指月示人，彼人因指，当应看月。’父母从小就告诉我做人不能浅薄，所以才取了这个名字。”

“原来是这样。”

陈应月在心里暗骂了自己一口。什么“彼人因指，当应看月”全都是狗屁。她爸姓陈，她妈姓应，她出生在十五月圆日，凑起来就叫了个陈应月。为了扯这个高级的谎话，她可是看了《诗经》《楚辞》和许多佛经才终于编出了这一套说辞。

老师说：“你是第一名考进来的，我听说你在初中就是品学兼优的好学生，所以班长的职务先由你暂代吧。”

“谢谢老师，我一定不负您的期望。”

陈应月鞠了个躬，背后有嘘声，她假装没听见。

等教室里学生基本坐齐，班主任在说完简要的欢迎词后，把时间留给了陈应月。

“下面有请班长陈应月为我们点名。”

陈应月站起来，走到讲台一侧，开始宣读名单，一边读名字，一边用笔在一旁勾画。一切都很顺利，直到——

“报告。”

一个慵懒的、呼吸很重的男声，忽然从背后传来。

秩序被打破，不止陈应月，班里所有的学生都将眼神投到了教室门口。

此刻，教室门口正站着一个高瘦的少年，他眉眼清俊，利落的短发垂在额间并成了好几绺，发尖滴滴答答地流着汗。那模样分明该是狼狈的，但因他好看的五官以及清澈的眼神，显得特别干净。

他穿着篮球背心，底下是运动短裤，最尴尬的是，他左手还抱了个篮球。

大概是刚从球场回来。

这是陈应月与陆亦修人生中的第一次照面。

那时，她还不知道怎么形容一个人好看。分明大家都长着鼻子眼睛，可陆亦修的五官组合起来却好看得要命。

“哇——”底下已经有同学开始骚动了。

班主任眼神冷漠，拍了拍讲台，重重地说了句：“安静。”

“叫什么名字？”班主任问。

“陆亦修。”他将篮球脱手，往地上拍了一下。

“原来你就是初中部大名鼎鼎的陆亦修，我是你的班主任，夏芹，你可以叫我夏老师。”

陆亦修抬起脸，抿嘴假笑：“那夏老师我可以进去了吗？”

陆亦修一笑，底下又有人开始“哇哦”起来。

说罢，他抱着球就要往教室里走。

然而，还没走两步，就被夏老师拦住了：“谁让你进来的，你刚刚去哪儿了？”

“打篮球。”

“学校规定，开学第一天要求学生在指定教室入座，你居然去打篮球了！”夏老师两手抱肩，“既然都去打篮球了，干吗还回教室？”

“队友都回教室了，一个人无聊。”

“教室是你想来就来，想走就走的地方吗？”

“不然呢？”

“陆亦修到底知道你在什么样的班级吗？”

“什么班？”

“省招班，这里二十九个学生，全都是从各大学校初中部选来的精英。”班主任忽然指向了陈应月，“尤其是陈应月同学，她可是以七百二十分的全市第一的高分考取了我们高中。你现在在这个门口说这些话，浪费你一分钟没关系，全班二十九个人，你就浪费了整整二十九分钟！”

“知道了。”陆亦修已经有点不耐烦了，“所以我可以进去了吗？”

夏老师对陆亦修在初中部的事情早有耳闻，见他自己找台阶下，就不再为难：“你先找位子坐下吧，不过篮球不能带进来。”

闻言，陆亦修没有任何动作。反倒是抱着篮球，倒退了几步。

夏老师继续抱肩，正想看他还有什么花招，却见他退了几步后，轻轻一跳，瞄准讲台，以一个投三分球的姿势，将篮球投进了教室。台下呼声踊跃。

好巧不巧，篮球砸中陈应月的手臂。

本就被汗水濡湿的白衬衫，瞬间多了一个灰印子。

“没事吧？”

“老师我没事。”

“陆亦修，你跟陈应月道歉！”

“老师我没事。”

“道歉！”

场面一时有些混乱，连底下的学生都开始骚动。

陆亦修没有任何的反应，只是轻挑了挑眉毛：“是你让我不要把球带进教室的，这是它自己跑进来的。”

“陆亦修，别拿好同学的善良当驴肝肺。”夏老师已经咬牙切齿了，“你知道你爸妈多不容易，才让你这么一个中考线都没过的学生进省招班的吗？”

“我可从来没想进。”

他无所谓地走进教室，捡起球，抛下一句话，头也不回地走了。

班主任一门心思地关心着陈应月，也懒得去管陆亦修这个二世祖。

望着陆亦修走开的背影，陈应月倒是有点感谢他。他这么一砸，自己离班主任心里的小白兔形象又近了一步。她可不在乎吃苦，只要目的达成就够了。

她听高年级的学长说过，打钩的叫耐克，三条杠的叫阿迪，一件衣服顶他们三个月的伙食费。她瞧着刚才那男孩子的穿着，估计能顶她一年的伙食费。

她虽然觉得他好看，还长得像她最喜欢的夜礼服假面，但十六岁的陈应月心里藏着一杆秤，她知道她出身底层，想跟他做朋友是不配的，但做敌人也绝对是不行的。

然而，陈应月这样的美好梦想，第二天就破灭了。

开学第二天，班主任夏老师提议让她在周三的开学动员大会上代表高一新生发言，并接受社会爱心人士颁发的贫困学生奖金。借鉴过高年级学长的发言文章后，陈应月觉得胜券在握。

只不过到了傍晚，陈应月躺在宿舍上铺，闭上眼，仔细将当天上台、致辞、结束的流程过了一遍，思来想去，她总觉得好像缺了点什么。

上台的衣服还没准备！

陈应月一拍脑袋，赶紧翻柜子。终于，她找出了一件以前在初中部的旧校服，往身上比了比。

穿上新衣服致辞固然体面，但或许违背了学校选她上台的初衷。出身贫困积极向上的女学生，远比天资聪颖一步登天的学生，更让人值得鼓励。学校需要她这样的好榜样，校长也能用她这样的好榜样激励学生，这样的效果是最好的。所以，贫困生的标签，她一定要好好背着。

陈应月没什么新衣服，对从前的旧校服也爱护得紧。因此，这校服虽然穿了三年，却根本不显旧。往主席台上一站，大家顶多能察觉这不是新衣服，但绝不会觉得衣服破旧。

她琢磨了好一阵子，决定对这件旧校服“特殊处理”。

从宿舍出门，时间已近傍晚。

她要对旧校服做些“特殊处理”，怕被同学看见，没去洗衣房，转战篮球场旁的一个废弃乒乓球台，躲在水泥桌板的一侧开始洗衣服。

她先将旧校服扔进脸盆，把滚烫的热水浇进去，过了一段时间，又将从宿管阿姨那儿要来的 84 消毒液倒进去，没一会儿，校服鲜红的领子就开始褪色，变成淡红色。

有人走了过来，陈应月探出半个头，见是与她同乡的高年级学姐就不再多心，继续忙碌着。

“小月，你这是在干吗呢？”学姐不解。

九月的秋老虎将地面晒得滚烫，陈应月满脑门的汗，不知是天热的，还是水汽蒸的。她笑着揩揩汗，抬头：“在准备周三上台讲话穿的衣服呢。”

“这不是我们学校初中校服嘛。”

“嗯。”

“可这校服颜色都褪成这样了，你还准备穿？”

“当然，我就想要它褪色。”她笑得虎牙都出来了，“不止这样，我还打算把袖口的地方用小刀刮破。经常写字，衣服穿得时间长，袖口很容易磨破，而且这样做大家都看得出来。毕竟……”

“毕竟什么？”

陈应月抬眼与学姐相视一笑：“班主任选我上台，可不仅仅是为了让我致辞。据我所知，今年大会还比往年多了一项，我会作为贫困学生代表接受社会爱心人士的助学奖金，听说还会有媒体到访。这一届和我成绩相仿的学生并不少，学校绝对可以选一个见过大世面、演讲经验丰富的学生上场，可学校最终还是选了我。他们选我上台，想要的可不是一个穿着光鲜的女学生，他们想要的是一个出身贫困积极向上的女学生。让人遗憾的事情，才更值得别人同情。况且……”

一个篮球滚到了陈应月的脚边，她下意识地抬起头，却见一个高瘦的人影站在她面前。

夕阳的余晖很长，他短发的倒影，正好遮在她的眼上。陈应月觉得他有些眼熟，却又叫不出名字。

这废弃的乒乓球场荒凉得很，从隔壁的篮球场走过来需要绕很多路，他大概是在这边听了很久，发尖的水滴已经在沙地上洇出一摊水渍。

陈应月长这么大，自认为做事相当谨慎，虽然做过很多坏事，却从没被人撞见过。这，还是第一次。

她也不知道他到底听到了什么，抱着侥幸心理，想要试探一下。

却见他蹲下身，捡起篮球抖了抖，散沙落了一地。

他鬈曲的睫毛微动，抬起眼皮，眼中满是嫌恶，向她吐了两个字。

“心机。”

长这么大，陈应月还是第一次被人戳穿坏事。

陈应月绝不惹事，但是事来了，她也绝不怕事。

自尊心战胜了伪装，她跨前一步，伸出手，正想抓住他的肩膀，让他回来解释一下，却猛然想到，打钩的篮球背心，三条杠的运动短裤。是陆亦修！

想到那天他在教室里的表现。

她的嚣张气焰，一会儿就烧没了。

惹不起，她就躲，大女子能屈能伸。

直到很多年之后，陈应月才知道，陆亦修这样的祸害，是想躲也躲不掉的。

“应月，帮我把门口的老视镜带进来。”

陈母的一声叫唤，把陈应月叫回了现实里。

取了门口的老视镜，陈应月给陈母送进院里。陈母就着客厅的台灯，开始做针线活。院里走进来个一瘸一拐的男人，那是陈应月的父亲。陈应月父亲早年也是镇上有名的大学生，还是省城桥梁建筑专业的。那个年代大学生特别少，陈父还曾是镇上的名人。只可惜，一场工地事故导致陈应月的父亲右腿残疾，失去了劳动力，从此只能在小镇上靠着教书过日子。

残疾的父亲，身无所长的母亲，让陈应月的心境早早成熟，这也是陈应月当年拼了命读书的原因之一。

陈父找了个藤椅坐下：“沈亮呢，怎么没一起过来？”

“现在带他回来太早了。”

“你也老大不小了，是时候找个人定下来了。”

陈应月替陈母把晒的被子收回来，眼里带着笑：“知道了爸，你这话听得耳朵都快长茧子了。”

陈父上了年纪，有点小孩子脾气，白着眼，看着陈应月：“你跟那姓陆的耗了那么多年，我跟你妈能不急吗？最怕你这个倔脾气，认定了一件事就一股脑地走下去，撞了南墙也不肯回头。当年啊，你班主任找到我们说你们好像在谈恋爱的时候，我跟你妈差点儿没吓趴下，幸好这不是真的，夏老师也是个好人没把这事儿闹大。原以为等你毕业就万事大吉了，结果没想到临毕业还给那姓陆的整出了那么大件事，害你白白复读一年。以前我就看不惯姓陆那狗腿子，可别让我看见，见一次打一次。”

“爸——”陈应月听不下去了。

“好了好了，老陈你快别说了，女儿心里有杆秤，自己知道的。”陈母声援。

“为你好你也不听。”陈父知道斗不过这母女俩，连连叹气，“上海那地方有什么好待的，生活压力那么大，倒不如在南城市里考个公务员，多舒心。你做编剧，姓陆的又是个演员，低头不见抬头见，多不好……”

“老陈！”

陈母瞪了陈父一眼，陈父是个怕老婆的，一听语气不对，赶紧停了。

陈应月在一旁看着父母的互动，忍不住偷笑了起来。

傍晚，陈应月回到了悦西花苑，没想到陆亦修也在。

陆亦修向来在一个地方停留的时间不会超过两天，她也是算准了他会回北京，所以才回来的。结果没想到事出意外，他居然在。

打开门的那一刻她很想拔腿就跑，但又怕在陆亦修面前失了面子，只好硬着头皮换拖鞋：“你这两天没通告吗？”

“没有。”陆亦修倒了杯水，“忙了那么多年，今年总得休息休息。跟经纪人告过假了，今年年假期间不接通告，专心陪家人。”

陪家人？说得可真好听。陈应月在心里暗骂他一百遍，陪家人，怎么陪到我这儿来了？当然，她嘴上可没敢这么说，只是问：“回过家了吗？”

“回过了。”他端着杯子靠近她，在离她一尺处，弯下腰，笑眼如弯月，“你也不是不知道，我是家里的长子，我弟又还小，家里找不到发泄的口子，就拿我作筏子，不停地催婚。”

“你也到结婚年龄了。跟你同期出道的男艺人，孩子都快两岁了，你要是再不结婚，也不闹个绯闻啥的，估计又要被传成那个了。”陈应月别过脸，不看他。

“又要？”陆亦修玩味地看着她，过了会儿，忽然下了个结论，“陈应月，你在偷偷关注我。”

“神经病。”

陈应月瞪他一眼，去年他去泰国度假，微博可是传得沸沸扬扬，说是他出入同性酒吧，疑似有圈外男友。陈应月看见这消息的时候，差点没笑晕过去。

陈应月懒得理他，绕开他就要往卧室去，却被他半路截了。

“陈应月。”

“嗯？”

“你看你着急结婚，我爸妈又催得慌，要不你考虑下我们再凑一对吧。”

“陆亦修这是白天吧，照理说你不该做梦吧。”

她挣开他的胳膊，却又被拉回来。

“对了。”陆亦修说，“陆亦鸣让我拍了个视频给你，家里不让他玩手机，所以叫我务必转交给你看。”

“什么？”陈应月一怔，倒是停下来了。

陆亦修有个弟弟，与他相差十五岁，今年十二岁。陈应月和陆亦修做同学那会儿，他才两三岁，无意间的一次见面，让陈应月和他结下了缘分。不过，陆亦修的弟弟陆亦鸣和他可真是完全不同的性格，陆亦修脾气火爆不按常理出牌，但陆亦鸣却是单纯可爱常带笑脸。

陆亦修和陈应月并肩靠在玄关旁，陆亦修腾出一只手，打开了手机。

视频很短，阳光下，西瓜头的陆亦鸣看起来和陆亦修有几分相似，笑得很纯真。

“哥，准备好了吗？”

“好了。”

“那我开始啦。”

视频里的陆亦修应了一声，陆亦鸣笑眼眯成一条缝。

“我还有一年升初中啦，我爸妈和我哥没收了我的手机，都没法找你玩。

“我想你哦，所以你要记得想我。

“嫂子，我还可以叫你嫂子吗？”

视频到这里，陆亦鸣的笑容暂停了，房子里的声响也在这一刻全都消失了。

——“嫂子，我还可以叫你嫂子吗？”

满世界、满脑子，都是这句话。

第二章
公开亲密

有电话打了进来，陈应月像是突然得救，长舒了一口气，以致她连来电人是谁都没看清就匆忙地接听了。

“嗨，应月！”

“你是？”

陈应月看了眼来电显示，手机显示是个加拿大陌生号码，顶部还挂着谨防诈骗几个大字。

电话里的女声很惊讶：“陈应月你居然连你舍友的声音都听不出？”

隔了好半晌，陈应月终于反应过来：“蔺妮？！”

“总算对得起舍友当年对你的不杀之恩了。”

“你换了号码，我都没反应过来。”

“我在国外那么多年，跟大家都基本失联了，幸好我藏了本以前的同学录。辗转了好几个同学，才要到了你的联系方式。”蔺妮笑道。

蔺妮是陈应月的高中同学，也是陈应月三个舍友之一。蔺妮家境不错，高考后就被父母安排出国留学，后来嫁了个加拿大人，生了孩子就没再回国，和同学失联很多年了。

陈应月问：“现在跟你老公还在国外吗？”

“昨天刚飞回国过年。”蔺妮说，“正巧借着年假，我跟吴帆已经联络了我们班的同学们，打算趁着过年来一场同学聚会。最近不是可流行那句话吗？”

“什么话？”

“同学聚会，能成一对是一对。”

陈应月被藺妮逗笑了。

“陈应月，你到时候一定给我来啊！”

陈应月没回答，悄悄将目光瞥向客厅里站着的陆亦修。此时，陆亦修也正在打电话，估计是工作上的事，聊得一本正经，也没注意到陈应月这边的动向。

陈应月想了想，有些抱歉地拒绝：“藺妮，我工作上有点事，还是不过来了。”

“陈应月你这么说我可要伤心了。”藺妮故意摆谱，“我跟你高中同床共枕三年，现在快八年不见了，你居然因为工作，来见我一面都不愿意。”

“这不是工作不得已嘛。”

“你可别说什么不得已。”藺妮戳穿她，“我都已经打听过了，吴帆说你八年了也没参加过一次同学聚会，可不就是因为怕碰见陆亦修。照我说吧，都那么多年了，他害你受伤，错失高考那事儿也该告一段落了。大家都是同学，哪有过不去的坎儿。放心吧，陆亦修也八年没参加同学聚会了，他现在都成大影帝了，那么忙，肯定抽不出空来参加。而且这次我已经提前打听了，吴帆说陆亦修已经拒绝参加了。你要是还不肯来，我可要去你家堵你了。”

关于陈应月和陆亦修谈恋爱的事儿，班里的同学都是不知道的。他们还都以为陆亦修和陈应月是针锋相对的冤家，毕竟陆亦修害陈应月受伤错失高考那事儿，班里可是人人都知道的。

陈应月原本就是怕和陆亦修的事情曝光，才这么多年没参加同学聚会。毕竟她身为班长，原本就该是聚会的组织者，现在要是不过去，也太不给面子。更何况，八年不见舍友藺妮，她还是很想念的。

仔细想了想，她还是应了下来。

转眼到了初三，约定中同学聚会的日子。

陈应月向来心高气傲，当年高考复读几乎是她人生的低谷，八年不见老同学，今天她特意打扮了一番，立志要把丢掉的面子捡回来。

她刚换上高跟鞋，陆亦修就从卧室里走了出来，两人撞了个正着。

陈应月一抬头，就看见他围巾套头、墨镜加身，大约是怕被人认出来，还戴了个口罩。

“去哪儿？”陆亦修问。

陈应月随口胡诌：“去趟古城区，还有一个星期回上海，给同事买点特产。”

他扬扬车钥匙：“我正好回家，顺路，我送你。”

“好。”

虽然说蔺妮已经保证陆亦修不会参加同学聚会，但为了保险起见，她决定跟他同路，以防他临时变卦赶过去。同学聚会地点在南城新区，距离陆亦修家和古城区远得很，陈应月只有确保陆亦修不去新区，才能放下心来。毕竟在她眼里，陆亦修就是个不按常理出牌的人，万一在同学面前暴露了什么，她可真丢不起这个脸。

陆亦修开着车，大概因为戴了口罩，声音闷闷的：“今天吴帆他们在新区组织了同学聚会。”

“是吗？”陈应月心一抖。

陆亦修眯眼笑着：“我看你这模样，还以为是特地打扮了去同学聚会的。”

陈应月尴尬地笑：“怎么可能？我早就拒绝了。”

“也是。我原本打算去的，听说你不去，也就没意思了。”

“那你待会儿回家之后准备干吗？”陈应月刚问完，又觉得这话目的性太明确，怕他察觉，又补了一句，“你待会儿有什么打算？”

陆亦修意味深长地“哦”了一声：“经纪人安排了一场微博直播，让我参加。”

陈应月松了一口气：“那希望你微博直播顺利，我会关注的。”

“你不是拉黑我了吗？”

“怎么可能。”

“除夕夜你睡着的时候我拿你手机关注我，结果微博提示你已经屏蔽了‘陆亦修’这个关键词。”

闻言，陈应月忽然爹毛，拿包砸他："陆亦修你居然偷看我手机！"

陆亦修腾出一只手，拽住她挥舞的手包："你又不是第一天认识我，我有什么不敢的。"

绿灯转红灯，陆亦修踩下刹车，侧过身，饶有兴致地看着她。

"陈应月，这么多年我一直想做一件事。"

"什么？"

他凑近她，封闭的车厢内，呼吸仅剩一厘之遥。

"当着我们全班同学的面，亲你。"

"陆亦修！"陈应月伸手就要打他。

陆亦修一把握住她的手："我还记得第一次亲你，你着急跑走，结果被我一拽就掉进了怀里。当时亲完你，你整张脸涨得通红，可不是像现在这样的。"

"陆亦修你闭嘴！"

"闭什么嘴。"

趁陈应月不注意，他偷亲了她一下："陈应月你个不识货的，知不知道那可是小爷我的初吻，我当时紧张得不光是嘴唇，舌头牙齿都在打架。"

"嘀——"

绿灯亮了，后头的车不停地催促。

陆亦修放开了她，重新踩下油门。

陈应月恶狠狠地盯着他："放心，你的想法绝不会成真的。你敢亲，我就敢咬了你陆影帝的嘴，让你变成歪嘴影帝。"

"可以。"陆亦修扑哧笑出了声，"我正考虑转型，抛弃颜值包袱，我觉得可行。"

陈应月被气得无话可说。

她发誓绝不再坐他的车。

古城区常年拥堵，陈应月好不容易打到了车，赶在指定时间内到达了聚会场地。

还没走进去，里头就已经传来了许多熟悉的声音。这八年仿佛是一个漫长的暑假，一推开门，还是那个老教室，同学们正指名道姓地要谁的暑假作业来抄。

打开门，蔺妮认出了她，霍地从椅子上跳起来，一把抱住。

陈应月不得不承认，欧美水土养人，娇小的蔺妮在国外待了那么多年，身材几乎大了一号。

大家的话题很多，但绕不过的，总是那个年少时在班里呼风唤雨、成年后又成为影帝的陆亦修。陆亦修当年深受全班女生欢迎，从不愁作业问题，因为总有女生会替他做好了放在他桌上。到陈应月这儿情况就大不一样了，因为陆亦修的作业，大多都是他逼着她帮忙做的。

蔺妮拉着她絮絮叨叨地说了好多事儿，其间也有同学过来打招呼，但蔺妮跟她毕竟是一个宿舍的，话题一直没断过。

这是班里人最齐的一次，副班长吴帆拍了拍桌子，提示大家都站到一块儿，拍个合照。

蔺妮忽然神神秘秘地凑过来，压低了声音在她耳边说："我跟吴帆给你准备了一个大惊喜。"

"什么？"

"待会你就知道了。"蔺妮卖关子。

陈应月有点蒙，一时猜不出这个惊喜是什么。

陈应月站在队伍末端，副班长吴帆看见了，临时提议让高中时代为大家贡献了不少作业范本的班长陈应月站在人群最中间。

连拍了几张照片，吴帆都不太满意。

陈应月摆姿势摆得有点累，随手拿起手机翻了翻，微信没人找她，短信提示也是零。目光闪过红黄色的新浪小图标时，她下意识地点开了。想起陆亦修白天说的微博直播，她顺道就搜索了陆亦修的名字，点进他的微博主页。可令人奇怪的是，微博还停留在"十年"那一条，根本没有微博直播的信息。

陆亦修的经纪公司对他的人物设定向来高冷，鲜少给他安排这么接地气的直播通告。她猜想，陆亦修或许并不是在微博直播，而是接受了其他商业平台的直播邀请。于是，她又搜索了"陆亦修直播"，但搜索出的资料几乎都是一个星期前的。

以陆亦修在娱乐圈的地位，不至于在平台直播不上热搜、找不到话题。陈应月忽然觉得事情不对劲。

也就是在这个时候，忽然有尖叫声，从身后的女同学那边传过来。

陈应月一抬头，就看见服务生护送开道，一路将黑超遮面的男人送进包厢。身后，还有手机闪光灯一路追随。陈应月自认眼拙，但光凭着白天偷亲她时戴的那副墨镜，她还是认出了他。

“哇，是陆亦修耶，真人好高啊。”

“天哪，这是他真人吗？该不会是蜡像吧！”

“让一让，让一让！”

服务生用力将包厢大门合上，又把外层的大门也关上，终于把吵闹的呼声堵在了外头。

彼时，陆亦修就站在离陈应月不到十厘米的地方。

陈应月说不出什么感觉，只觉得血液在往脑门上冒。

吴帆牵着陈应月站到陆亦修跟前，跟大家说：“我们给陈班长准备的惊喜到了。同时，让我们欢迎我们班的骄傲，陆影帝同学。”

同学们一阵阵地欢呼，不知道怎么的，陈应月感觉自己像误入了传销组织。

蔺妮看见陈应月呆站着，担心她还在因为以前的事闹别扭，过来打圆场：“应月，你跟陆亦修这么多年不见，有再多气也该消了。”

“是啊。”吴帆过来附和，“总不见得过几年等你俩的孩子各自都大了，还跟孩子一样吵架吧。”

吴帆刚讲完，接连不断的声音开始冒出来。

“陈班长，你是编剧，陆亦修又是一线演员，大家都在娱乐圈里混，都是朋友。”

“当年的事情我们都知道，陆亦修不是故意的，陈班长就别放心上了。”

“是啊，这么多年该破冰啦。”

大家各自说着道理，陈应月根本没听进去，还处在陆亦修出现在同学聚会的震惊中。她还没想好解决对策，担心陆亦修临时整出幺蛾子，让她难堪。

就在陈应月无所适从的时候，陆亦修忽然摘下了口罩，抱着肩，微笑着说：“陈应月，我们和好吧。”

所有人都知道陆亦修的硬脾气，他愿意主动求和，实在罕见。

吴帆识趣地打开一瓶香槟，说道："我们一起来见证陈班长和陆影帝这么多年来的破冰。"

"仪式感总是要的。"蔺妮也在一旁起哄，"陆影帝跟咱们应月来个拥抱吧。"

陈应月听见，下意识地退了一步。

陆亦修见状，狡黠地笑着，进了一步。

她还想退，他却忽然伸出了手，在同学们的目光中将她牢牢抱住。

多年恋爱，她和他的关系都存在于地下。此刻，突然公开亲密，让陈应月无所适从。她从没想过和他公开，甚至于后来跟他分开也都是冷处理。一来她怕影响他的前途，二来她出身贫寒那该死的自尊心根本容不得外界质疑他们的感情。所以她最后选择了最决绝的方式，将他剥离出自己的生活，即便与他的往事贯穿了她整个少女时代。

很多人在拍照，有人开了闪光灯，照着陈应月的眼，有点睁不开。

躲在他的怀里，她有点蒙。

过了会儿，他忽然稍微推开了她一点。

那一刻，她看见他放大的侧脸凑了过来，周遭的声音隐去。她看见他眼底恶作剧的笑容，就和当年想要偷亲她时，一模一样。

脑袋里忽然响起白天的对话。

——"陈应月，这么多年我一直想做一件事。"

——"什么？"

——"当着全班同学的面，亲你。"

躲闪不及，他蜻蜓点水的吻，稳稳地落在了她的嘴唇上。

一切似乎都静止了，闪光灯也停了。

脑袋"嗡嗡"听不到声音，陈应月看见他侧过脸，附在她耳边，口气像是个邀功的小孩，那声音只有他们俩能听见——

"小月亮，你看吧，我说到做到。"

包厢内瞬间沉默。

所有人被陆亦修忽然亲吻陈应月的举动闹得不知所措。就在这个时候，同学蒋磊从人群中鼓着掌、闪了出来："陆影帝果然混迹娱乐圈多年，开放得多，求和的方式也跟我们普通人不太一样嘛。"

老同学们在底下窃窃私语。

蒋磊走过去拍了拍陆亦修的肩膀，又顺手抽了张纸巾，递给陈应月擦嘴："想当年，我们还介意男女授受不亲的时候，陆影帝可是趁着散伙饭，把全班女生都抱了个遍，当时我记得我们班好几个女生都脸红了。我老婆至今见人就要吹，说自己是陆亦修抱过的女人呢。"

哄堂大笑。

老同学们想起分班那年发生的事，又想想刚才的那一幕，倒也不觉得惊奇了，毕竟这确实像是不按常理出牌的陆亦修会做的事儿。更何况，照陈应月和陆亦修的关系，大家可都不敢把他们往别处想。

蔺妮也附和："是啊，这么多年陆亦修爱恶作剧的老毛病还是没改掉。"

"对啊，对啊。"吴帆的脸虽然有点青，却也硬着头皮打圆场。

大概是觉得合乎常理，大家窸窸窣窣地开始笑。

一场闹剧就这么被圆过去了。

蒋磊见状，又拍拍陆亦修的肩膀，长长地舒了一口气。

陆亦修与蒋磊对视一眼，笑容满面，轻悄悄地说了句："谢了。"

蒋磊压低声音："哥们，放过我吧，这么多年我可帮你圆了多少场了。"

在摄影师的安排下，陆亦修与陈应月并肩一排，站在人群之前。

"咔嚓"一声，这张阔别八年的合照终于完成。

打从陆亦修来了，陈应月在这场同学聚会里的话语权又低了一等。

俩人同在一桌，隔了也就是三四个位置的距离，偏偏陆亦修那边众星捧月，所有同学围着他转，帮着家里的三姑六婆要他的签名。反倒是陈应月这个班长像是个透明人，也就蔺妮还能陪她说几句。

这不，蔺妮也跑去要签名了，她身边突然就冷清了。

这场景，让陈应月想起了高中时代。那时候跟现在简直如出一辙，只要陆亦修一出现，陈应月只差两本就能收齐的作业，永远是收不齐的，因为该交作业的人，都跑去陆亦修书桌前排队聊天了。所以，陈应月大概是全班唯一一个，对陆亦修恨得牙痒痒的。

同学文海开了间传媒公司，往陆亦修那边递了名片之后，又往陈应月这边来。

“陈班长，你现在在上海做编剧？”

“嗯。”

“以后要是有机会，记得提携提携老同学啊。”

“一定。”陈应月笑笑。

文海一脸神秘：“我公司最近有个新剧，正愁没好平台播出，我刚顺道和陆亦修聊了一下，他竟然答应帮我牵线了。陈班长，你写剧本那么多年也没见大火，怎么也不考虑抱抱陆亦修的大腿，让他帮帮忙呢？陆亦修这人从来都讲义气，当初害你出事，大家都看得出来他心里多后悔，要是你开口，他绝对会帮你的……”

同学还没说完，陈应月就听不下去了。

猛灌了一瓶啤酒，她一个人溜出了包厢。

陈应月出身贫寒，从小就懂得看人眼色，知道利用一些小手段达成自己的目的。在遇见陆亦修之前，陈应月很识大体，装弱势依附别人往上爬是她的强项，她甚至靠着这项技能在高中之前的岁月里混得如鱼得水。

可偏偏，这些手段在陆亦修身上却从未实践过。

她太好强，也太卑微。或许是因为深爱过，她受不起别人鄙夷的目光，受不起别人拿言语污蔑她，更怕听见有人说她配不上他。后来，这样的情绪一度掌控了她，她选择了最坚决的方式，将陆亦修剥离出她的生命。

陈应月站在包厢外的阳台上吹风，感觉身后有人走近，一回头发现是以前的副班长吴帆。

吴帆把西装外套脱了下来，披在陈应月肩上。

陈应月觉得不合适，尝试把外套还回去，却又被吴帆按回了去。他说：“外头风寒，你先披着吧。”

陈应月懒得拒绝，就说了声“谢谢”。

“刚才光顾着照顾大家吃喝了，一回头忽然想起来，还没来得及跟你说上几句。陈班长，我们也有三四年没见了吧。”

“嗯，上次见你还是在大学毕业那会儿呢。”

“现在年纪不小了，感觉时间过得越来越快。”吴帆与她并肩站着，假装稀松平常地问，“对了，你现在还单着吗？”

“差不多吧。”陈应月回他，“家里刚给介绍了一个，还在了解。”

“陈班长。”吴帆打断她。

“怎么？”

“有点话想跟你说，怕这回要是还不说，下次就没机会了。”

吴帆忽然点了支烟，烟草火苗在黑夜里开花。吴帆长得不算出众，但一双狭长的丹凤眼很有特色，他笑起来，眼睛都眯成了一条缝：“陈班长，我一直觉得你挺好的。”

“嗯？”陈应月嗅到了怪异的气息。

“我的意思是说，我暗恋你有些年头了。”吴帆说，“刚认识你那会儿，我和全班所有同学一样，觉得你太世故，不好相处。直到陆亦修打人那件事发生之后。”

陈应月忽然失笑：“你是指哪次？陆亦修那时可是揍过不少人呢。”

“刚开学，因为救猫揍高年级学长的那次。”

“你怎么知道？”

“我也是目击者。”

陈应月的心猛地揪了一下。

说来这并不是一件大事，甚至因为特殊化处理，连知道的人都没几个，但这却是陈应月刻骨铭心的一件事。

或许因为，这件事让她和陆亦修产生了一生的交集。

那时候是秋天，校园里的紫藤萝都枯了，只剩下几根树枝伏在架子上。

紫藤萝长廊是陈应月回宿舍的必经之路，路过紫藤萝长廊的时候，她听见有几只猫在叫，凑近一看，原来是有个男同学正蹲在长廊外的围墙边，在喂野猫。小猫奶声奶气地叫着，像是在抢食，听起来有点可爱。男同学身旁还竖了一袋猫粮，上头全是英文，看起来像是进口的高级货。

然而，凑近一看，陈应月却傻了眼。

男同学喂给野猫的猫粮正反射着白光，像是里头藏了什么金属物，闪闪发光。

她往前跨了一步，才看见猫粮旁边还有个小小的方形盒子，里头全是大头钉。

圆形的猫粮和圆形的大头钉混在一起，饿坏了的野猫根本分不清猫粮与大头钉，正在一个个往嘴里嚼。好几只猫的嘴里已经嚼出了血，嗷嗷地叫，正是源于痛苦。

陈应月认出了男同学的背影，是高年级有名的官二代赵升，听说因为考试将近，心理压力过大，产生了应激反应。

她明白自己的处境，知道自己在校园里不能得罪任何一个人，更何况是官二代。可眼见小猫受罪，她又不能不管。权衡很久，她最终还是决定假装没看见。

然而刚走了没几步，她却又忍不住停下来。那人还在喂，那边野猫嘴里含着血，还在嗷嗷叫。

陈应月定在原地，想着要做点什么，却看见一个篮球从她的头顶飞过，往野猫那边去。

稳、准、狠——

篮球砸中那人的头顶，那人抱着脑袋，疼得在地上打滚。

黑夜里，陈应月看见陆亦修由远及近地向她走来、与她擦肩而过。

他迈着大步，长腿跨过栏杆，运动服大敞，走路带着夜风。利落的短发，颀长的身形，大约是刚洗过澡，身上有股淡淡的皂角味。

刚一上去，陆亦修就给了躺倒在地上的人一脚。

“让你虐猫。”

又是一脚。

“现在换小爷虐你了。”

大约是看见陈应月围观，他还转过头朝陈应月这边望，语气不善：“男人的事情，女人看什么看！”

“还不快滚！”

闻言，陈应月赶紧弯腰在紫藤萝长廊中疾跑，跑着跑着，嘴角却忍不住扬起了笑。

漫长的少女时代里，陆亦修偷偷在陈应月的心里种下了一颗种子。

那是陈应月仰仗别人生存的少女时代里的一颗叛逆种子。

或许就是那个球，让陆亦修在陈应月的生命里，产生了小小的特殊感。

后来，虐猫学长被打后告到学校行政处，陆亦修一度被逼退学。陈应月实在看不下去，站了出来，作证陆亦修是为救猫才打了虐猫的学长，可惜并没有人听信她的话。甚至，连以往热情声援陆亦修的女生团们也不再吱声。班主任的一句“你是好学生，应该离陆亦修这样的坏学生远一点”把陈应月打退，回了教室。

可陈应月却是铁了心要帮他，陪他罚站，给他送吃的。

勤奋好学生就这么上了陆亦修这条贼船。

吴帆以为陈应月没听见，又补充一遍：“当年陆亦修救猫的时候，我也在场。”

“那你当年为什么不站出来？”陈应月侧过身，语气有些变味，“如果你当时站出来了，或许一切都会不一样……”

陈应月的声音越来越低，她想，如果当年吴帆愿意站出来，或许班主任的想法会动摇，陆亦修也不用硬着头皮吞下所有人的指责，还要装作若无其事。那样，她也不会愧疚心作祟，处处关心他，也不会再与他产生后头那么多的交集。她时常在想，或许自己跟陆亦修做个毕业后各奔东西的老同学，也比现在这样的情况好，至少多年后重逢还能平静地以老同学称呼。

吴帆低头笑了：“你知道的，那时候陆亦修的坏名气实在是太响，没有人会相信一个作恶多端的学生为了救猫才去打人。更何况即使我做了出头鸟，证明他的清白，换来的也只会是老师的质疑。不过我没想到的是，你居然会站出来。”

陈应月沉默不答。

吴帆跨前一步，站定在她跟前：“你向来不好事，但却愿意为了真相不顾一切地站出来。从那时候起，我就开始关注你，最后喜欢上了你。大概是因为我没有那份勇气，而你却那么勇敢。”

鼓起勇气，吴帆牵起了陈应月的手。

"应月，我能叫你应月吗？"

陈应月还处于遥远的回忆中，当她发觉吴帆已经牵起她的手的时候，下意识地就要缩回去。然而，还没等她实施动作，"啪"的一声，有人重重拍了吴帆的手背一下，吴帆吃痛，立刻收回了手。

"有话说话，动手动脚干什么。"陆亦修站定在两人中间，语气不善。

此刻，三人风中对立，场面有些尴尬。

"我和陈班长有话要说，能麻烦你让一下吗？"吴帆说。

"凭什么让，我跟陈应月也有话要说。"陆亦修不让。

"陆亦修，你是不是故意的！"吴帆被逼急了，眼睛都瞪大了，"当年她那么勇敢地站出来为你声援，你呢？处处跟她作对，害得她错失高考，险些毁容，现在她的额头……"

风一吹，陈应月额头上那道疤就露了出来，她赶忙撩了撩头发，制止："好了，吴帆你别说了。"

吴帆不罢休，对着陆亦修说："你看不惯她就算了，总不能耽误她找幸福。"

陆亦修禁不起激将法，猛地一把拽下口罩："你的意思是你就是她的幸福了？"

他深邃的眼眸里酝酿着怒火，陈应月立刻察觉了出来，习惯性地踮起脚尖，替他把口罩戴上。但他却根本不理会，躲闪着不肯戴上。

两人因一只口罩开始纠缠，显然忘记了一旁的吴帆。

陈应月急了："陆亦修，这是在外面，赶紧戴上。"

"我陆亦修又没做什么见不得光的事，凭什么要戴。"

"待会儿就有人认出你来了，你别闹。"

陈应月说完这句"别闹"，忽然觉得自己口气不对。她瞧了一眼吴帆的表情，果然吴帆像是发现了什么，表情有些许微妙。

陆亦修还不愿意放过他，将陈应月揽在身后，跨前一步。他本就比吴帆高了一个头，此刻两人对峙，陆亦修因身高已然胜出一筹。

"吴帆，你难不成觉得她跟着你就能幸福？"陆亦修咄咄逼人，"就凭你身为一个男人，知道真相都没勇气站出来，你就配不上陈应月。"

"够了！"陆亦修的话太尖锐，陈应月怕伤到吴帆赶忙制止，但陆亦修却仿佛没听见似的，反倒微微冷笑起来。

稀疏的灯光下，他转过身去，不动声色地去掉了盖在陈应月肩头的外套，又摘下自己厚重的围巾，亲自替她围上。等陈应月整张小脸埋在围巾里，快看不见了，他才打了个松松的结，浅笑着回过头，面向吴帆，把外套递回去："西装外套只能挡挡风，陈应月从小就脖子怕冷，其他地方冻不着她。你这些都不知道，还说什么给她幸福。"

"陆亦修！"陈应月不准他说下去。

他却偏偏牵起了她的手，带她一路往回走。末了，还不忘留给吴帆一个可惜的微笑。

"对了吴帆，你大概不知道吧，我们打毕业那会儿就在一起了。时间也不长，也就八年而已。"

"陆亦修！"

陈应月猛捶了一下陆亦修的背，陆亦修吃痛，赶紧讨饶。陈应月不解气，还在继续往他身上捶。

"陈应月你轻点轻点，过两天还有个游泳的戏要拍，要是弄出点瘀青来，又得涂好几层粉。"陆亦修哀号。

闻言，陈应月的动作轻了不少，但还是在生气。

陆亦修瞧她嘟着嘴的可爱模样，倒是与十七八岁那会儿如出一辙。他心里有点烫，瞧她的眼神也越发宠溺。

吴帆整个人都蒙了，临散伙了，也没见他说几句话。

蔺妮见吴帆不对劲，一个人撑起场子，安排同学们离开。等人都散得七七八八，最后只剩陈应月、陆亦修他们几个了。

陈应月还在因为吴帆的事情而生气，陆亦修怕对她关心过度露出马脚，只好悄悄立在她身侧，小声哄她。可陈应月偏不听，任陆亦修怎么哄都冷着脸。

包厢里走出几个女同学，看见陆亦修还在门口，闹着说跟陆亦修顺路，要请陆亦修帮忙捎回去。

女人们的声音很尖，吸引了旁人的注意。

蔺妮怕陆亦修身份暴露，就赶忙凑上去："陆亦修还要去趟城东，跟你们不顺路，待会儿我送你们回去。"

蔺妮把钥匙扔给其中一个女同学之后，又绕到陈应月那边。

陆亦修原本还在偷偷跟陈应月讨饶，看见蔺妮过来，吓得一个激灵，挺直了背假装跟陈应月不对付。

“陆亦修！”蔺妮拿眼瞧了瞧陆亦修，又转过来看陈应月，“我原本是打算跟陈应月一起回家的，现在为了给你赶那些花花草草，只好跑一回古城区了。待会儿我走了，陈应月就交给你了，好好照顾她。”

“嗯。”陆亦修点点头，眼光却不自觉地往陈应月那里瞥。

陈应月还在赌气，蔺妮不清楚情况，只以为她还在因包厢里那个吻而生气。她挽着陈应月的手臂，用三人都能听见的声音说：“你跟陆亦修那档子事儿早该过去了，心眼儿大点儿，想开点。你看人家陆亦修都道歉了不是……”

“蔺妮，还走不走了？”

“来了，来了。”

蔺妮来不及多说几句，就被催着走了。

大概是怕两人待会儿打起来，她临走的时候，还不忘回头给陆亦修和陈应月使了个眼色。

陆亦修跟陈应月说了一路话，也没见她回应一句，始终冷着个脸。他知道她是真的生气了，却又找不到让她解气的方法，只能干着急。

两人一同走到地下车库，上了车。

陆亦修绕到驾驶座开车的时候，恰好碰见了从楼道里走出来准备回家的蒋磊。

远远地，蒋磊就跟陆亦修打了个招呼。走近之后，当蒋磊瞥见副驾驶座上玩手机的陈应月后，笑意更深了。他递了根烟给陆亦修：“兄弟，愁死了吧，来抽一根。”

“不抽。”陆亦修推掉他递来的烟，往周边看了一圈后，又戴上了帽子。

蒋磊往副驾驶座瞄了一眼：“她在玩手机，看不见，来，抽一根没事儿。”

陆亦修刚想接，却又缩了回去：“算了。你也知道她这人，机灵得跟个狐狸似的，待会儿身上留了味道，她闻得出。”

“你就说我抽的，烟熏的。”

“待会儿亲她，她尝得出。”陆亦修低了低头。

蒋磊听完，笑得牙花子都出来了：“算你厉害。”

“是真不敢抽。”陆亦修长长叹了口气，“刚惹她生气还没哄好，要是再惹一桩事，估计要雪上加霜。”

“那算了，我也不抽了。”蒋磊把烟收进烟盒里。

地下车库光线暗了，静悄悄的。两人靠着车门说话，倒像是学生时代深夜翻过围墙后，总要发表几句逃生感言。

“这么久了，还不准备公开呢？”蒋磊问。

“哪儿敢啊。”陆亦修将帽子往下压了压，“你也知道，陈应月那个倔脾气，她不答应，谁敢那么做。”

“也是，陈班长什么都好，就是人太倔。”

“是啊。”陆亦修有苦说不出，“前两年，可不就是因为我跟公司打了招呼，说要公布恋情，她气得三个月都没给我一个电话。”

蒋磊摇头叹气：“陆亦修，你就可劲儿宠着她吧。”

“那也没办法，她不理我，我就没辙了。”

蒋磊扑哧一声笑了出来：“我还记得，当年有学长对她吹了个口哨，你后来看见他，冲出去就追着他打。陈应月来的时候，你还坐在他身上挥拳头，结果她一句‘陆亦修你再闹我就不理你了’，当场就把你吓孬了。陆亦修啊陆亦修，你说你到底是着了什么魔呢。”

“中毒了。”

“没错，陈应月还是个剧毒。”蒋磊笑得捂住了胸口，“话说回来，你刚才当众亲她可没把我吓死。幸好我机灵，及时反应了过来。”

“谢了。”陆亦修拍了拍他的肩，与他相视一笑。

“客气。”蒋磊说，“你我都明白，陈应月那倔脾气，要是惹她不高兴，谁都没好果子吃。”

“对了，我跟你说个事儿。”

“什么。”

“吴帆刚跟她表白了。”

“哦。”蒋磊并不惊讶，“那小子的心思以前咱们俩不就知道了嘛，有什么好稀奇的。”

“重点是……”陆亦修鬼鬼祟祟的，连被狗仔跟拍的时候，蒋磊也没见他这个样子。

陆亦修说:“为了激吴帆，我没忍住，把我跟她的事儿全倒出来了。”

“她没在吧！”

“她也在。”

“那你自求多福吧。”

蒋磊觉得陆亦修无可救药，明知枪就举在那儿，他却偏偏还往枪口上撞。这用老祖宗的话来说，简直就是不知好歹。

蒋磊走了几步，却又折了回来。

“我有个想法。”

“什么？”

蒋磊思考了好一会儿：“我总觉得陈班长心里有个结，这么多年不愿意公开你们的关系，肯定都是因为这个结。”

“什么结。”陆亦修眼神微眯。

“旁观者清。”蒋磊说，“我觉得当年那场事故之后，肯定发生了一些我们不知道的事。而陈班长心里的结，估计也就是在这时候形成的。”

大概是等得久了，陆亦修返回车上的时候，陈应月已经窝在副驾上睡着了。

陆亦修原本风风火火，现在见她睡着了，动作轻了不少。

车厢里微弱的灯光打在她脸上，顺着光影，能瞧见她每一根鬈曲的睫毛。她胸口微微地起伏着，呼吸很轻。陆亦修瞧着瞧着，嘴角不自觉地上扬。

陆亦修有时候真搞不懂，自己怎么会喜欢上陈应月这个榆木脑袋，还喜欢了那么多年。有时陈应月闹脾气的时候，他可真想一走了之，但转念想想，他又对自己恨铁不成钢，因为他那俩腿总是忍不住地要往她那儿跑。

“咳咳”，陈应月咳嗽了一声。

陆亦修往挡风玻璃前望了一眼，这么多年，他已经谙熟娱记们的套路，见周围没人，脱掉外套盖在陈应月的身上。

依照陆亦修的心性，恋爱这种事是不愿意隐瞒的。偏偏陈应月的性子偏冷，不喜欢成为聚光灯下别人品头论足的人物。于是，陆亦修为了她，才沉下心来藏了这么多年。大概是因为成名太早，陆亦修没经历过娱乐圈的虚伪把戏，他和陈应月恋爱的事也从没藏着掖着。这么多年，他和陈应月的事，也曾被媒体拍到过，但陆亦修背后的公司太强大，未经允许，谁家都不敢发。这么多年，虽然一直有关于陆亦修和陈应月的事情流出，但具体情况，鲜为人知。

陈应月睡得很深，似乎是做梦了，嘴里还在呢喃："老师，陆亦修是为了救流浪猫，他不是故意打人。"

晚上吴帆提起了救猫那件事，陆亦修知道陈应月这傻妞心里还惦记着，才会连睡梦中都在念叨。

他心头一暖。

当年父母在北京打拼，他则留在南城由爷爷奶奶抚养长大。后来，父母生了弟弟，回南城的次数越发少了，在他无意间的一次闯祸后，父母连夜赶回南城，陪在他身边足足一个月。从此，他明白了其中奥妙，开始不断用闯祸的方式，引起父母关注，打虐猫学长的那次也是一样。

他还记得，对方家长指着他的鼻子骂，班主任也在一旁不断训斥，甚至一度要闹到派出所。可对于他而言，这一切完全都不在意，他想要的只是让班主任打电话把父母叫回来。

偏偏就是这个时候，在一旁收作业的陈应月听见了。

那时，他也没多关注她，只看见她当场扔掉收了一半的作业，扑到他的跟前，整张脸憋得通红："老师，陆亦修是为了救流浪猫，他不是故意打人。"

陆亦修那时候跟陈应月是真心不熟，也根本没想过她会那么维护他。他只觉得，陈应月扑到他跟前的模样，像极了隔壁周爷爷家的阿拉斯加大狗。

如陆亦修所料，陈应月的维护根本不值一提。

但即便是这样，不善言辞的少女，红着脸为他跟人争吵辩解，依旧在陆亦修的心里掀起了波澜。

后来他仔细想想，陈应月确实挺像隔壁周爷爷家的阿拉斯加，都一样傻。

傻得……可爱。

陆亦修没忍住，伸手刮了下陈应月的鼻尖。

“傻瓜。”

她还睡着，被他轻轻刮了一下，眉头浅浅地皱了起来。

他嘴角的笑容更深了：“我的傻姑娘，你怎么会这么傻呢。”

他拿脸蹭蹭她的脸：“小月亮，你说我是不是中了你的毒。你啊，看着精明算计，其实比谁都善良。”

一觉醒来，已是凌晨三点。

陈应月的思维还停留在同学聚会散伙之后，没想到再睁开眼，自己居然躺在了卧室里，旁边还横了个陆亦修。她尝试推了几下，把他叫醒，但陆亦修却像个雕塑似的，一动不动。

由于昨晚喝了几杯同学递来的酒，她的脑袋还晕着，没力气理会陆亦修，她就索性关掉灯，继续睡去了。

这一回，陈应月做了个很长的梦。

梦境很真实，因为这曾经真实地发生在她的生活里，是她亲眼所见的。另外，也是因为这件事，陈应月的生活发生了天翻地覆的变化。

那是陈应月十三岁生日前的几天。

那时陈父还未受伤，在一家集团下属公司担任项目经理，一家人住在南城市区，日子很小康。南城向来有女孩子十三岁要摆宴席请宾客的习俗，但因为那时陈父的项目正在赶工，一直没来得及好好筹划。

梦里的那天，下课很早，陈应月背着书包到陈父所在的工地，来看看许久不见的爸爸。

隔得老远，爸爸就看见了她。工地很吵，他扯着嗓子跟她打招呼：“小月亮，你妈呢？”

“妈妈在家。”周围都是高高的铁架子，陈应月拽着两根书包带，有点害怕。

“工地上不安全，你怎么一个人过来了。”

“爸爸，妈妈说还有一个星期就要办十三岁宴席了，家里什么都还没准备呢。”小小的陈应月有点委屈。同学十三岁的时候，前几个月他爸妈就带他去买新衣服了，也就是她，到现在连件新衣裳的影子都没见到。

“好了，知道了。”爸爸黑黢黢的脸笑得皱了起来，隐约看见有黄色的粉尘从他脸上掉落。

他摘下安全帽，扣在陈应月的脑袋上。

安全帽很重，压在陈应月脑袋上，她下意识地缩了缩脖子。

爸爸好玩地敲了敲安全帽顶，陈应月能听到里头的回音，咚咚咚地响。爸爸说：“还有点事儿还没做完，小月先等会儿爸爸，待会儿我跟李叔叔交接一下，就带你去买东西。”

“好！”

爸爸把她安置在工地旁的一个简易棚里，她就坐在棚里，看爸爸登上了一个四周镂空的电梯，一直升高。

升到四层楼高的时候，那笼子一样的电梯忽然卡顿了一下。

就在这时候，电梯忽然失去控制，直线下降！砰的一声，落在了地上。

小小的陈应月，就这么眼睁睁地看见父亲从高处里跌落下来，浑身的血。

她不知所措，呆在原地。

一旁的施工员叔叔惊觉事情不妙，急忙往那儿赶，陈应月这才反应过来，扔掉了安全帽赶紧往那儿跑。

爸爸的伤很重，脑门上砸开了一个血窟窿，右腿死死地嵌在电梯与围栏的夹缝里，动弹不得。

工地上的人都去找支援了，只有陈应月站在那儿，拉着爸爸的手，不停地叫着爸爸，但也没见到一点回应。爸爸头上的窟窿好大好大，不停地往外冒着血，她看见不远处被自己扔掉的安全帽落在地上，她真的好想捡起来给爸爸戴上，但她明白这已经没有用了。

眼泪蒙住了她的眼，等她睁开的时候，看到爸爸的右腿上停着好几只白色蝴蝶。

学校离工地很近，她听门口的保安叔叔说，这片工地原本是有人承包了专门养蝴蝶用的。

现在，那蝴蝶躲在爸爸的右腿上，像是一只巨大的白色蚊子，正在吸食爸爸的血。

她立刻拿手去赶那些蝴蝶，蝴蝶受了惊吓，白色的翅膀沾上了红色的血液，像是吸饱了血的魔鬼。

陈应月发了疯似的去赶那些蝴蝶，但赶走一批又来一批。

没多久，120 急救车赶到，将爸爸抬走。

原本，陈应月的十三岁生日梦想有很多。但现在，她想要用所有的梦想，去换爸爸的平安无事。

颅脑重伤、右腿神经坏死，经历八小时急救，爸爸才被转进 ICU。

然而，因为未戴安全帽施工，爸爸所在的公司拒绝赔付全额医药费，仅愿基于人道主义捐助十万医疗费。陈家不服，请了律师打官司，然而陈家的小律师，哪比得上对方集团的庞大精英律师团队，官司终究还是败诉了。

十万医疗费，对于重伤的陈父来说，简直是杯水车薪。可仅仅这十万块钱，公司也一拖再拖，迟迟未能缴纳。

陈母只好变卖了市区的所有家产，给丈夫治病。陈应月也从市区小学，转回了镇上。

颅脑损伤算是治好了，所有家产换了陈父一条命，一家人也算是庆幸。原本还等着拿那十万块钱医疗费治疗陈父的右腿，但却因公司法人变更，拒绝缴纳医疗费而延误治疗，陈父的右腿彻底坏死，无奈截肢。

陈应月至今还记得，事故那天，她无意间抬头看见的那四个大字——聚立集团。

年假最后一天的下午，陈应月买了高铁票回上海。

刚回公寓没一会儿，沈亮的电话就过来了。最近，沈亮的电话越来越勤，陈应月总觉得他似乎察觉了什么，开始把她的生活攥得很紧，不让她有半分透气的时间。可越是这样，陈应月越是抵触。

挂了电话没多久，就又有电话进来。陈应月一瞧，居然是陆亦修的经纪人田悦。

陈应月和田悦算是老相识了。当年新人田悦刚从传媒大学毕业，进入娱乐公司，就接手了同为新人的陆亦修。后来陆亦修的意外走红，成就了田悦，让她顺利跻身国内一线经纪人。凭借雷厉风行的女强人作风，现如今田悦手下已有十余名当红艺人，但迄今为止最红的那一个也就是陆亦修而已。

而关于陆亦修和陈应月的故事，田悦全都知道。

刚接通，陈应月就听见田悦口气匆匆："小月亮，在哪呢？回上海了吗？"

陈应月因为这个称呼顿了一顿，这是陆亦修给她起的小名儿。那时候，陆亦修的手机备注全是小月亮，田悦见了总爱调侃他，久而久之，这小月亮的称呼就再也没能戒掉了。

"嗯，回了。"

"哎哟喂，正好有事请你帮忙。"

陈应月不用脑袋想就知道事情绝对跟陆亦修沾边，她正想拒绝说没空，结果田悦已经开了口："我现在正在高速上堵着车呢，待会儿你帮我去洲际酒店接陆亦修，把他带去虹桥机场就行。"

"悦姐，我待会儿有个视频会议。要不让你底下助理去接吧。"

"说来真不好意思。"田悦笑笑，"这逢年过节，底下员工又都是外地的，我就顺道给他们放了个长假，还有一个星期才能回公司。陆亦修这通告来得太急，又推不掉，只好麻烦你充个临时工了。你看陆亦修那么大个腕儿，机场指不定有多少媒体，孤身一人登机，没个拎行李送行的，面子上过不去。"

陈应月不为所动。

田悦又说："小月亮，我听说你写了个都市言情剧，我手头正好有几个导演正愁着选题，我倒是能帮忙推推。你看……"

那本都市言情剧是陈应月整个团队两个月来的成果，偏偏公司不看重，一直搁置着。现在听田悦这么一说，陈应月心头一动。

没等田悦再开口，她就立刻应下："好，我待会儿就出发。"

第三章
害怕什么

陈应月生怕被娱记察觉异常，里三层外三层裹得足够严实。

她权当给陆亦修送机是个任务，心无旁骛地从洲际酒店接了他，就径直往虹桥机场赶。

到了机场，她停车打开后备厢，陆亦修就从后头一件件地把行李搬出来。两人这模样，倒不像是送机的，反倒像是夫妻俩一道出去旅行的。

把随身的手包拿上，陈应月就往机场里头去了。

她心想陆亦修是个大男人，不用她帮忙，就大大咧咧地走了。等到粉丝的哄闹声响起来的时候，她才下意识地回过头，瞧见陆亦修正拖着三个行李，亦步亦趋地跟在她的后头。

空空如也的双手提醒着陈应月的疏忽，她立刻往回跑了几步，从他手里抢了一个行李箱过来。

她自认为做事向来妥帖，出了今天这样的错误，大概还要怪她自己太习惯与陆亦修私下的相处模式了。在她的世界观，就从没把他当成过一个红透半边天的明星。毕竟还是朋友的时候，她就习惯了他替她拎重东西、出门在外替她拖行李，即便是他意外走红，这样的相处习惯也从未改变过。

周遭有粉丝不满——

“这个助理怎么搞的，连行李都不帮男神拿。”

“是啊，待会儿我就发微博警告经纪公司。”

“我转发。”

“我附议。”

陆亦修听见了，她也听见了。

这下子，陈应月觉得只拎一个大概不够，又赶紧从他手里抢了一个。结果还没来得及抢过来，陆亦修已经夺过她手里的行李箱，重新拎上了手。

在粉丝们炙热的目光下，他忽然伸出手，揉了揉陈应月的头发，笑容宠溺：“她身体不舒服。”

说罢，三个行李箱又回到了他的手中。

周边响起此起彼伏的尖叫声。

“摸头杀，受不了。”

“男神好体贴、好温柔。”

“我要昏厥了！”

陈应月站在一边，忍不住翻了一百个白眼，暗骂陆亦修心机重，不要脸。

粉丝这关过了，娱记又涌了上来。

先前田悦已事先告知机场准备了特殊通道，此刻机场保安为两人开路，但陈应月还是被人群挤得东倒西歪。

“陆影帝今年放弃春晚邀约，特意回南城过春节，是有什么特别的原因吗？”记者问道。

递来的话筒险些撞上陈应月的鼻梁，陆亦修不动声色地凑了过去，陈应月没撞到话筒，只触到了他柔软的脊背。

他眯眼笑着：“重要的人都在南城，过年是一定要回去的。”

“据了解，您父母弟弟早已定居北京，重要的人是指？”

陆亦修忽然垂下眼，望向她，陈应月怕他又发疯，吓得一激灵，赶忙拿手揪了下他的后背。

陆亦修吃痛地“嘶”了一声，诡计得逞似的勾唇一笑：“我爷爷奶奶是南城人。这次回去，一来是为了看望他们，二来是想回趟母校。”

“近来青春伤痛类题材很流行，听说赵导正在跟您接洽相关影片。本次回母校，是否就是为了找回校园记忆？”

一名娱记还没问完，又有娱记插嘴：“陆影帝在南城二中，发生过什么印象深刻的事情吗？”

“有啊。”陆亦修不咸不淡地说，“我初恋女友是我的高中同学。”

一语激起千层浪。

陆亦修鲜少在公众面前提及情感，娱记们觉得自己可能要挖出大料，赶紧揪着这个话题往下面引。

“初恋发生在什么时候？”

“是因为什么原因分手的？”

“是否对初恋女友念念不忘？”

“陆影帝的初恋与青春伤痛类故事是否有所重叠？”

一大串问题狂轰滥炸。

以往高冷的陆影帝碰到这种情况，早就甩脸走人了。今天倒是颇为意外地，他竟然笑容满面地看着娱记们，回答道：“有机会会好好跟大家讲这个故事。”

机场 VIP 候机室里。

陈应月不习惯这样的场面，大喘了一口气，往沙发一坐。

瞧见她的样子，陆亦修隐藏在墨镜后的眼睛弯了弯，顺势坐到她旁边，伸出长臂搭在了她的肩上。

他揪起她的一绺长发，绕在指尖：“在这机场坐飞机少说也有百来回了，闭着眼睛都能摸到登机口。偏偏你来送我，我倒是觉得有点找不着北。”

“你可以请工作人员带你。”陈应月瞄他一眼，“或者随便找个路人甲，给他签个名，你想上西天他估计都能给你送去。”

“你这嘴比以前更毒了。”

“你知道就好。”

“那我来尝尝。”

他话音刚落，陈应月就看到陆亦修放大的脸凑在她的面前。她下意识地往后一缩，陆亦修眼疾手快地托住了她不安分的脑袋，凑了上去。

隔着黑色口罩，体温却是一样的火热，他炙热的呼吸喷在她的脸上。

陈应月没由来地红了脸。

陆亦修脸上带着奸计得逞的笑容："我还记得大一寒假返校那天，你还在复读，为了给我个惊喜，特地坐了两个小时的绿皮火车，又倒了地铁，从南城跑来上海机场送我。"

他刮了一下她的鼻梁："我那时候就想，这傻姑娘我一定不能辜负。"

"都过去了，别说了。"

"小月亮。"

"别这么叫我。"陈应月推开他的手，站了起来。

他笑笑，只觉得她又是在闹脾气，可爱得不行。

陆亦修乘坐的那次航班即将起飞，机场开始来回播报登机信息。

两人一同往登机口走，快到登机口时，陆亦修忽然停了下来，摘下墨镜，眼神里的温柔快要把人溺毙："等我下次从北京回来，你来机场接我，我们复合吧。"

她没出声，陆亦修觉得是默许了，又继续说："你把那个叫沈亮的赶紧拉黑吧，我愿意肚量大点，权当一年前的那场吵架没存在过，我只是出了个一年的长差，下次再见你，我们就当小别胜新婚好了。"

她回头冷冷地看他："抱歉，我已经开始新的生活了。"

两人对话未完。

不知道从哪里窜出一帮娱记，把陆亦修紧紧围住。突然间，陈应月被冲到了人群以外。

陆亦修想拉她，却被人群隔断，只能远远地望着她站在两米之外。

娱记的问题很多，陈应月却独独听见了那么几个。

"陆影帝，网传您家境富裕，是靠着家里支撑才走上一线，请问您是否承认？"

"有网友评价您演技卓越，拼命演戏是出于家庭原因。甚至有网友编段子说'陆亦修是全娱乐圈最可怜的，要是不好好演戏，就会被家里人抓回去管理公司'，对此您怎么看？"

"有人披露，你是聚立集团太子爷，此事是真是假？"

第一回听见陆亦修跟聚立集团有关系的时候，陈应月震惊到发抖。

当听过无数遍后，她只觉得骨头发冷。

从北京回上海的这天，随行工作人员都看得出陆亦修心情很好。

陆影帝向来对娱记厌恶至极，但这天下飞机，他破天荒地在机场里摆了快半个小时的姿势，给娱记们回去交差。只可惜，陆影帝的心情就是六月的天，说变就变。摆拍半个小时，走出机场大厅的那一刻，也不知他看到了什么，突然冒起火来，狠踢了自己的行李箱一脚，行李箱不幸“阵亡”。

娱记们一秒抓拍，迅速传到微博。

陆影帝一众粉丝嗷嗷大叫“男神发狠劲的样子也太帅了吧”。

只有陆亦修知道，他生气的点究竟在哪里。

还记得半个月前，他从上海机场出发，与陈应月约好下次回上海给他接机。他以为半个月不见，应当是小别胜新婚的好日子。前两天陈应月在微信上对他爱答不理，他甚至一度认为她是在为给他惊喜做铺垫。结果出了机场，愣是没看见陈应月那根烂木头，心情简直跌到谷底。

他气到快要爆炸，一个电话拨给田悦，要了陈应月在上海的住址。

五个小时的电话会议后，陈应月的嗓子基本哑了。

去公司洗手间洗了个脸，对着镜子，她将披散的头发扎成一束，用水拍了拍脸，取了手机，回到刚才的会议室里，对着公司座机拍了张照发到朋友圈，配文“声嘶力竭”。

没一会儿，叮咚叮咚来了好几条回复。

陈应月累坏了，懒得再看手机一眼，拎了包，就下班了。

回到她在上海租住的公寓，换好拖鞋，肚子咕噜咕噜地开始叫。

厨房里一片狼藉，水池里堆了一个星期前的盘子，上头泛着白色的霉菌。她挣扎了一会儿，还是绕到阳台，取了个塑胶手套，准备跟厨房里那些家伙大干一场。

手套刚沾上水，门铃就响了。

她赶紧去开门，结果打开门看见了沈亮，心里头一空。

她也说不出为什么会有一种失落的感觉，大概是因为陆亦修跟她微信通知过，他今天回上海。可仔细想了想，陆亦修是不知道她在上海的住址的，她也不知自己在白白期待什么。

“很意外吗？”沈亮憨厚地笑笑。

“没有没有。”陈应月回过神来，“怎么忽然想到过来了？”

“看到你朋友圈，就猜你应该又是电话会议开了好几个小时，话都说不出来了。我正好在这附近，就买了点梨给你送来，润润喉。”说完，他扬了扬手上的梨子。

“谢谢。”

经过沈亮的提点，陈应月才想起来，要去看看手机。抓起手机的那一刻，她才发现塑胶手套还戴在手上，她赶忙摘掉。

陈应月在上海的公寓格局很小，一眼就能看光整个公寓的全貌。沈亮瞧了一眼厨房，又瞧了一眼她刚脱掉的手套：“在洗东西？”

“嗯，最近加班太累了，都没来得及收拾收拾家里。”

“我帮你吧。”

“不用了。”

陈应月觉得打扫家里是很私人的事情，依她和沈亮的关系，还不能麻烦他。

沈亮却快速戴上了手套：“家里没拆迁那一会儿，我经常帮我妈干农活，洗点盘子对我来说问题真不大。”

陈应月没来得及看完手机上的未读消息，立刻从桌上抓了块抹布去阻止。

偏在这个时候，门铃又响了，陈应月只好转头去开门。

敲开陈应月公寓大门的时候，陆亦修见到的就是这样一幕。

陈应月手里抓着块抹布，大概是在打扫。玄关口有一双男士皮鞋，上头沾着灰黑的泥土。

陆亦修戴着墨镜，看不出喜怒，但此刻，陈应月分明觉得那双眼睛着火了。

“你怎么过来了？”陈应月有点慌，一看就是做坏事被抓包的神情。

“我不能过来吗？”陆亦修摘下口罩，扔在鞋柜上，“还是说你有更重要的人要接待，一刻都不能停下，所以我发了几百条微信信息，你连一条都不回。”

陆亦修作势要进来，陈应月赶紧挡在他跟前。

外头的动静，引起了厨房里沈亮的注意。他拧开水龙头洗了遍手，从厨房里探出个脑袋："应月，是有客人来了吗？"

"这口气倒真像是个男主人。"陆亦修冷笑，"还帮你打扫家里，一看就关系匪浅。我可记得，你们老陈家的家教，是不能让客人帮忙干活的。现在碗都洗上了，关系可真不一般。"

陈应月表情发僵。

沈亮看见了陈应月与陆亦修的小动作。陆亦修还戴着墨镜，看不出相貌。但远远地看着，沈亮就觉得陆亦修整个人气质非凡，身为一个男人，他都觉得陆亦修有点好看。他索性脱掉手套，站到他跟前。沈亮长得矮，陆亦修是著名的衣架子身材，首先在气势上，沈亮就跌了份儿，他伸出手，对他说："你好，我是沈亮。"

"你好。"陆亦修抿嘴微笑，却不伸手。

沈亮的手悬在空气里，有点尴尬，过了一会儿，才自顾自地收了回去："怎么称呼呢？"

陆亦修摘下眼镜，微微一笑："我姓陆，陆亦修。"

沈亮吓得下巴都险些掉了，他知道陈应月半只脚踏在娱乐圈，总认识几个不大的明星，却不晓得她竟然还有陆亦修这么大腕的朋友。天知道他妈、他表妹全都是陆亦修的粉丝。第一次见明星，他有点紧张："陆先生，您好，我家里人都很喜欢您。没想到您居然跟应月是工作上的朋友，真让我太惊喜了！"

"工作上的朋友？"陆亦修眼睛一眯，"小月亮是这么跟你介绍我的？"

听他叫她小月亮，陈应月下意识地捏了一下陆亦修。

传言中，陆影帝的脾气极为暴躁。沈亮小心翼翼地问，生怕触到他的逆鳞："我猜的，她做编剧，您是演员，说不定是工作上的伙伴。"

陆亦修说："哦，还没问呢，你是小月亮的……"

"应该……"沈亮有点脸红，偷瞄了一眼陈应月，"如果应月不反对，那我应该是她未来的男朋友。"

"那我怎么不知道呢？"陆亦修反问。

"还是我来介绍一下吧。"陈应月担心在沈亮面前露了馅，赶忙阻止，“陆亦修是我高中同学，他来找我有点事儿。”

“难怪！”沈亮一拍脑袋，“我们都是老乡，陆先生还是我们南城之光呢！”

沈亮又说：“聚立集团也诞生于我们南城，我听说您是聚立集团的太子爷，我们公司还跟您公司有点合作呢。”

提及聚立集团，沈亮像是忽然想到了什么，停顿了一秒，又看了一眼陈应月，才岔开话题：“没想到您居然跟应月认识，那等我跟应月办婚礼的时候，给您寄张请柬，您可一定要记得来！”

“等等。”陆亦修皱着眉，出声喝止沈亮絮絮不断的话。

他脱掉自己的鞋子，放进鞋柜里，转头又看了陈应月一眼：“所以，陈应月你现在默认了他是你未来男朋友？”

桌上鲜嫩的梨子忽然进入了陈应月的视野，面前，还有沈亮期待的眼神，等了片刻，她忽然点头：“我和他见过家长，按道理……是的。”

“哦，好。”

陆亦修意外的平静，他换了拖鞋，瞧了瞧这间不大的公寓，转身走向陈应月的卧室。

陈应月有点心慌，她太了解陆亦修了，知道他过分的平静，就是爆炸的开端。她赶忙去关卧室的门，却听见陆亦修扬着不大的声音，在屋里头喊：“陈应月，我前两天落在你家的衬衫去哪儿了？”

“还有我的电动牙刷，那可是飞利浦出的新年限定款，你可别告诉我你弄丢了。最关键的是我的内裤你都塞哪儿去了？……”

陆亦修一股脑儿地将她衣橱里的衣服往客厅里头扔，陈应月的衣物散落一地，他倒真像是在找东西。

沈亮仿佛察觉了什么端倪，正用疑问的眼神看着陈应月。

眼见陆亦修开始发疯，她根本没时间跟沈亮解释，赶紧找了借口，送沈亮出了门。

听见“哐当”一声门响，陆亦修扔衣服的动作终于停了。

“送走了？”他坐进沙发，两条长腿悠闲地搁在茶几上，“这回又是什么借口？”

“陆亦修你到底想干什么？”

“我不想干什么。”陆亦修，“我虽然知道你和那个沈亮没什么，但听你承认他是你男朋友，我就是气不打一处来。我陆亦修的东西，决不允许别人碰。”

“所以你一直觉得我是你的所有物？”陈应月反问他。

“至少我认为你一直是我的。”

陈应月冷笑一声。蹲下身，她将客厅里被陆亦修扔在地上的衣服一件件捡起。好不容易洗干净的衣服，被他四处一扔，又得重新再洗一遍，她真的好累。喉咙的疼痛，加上一天的疲惫全都在此时此刻涌了上来。陈应月觉得工作已经够糟心了，却偏偏还要遇上陆亦修这么个不讲道理的家伙，她真的好累。

她说着话，鼻子有点酸：“今天开了五个小时电话会议，都说不出话了。偏偏还碰上你个疯子，这么多衣服，又得重洗一遍了。我好累，陆亦修我就想平平淡淡地过日子，你能放过我吗？”

陆亦修听见她的哭腔，立刻从沙发上下来，扑到她跟前，飞快地把地上所有衣服捡了起来，又蹲在地上，抱住她的背：“好了好了，都是我的错。小月亮千错万错都是我的错，别哭了好不好？”

“我到底是哪里得罪你了，你要这么折磨我。”陈应月哭得眼都模糊了。

“我不折磨你，你就要开始来折磨我。我实在受不住，才这样的。”陆亦修这样回她，但又觉得不对，“呸呸呸，全都是我的错，以后都你折磨我好不好，我什么都忍着，都忍着。”

陈应月的哭声终于停了会儿。

陆亦修知道陈应月不舒服，就开了电视给她看，自己跑去洗衣服。结果他没想到的是，公寓里的洗衣机居然坏了。他说好的承诺必须兑现，实在没办法，他只好把那一堆衣服全都手洗了。

他洗到中途，陈应月啃着苹果过来巡视：“洗完衣服，把水池里的盘子都洗了。”

“好，你开心就什么都好。”陆亦修哧哧地笑，目光瞟到那双塑胶手套，他又有点不乐意，“洗盘子可以，但这塑胶手套必须扔了。”

说完，他就将那双手套往垃圾桶里一扔。末了，还不忘用脚踩踩。

陈应月纳闷儿："你不是有洁癖，不能光着手碰油水吗？"

"那也没办法，别人碰过的东西，我心里更硌硬。"

"随你。"

陆亦修拎起一个盘子过了过水，眼底有些狡黠的笑意："其实我知道他跟你没什么关系，甚至还有可能是第一次过来。"

"嗯？"陈应月一惊，很好奇他是怎么猜中的。

"你不喜欢门口堆鞋，如果他常来，你一定会要求他把鞋放进指定的抽屉里，而不是扔在门口。"他顿了顿，"我们一起住过两年，我不至于这都不知道。"

"那你干吗还这样为难我。"

"我只是想演一场戏，让他知难而退罢了。"

"那我不得不夸你，陆影帝的业务能力着实强悍。"

说完，陈应月又从橱柜里搬出一摞盘子："都积灰了，也一起洗了吧。"

"遵命。"

陆亦修好玩地拿沾满洗洁精泡泡的手，刮了一下陈应月的脸颊，陈应月恨恨地瞪了他一眼，从池子里捧起一捧泡沫，直接糊在了他脸上。

冬季即将过去，日光照在阳台上暖洋洋的。

陈应月有点儿困，拎起陆亦修扔在阳台躺椅的外套，想在躺椅上眯一会儿。她刚抖了抖那外套，就见一盒东西从陆亦修的外套口袋里飘出来。

是一盒金嗓子喉宝。

陆亦修向来讨厌有中药味儿的东西，也不知买这一盒是干吗。她懒得问，索性扔在一边的柜子上，不去管它。

眯了一会儿也没睡着，她打开手机翻了翻，才看见 100+ 条微信消息以及陆亦修在朋友圈给她的评论——

"傻货，电话会议又废话聊多了吧，给你买了喉糖，待会儿见。"

喉糖上创始人黑白的头像显得有些灰暗，但此刻陈应月心里却是温暖的彩色。

她尝了一粒，甜的。

干影视这行，基本是没有周末的。甲方在昨天的电话会议里提了好多要求，截稿日期在周一，所以这周末陈应月必须全部按照要求完成修订。昨晚在陆亦修的胡搅蛮缠之下，陈应月没能加成功班，今天是周六，她起了个大早，准备大干一场。

陆亦修还睡着，怕吵醒他，她简单梳了个头发，穿着吊带短裤就在客厅里打开电脑开始工作。

改到第三处，甲方要求的修改方式和原本人设形成了偏差，陈应月想破了脑袋都没想出来要怎么改。

她有个坏习惯，一认真想事情，就喜欢拿拇指去抠中指上以前写字留下的老茧。这样抠着抠着，即便这么多年没写字了，老茧还是那么厚实。

“咔嚓——”

身后有相机快门的声音响起。

思考被打断，陈应月恶狠狠地瞪了身后的人一眼。

陆亦修赶忙缴械投降：“抱歉，忘记关声音了。”

“你拍我干吗？”陈应月跳起来拿手挡住手机摄像头，“不准拍！”

“你认真工作的样子，很可爱。”他偷笑，“和高中那会儿解题解不出，想杀人的表情一模一样。”

“陆亦修！”

陈应月伸手就去够他的手机，可陆亦修实在高她太多，他举着手，她愣是怎么抢也抢不到。

两人一闹一笑，跟曾经在一起的时候没两样。

那时候陆亦修也一样，总以惹陈应月生气为乐。却不知，那时他精心布置的恶作剧，都是为了引起她关注的小手段。

陆亦修瞥了一眼她电脑屏幕上的修订要求，问：“怎么了，甲方又开始挑刺了？”

陈应月说：“收人之钱，忠人之事，应该的。”

“所以你现在是想不出来该怎么改？”陆亦修把她的右手抓起来，“瞧你这手指，再这么抠下去，都得见骨头了。”

“有那么夸张吗？”

“好了，别动了。”陆亦修找了一张创可贴给她贴上，“给你包上，这样你就没法抠了。跟我说说看，他们修订的要求是什么？”

陈应月一脸鄙夷：“说了你也不会改，你又不是学编剧出身的。”

陆亦修拍了拍胸脯：“我虽然不是专业学编剧的，但你可别忘了，我好歹是个专业演员，我陆小爷看过的剧本比你吃过的饭都多。再说，最开始咱俩可是一起写过小说的，你有多少墨水，我就有多少。你还记得那本书的名字吗，叫……”

“《关于你的两三事》。”

两人几乎是同时说出来的。

陆亦修沾沾自喜道：“我记得当年这本书刚连载就登上了网站金榜首页，我们俩以一男一女的角度，共同叙述一个故事的写作风格，还被后来好多网络作者借鉴。说起这个，我都快好几年没登录那个账号了。”

他抢过陈应月的电脑，在搜索栏打下《关于你的两三事》，很快跳转到网页。

《关于你的两三事》的文章下方，至今还有陆陆续续的留言。

当年，陈应月和陆亦修曾在文章中跟读者说过，两人是男女朋友，共同创作了这本书。因此，虽然这本书已经写了快八年，现在还有读者在底下评论，问两人是否还在一起，是否已经结婚，是否已经有了孩子。

陆亦修读着读者千奇百怪的评论，陈应月听了，嘴角忍不住上扬。

读着不过瘾，陆亦修跃跃欲试想要回复，可一连登了好几次，直到账号被限制，也没登进去。

陈应月问：“是账号错误，还是密码不对？”

“应该不是账号的问题。”陆亦修挠挠脑袋，“我记得当年是用这个邮箱账号登录的，怎么会登不进去。”

“要不尝试找回密码吧。”

“不行。”陆亦修皱眉，“因为当年是用最早的免费邮箱注册，所以账号验证信息也会发送到对应邮箱，可免费邮箱因为用户隐私泄露，已经被官方停止使用了，根本登录不了邮箱。”

“那就算了吧。”

“没事，我再想想办法。”陆亦修揉揉她的脑袋，“这些都是我们俩的回忆，怎么能算了呢。”

他还在尝试找回密码，但一直没能成功，陈应月看他脸上一遍遍的失望，心里有种说不出的感觉。她索性抢回自己的电脑：“别折腾了，算我相信你的水平了，现在可以陪我一起改甲方的要求了吗？”

“也好，不能耽误你的工作。”

俩人窝在公寓里探讨修订方案，直到中午。

加了一个星期班，陈应月家的冰箱里空无一物，但饭总不能不吃。出于对陆亦修身份的顾虑，陈应月只好亲自去楼下买菜做饭。

米饭加水蒸熟，菜也只等入锅。

她将油锅烧热，正准备将青菜倒进锅里，却又听见“咔嚓”一声。她知道是他又在拍照，懒得理他，光顾着自己手上的活。

等炒完菜，陈应月才看见陆亦修背靠厨房门框，在玩手机。大约是因为逆着光，她能看见阳光丝丝缕缕地从他的发丝间投下来，衬得他整个人十分慵懒。这样的生活好平静好安逸，陈应月觉得不真实，像是偷来的。

她坐在饭桌上，喊他吃饭。他不知道在看什么，没听见她的话，嘴角止不住地上扬。

陈应月好奇地凑过去，却见他打开了微博 APP，似乎正在上传什么。

她忽然警惕，仔细一看，他居然在上传刚才拍她的那些照片！

下一秒，陈应月飞快地抢过他的手机。

“你在干什么！”

陆亦修显然还没反应过来，脸上还带着笑：“没什么，把刚才拍你的那些照片上传保存而已。”

“你发到哪里了？”陈应月很紧张。

陆亦修摊手：“这不是还没来得及发就被你抢走了吗？”

陈应月说：“我们以前不是都说好了吗？”

陆亦修问：“说好什么？”

她昂起头，像只准备战斗的母狮：“说好你的社交账号里绝对不会出现我的任何信息。”

“你可以仔细看看吗？”陆亦修冷静下来，嘲讽道，“这不是我工作的微博，只是我记录生活的一个账号而已。”

“如果被人扒出来呢？”陈应月一脸嫌恶，“我一点都不想被别人关注，求求你放过我不好吗？”

空气仿佛凝滞，两人都不再说话。陈应月一门心思地盯着陆亦修的手机，来回翻看了他所有的社交账户APP，确认都没有发布关于她的任何信息后，才舒了一口气。

她舒气的那个动作，被陆亦修看进了眼里。他难以形容这种感觉，不知该愤怒，还是无奈。他只觉得这像极了童年时代，父母顾着弟弟，却全然忘记了他的存在，将他撇得一干二净。

“为什么？”

“什么为什么？”

他用难得冰冷的眼神看着她：“陈应月你为什么那么害怕和我沾上关系。和我陆亦修有丝丝点点的关系，会让你觉得侮辱吗？”

陈应月别开脸，不去看他的眼神：“没有什么理由，就是不想也不愿意。”

他追问：“既然这么不愿意，当初你为什么要跟我在一起。”

“一时糊涂。”

“好个一时糊涂。”

他冷笑一声，夺过手机，打开相册，删除了所有照片，无论是关于陈应月的，还是关于其他的。删完之后，他披上外套，打开公寓大门。

“等等。”陈应月喊住他。

不知道为什么，陆亦修内心有所期待。他想，如果陈应月这时道歉，收回所有的话，他或许愿意一笔勾销。但前提是，陈应月要低头，一定要。

可是，并没有。

她只是说：“把墨镜和口罩戴上吧。”

陆亦修默默接过她递来的墨镜和口罩，一一戴上。转身离开的那一秒，他忽然回过头来。

墨镜口罩底下，陈应月看不清他的表情，但她能感觉到冰冷。

陆亦修说：“你这是担心我，还只是在担心我连累你被暴露？”

桌上的饭菜还飘着热气。

陈应月干坐着，眼睁睁地看那两碗盛好的白米饭，从冒着水汽，变得干硬。

其实，陈应月一点儿都不怕和陆亦修沾上关系，甚至每每看见他发微博，都期待能够与自己有所关联。可当他在除夕夜发了那条“十年”的微博之后，陈应月害怕了。

南城实在太小，陆亦修的同学关系也很狭窄。媒体要是仔细去查，总能查出个蛛丝马迹。

当年父亲和聚立集团的工伤案闹得满城风雨，甚至一度成为新闻热点，成为人大代表向上层机关申请工伤赔款的典型案例。她作为父亲独女，没少上过社会新闻的版面。她不怕和陆亦修扯上关系，她怕的只是那些看官会用居心叵测的言论揣度陆亦修和她的关系，更怕陆亦修误会，怕他厌恶自己。

陈应月是不能走错一步的人，因此，她只能步步谨慎。

陆亦修的经纪人田悦是个说到做到的人，前段时间陈应月答应她给陆亦修送机，现在隔了没半个月，她就给陈应月的新剧找好了制片人，还是曾经操盘过大热剧《私青春》的大腕。趁着这周制片人到上海，由田悦牵头，陈应月和制片人约好碰面谈谈剧本。

陈应月组里的那几个姑娘听说新剧有机会落地，制片人还是圈内有名的腕儿，一个个争先恐后地跟陈应月打探。剧本是一组人的劳动成果，陈应月也没想瞒着，一来二去，就把田悦牵头的事情说出来了。娜娜和其余两个姑娘一听是陆亦修的经纪人，激动得差点跳上天花板。

等陈应月临出门的那一秒，娜娜忽然悄悄地塞了一个信封给她。

“陈姐，能帮个忙吗？”

“什么？”

“你把信封拆开。”

陈应月还没来得及拆开，娜娜就拍了拍那袋信封，那声音闷闷的，像是藏了沉甸甸的一沓钱：“陈姐，这里头是我和我们全组妹子的信仰，我们精选了几十张照片，想请你帮忙给田悦姐，看能不能请陆影帝帮忙签个名送回来。”

看陈应月为难，她退而求其次："实在不行，挑个三张签了也行。但是三张不能再少了，不然到时候我们仨姐妹不够分。"

"好吧。"

得到陈应月的回答，娜娜一蹦一跳、欢天喜地溜回办公桌了。刚走了没几步，她忽然又顿住了，回头给陈应月敬了礼。

娜娜说"对了，记得跟田悦姐说，邮费到付，这钱我们姐妹仨出了。"

当天，陈应月与制片人的聊天在田悦的撮合下很顺利。

为了能让陈应月的剧能上星播出，田悦还加重砝码，答应制片人会选派手下较红的小鲜肉出演该剧。要知道，田悦手下艺人捧一个火一个，约档期简直难如登天，光是凭借艺人效应，剧目都能获得良好收视。制片人一听，当下直接询问陈应月何时能签约。

对于这样的结果，陈应月很高兴看到。可仔细一想，田悦向来精于算计，娱乐圈 TOP3 的地位让她手里绝对不乏优秀剧本。可现在，她偏偏就愿意光顾陈应月这十八线小编剧的本子，陈应月还是觉得有点奇怪。

果然，还没走出大门，陈应月的想法就应验了。

田悦忽然满脸堆着笑，推给她一张名片："我有个朋友在这个酒吧，帮忙接待他一星期。"

"朋友？"陈应月蹙眉。

田悦不回答，只是撩了撩齐耳的短发，笑道："制片人刚才说了，这次得签三方合同。如果你七天里，帮我照顾好这位朋友，那这合同签字盖章绝对少不了我田悦的份儿。可如果要是没照顾好，那我的公章丢了、坏了，到时候反悔了，也都是说不定的事儿。"

田悦拍拍陈应月的肩："成败就看你愿不愿意走这一遭了。"

说完，她也不给陈应月反悔的时间，直接走开了。

留陈应月一个人，看着那张酒吧 DJ 的名片出神。

去或不去？

田悦这人心眼多，陈应月不知道她到底想做点什么。陈应月心里还在犹豫，但手上的打车软件已经打开了。

她到了名片上的酒吧，找到了那个 DJ。DJ 对她了然一笑，在嘈杂的蹦迪声中，朝她扬了扬手，示意跟他走。DJ 五彩的头发以及痞气的笑容，都让陈应月心里没底。

很快，DJ 将她带到一间包厢，DJ 戳了戳包厢门，示意陈应月等的人在里头。

推开门，陈应月没看见什么不雅的场景，只是有个烂醉如泥的家伙，躺在沙发上，睡得死沉。陈应月拍拍他的脸："陆亦修，你给我醒醒。"

陆亦修没醉透，被拍了下脸，皱着眉，眼睛睁开了一丝缝："是哪个不识相的，居然打我！给我滚出来！"

他迷糊的样子有点好笑，陈应月没忍住，掩着嘴笑。

过了会儿，他倒像看清了，揉揉眼："小月亮？"

"陆亦修你够了啊。"

是记忆中的声音，直觉告诉陆亦修，眼前这人就是陈应月，他下意识地凑上嘴，往她嘴上亲。还没亲上，陈应月就扳着他的脑袋别到另一边，使劲瞪着他："又抽烟又喝酒，你以为我闻不出来。"

"对对对。"陆亦修赶紧捂住嘴，脸上堆满了迷糊的笑容，"嘿嘿，抽过烟了就不能亲小月亮了，我答应的。"

"走了，该回家了。"

陈应月吃力地将他拉了起来，推开包厢门。

门刚开一条缝儿，她就又带他折返回来，思考了一会儿，她就近利用桌上的黑色方巾，对折掩住他的口鼻："酒品这么不好，还喝什么酒。要是被你那些女粉丝看到，心可不得碎一地。"

闭着眼的陆亦修忽然开口，说："你又不是不知道，我心里除了你，哪还乐意管谁死活。"

陈应月吓了一跳，以为他醒了，转过头去，却发现他闭着眼，似乎又睡着了。

她一米六八的个子，揽着他快一米九的高个子，沉得路都站不稳。

可偏偏就是这样的负重前行，却令她心安无比。

回到公寓。

陆亦修一身酒气，陈应月懒得动他，索性给他搬了被子和枕头，把他安顿在沙发上。

他睡得很熟，高挺的鼻梁和狭长的眼在这一刻显得不那么锋芒毕露，倒像是个安静的邻家大男孩。外界说陆影帝暴躁易怒，但只有见过他无数次睡相的陈应月知道，他睡着时，好看的温柔眉眼像是全世界最温暖的小动物。虽然这小动物醒了之后，逢人就咬。

陈应月没忍住，扑哧笑了出来。要是陆亦修知道她把自己形容成小动物，估计得忍不住掐死她。不过还好，他睡着了，没机会知道。

"嗡嗡——"

从陆亦修口袋里传出声响。

陈应月怕手机振动吵醒他，小心翼翼地取出手机。

陈应月没开灯，取出时，手机屏幕还是亮着的。点亮的屏幕，在黑暗中显得格外刺眼，陈应月顺理成章地，看见了上头田悦发给陆亦修的微信。

"给你放一星期假，料理好你和她的事儿，再安心回来拍戏。"

怪不得田悦会指引她去那家酒吧，原来早有预谋。

洗完澡，卸掉满身疲惫，陈应月回到卧室。

手包开了个角，被她随意地扔在梳妆台上。转头的瞬间，陈应月看见了里头的牛皮纸信封，才猛然想到，娜娜几个让她转交的照片都忘了给田悦。田悦事忙，要是特地为了这么个小事约她见面，未免浪费时间。她仔细想了一圈，也没想到最佳解决办法。

忽然，她想到那个签名的人不就在门外吗。直接让他签，不再绕道田悦不就得了。

可想到这里，陈应月又觉得有点儿为难。

相识相爱这么多年，几乎没人知道陈应月与陆亦修的关系，更不用说问陈应月要陆亦修的签名了。在陈应月眼里，陆亦修只是个爱跟她胡搅蛮缠的男人，根本不是个明星、影帝。

现在，要她拿着那些照片问他要签名，她还真有点儿开不了口。

可娜娜她们的任务不得不办，陈应月没办法，只能硬着头皮，把那堆照片扔在了沙发上。

末了，还不忘附上一张便利贴："同事想要你签名。"

陆亦修是在凌晨三点醒来的。

醒来的第一眼，就是看到了那堆照片。

他绕到房间偷瞄了一眼陈应月，又瞧了瞧手上那堆照片，嘴角忍不住地上扬。

上头的便利贴是陆亦修熟悉的笔记，这么多年也没变。

他想起以前，有人暗恋他，拜托陈应月把情书转交给他。陈应月不好推托，硬着头皮把那封情书悄悄地塞给陆亦修，还不忘附上一张便利贴“孙雨萍给你的”。陆亦修当时只趴着没睡着，从胳膊肘里睁眼，认出了陈应月的鞋，趁她丢情书的时候，就那么猝不及防地一把抓住了她的手。

第一次被男孩子捉住手，陈应月整张脸涨得通红，她不敢声张，只拿一双大眼睛无措地盯着陆亦修。陆亦修当时只是笑，然后站起来，贴近她的耳朵问她。

“陈应月你呢？你喜欢我吗？”

陆亦修至今还记得陈应月当时的神情，她眼睛都红了，像只慌乱逃窜的小兔子。

陆亦修难得认真地，一笔一画地签上了大名。

可签到一半，笔没墨水了。陆亦修在公寓里找了一圈，也没找到一支笔，怕动静太大吵醒陈应月，他索性不找了，下楼去便利店买笔。

随身的口罩墨镜大概是丢在了酒吧，没带回来。陆亦修看了一眼手表，凌晨四点。

陈应月的公寓地处偏远，他猜想这个点应该不会有娱记跟拍，也懒得做什么防护，直接下楼了。

“欢迎光临，请问您有什么需要吗？”夜半的便利店，营业员顶着两只黑眼圈，耷拉着眼。门铃响了，逢人来，条件反射地打招呼。

陆亦修问：“签字笔在哪个位置？”

营业员答：“倒数第二列柜子的最中间。”

“好，谢谢。”陆亦修找到柜子，只瞧见一套少女款式，还带着粉色毛绒球的笔。他皱眉，将那少女笔举高，“除了这个款式没有其他的吗？”

“如果旁边没有，那就是没了。”

“好吧。”

陆亦修转身结账，此时，他身着黑白格的风衣，这支粉色的笔与他的穿搭格格不入。

营业员：“一共十五元，现金还是支付宝？”

“现金吧。”陆亦修低头掏钱包。

这时，营业员终于看清了他的样貌，手上的扫码枪“啪”的一声摔倒在台面上，与之同来的，还有营业员的惊呼：“我的天哪，现在凌晨几点？我该不会是在做梦吧！你是陆亦修吗？我是不是眼花了！”

“二十，不用找了。”

营业员揉揉眼睛，确认不是在做梦后，终于恢复理智：“您是住在这附近吗？我怎么以前没见过您，您的电影《城府》我看了三十遍！您是要买签字笔是吗？是不喜欢这个款式吗？我给您去仓库找找，应该还有别的款式！”

“不用了。”陆亦修微笑。

“您等一下，我现在就找！”

营业员跑去仓库找笔了，陆亦修不想惊动太多人，放下钱，转身离开了。

拿着那支粉色绒球笔，陆亦修浑身不自在。还没离开便利店几步，陆亦修就感觉到了更不自在的存在。

隐约中，他仿佛听到了不远处草丛中传来“咔嚓咔嚓”的快门声，摄影机的红外线投射在地面一角。常年的演艺圈工作，让他知道，他被狗仔跟拍了。

他快步走到一层楼梯间，躲在安全出口后面。

如他所料，没一会儿，那两个狗仔就跟了上来。正当他们着急寻找陆亦修影子的时候，他忽然站定到他们面前，声音冰冷：“有什么好拍的。”

两个狗仔被吓了一跳：“陆影帝早上好，您原谅一下，这是我们的工作。”

陆亦修说：“如果你们的工作就是二十四小时监视我，抱歉我不接受。现在是凌晨四点，我的工作在昨晚已经结束，现在是我的私人时间，恕不奉陪。”

“陆影帝您别这样。”狗仔笑得狡黠，“我们之前有拍到有个女人从酒吧里把你带出来到了这里。我们就是想了解下，这人是谁，跟您是什么关系，要是您愿意配合说出，那就最好不过了。您出道八年也没什么绯闻，好不容易有这么个线索，别说影迷，连我都很期待呢！”

“够了。”

“如果您不愿意回答，我们可以亲自去查。”

“把今天所有拍的视频都给掐了。”

“您别为难我们。”

“我说掐了！”陆亦修是彻底动怒了，身为娱乐圈人，他知道无时无刻不被人追踪的束缚感。他可以忍受别人披露他的隐私，但是有关于陈应月的，却万万不能。她是陆亦修拼了命捧在手里呵护的人，他自己清楚被人监视的束缚，绝对不愿意陈应月踏上这样的路，他根本舍不得她受别人的打扰。

“掐不掐？”陆亦修下了最后通牒。

狗仔不识相，呵呵地笑。

就在这时候，陆亦修劈手夺过了他们的相机，狠狠摔在地上。

兴许是早就习惯了艺人们这样的反抗，狗仔显得很平静，反倒举着手机，将陆亦修砸相机的画面录了下来。他嘴里还很不客气：“我们都录像了，如果您还这么不客气，我可就马上上传微博了。”

陆亦修是个暴脾气，最讨厌别人威胁。狗仔话还没说完，他已经听不下去，抡起拳头就要往狗仔的脸上打。

也就是这时候，陈应月出现了。

她一把抱住陆亦修的胳膊：“住手！”

陈应月半夜醒来，看见沙发上的陆亦修不见了，打他电话也不接，怕他出事儿，就下楼找他，没想到看见了这一幕。

陆亦修终于还是停手了。同时，狗仔认出了陈应月的身形，用好奇的眼光打量她。

“你是？”

陈应月整理了一下头发，体面地伸出手，微笑着跟他们一一握手：

“记者大哥们辛苦了，我是陆先生的新助理。”

“可陆影帝最近没换过助理吧。”狗仔打量她。

狗仔能根据路线查到这儿，陈应月基本也能猜出他们应该是在酒吧拍到了什么。在职场生存多年，陈应月早已练就出了一身处变不惊的本事：“以前还在实习，没多露过脸，只有上周在虹桥给陆先生送过一次机，也不知道各位记者大哥当时有没有拍到照片，好歹也给点小妹露露脸的机会。”

“怎么会这样。”

“对了，陆先生在这小区里购置了房产，我们公司也有员工宿舍在这儿。”陈应月蹲下身，捡起缺了角的摄像机，拿起来掸了掸，“真不好意思，大清早的我们陆先生火气比较大，弄坏了您二位的相机。如果两位不介意，要不上去喝个茶。”

预想中的绯闻人选，变成了新晋助理，狗仔们明显有些失望。瞧着陆亦修这副快杀人的模样，狗仔们哪还敢再上门喝茶。收拾完摄像机，赶紧拔腿跑了。

空荡的楼梯间，连呼吸都有些丝的回音。

陆亦修说：“你这番理论，真是天衣无缝。”

陈应月走下楼梯：“如果你愿意低调行事，息事宁人，或许我也不用这样。”

“所以你应该在私底下操练过很多遍，所以才会说出来这么顺畅吧。”陆亦修冷笑。

“明知会发生的事，不做提前演练，不是我的风格。”

陆亦修停下来问她：“你就不怕，下次他们没在我身边看见你会起疑心。”

陈应月嘴角牵出一抹笑，在狭窄黑暗的楼道里回头，与他的视线触在一块儿：“陆影帝向来脾气火爆，随便辞退一个小助理，算得了什么。”

“如果我不配合呢？”

陈应月没回应他，只是默默打开手机，拨通了田悦的号码。她将事情经过一五一十地告诉了田悦，另外在捡摄像机的时候，她借机看到了狗仔所属公司的名字。她请田悦通过娱乐圈里的“白手套”，找到这家公司，帮忙抹去今天视频的所有内容，以防外泄。田悦听完，对陈应月缜密的心思连连称赞。

陈应月打了一路的电话，挂掉电话，已经回到了公寓。

陆亦修抱肩靠在玄关："报告完了？"

陈应月叹了一口气："现在悦姐去处理了，希望这关能顺利渡过。"

他眯眼看她："陈应月，你有这么害怕吗？"

"是啊，我确实很害怕。"一早被吵醒，又碰上这样的事，陈应月很疲惫，"陆亦修拜托你可不可以收敛自己的脾气，你的名声是所有人为你撑起来的。高楼建起需要漫漫时间，但是想倒塌，只需要一个爆破点而已。"

陈应月越说越气，她用力将手机甩在沙发上："你气愤，摔碎他的相机又怎样？收拾烂摊子的永远是你身后的人，你的脾气只会给别人带来负担！"

还没等陈应月说完，陆亦修的嗤笑就已传来。

"你心里真的是这样想的吗？"陆亦修拿手点在鞋柜上，笃笃有节奏的声响，像是炸弹爆炸的倒计时，"陈应月我真想问问你，你到底是想保护我，保护我身后的人，还是说你只是想保护你自己！这么多年，你宁愿站在我背后，也不愿意向任何人承认我们的关系。陈应月我只想问你，认识我陆亦修，有那么让你感到羞耻吗？"

陈应月忽然语塞，陆亦修沉着嗓子，一遍遍质问她。

"陈应月你想过从你自己身上找原因吗？""你到底在害怕什么！"

陆亦修摔门走了。

陈应月看着他摔门走了，却没看见他再回来。她印象中，陆亦修每次离开总是风风火火的，但风风火火之后，他总会忍不住回头望她一眼，再望一眼，长久的一声叹息之后，他就会再度折返回来。他是最决绝的人，却也是最容易心软的。

可重逢的这一年里，她很少再见他回头，见得最多的，是他的背影。

有什么变得不一样了。

第四章
永久的告别

狗仔很敬业。在田悦的强权之下，虽然没能抢下最引人遐想的视频片段，但是借助手机部分视频的简单剪辑，还是在网上引起了不小的轰动。

娜娜作为资深的“一休哥”，是第一批看到这段视频的人。

改了一夜稿子的陈应月刚走到办公室，就被娜娜叫住了：“陈姐陈姐，有好东西跟你分享！”

娜娜当着陈应月的面，打开微博热搜，点开了一个名叫“深夜跟拍陆亦修”的话题，陈应月的心脏顿时咯噔了一下。

还好，一分半的视频并没有出现什么异常。狗仔的跟拍清汤寡水，只是陆亦修走在路上，一边拿着支粉色的笔，一边在签字而已。

然而，陆亦修从不参与综艺节目。对于鲜少见到偶像平时生活中模样的粉丝来说，这已经是福利中的福利了。

“陈姐，抓到这个视频的点了吗？”

“什么？”陈应月不解。

娜娜嗷嗷大叫：“头发从不染色，出门只穿黑色的陆影帝，居然拿了一支粉红色少女心满满的绒球笔！陈姐你不是‘一休哥’，你不知道我们迷妹的力量有多大。不到半小时，现在这款笔在淘宝销量已经过一万了，附近便利店销售一空，根本买不到同款。”

娜娜托腮，认真地说："我觉得我们下个剧本，可以考虑以陆亦修这样禁欲系男神的人设，来构思一个男主角。其中就要加上这一段，成熟稳重的男主角，买了一支粉色少女笔送给女主角，这种反差萌，简直太诱惑。"

"好了，别做白日梦了，先把手头的剧本做完就谢天谢地了。"陈应月弹了一下她的脑袋，"甲方昨晚又提供了意见，我改好了，你再润色下。"

"好吧。"

元气满满的娜娜一下就蔫了。

陈应月刚走了几步，想到了什么，又折返回来。她从包里掏出一个厚重的信封，拍在娜娜的桌上："对了，给你的。"

"哇！"娜娜嘴张得老大。

陈应月无奈地笑笑，她刚一转头，娜娜就火急火燎地拆开了信封。旁边两个同组的姑娘闻讯赶来，两双眼睛紧紧盯着娜娜拆信封的动作。如果眼神可以点火的话，她俩铁定一秒能把信封烧没。

"天哪，居然都有签名！"

"是啊，三十张都有！"

"正版签名未免太帅了！"

身后尖叫连连。

同组姑娘埋怨娜娜："娜娜你怎么就打了三十张，怎么不打个五百张，好让我送送姐妹！"

娜娜回："你可别说，我自己都后悔！"

陈应月听见背后的对话，忍不住掩嘴偷笑。

结果，陈应月还没走远，娜娜忽然"啊"地大叫了一声！

办公室不算大，娜娜这一声"啊"来得太慌张，陈应月以为发生了什么意外，立刻回过头，却看见娜娜举着一支笔，在办公室里上蹿下跳。一旁的两个姑娘，看见娜娜这样，眼里跟着了火似的。

娜娜开心地大叫："陈姐你未免太贴心了吧，居然还送给我陆影帝的网红笔。"

陈应月定睛一看，才发现娜娜手里举着的那支笔，正是微博流传的陆亦修一分半小视频里的同款粉色少女绒球笔。

“哇，这笔居然是打开过的。”娜娜捣鼓了一阵，惊讶道，“这难不成就是陆亦修在视频里用过的那支。天哪，我该不会是在做梦吧。他就是用这支笔给我签名的？我摇身一变成了剧本里的幸运女主角？”

陈应月也不知道为什么视频里那支笔会出现在信封里，不过还好，她的反应很快。

“是我打开的。”陈应月打断她。

娜娜失落了一秒，又开始咯咯地笑，她连跳了好几步，站定在陈应月跟前，把声音压得低低的，笑得一脸神秘：“陈姐，你过年时候还骗我说你不是‘一休哥’，我看你比谁都铁，那视频发布不到半小时，就给我送了同款。你就说吧，签名照你偷偷打印了几张，我对天发誓，绝对不说出来！”

陈应月刮刮她的鼻梁，笑着离开。

走着走着，她脸上的笑容却越来越僵，到最后，竟是连嘴角都扯不上来。

原来，他凌晨去楼下买笔，是为了签完那一沓她给的照片。

陈应月很感动，却也很愧疚。

她忽然觉得，她这样自私卑鄙的人，配不上陆亦修这样的爱。

傍晚，陈应月接到了沈亮的电话。

沈亮刚从南城返回上海的工地，陈家父母知道自家女儿忙了两个月项目没回家，特地托沈亮带了些土特产，转交给陈应月。正好陈应月也有话要跟沈亮说，两个人就约了晚上九点，在陈应月家楼下咖啡厅碰头。

经过很长时间的考虑，陈应月觉得无论如何自己和沈亮是不可能成的，她无心伤害他，与其互相浪费时间，不如解释清楚一了百了。

因为心里有愧，陈应月特地早到了。结果，刚进咖啡厅，就看见沈亮坐在卡座里，白色瓷杯上，咖啡已经结了薄薄一层壳，大概是等了很久。

沈亮看见陈应月到了，立刻站了起来，搓了搓手跟她打招呼。他老实巴交的模样，让陈应月有点开不了口。

刚绕到他对面坐下，沈亮就从桌底下拎起一个黑布袋，递给陈应月：

“叔叔阿姨说，这个季节南城的鸡头米最好吃，他们怕上海买的不新鲜，特地托人买了刚剥好的，让我带给你。”

“谢谢。”陈应月接过去，犹豫了一会儿，还是直奔主题，“沈亮，其实我想跟你说……”

“我知道你想说什么。”

沈亮黝黑憨厚的脸，忽然沉了下来：“你和陆亦修的事，我那天回去想想，就自己想明白了。”

“不是他的原因。”

“那是什么？”

“我们不太合适。”

“别骗我了，我这次回去都听叔叔阿姨说了。”沈亮抿了一口咖啡，“你跟几年前就在一起了是吧。”

“我们一年前就分开了。”沈亮是个外人，关于自己和陆亦修的那些事儿，无论父母说了什么，陈应月都选择守口如瓶。外人无须知道，也不能知道。

“那天在公寓里，就能看出来你们一直有联系，你何必骗我。”沈亮笑着摇头，眼神有些高深莫测，“况且，如果是为了叔叔的那场事故，赔了你的幸福，真不值得。”

陈应月眯眼，灼灼地看着面前的沈亮，那个憨厚的男人忽然让陈应月觉得陌生。此刻，她背靠咖啡厅大门，门口悬挂着风铃，她听见风铃叮叮咚咚地响，像是有人走进来，但此刻她根本无暇顾及。

“你什么意思？”她质问他。

“应月，你别急。”沈亮一把捉住她的手，诡异的眼神一闪而过，“叔叔当年被聚立集团害得脑损伤、赔上一条腿的事情我们镇上的人都知道，但如果你是为了这些而接近陆亦修，根本不值得。他虽然是聚立集团的大公子，但跟那些事儿扯不上关系，你何必跟他纠缠，赔上自己的幸福呢。”

“我不懂你在胡说些什么。”

陈应月嫌恶地推开他的手要走，但他却将她的手攥得死紧。

他惺惺作态：“我都听叔叔说了，你根本不爱他。这么多年跟他在一起，不过是为了让他求而不得，借此来报复。”

“是谁跟你说的这些话？”陈应月警惕地看着他。

“这些都是叔叔告诉我的。”

“不可能。”

“是叔叔告诉我的。但他不让我说出来，因为这都是你的秘密。应月，我舍不得你，我不能看你这样害人害己。你无辜，陆亦修又何其无辜，你们何必互相折磨。”沈亮双手按住陈应月的肩，令陈应月动弹不得，“你这么多年跟他在一起却一直不敢公开，不就是因为当年叔叔的案件牵扯甚广，你怕被媒体披露出那场案件，所以才会一直对外保密，怕陆亦修知道真相后，再也无法被你利用吗？”

“放手！”

沈亮的话，让陈应月的情绪开始激动。沈亮根本不放她走，反而将她抓得死紧，故意激她：“叔叔都告诉我了，当年都是他自己不戴安全帽，不能怪别人。他也跟我说了，你害怕蝴蝶，就是从那时候开始的。”

血液冲上脑门，“蝴蝶”这两个字，几乎击破了陈应月的心理防线。

十几年前的那天，白色蝴蝶在父亲鲜血淋漓的身体上不停吸血的画面又再次浮现，陈应月发了疯似的推开他，情绪崩溃，几乎是吼出来的。

“不是，不是我爸爸的错！

“是他们聚立集团工地监管不严格，是他们根本不给予人道救助，赔偿款一拖再拖，害得我差点没有爸爸了！

“我恨他们，恨他们所有人！”

陈应月的尖叫引来了旁人的注意，沈亮赶忙站起身来，凑到陈应月耳边：“应月，你冷静点。”

然而，沈亮刚从陈应月的耳边抬起头，就看见面前站了个高大挺拔的黑影。

“陆、陆先生……”

九点的咖啡厅很冷清，周边无人走动，连空气仿佛都是固态的。

“咚——”“咚——”

每个人的心跳都像是一次地震。

陈应月缓慢地抬起眼，看见面前熟悉又陌生的那张脸。

他今天把自己保护得很好，黑色风衣、黑色鸭舌帽、黑色口罩一样不落。他没戴墨镜，暴露在外的，只剩一双眼，一双陌生又冰冷的眼，连带看陈应月的眼神，都像是在看一个怪物。

“都听到了？”陈应月深吸一口气，勉强地挤出一抹笑。

“是。”隔着口罩，他的声音闷闷的，“全都听到了。”

“那正好，也不用再重复一次了。”

陈应月拎起手包，转了个身，走到沈亮跟前的时候，她压着嗓音，对他说：“沈亮，今天谢谢你。”

“你……”沈亮一时语塞。

沈亮其实一早就看见陆亦修了，沈亮面对咖啡厅大门，从陆亦修进门的那一刻，他就瞧见了。自打他知道陈应月与陆亦修关系的那一刻，他就忍不住心里的火气。他从小没吃过什么苦，在陈应月身上用尽心思还没能得到，心里自然不甘心，更何况陈应月浪费了他整整五个月的时间。他是个直肠子，原本想借着这事儿跟陈应月好好理论一番，结果没想到半路陆亦修出现了，他故意利用从陈父那儿套来的话激怒陈应月，结果没想到，陈应月居然一下子就被他激怒了。

陆亦修的出现，更是让他无法收场，他有点害怕，甚至有点恐慌。但陈应月刚才那一句“谢谢你”，却忽然让他感觉挫败，好像自己费尽心力布了局，结果自己才是局中棋。

九点半的小区花园，褪去嘈杂。

与一个人相爱多年是什么样的感觉，陈应月或许这时候能告诉你，仅凭脚步声就能认出他。

陈应月听到身后熟悉的脚步声，同样地停下来。

陈应月知道秘密是藏不住的，他总有一天得知道，与其面对昭告天下的狼狈，倒不如私下凄惨了结。她是个懂分寸的人，陆亦修那样的身份她配不上，陆亦修那样好的爱她也不配。她明白陆亦修的脾气，也知道陆亦修是个没安全感的人，她刚才说出口的那些话，早就意味着再也回不了头。

“现在是最后的告别？”她站定身子，强忍住鼻尖的酸涩，抬眼看他。

“算是吧。”他异常平静，“今天听到了我一直想知道的答案，却没想到这个答案这么令人意外。”

“还行吧，这是我的秘密。”

“这么大的秘密藏了这么久。”陆亦修笑了笑，“能忍，像你的作风。”

“要是我不能忍，我们早就结束了。”她也笑。

初春节气，小雨来得猝不及防。

陈应月乌黑的头发沾上了细密的雨珠，嵌在发上，毛茸茸的。陆亦修走上去一步，用手替她掸去那些雨珠。

“陈应月。”

“嗯？”

“我把口罩摘了，你好好看看我，我也好好看看你吧。”

“好。”

分明是两张熟悉的脸，触摸、观察了将近十年，此刻却觉得陌生。

短暂的沉默后，陆亦修开口：“陈应月，这十年里，你到底有没有爱过我。”

陈应月没回应，只是说：“你心里有答案。”

“也是。”

陆亦修苦笑一声之后，开始往长廊深处走去。

陈应月眼睁睁地看着他，从高大变得渺小。他的身影快要消失不见的那一秒，陈应月忽然心慌了。

记忆中，陆亦修总会在她目送他离去到快要看不见时，回过头，再回头，叹一口气之后，又跑回她的身边，跟她讨饶“小月亮，我错了”。

可陈应月知道，这次之后，再也不会有以后了。

她像是抓到救命稻草的人，忽然喊住他：“陆亦修，以后我们就当朋友吧。”

他真的回头了。

“陈应月，你觉得以后我们还能做朋友吗？”

如预期的一样，他叹气了。

陆亦修笑着，那笑容像他首次出演电影《城府》时，曾获得国内外影评人一致好评的，那温暖却又拒人于千里之外的微笑。

他说："看在同窗三年的分上，如果看见我，一定要当不认识我。"

很久以后，陈应月才知道，经常回头的人，一旦决定再也不回头，那意味着永久的告别。

人心起初都是软如棉，但受过伤的人不一样，他们都心硬如铁。

或许一切起源，都源于陆亦修十八岁的那个夏天，在桌角上用圆规刻下、又匆忙划去的三行情书。

——陈应月，

——你知不知道，

——为了抱你，我抱了全班同学。

陆亦修殴打官二代学长的虐猫事件后。因陆亦修父母的及时出场，成功力挽狂澜，让陆亦修免于退学惩罚。但班主任可没那么简单松口，为了让陆亦修长长记性，惩罚他打扫包干区一个月。

作为鼎力维护陆亦修的那个人，一向公正不阿的陈班长很不幸地，也被连累了。

入了秋的南城，梧桐叶簌簌地掉。

陈应月刚扫完一堆，水泥乒乓球台上，落叶又飘了好几片。都穿上高领毛衣了，这么一打扫，陈应月出了满身的汗，而一旁的陆亦修，还蹲坐在乒乓球台上，玩着一根捡来的树枝。

说来也巧，陈应月班里的包干区，就是上次被陆亦修撞见校服特殊处理的废弃乒乓球场。

陈应月从体育馆里提了个水桶出来，又拿抹布湿了水，用来擦栏杆。

等她擦完一半栏杆，准备清洗抹布的时候，一回头，就看见水泥乒乓球台上好像多了点什么。

凑近一看，居然是陆亦修用树枝当笔，用水当颜料画出来的一幅画，画的还是陈应月擦栏杆的模样。

细节之处还没完善，陆亦修还在勾勾画画。

陈应月很惊讶："你画得不错啊！"

“你要是不说话我能画得更好。”

没一会儿，陆亦修的画画完了。

陈应月以前初中里也有美术特长生，只不过她还是第一回见有人用水和树枝就能画出一幅画来，还画得那么好。

“陆亦修你画画这么厉害，等高二文理分班的时候，可以考虑去学美术。”陈应月很认真地建议。

“不可能的。”陆亦修似乎有什么难言之隐，“我家里人觉得画画是没有出路的行业。”

“家里人不喜欢不等于你不能学啊。”陈应月一屁股坐上乒乓球桌，笑眼弯弯的，“追求梦想的权利谁都有，况且你天赋还这么高。咱们先说好，如果有天你成名了，记得给我画个素描像。等你百年作古了，说不定就成了第二个毕加索，到时候我就把素描传给我的子子孙孙，这样也不愁没钱花了。”

“钱钱钱，你脑子里除了钱还有什么？”

“没了。”陈应月咯咯地笑。

“陈应月你真俗。”

“嘿嘿。”

陆亦修皱眉，皱得连鼻子都拧在了一块儿。不过好在他长得好看，连眉眼皱成一团的时候，都像闪着光。

陈应月狡黠地笑着，晨间的清辉照在她凌乱的鬓角，那细碎的光，又穿过她发丝的间隙扎向他的眼里。他瞧见她嘴角的酒窝，那窝很深，深得直将陆亦修的心给吸进去。

有点呼吸不过来啊。

陆亦修心慌。

他尝试说点别的话题，引开注意力。

“陈应月，你以后打算考什么大学？”

“考师范。”

“当老师？”

“是啊，我听说师范类学校都可以减免学费。”

“陈应月你可真是俗不可耐。”

“那你呢，你打算考什么大学？”

“还没想好。”

“那你还不如我呢，我好歹有自己的方向。”

陆亦修从乒乓球桌上跳下来，捡起她挂在水桶边上的抹布，沾了水：“赶紧扫，马上就要开始上课了，再不回去夏老师又要骂人了。”

“哎，我说你什么时候这么听话了。”她拎起扫把，又重新把地上的落叶扫了一遍。

“这还不是怕你待会儿迟到挨骂，又要费点心思，才能重新博得老师的喜欢。”陆亦修突然想到了什么，又跳上乒乓球桌，抱着臂，饶有兴致地看着陈应月，“陈班长，问你个问题？”

“什么？”

“你在跟隔壁班的周志伟谈恋爱是吧？”

小镇上来的陈应月哪禁得起这种话，血液轰地往脑门上冲，噌地红了脸。她拎起扫帚，就往陆亦修那边甩：“陆亦修，你脑子有问题吧！”

“哟哟哟，恼羞成怒了。”

“你才恼羞成怒！”

陆亦修靠在墙角，玩味地摸着下巴：“我可是不止一次看见他送你回宿舍了。”

“那是因为我在食堂请教他题目！”

“那以后我以后是不是也可以请教你题目。”

“前提是你如果不被退学。”

“那你等着瞧吧。”

收拾完工具，两人准备起身回教室。

临走的时候，陈应月看了一眼那水泥乒乓球桌上的画。秋风干燥得很，没一会儿，水就蒸干了，只剩一个浅浅的印。

“真可惜，都不能带走。”陈应月感叹。

陆亦修不以为然：“不过就随便画画的，又没什么意思。”

“我长这么大，拍照很少，更不用说跑进别人的画里了。”陈应月转着手里的扫把，念叨着，“怪难得，也怪可惜的。”

“有什么好可惜的。”

陆亦修看她依依不舍的眼神，简直烦死了。他扯着她的袖子把她往回扯，口气很不耐烦："回去我给你画本子上。"

"真的？"

"陈应月，我就问你一句，我陆亦修有说话不算话的时候吗？"

周五傍晚，一声铃响宣告了南城二中的周末到来。

前两天陈应月领到了这个学期的助学奖金，将近一千块。放在自己身边她总不安心，想着在学校里用不到钱，就决定这个周末回家，把助学金给妈妈补贴家用。话说回来，陈应月因为车费考虑和班级事多，开学这么久了也没回过家，想着今天要回家，心里有点兴奋。

回宿舍收拾好东西，陈应月就背上书包往公交车站去了。

周末学生返程高峰，公交车里挤满了人，前门进后门出的规矩俨然没有了，学生们一个个地往车里跑，没一会儿就塞满了整个车厢。陈应月很幸运，赶在前门关闭的前几秒挤了上去，一张脸紧紧贴着车门玻璃。

后门即将关闭时，陈应月隐约看见公交车站有个人影一闪而过，像极了陆亦修。不过她没在意，她被挤得呼吸都不畅了，哪还有闲心管其他的。

过了几站，人流开始松动的时候，陈应月才看见了后门口那个高大的身影。

陆亦修一米八五的个子矗立在同龄人中，显得有点突兀。

她往那边望的时候，陆亦修恰好在往她这边看，两人的眼神猝不及防地撞到了一块，又猝不及防地立刻闪开。这还是两人第一回在校外见面，不知道为什么，陈应月觉得有点尴尬。

想着陆亦修以前在学校里，就经常跟她装作不认识，她仔细想了想，还是别去打招呼了。万一陆亦修和朋友在一起，她这穷酸样，估计得让陆亦修在朋友面前没面子了。

想了想，陈应月还是装作不认识他算了。

另一边，陆亦修早看见陈应月了，或者说，他是尾随陈应月上的公交车。

他约了初中同学一起打篮球，铃一响，就麻利地溜了。今天他们约好由他带球，结果刚走到校门口，陆亦修才发现球落教室里了，他赶紧跑回去拿。好巧不巧，就在往校门口赶的路上，碰到了陈应月。只不过陈应月走在前，兴许是没看见他，跑得很快。

他眼睁睁地瞧着她挤上公交车前门，赶忙迈开了长腿，赶在后门关上的那一刻挤了上去。

不过陈应月这个呆子是真的呆，公交车开出去好几站也从没回过一次头，更没发现他和她在同一辆车上。

刚才好不容易打了个照面，她还匆匆地把眼神收回去，当作不认识他。陆亦修简直快要气炸了！

又是好几站过去，陆亦修也没见陈应月走过来，还是一动不动地站在走道中间，他真恨不得把她拎过来。只不过他实在不高兴做这么掉价的事，他死要面子，就是要站在后头，等她跟他打招呼。

他就躲在车厢后头，时不时地朝她那边瞥。

结果，就在他朝她那边瞥的时候，他看见有个中年男人趁着拥挤的人潮，正不断靠向陈应月，一只手还伸进了陈应月的书包里。捣鼓了一阵儿，中年男人从她书包里摸出来一个牛皮纸信封的袋子。

陆亦修记得，这是白天老师发给她的助学金。

包背在身后，陈应月显然没察觉，一门心思地看风景。

陆亦修见状，三步并作两步，拨开人群跑到陈应月的身后。趁着公交车刹车的瞬间，他轻轻往前一冲，小偷手里的牛皮纸信封没拿稳，重新又落进了陈应月的包里。

小偷察觉不妙，赶忙从后门跑下了车。

此刻，陈应月正一门心思地拉着公交车把手，先前的动静显然完全没察觉。

陆亦修比她高了一头，握着连接把手的栏杆，腾出一只手敲了一下她的脑袋。

陈应月回过头，见陆亦修突然出现在她背后，还凑得那么近，脸“唰”地一下红了。

不知道脸红是不是会感染，陆亦修的脸也红了。

“喂，陈应月你书包拉链开了。”陆亦修尽量装作若无其事。

陈应月取下书包，检查里头的东西，在确认助学金完好之后，她才舒了一口大气："谢谢。"

陆亦修白她一眼："你连自己遭小偷都没发现吗？"

"刚才有小偷？"

"不然你觉得你的书包拉链为什么会开。"

"你看见了？"

"废话。"

"他偷我的东西，你怎么不抓住他？"陈应月心急火燎。

"车上人那么多，谁知道哪个是不是他的同伙。"

"也是。"陈应月冷静下来，想到只是虚惊一场，眼角微微绽开了花儿，"不过还是谢谢你了。"

"知道了。"

这是通往市中心的公交，人流来来往往，也没见车厢内有过一丝空隙。

陆亦修和她靠得很近，依稀能闻见她身上那股衣服晒干后淡淡的阳光味。一时间，他心猿意马："刚才你怎么装作不认识我？"

"你不也装作不认识我嘛。"

"那要是我不过来，你是不是就不过来跟我打招呼了？"陆亦修赌气的模样像个小孩子。

"嗯，如果我下车的时候你还在的话，应该会吧。"

陆亦修有点高兴："那你在哪一站下车？"

"终点站。"

"陈应月你要我呢！"

看着陆亦修气急败坏的模样，陈应月咯咯地笑。

陆亦修不解气，闷闷地念叨："刚才那个小偷也不知道长没长眼睛，他哪只眼睛看出来你像有钱人了，我可得挖了它。要偷东西，也得找小爷我这样的啊。"

陈应月恶狠狠地瞪了他一眼。

市中心这一站，人特别多。

"喂，靠近点。"

"干吗？"

"把包凑过来点。"

“干吗？”

“难不成你还想再被偷一次。”陆亦修恐吓她。

当然这样的恐吓很见效，陈应月乖乖地往他身边凑了凑。

此时此刻，陆亦修简直恨不得要打人。

真不知道为什么，陈应月靠紧他的时候，他的心快跳到嗓子眼上了。还有她身上那股说不出的味道，简直好闻死了。

有多好闻呢？

陆亦修觉得他没法用词语形容。

得用尽世界上所有美好的话当前缀才能形容出来。

转眼，开学已近两个月。

陆亦修的成绩依然没什么起色，始终维持着全班倒数第一的“好成绩”。

语文课文教到“近朱者赤，近墨者黑”的那一段时，班主任忽然临时起意，要让陆亦修和成绩好的学生成为同桌。然而，下一期小组成绩比拼赛已经开始了，班主任也不好任意调换，索性只将陆亦修的位置挪前，放到了陈应月后头。希望他能借此机会，好好学习。

班主任觉得，以陆亦修叛逆的性子，估计是舍不得离开最后一排的风水宝地。没想到陆亦修竟然难得乖顺地应了她，还信誓旦旦地说：“老师，我一定会向陈应月好好学习。”

全班同学都觉得陆亦修浪子回头金不换，只有陈应月一个人知道，她估计有罪要受了。

果不其然，不到一个星期，陈应月所有的想法都验证了。

比如她坐得笔直认真听数学老师讲解大题的时候，陆亦修就趁机躲在她挺直的背后呼呼大睡。数学老师是个上了年纪的老头子，不察觉还好，要是察觉了，一个粉笔头砸过来，那老视眼多数时候是砸不准的，不是扔在了陈应月的额头，就是挂在了她的头发上。

又比如那天，他逃课打篮球回来，错过了吃饭。下午生物老师讲寄生虫的时候，他就躲在背后偷偷吃零食。兴许是寄生虫跟辣条长得太相似，他听着听着，一口辣条吐在了她的椅背上。

欲哭无泪，这一个星期，陈应月总算体会到了这四个字的含义。

刚上完体育课，同学们个个满头大汗。

入秋时好不容易添上的衣服，又一件件地脱了下来，陈应月也一样。

“咕噜咕噜”几杯冷水灌下去，还是热得慌。她身上的那件白衬衫还是初中时候买的，现在长个子了，衬衫显得有点紧，她索性将白衬衫扣子解开了一粒，透透风。

下一节英语课即将开始，这回教的是新课文，陈应月赶紧打开了本子开始预习。

陆亦修是在英语课开课的前一秒进来了，他刚从学校小卖部买了冰镇的雪碧。从前下了体育课，他总喜欢在小卖部买罐雪碧，整罐灌下。在他看来，那种感觉堪比成仙。可今天他破天荒地没当即喝下，反倒是将雪碧带回了教室。因为他记得，某个人在刚才的体育课上，可没少出汗，喝冰镇雪碧这么美妙的感觉，他或许应该跟她分享下。买两瓶显得有些刻意，他就买一瓶，打算倒一口给她喝。要是她实在喜欢，那他就喝一口，其他的全给她喝。

陆亦修这样想着，他觉得自己简直是世界上最好的同学。结果刚拿着雪碧回来，就开始上课了，他的想法全泡汤了，他有点生气。

但让他更生气的，还在后头。

陈应月流了很多的汗，他坐在她背后，她单薄的白衬衫和雪白的皮肤贴在一块儿，差点没把陆亦修的魂儿给吸进去。更过分的是，白衬衫沾了汗，变得跟透明似的，陆亦修甚至能清晰地看见她背上横着的那几道钢丝纽扣。

陆亦修可不是个傻子，不至于不懂那几道扣是什么。

平日里他跟那些球友厮混的时候，虽然不参与，但也没少听他们讲那些女生的两三事。

一整节课他都浑浑噩噩的。

也不知为什么，他觉得陈应月很过分，大秋天的，穿什么不好，偏偏就穿一件衬衫，还那么薄。关键被他正人君子，看了无所谓，要是被班上居心叵测的男同学见了，那影响该多差。

平时自己为非作歹的时候，陆亦修就不觉得自己影响差。偏偏到陈应月这里，他的双重标准就开始发酵了。

“丁零零——”

终于等到下课，陆亦修迫不及待地拿笔戳了戳陈应月的后背。

“怎么了？”她回头。

他忽然不好意思开口：“没怎么。”

“没怎么那你戳我干吗？”

她正要回过头去，他却不甘心，用力拍了一下她的肩膀：“喂，天都这么冷，你还穿什么衬衫。”

“你怎么不看看你自己，你还穿着短袖呢。”

陆亦修一时气短：“我是男的，你女的，不一样。”

“有什么不一样。”

他一股脑儿地说：“可别以为自己身材有多好，人家蔺妮可是比你强多了。”

听他提了一句蔺妮，陈应月忽然就郁闷了。隔了好半晌，她才“哦”了一声。她承认，她确实没人家蔺妮长得漂亮，也没人家身材好，但这也绝不该陆亦修提醒她。

她又回过头去了，那明显的钢丝纽扣还突兀地落在他眼前，陆亦修浑身不是滋味。他拎起她放在座椅靠背上的校服外套，递给她：“喂，赶紧把你的校服穿上。”

“不穿。”陈应月埋头做笔记，“刚出了汗，校服湿了，穿着会感冒的。”

他摸了摸她的校服，果然有点潮。下意识地，他回过头去，拿了自己的校服给她：“穿上。”

陈应月还以为是自己的校服，硬生生地把他的手推回去：“陆亦修，我说你怎么那么胡搅蛮缠。我说过了，我的校服还湿着，等晾干了我再……”话还没说完，异样的手感令她“咦”了一声，“这不是我的。”

等她回过神来的时候，陆亦修已经站在了她书桌跟前，抽走了她的笔记本，将他的校服拍在桌上：“体育课我穿着短袖出去的，校服是干的，你给我穿上。”

他语气不善，陈应月懒得跟他起冲突，只好将他的校服穿上。陆亦修一米八五的个子，陈应月才一米六五。他的校服穿在她身上，简直像套了个灯笼，长度都够她当裙子穿了。

同桌吴帆看见陈应月穿着不合身的男款校服，想到是某个男生给陈应月的。但他没想到陆亦修那儿，毕竟在同学们看来，陆亦修和陈应月可是一对互相看不顺眼的冤家。

吴帆拿自己的校服递了过去："应月，你这校服太大了，我就比你高一点，要不，穿我的吧。"

陆亦修就躲在陈应月身后，干瞪着眼，安静地看着这一切。如果眼神可以杀人的话，这时候的吴帆，大概已经被陆亦修碎尸万段了。

陈应月只是笑笑，说："不用了，就这么穿着吧。"

听到她这句话，陆亦修不知怎么地，心头莫名的爽。这种感觉怎么形容呢，陆亦修觉得，应该是像流汗之后，灌了一升的冰雪碧。

从头到脚的爽。

陈应月就这么被压迫着，穿着陆亦修的校服，直到放学后。

她原本想着放学后还他的，结果晚上气温降下来，她已然习惯了校服的温暖，忘记换下来，直接穿回了宿舍。

宿舍四人相约去浴室洗澡的时候，她才脱下了校服。结果她刚脱掉，吴俊婷就"啊"地叫了一声。

"陈应月，你的衬衫怎么那么透，内衣都露出来了！"

陈应月赶忙找了镜子，才发觉自己的后背居然透得一清二楚，肩带、纽扣……

她"唰"地一下红了脸。

想起白天陆亦修蛮横地要她穿上校服的模样，不知道为什么，心头隐隐有点甜蜜。

也不知是换了位置，还是陆亦修醒悟了。不到两个月的时间，陆亦修的成绩突飞猛进，逐渐告别全班倒数前三的厄运。

结束期中考试，元旦晚会在即。学校规定，元旦晚会每个班都要排出一个节目。

这几天陈应月因为期中考试没考好，整个人都郁郁寡欢，班主任就特地把排节目的担子交给了陈应月，希望她能借助这次机会，放松一下紧绷的心情。

经过班干部商议，他们班最终决定报个合唱节目。

很快凑齐参演的人数，但谁领唱就成了一个难题。毕竟露脸大家都愿意，但要成为领头羊就比较艰难了。这时候班主任跳了出来，钦点她的心腹班长陈应月担任领唱。

元旦晚会当天，班主任特意请了化妆师，给学生们上妆。

全班的座位分为两排，参与合唱的学生占一排，不参与的学生占后一排。陆亦修没参加，跟着一堆同学在座位区打闹。

陈应月是领唱，所以是第一个化完妆回来的。

陆亦修原本在玩手机，见她回来了，有点坐立不安。犹豫了好一会儿，他跟同学换了位置，挪到了正对她的后头。

学校报告厅昏暗的灯光下，他抱着她的椅背，将下巴搁上去，脸庞的轮廓在灯光下变得深深浅浅。他轻声问她："待会儿会紧张吗？"

"嗯。"陈应月点点头，眼神还一直盯着歌词，"现在就紧张着呢，你一问我更紧张了。"

"没什么好紧张的。"

"陆亦修，你说我待会儿要是唱错词了怎么办？"

"没事。"他拍着胸脯，"待会儿你要是唱错了，我就鼓动大家一起在底下合唱。"

她扑哧笑了一声："你真会唱吗？我记得当时班主任找你参加，你可是说你五音不全的。"

"那是骗她的。"见陈应月笑了，他才松了口气，继续哄她开心，"在班里听你们排练那么多遍，再五音不全也都得学会了，昨晚我做梦都在唱。"

"可我还是紧张。"她拿起歌词，举过头顶，"你看，这还没上台呢，手就开始抖了。"

"别怕。"陆亦修一脸无所谓，"就当台下的那些人都是猪。"

"你也在台下，所以你也是猪吗？"

"哎哟喂，陈应月你还学会套路我了。"

陆亦修刚说完，陈应月就开始咯咯地笑。

不知道为什么，陈应月越来越觉得，陆亦修并不是一个坏人。相反，他很体贴，情商很高，在她茫然无助的时候，他都能第一时间帮助她，哄她开心。南城二中的报告厅里，两人一前一后地坐着，并不交流，也不对视，但嘴角都有不可察觉的细微笑意。

那笑意很暖，像是三月里，杨柳春风拂面时，那般羞涩，那般不可言说。

“对了。”

“怎么了？”

陈应月忽然回过头，彼时陆亦修的下巴靠在椅背上。两人距离很近，甚至连呼吸都要交融在一块儿。

她下意识地后退了一点儿，脸上红扑扑的，像个熟透了的桃子。

“陆亦修你觉得我化了妆好看吗？”

“想听真话假话。”

“当然是真话。”她低了低脑袋，睫毛垂下来，在光影下拉长，“这是我长这么大第一次化妆呢。”

“嗯……”

他托腮思考很久，陈应月以为他在衡量该怎么形容。

隔了半晌，他忽然吐了一句：“跟女鬼差不多，尤其那两坨腮红，简直就像猴子屁股。”

陈应月原本紧张的情绪全都一扫而空，狠狠剜了他一眼：“你不说话没人把你当哑巴！”

陆亦修忍不住地，一个人在座位上笑成一团。

后来，化完妆的人都回来了，陈应月也去后台准备了。

等她走后，陆亦修才捂紧那颗快跳出来的心脏。这还是陆亦修这辈子头一回，说谎话觉得脸红。

这哪儿只是陈应月第一次化妆，也是他头一回见她化妆啊。

从她走进报告厅的那一秒，他就注意到了她。

陈应月本就生得清秀纤长，化了妆，少了点学生的素净，多了点女人味。她就像是一道光，任陆亦修如何尝试躲避视线，总移不开眼。凑得近的时候，陆亦修仍能闻见她身上淡淡的，阳光晒过衣服的清淡气味，就像她一样，干净清爽。

轮到他们班表演的时候，陆亦修看得很认真，眼睛都没眨一下。

从初中就跟他同班的蒋磊见了，有点摸不着头脑："你不是最讨厌看元旦晚会吗？"

"谁跟你说的？"陆亦修冷着脸反问。

"去年你不还跟我说嘛，元旦晚会就是看一堆学生学猴子玩杂耍，关键耍得还不溜。这种晚会，别说让你去参加了，就是让你当观众，都脏了你的眼。"

陈应月唱到高潮了，陆亦修举起手机，咔嚓一声，拍下照片。

"你别打扰我。"他恶狠狠地瞪了蒋磊一眼，"你不说话没人把你当哑巴。"

蒋磊总觉得这话似曾相识，仔细想来，这话应该是班长陈应月的口头禅。

只是陈应月和陆亦修向来八竿子打不到一起。

现在看陆亦修那专心致志的模样，他有点儿慌。

高一上学期的生活，在平稳如水的日子里告一段落。

新年的到来，正式开启了学生们的寒假生活。以往，放寒暑假一定是陆亦修最期待的一段时间，但今年寒假，他可一点都不期待。

寒假前，同学们照例交换同学录，写上自己的个人信息以及对同学的寄语。

蒋磊认识陆亦修三年了，从没收到过他的寄语。照陆亦修的话说，写同学录太掉价，他陆小爷才不浪费时间在这些无用社交上。所以，当蒋磊第一次收到陆亦修给他写的寄语的时候，他的眼珠子都差点惊掉了。

不止他，班上所有人的同学录陆亦修都写了。

陆亦修长得好看，又会打篮球，学校里有好多他的暗恋者。别班女生听说男神陆亦修给同班同学都写了同学录，特意托了人把同学录递来，希望陆亦修能大笔一挥，给她们写点什么。

满满一摞五颜六色的同学录，堆在陆亦修的课桌上，但他却根本不想写。英语课代表正在讲台上按组分发模拟卷，每组从前往后递卷子。陆亦修忽然灵机一动，眼疾手快地将同学录堆成高高一堆，放在课桌右上角。

陈应月坐在他前排，习惯性地从他右上角回头，给他递东西。

果不其然，如陆亦修所料，陈应月回头的时候，就毫无预期地撞倒了他那一堆同学录。

“陆亦修拜托你收好同学录可以吗？放在这里很影响我传卷子。”

“哦。”他表面上不动声色，心里却笑开了花。

同学录散落一地，陆亦修陪她一起捡起来。他一边捡，一边状似不经意地问：“陈应月你的同学录呢？”

“没准备。”

“开什么玩笑。”

陆亦修以为她在说气话，没当一回事，索性走到她课桌旁，掏了掏她的桌肚：“有什么好藏着掖着的，要是想让小爷写，我也会考虑一下的。毕竟我给大家都写了，虽然我们俩关系不怎么样，但看在同学一场的分上，我也给你写一份吧。”

陈应月把那一堆同学录抱在怀里，一本本整齐地摆在陆亦修的课桌上，漫不经心地说：“我真没准备，一本同学录十几块钱呢，有这闲钱我还不如买点习题做做。”

陆亦修一听她没准备同学录，火气噌噌地往上冒。他最烦写同学录了，但为了在陈应月的同学录里留下自己的信息，方便寒假里跟他联系，他可不知道签了多少讨人厌的本子。现在陈应月说没准备，他等于是竹篮打水一场空了。

他气得火冒三丈：“我不管，我现在就去小卖部给你买一本。”

“不用了啦。”陈应月的眼神黯淡了，“反正我家也没电话，留了也不能联系。”

陆亦修一时语塞。

过了一会儿，他忽然站起来，从陈应月桌上的那一堆课本里抽出语文课本，放在自己桌上。翻开语文课本第一页，是空白页。对照着同学录上的格式，他一字不落地把标题抄下来，再填上个人信息。

填写完毕后，他还认认真真地检查一遍。

陈应月从未见过陆亦修如此专心的模样，毕竟他是连期末考交卷都绝对不会检查的人。

终于，他把课本递还给陈应月，语气里带着恶作剧得逞的餍足：“我陆亦修这人一视同仁，既然我给班里同学都写了，就绝对少不了你一份。我的联系方式就在语文课本第一页，你要是寒假里有什么事，可以打我手机。”

“你用什么笔写的？”

“圆珠笔。”陆亦修坏笑，“你擦不掉的。”

“陆亦修你信不信我掐死你。”

“有种赶紧的。”

陈应月狠狠瞪了他一眼，不再与他争辩。

她回过头去的时候，陆亦修也安分地回到了座位上。

打开语文课本第一页，陈应月瞧见了上头隽秀的字迹。陆亦修虽然学习不够好，但写的字、画的画都是一等一的。

望着上头小楷体的“陆亦修”三个字，不知道为什么，她的脸烧得通红。

抚平语文课本的边角，她小心翼翼地把它藏进书包里，像是个不敢言说的秘密。

第五章
舍不得你

一整个寒假，陆亦修都手机不离身，连打篮球的时候都一直揣着。每来一个电话，他都会闭眼平复一下呼吸，再翻开手机盖接听。然而，左等右等，他也没等来陈应月的电话。

他甚至动了去她家找她的念头，但问了一圈同学，才发现陈应月那狠心的白眼狼居然没给一个同学留下地址和联系方式。

陆亦修就那么一直等啊等，等着等着，也就开学了。

这是他人生第一个嫌长的假期。

开学第一天，班主任夏老师就抛下一个重磅消息。

经南城二中教务处审议，决定将文理分科，提前一个学期，这就意味着离分班不远了，分班过后，四个省招班的学生将整体打乱，按照文理科分配到不同班级。同时，老师衷心建议，如有学生成绩不佳，则可考虑曲线救国的方式，提前进入美术或体育特长生班进行学习，或许能因此迈入高等学府。

班主任下发分科志愿表，学生们因开学而兴奋的心情，又重新沉了下来。

傍晚，陈应月吹着风，坐在操场看台预习明天上课的内容。大概是读得太认真，她也没多注意，一回头，才发现身边多了一个人。

开学第一天，陆亦修摒弃了最爱的阿迪外套，穿了一件格子衬衫，显得有些书生气。或许是寒假一个多月没联系，两人产生了陌生感。陆亦修倒是不像从前那么咄咄逼人。

“陈应月。”

“嗯？”

“寒假放了几天？”

“班主任好像刚在会上说过，四十八天吧。”

“哦，那你就是四十八天没跟我说话了。”陆亦修迈下一级台阶，蹲在她面前，撑着下巴，目不转睛地看着她，“那你现在给我说话，把这四十八天的份都补上。”

她扑哧一笑，拿书拍了一下他的肩膀，无奈道：“陆亦修你又发什么神经呢？”

她在笑，他却看不出一丝笑意，脸上沉沉的：“以后我们不能坐前后了。”

“你不是最烦我了，现在摆脱了，不是应该放鞭炮吗。”

“怎么可能？我……”他“我”了一会儿，没说下去。

晚风将陆亦修细碎的发吹乱，看台上的灯光时深时浅，这柔软的一切都落进了陈应月的眼里，也一并掉进了她的心里。她用余光偷瞄了他一眼，不敢多看，又埋头读英语。

陆亦修见缝插针地凑过来：“怎么还看英语，明天又不考试。”

“有几个单词不太会，课文也朗诵得不是很流利，所以提前预习。”

“哪几个单词不会，我教你。”

常年全班倒数的学生，居然要教入学考试第一名的学生英语，这怕是天大的笑话了。陈应月也这么觉得，然而，当陆亦修一口流利的牛津腔出口时，陈应月呆若木鸡。

“你居然英语口语这么好！”

“嗯。”陆亦修不咸不淡地说，“我姑姑定居英国，我小学有几年是在英国读的。”

陈应月心里一沉，姑姑定居英国，那陆亦修家境一定不差。她连个出了南城的亲戚都没有，更不用说外国亲戚了。从前她倒是对贫富没什么概念，但听陆亦修说得这么轻描淡写，她忽然有些提不起力气。她装作若无其事：“那你怎么英语还考那么差。”

“不想考好。”

他的回答令陈应月一时语塞。

在她的世界，她只见过拼了命、熬夜读书，挤破头都要进重点高中的学生，从没见过陆亦修这样的。

“为什么？”陈应月问。

“我初升高考得特别差的时候，我爸妈回家了。”陆亦修怕她听不懂，解释道，“我爸妈在我很小的时候就去北京打拼了，工作有点起色，就定居那儿了。原本他们也想把南城的爷爷奶奶接过去，但爷爷奶奶不同意，还想让他们回南城。后来我出生了，爸妈工作忙，没时间照顾我就把我送回南城交给爷爷奶奶抚养，这样一来，他们轻松了，爷爷奶奶有念想了，也不再催他们回南城。再后来，弟弟出生了，这时爸妈也都闲下来了，弟弟可以跟着他们生活，而我一直留在爷爷奶奶家。逢年过节，他们三个回家，我觉得自己像个外人，跟他们不是一家的。至于我爸妈，也只有我闯祸的时候，大概才会记得还有我这么个儿子。既然这样，那我就多闯祸好了。”

陆亦修平日里没心没肺，陈应月倒没想到他心里藏了这么多事儿：“你要是想他们，那就考北京的大学，这样天天都能见着呢。”

“你呢？”陆亦修忽然打断她，“你打算考哪里的大学？”

陈应月沉默了：“还没想好。”

“文理科，你打算选哪个？”

“文科吧。你也知道，我数理化不好。高一进班里还是年级第一，现在都掉到全年级前三十了。”晚风正对着她吹，吹得她睁不开眼，“你打算选什么？”

他忽然变戏法似的从口袋里掏出一张画，递给她：“还记得我给你画的这张画吗？”

“记得。”

落叶纷飞的废弃乒乓球场，少女抓着栏杆，正向远处眺望。

陈应月哪能不记得，这是那天被罚打扫包干区时，他画的那张。只不过是从水泥桌上，挪到了画纸上。陆亦修说：“前段时间我拿这张画去参加了市里的比赛，得了一等奖。”

“我就说了，你画得真的很好。”

陈应月正沉浸陆亦修获奖的惊喜中，他却自始至终从未扬起过嘴角，从前嚣张的眉眼也低垂着。

好一会儿，他忽然打断她喋喋不休的赞叹，说——

“我家里人同意我学美术了。”

她的笑容一下僵住了：“那你以后是要去隔壁美术楼上课了吧。”

他没回答，只是问她：“陈应月你觉得我该去吗？”

“当然。”她勉强挤出一丝笑，“你画画天赋那么高，定向培养对你很有好处。”

“是吗？你真这么觉得？”

“必须的。”她竖了个大拇指。

陆亦修忽然冷笑了一声：“陈应月你可真是个好班长，帮同学规划未来简直不遗余力。”

说完，他不给她任何反应的时间，转身就走。

初春的凉风越来越劲，陈应月坐在看台，望着陆亦修远去的背影一动不动。

寒假四十八天。班主任在开学会上是没有提到的。那都是她数着日子，一天天倒数过来的。

分班在即，作为全班唯一一个即将成为学校定向培养的美术生，陆亦修提议，请全班同学吃一顿散伙饭。

当然，全班同学，包括陈应月。

从那天操场看台聊天过后，陆亦修跟变了个人似的。他不再惹是生非引起老师注意，反倒是每天安安稳稳地上课，连班主任夏老师都一度称奇。

同样变化的，还有他对陈应月的态度。

全班同学都知道，陆亦修以惹陈应月不高兴为乐。但最近，他破天荒地完全不去惹她，甚至每次碰到她，就躲得远远的。

散伙饭定在学校附近的一家餐馆。

这家餐馆店面虽然很小，却是南城二中周边味道最好的一家。每回放学，里三层外三层都是学生。散伙饭当天正好是周末，隔天不用上课，大家都彻底玩疯了。

有男同学大着胆子，说是要痛饮一番不醉不归。可相比于男生那边的火热气氛，女同学们谨遵学生不能饮酒的规矩，一个都不肯喝，气氛一时有些僵。

于是，有好事的男同学提出，要让班长陈应月作为女生代表喝一杯助助兴。

以陈应月的自律，陆亦修有绝对理由相信，她是会当场回绝的。然而，令他没想到的是，陈应月当场开了一瓶可乐，说是要不醉不归。

陆亦修承认他被陈应月可爱到了。他跟着开了一罐可乐招呼大家一起喝，男生也就此作罢，放弃了喝酒的念头。

全班同学喝可乐都喝出了一箱啤酒的架势，陈应月兴奋得脸红扑扑的。

饭局结束，陆亦修拥抱了每一个同学，当然也包括陈应月。象征性的拥抱结束后，大部队纷纷散伙，只剩下寥寥几人。

蒋磊跟陆亦修提议："你跟蔺妮家顺路，她一个女孩子回家不安全，你送送她吧。"

"不行。"陆亦修指了指身边吃饱犯困的陈应月，"她都困成这样了，我得骑车送她回去。"

"陈应月我来送就好。我都问过了，她周末不回家，我正巧有事要去学校附近，顺路送她回宿舍不难。"

"不可能。"陆亦修斩钉截铁地拒绝他，"就你这衣冠禽兽的模样，鬼才愿意把陈应月交给你。"

蒋磊咂嘴，玩味地品读着陆亦修的话："你这话说的，怎么像陈应月是你的一样。"

陆亦修语塞。

路边花坛，一棵大树隐匿了灯光。陆亦修坐在花坛边，旁边靠着犯困的陈应月。

距离学校门禁还剩半个小时，他理应赶紧送她回去的，但陆亦修却不舍得。宁愿吹着冷风，脱了自己的校服外套给她披上，也不肯送她回去。

陆亦修觉得自己是在乘人之危。

但这也没办法，他本来就不是什么好人，乘人之危这种事他想做就做。

陈应月半个脑袋靠在了他的肩上，他怕她掉下去，尝试好几次调换位置，但陈应月还是靠得不稳。他犹豫了一会儿，终于大着胆子，伸出一只手揽住了她的肩头。

怦怦怦——

心脏跳得飞快，陆亦修赶紧腾出一只手压在左心房，生怕这如雷的心跳声吵醒了陈应月。

安静的校外夜晚，陆亦修对风说着话。

“陈应月，以后我就要去美术班上课了。

“以后你不用担心我拿笔戳你后背了。

“不用担心数学老师的粉笔砸到你了。

“也不用担心我抄你作业会被老师发现了。”

他一连说了好多话，说着说着，他像是被噎住了，一时说不出话。许久后，才憋出一句：“陈应月，以后我们不做同学了，你会不会想我。”

也不知陈应月是听见了，还是在梦游状态，她竟然张开嘴，赌气似的回了他一句：“不想，绝对不想。”

他嘴角上扬，但弯起的弧度却是僵硬的。

“好吧，我有点失望。”

距离门禁时间还剩十五分钟，陆亦修兴许真是失望了，不再拖延，打算起身送她回去。

然而，就在准备起身的那一秒，他忽然听到很细的，“啪嗒”一声响。

有什么东西掉了，而他的肩头湿了。

他听见细细的声音从陈应月的口中传来，她虽然闭眼睡着，但咬字却很清晰，大概能听出来，她在说——

“陆亦修，我舍不得你。”

陆亦修不是头一回见女生哭，从前被他拒绝的女孩子，没少用眼泪博同情。但此时此刻，陈应月的那一滴泪掉落的时候，他感觉像是有双手握住了他的心脏，松紧之间，丝丝的疼痛不断。

他所有的蛮横倔强，一下子消失殆尽。

“小月亮，我错了。

“你别哭了好不好？

“我明天就去求爷爷奶奶，让我跟你一个班。以后上美术课去隔壁楼，上语数外还跟你在一起，这样好不好？”

陆亦修半路出家，改行学了美术。

散伙饭前天，他把所有的家当都搬去了隔壁楼的美术班，同学们还跟他依依不舍地告别。

却不想，没过一周时间，他又原封不动地把所有家当搬了回来，还是陈应月后头的那个老位置，还是课本和隔夜的作业堆得不见人影的高度。

重新回教室的那天，他没回自己位置，反倒是停在了陈应月的书桌跟前，抱着肩，撑着下巴，一脸的挑衅。

“陈应月，没想到吧，我又回来了。”

陈应月没理他，只狠狠地瞪他一眼，嘴角却止不住地上扬。她二话不说，从书桌里抽出张卷子，硬塞到了他手里：“赶紧做完交给我，全组就剩你一个了。”

陆亦修出人意外地不反驳她，甚至乖乖回到座位上：“写就写，怕什么。”

后面那个位置，空了一个星期。陈应月心脏的某个角落，也空了一个星期。现在他回来了，那缺的一角好像填上了。

脊梁骨又被人戳了一下，还是那个熟悉的钝头圆珠笔的触感。

“干吗！”她回头，装凶。

“教我这题。”

“你又不是我们班的，我才不教你。”

“我跟班主任打过招呼了。”陆亦修拿食指敲了下她的脑袋，“以后美术课我会去隔壁楼，但文化课的话还会留在班里。”

“哦。”

“就一个哦？”

陆亦修探出脑袋，观察她的表情。她故意别开脸，不让他看。

“喂，陈应月，教我这题。”

“凭什么教你。”

“打扫包干区那次，你答应过我的，不被退学就教我题目的。这账欠了那么久，也是时候还一还了。”

这承诺陈应月还记得，她蔫巴巴地回过头去，取了张草稿纸，在上头做算术。她的短发斜斜地垂了下来，衬得整张脸好小。

鬼使神差地，陆亦修拿起圆珠笔，挑开了她落下的短发，以笔代梳，替她将头发拨在耳后。

陈应月顿时红了脸。

陆亦修咬着笔，饶有兴趣地看着她。

“哟！班长你脸怎么红了。”

陈应月狠狠地瞪了他一眼，转身走了。

学业课程越发紧凑，陈应月的文化课业越来越重，陆亦修的美术学习也逐渐步入正轨。

也不知是他真的天赋异禀，还是瞎猫碰上死耗子，曾经成绩垫底的陆亦修，在进入美术班之后，居然连续几次在省级艺术统考中拔得头筹，甚至斩获了省级美术大赛的桂冠。自此，陆亦修成为学校重点培养对象，回班里的时间更少了。

转眼，艺考进入倒计时，他几乎没日没夜地在美术楼里备考。

南城二中每天都有晨跑的惯例。

从高年级到低年级，依次按照班级顺序，由班长引领，绕校园一周跑。

陈应月领着全班绕场半周的时候，恰巧到了教学楼与美术楼的交界处。

“呼——”

刚跑到教学楼，就听见六楼那边，有几个刚做完晨跑的学长正趴在那儿，朝楼底下吹口哨。

陈应月没当一回事，只以为是班花蔺妮又惹了桃花，睁一只眼闭一只眼也就过去了。结果还没等她跑过教学楼，就听见上头传来了别样的呼声。与此同时，全班同学都开始窃窃私语。

她这才听清，上头有人正在喊的，是“陈应月”三个字。

陈应月没碰上过这样的事儿，整张脸瞬间涨红了，偏偏蔺妮还嫌事情不够热闹，快跑了几步走出队形，推搡了陈应月一下：“楼上有人在叫你名字，好像是要跟你表白耶！”

“别乱说，会被记过。”陈应月埋着脑袋。

蔺妮分析道：“我刚抬头看了看，那个人好像就是食堂里每次看见都要对着你偷笑的那个学长。”

陈应月对这人有点印象，可总觉得这事权当视而不见最好。她没回应，加快了几步跑走。

“表白！”

“表白！”

“表白！”

呼声越演越烈。

有人甚至开始大叫陈应月的名字。

教学楼和美术楼正对着，几人的大叫产生了不间断的回音，场面一度混乱。

然而，就在这个时候。

“砰——”

自美术楼二楼，凭空砸下一桶蓝色颜料水。塑料桶从高空坠下，瞬间四分五裂，那里头的蓝色水渍落在水泥地面上，染了一大片的颜色，蓝色的，又灰沉沉的。

这动静实在很大，引来了学校保安。高年级的那伙人也不敢再叫了，乖乖地躲进班级。

陈应月没瞧见抛桶的人影，但直觉中，陈应月是有个答案的。

陆亦修做事向来就不按照常理出牌，这样的事儿也像他的作风。可他的美术教室明明就在三楼，颜料水却是从二楼抛下的，她也不敢妄下定论是他所为。不清楚不确定，她索性就装聋作哑了。

就在她回到教室的那一刻，她才知道，大错特错。

“快上课了，你们去哪儿？”陈应月还没喘定，含着口粗气，问那几个借故没去跑步临上课了还打算出去的同学。

“去六楼看热闹。”

陈应月才从那场突发事件中回过神来，听见六楼这两个关键字，又敏感起来。

她问：“去那儿干吗？”

“你不知道吗？”

“什么？”

同学一脸看热闹不嫌事儿大：“陆亦修跟人打起来了！”

“怎么回事儿？”陈应月皱眉。

蒋磊跳过一张椅子，窜了出来：“他不知道发什么疯，好好上着美术课，突然砸了画架，抽了根棍子，现在已经冲到六楼了！”

他话音落下的下一秒，陈应月就飞奔了出去。蔺妮及时拦住她：“你去干什么？”

“陆亦修打人了，我怎么能不去。”

蔺妮开玩笑：“他平时看不惯你，你别惹祸上身，反被他打了。”

没等她说完，陈应月已经拨开她的手，跑了出去。蒋磊和蔺妮对视一眼，觉得事情不妙，立马也跟了出去。

陈应月赶到的时候，走廊上已经围满了黑压压的人。人群中间有人在惊叫，还不断地响起东西砸落在地上的声响。

她奋力拨开人群，挤到了跟前。

那个经常在食堂碰见的学长头发上沾满了灰尘，嘴角和鼻子已经流出了血来。而导致这一切发生的罪魁祸首陆亦修正骑在他身上，挥起拳头又是一下打下去。

陈应月作势要冲上去，蔺妮却拉住她的胳膊，直摇头：“陈应月不准过去，这脏事要是惹了，后患无穷。”

“不行。”

蔺妮劝她：“赶紧收起你那些该死的责任感，你现在不是陆亦修的班长了，他也不是我们班的了。”

陈应月知道蔺妮劝得在理，理智也告诉她不该出头，但事关陆亦修，她不允许自己不站出来。

“住手！”

陈应月发了疯似的冲过去。

陆亦修却根本不听，随手取过一旁的凳子，狠狠地举了起来，几乎下一秒就要砸在那学长的身上。

眼见情况不好，陈应月立刻抱住了他的手臂。陆亦修见状，立刻收手，但那椅子还是落了下来，砸在了陈应月的肩上。她吃痛，“嘶”地吸了口凉气。

陆亦修回过神来，慌得立马扔掉了椅子。

学长见陆亦修停住了，赶忙从陆亦修胯下爬了出来，躲得老远。

学长跑了，危机解除了。

也不知是被椅子砸疼了，还是被这场突如其来的意外吓到了，顽强如同菟丝子的陈应月竟然有点委屈。进高中以来，任谁欺负打压，她也没落过一滴眼泪，但此时此刻，她却红了眼眶。

弄疼了她，陆亦修愣在那儿，眼神放空，手都不知道往哪儿放。

陈应月捂着肩，慢腾腾地站了起来，陆亦修直愣愣地盯着她，不敢说话。

蒋磊后脚赶来，大吼一声：“教导处主任来啦。”

大家都怕惹事，吓得立刻散了。

陈应月红着眼，回头望了陆亦修一眼，明明是想告诫他，说出来的口气却像在撒娇：“陆亦修你再闹我就不理你了。”

说完，她转身跑得飞快。

一节课过去，陈应月肩头的疼痛也在渐渐消失。

刚红了眼眶，眼睛还涩着，有点犯困。下节课是英语课，她最近英语成绩下跌得厉害，趁课间休息，赶忙去厕所洗个脸，提提神。

厕所就在走廊最边上，男女连在一块儿。快上课了，厕所几乎没人，陈应月刚从里头出来，就被人用力一扯，倒退了几步，跌进了墙角。

后背快撞到墙壁的时候，有双有力的手，隔在了冷硬的墙和她脆弱的脊背之间。

她一抬眼，就看见陆亦修的脸凑在她面前。她紧张地往四周看了一圈，跟他隔得这么近，她生怕流言蜚语传出来。

"你来干什么。"

"肩膀还疼吗？"

刚说完，他就伸手去碰陈应月的伤处。陈应月赶忙拍开他的手，警惕地又望了周围一圈："别动手动脚！"

"我不是故意的。"陆亦修一脸歉疚，但口气却不软，"我真的只是单纯想打他而已，跟你没关系，没想到你会冲上来。我……我就是听见他们起哄太生气了！"

"蓝色颜料桶你扔的？"

"没错。"

事过之后，他还依然咬牙切齿："我就气自己没那个力气隔空扔到高三六楼，就应该一桶把他砸晕过去，也就没后来那么多事儿。"

"陆亦修你这想法很危险。"

"可班主任没找我算账。"

"恭喜你。"

陆亦修挠了挠后脑勺，傻傻地看了陈应月一眼，笑了："你刚才为什么那么拼命拦住我？"

"还不是因为……"陈应月胡乱编了个借口，"因为怕你惹上事儿，害了班里。"

"可我现在都不算我们班的人了。"

"那就算我多管闲事。"

她话音刚落，陆亦修忽然低下了脑袋，棱角分明的眉毛微微上挑，试探她："所以，陈应月你是在关心我吗？"

这么近的距离，陈应月几乎能感受到他的呼吸喷吐在她脸上的余温，他清俊的眉眼就在眼前，她一颗心快跳到嗓子眼。

课间铃声响了第一下，她红着脸，匆匆推开他。

"要上课了，我走了。"

"陈应月你等会儿。"他拉住她。

陈应月吓得慌不择路地就要跑："不行，我得点名了。"

然而，她刚迈开一步。他却忽然伸出手，把她拉了过来。

他想再说说清楚好让陈应月别那么担心，但陈应月却因为某些原因想要快点离开。

一秒之后，她没站稳被抱住了。

和散伙饭那天礼节性的拥抱完全不同，这次是温暖的，柔软的。

陈应月吓到了，瞪大了眼，像只惊慌失措的兔子。慌忙推开，须臾之后，更让她震惊的事情发生了——

两个人错开头时，差距没有算好，陆亦修的下巴碰到了陈应月的额头。

陈应月感觉自己的呼吸都停了。

轻微的碰触都让她感到不安。

虽然这只是一个巧合，但是陆亦修也很紧张，他装作毫不在乎的样子，赶紧向陈应月道了歉："对不起，我不是故意的，就是想解释清楚，你别担心。"

陈应月涨红了脸："没，没关系。"说完慌忙离开了。

那个意外的碰触，让陈应月和陆亦修的关系变得有些微妙。

陆亦修忙着参加艺考，陈应月也在忙碌的模拟考中，度过了大半个学期。

其间，学校不断有早恋通报批评的情况发生，严重的甚至被开除学籍。每每听到这样的消息，陈应月总会故意岔开话题。好友蔺妮察觉到了异样，好奇地跟她打听，陈应月却闭口不言。

陆亦修还是那个老样子，艺考再忙，也总会抽点空回班里，坐在他专属的位置，挑衅陈应月。

大家都没往别的地方想，只觉得是陆亦修单纯看不惯学习好的尖子生陈应月罢了。

但班主任夏老师，却看出了端倪。警告似的把陈应月单独叫进了办公室。要求陈应月在高考之前必须和陆亦修保持距离，以免影响高考。陈应月打心眼里觉得，夏老师说得在理，加之早恋处分早就让她阴影重重。

她本就不知道该怎么处理自己和陆亦修的关系。

现在班主任的一席话，倒让她定了心。

天大地大，现阶段考试最大。

陆亦修明显感觉陈应月在疏远他。

虽然她以前也对自己爱答不理，但没像现在这么生疏。他心里有气，却也不知道往哪里撒。

艺考成绩出炉，陆亦修考出了全市第一的好成绩。

假使高考文化分过关，那就北电、央美随便挑了。

顺理成章地，他又回到了省招班重新学习。可经过几轮换位置，他早就不能和陈应月坐前后桌了。遗憾是有的，但转念一想，能天天见着陈应月，他又阳光灿烂了。

然而，经过将近一个月的试探，陆亦修知道他错了。

无论他怎么努力找存在感，陈应月也只把他当个普通同学。

他生气了，索性不理她。

两人一直僵持到了高考前三天，陆亦修终于忍不住了。

那天，是个犯困的晚自习。

六月初，几乎热得和盛夏没两样。

教室里的空调坏了，像个巨大的蒸笼，全班人坐在里头做数学天天练试卷，人人都是待蒸的包子。

艺考成绩已出，陆亦修的压力小了大半，大家都在埋头做卷子，他却开着窗，坐在最后一排咬铅笔、看风景。

一只白色的蛾子飞了进来，落到陆亦修的本子上。他胆子大，凑近定睛瞧了瞧那飞蛾，通体雪白，身上还毛茸茸的，竟然有点可爱。陆亦修伸出手，捏着它的翅膀，把它捏在手里。

他无聊地观察着它，忽然想起来，某个叫小月亮的，似乎不太喜欢昆虫。每次有蝴蝶飞过，她都会尖叫连连，吓得一边挥手一边缩着脖子躲开。

恶作剧的坏想法，忽然冒上了脑袋。

除开上次收作业，他顶了她几句，最近几天她都没跟他说过半句话。谁让她不理他，那他就想点办法，惹她生气，找找存在感也好。

陆亦修得意地笑笑，五指一收，将那白色蛾子收进手心，握在拳头里。怕蛾子闷死，他还特意留了条缝。

收了全班的天天练抱在怀里，本子码得很高，沉得很，堆高的本子顶着陈应月的下巴，她低头连脚都看不见。

班里的空调修了一半，铝合金制成的空调背板斜靠在讲台边，零件包摞在旁边。有个同学没注意，走的时候踢开了零件包，螺丝散了一地。陈应月走得小心翼翼，生怕踩到螺丝。

她正专心走路，猝不及防地撞上了迎面而来的陆亦修，她抬眼看了一眼他，示意他让路。他却根本不走，堵在她跟前。

没什么比放学下课更高兴的事，同学们都在收拾东西准备下晚自习，自然没人关注他俩的动向。

“让开，我交作业去。”

“不让。”

本子快滑下来了，她往上颠了颠：“下晚自习了，还不准备回家？”

“不走。”

“有事吗？”

“有东西要给你。”

“什么？”

他神秘兮兮地笑：“看了就知道了。”

说完，他伸出右手，举在陈应月面前。

陈应月不知道他又作什么妖，怕被同学看见，惹了非议，赶忙往周围看了一圈。与此同时，陆亦修也缓缓张开了手，一只白色飞蛾从他掌心里缓缓飞出——

“啊！”

那惨白的飞蛾，阴魂不散地在陈应月面前绕了一圈。一片死沉沉的白，带出了陈应月心里最阴暗的回忆。

她惊叫一声，恐惧得扔开本子，卷子漫天飞。

陆亦修显然没想到这样的结果，他只以为她讨厌昆虫，却不想她对一只飞蛾害怕至此。他后悔了，着急了，赶忙上前去安抚她。可就在这时，处于惊恐中的陈应月没注意，一脚踩上散落一地的螺丝。

螺丝形状浑圆，陈应月踉跄好几步，都没能站稳，直接栽了下去。陆亦修伸手扶她，却根本来不及。

更危险的还在后头，跌倒的那一刻，本子的重量全压在她身上，陈应月的脑门就那么直直撞上了讲台，斜靠在讲台边的铝合金空调背板锋利无比，将陈应月的额角撕开了一个很深的口子。

一瞬间，鲜血乱飞。

陆亦修吓傻了，慌乱地去捂她的伤口。

同学们看见这一幕，顾不得下课，赶紧去喊老师。

所幸老师及时赶到，把陈应月送进了医院。

陈应月伤得不轻，额头裂开了个大口子，脑门上汩汩地流着血。

因为伤口流血过多，陈应月一双眼紧闭着，嘴唇还是白的。陆亦修看得心疼死了，恨不得把自己给打死。

前脚护士把陈应月送进急救室，后脚夏老师就气得拿手锤他的脑壳："陆亦修你怎么把陈应月弄成这样！"

叛逆如陆亦修，头一回在老师面前低下脑袋："她怕蝴蝶，我拿了个飞蛾吓了她。"

"我真是服了你了。"夏老师直跺脚，"距离高考也就三天了，陈应月出了这幺蛾子，还不知道能不能上考场呢。陆亦修你说你什么时候闯祸不好，偏偏就这时候出问题。高考是人生的头等大事，你这么做，等于毁了陈应月一辈子。"

夏老师的话很重，几乎字字都敲在陆亦修心上。

"夏老师，我知道错了。"陆亦修抠着手指，一脸茫然地候在急救室前，一双眼红红的。

骄傲且从不示弱的问题学生，在自己面前诚恳认错，夏老师有点动容。更何况陆亦修也不是故意闯祸，只不过不小心把玩笑闹大了。夏老师叹了一口气："算了，是我说重了，等结果吧，看医生怎么说。"

"您放心。"陆亦修认真看她，"什么结果我都会承担。"

陈家父母先到的医院，夏老师带他们来到急诊室。刚走进去，陈妈妈的眼泪就忍不住了："前两天刚把她送学校还好好的，怎么没两天就出事了。"

"抱歉，是我们学校管教不严。"夏老师说。

"现在情况怎么样了？"

陈妈妈话音刚落，就看见陆亦修满身的血，站在急诊室门口。她踉跄一步，眼睛都直了：“这孩子衣服上的血，该不会是我家应月的吧？”

夏老师沉默地低下了头。

陈妈妈知道是默认，眼泪唰唰地掉：“这该是流了多少血啊！”

不到三分钟，陆亦修的爷爷奶奶也赶了过来。

见陆亦修满身的血，陆爷爷知道这次闯大祸了，先跟陈家父母赔罪，又一把拉过孙子低声骂他。陆亦修难得乖顺，一句不回，低着头任由陆爷爷骂他。陆爷爷看着情形，知道孙子也怕了，不舍得多骂，只得耐心等待伤者的结果。

没多久，医生处理完伤口从急诊室里出来。陈应月闭着眼躺在床上，被护士推出来。

陈妈妈扑到陈应月病床前：“医生，我女儿怎么样了？”

“缝合伤口时打了麻醉，现在还睡着。刚拍过 CT 显示有脑震荡，应该问题不大，先住院一个星期观察看看吧。”医生摘下口罩，叹了口气，“只不过……”

“只不过什么？”

陈爸爸、陆爷爷、陆亦修异口同声地问道。

医生摇摇头：“小姑娘额头缝了八针，以后肯定是会留疤，你们要做好心理准备。”

“八针？”陈妈妈开始抽泣，“这么长的疤，以后还让我女儿怎么嫁人。”

陈爸爸走过去抱住陈妈妈，看了一眼面色发白的女儿，口气冷了：“准备报警吧。把我女儿弄成这样，必须付出代价。”

夏老师和陆爷爷、陆奶奶一听要报警，马上就提起了精神。夏老师怕影响学校名声，陆爷爷陆奶奶怕耽误孙子前程。三人闻言，瞬间站成了一个阵营。

夏老师说：“陈爸爸陈妈妈，陆亦修也不是故意的，他原本就是无心之失，事情搞大了对双方都不好。”

“是啊。”陆爷爷也赶紧凑过来，“两位少安勿躁，令爱的事情我们肯定会负责到底的，现在很多美容医院都有去疤痕技术，绝对不会对令爱的面相造成任何影响。更何况要是国内的祛疤技术不行，我家愿意出钱送令爱到国外治疗。我跟您打包票，我孙子闯的祸，我们夫妻俩绝对会负责到底。”

陈妈妈因为陈爸爸早年的工伤官司对公检法部门阴影重重，现在陆爷爷这么说，她显然动了心：“你们确认会负责到底吗？”

陆爷爷知道陈妈妈已经有所松动，心下宽松了很多。他正想承诺，却不想肇事者孙子跨前一步，抢在他前面站在了陈家父母面前。

“我会负责的。”陆亦修当着两家家长的面郑重承诺。

陆爷爷认同地点点头，在心里念叨：好小子不错，总算识人眼色，不愧是我孙子。

陈妈妈开始和陈爸爸轻声讨论，陈爸爸脸上也逐渐缓和。

陆爷爷见状，适时地站出来：“您看，我家孙子都承诺了，我们家的诚心你们也看见了，绝对不会视而不见的！”

然而，他话音刚落，他那不怕死的孙子陆亦修又站了出来。

说出的两句话，让全场震惊。

——“叔叔阿姨，我会负责的。等到了年纪，我就娶陈应月回家当老婆！”

两家家长惊得连下巴都差点掉下来。

陈应月也在睡梦中转醒，浑浑噩噩地听见了陆亦修的话，整张脸都涨红了。

陈爸爸看见女儿的表情，忽然想到了女儿练习本底封的那三个字。

“你叫什么名字？”陈爸爸问。

“陆亦修。”

“好小子！”陈爸爸气不打一处来，“原来是你！”

后来，陈爸爸没报警。

在陆家家长给出高额的赔偿费后，陈家父母还是选择了妥协。

只不过可怜了陈应月，高考期间只得挂着水参加考试。英语考试中途，因体力不支意外昏倒过去，那一门课成绩为 0 分。

陈爸爸对陆亦修恨得牙痒痒，但迫于无法制裁他，只能强行与陆家家长约定，陈应月住院期间，决不允许陆亦修探望。

英语 0 分，意味着彻底告别目标院校。

这样残酷的事实，一度让陈应月精神崩溃。

高考完的这一星期，陆亦修被家里管得更严了，几乎他去哪儿，就有人跟到哪儿。他跟爷爷奶奶开口说想去医院看陈应月，结果话都没说完，就吃了顿棍子。后来，他跟心慈的奶奶撒了娇，奶奶才告诉他，原来是陈陆两家人说好的，不报警的条件之一，就是不准陆亦修去探望陈应月，并且要求避免任何陆亦修与陈应月的接触。

陆亦修一听这霸王条款，差点就炸了。

他宁可蹲个半个月看守所，也不愿意半个月见不着陈应月。他扬言现在就要去医院，爷爷奶奶赶紧把他关进了房间。

另一边，蔺妮刚去医院探望完陈应月，气得在班级群里大骂陆亦修。

陆亦修倒也不生气，反而缠着蔺妮要陈应月的消息，一听陈应月因为错失高考情绪崩溃，他一下子就坐不住了。

趁着半夜，他爬了家里的窗，又攀了医院的排水管，溜进了陈应月的病房。

家里给陈应月安排了单人病房，二十四小时看护，不用父母陪床。所以这个点儿溜进去，陆亦修一点也不害怕被发现。

果然，病房里就陈应月一个人。陆亦修隔着窗，看见她背对着他，背影很单薄。

窗户没锁，他蹑手蹑脚地爬进去。

彼时，陈应月睡得很浅，听到动静就立刻警醒地回过头去。余光瞥见陆亦修的那一刻，她惊得立刻拎起被子，把脑袋盖住。

她动作很大，陆亦修赶紧扑过去，又怕被人听见，声音压得老低："喂，轻点，别扯到伤口！"

陈应月不回他，继续埋头被子里。

陆亦修偷搬了个凳子，坐到她病床前，撑着脑袋盯着她。见到她活生生的，还能动弹，陆亦修定心了。

可他到底是个贪心的人，僵持两小时也不见她撤掉被子，他还是不甘心。距离天亮还剩俩小时，他有点委屈："小月亮，我这么千辛万苦地溜过来，你连看都不看我一眼吗？"

"你走吧。"

隔着被子，她的声音闷闷的。

"你没什么话跟我说吗？"

"没有。"

陆亦修不死心，开始轻轻去扯她的被子："那你好歹看我一眼。"

俩人揪着被子角力了一会儿，最终以陈应月的失败告终。

刚把被子扯掉，陆亦修看见陈应月眼眶通红，纯白的病房枕套上，留下了深深浅浅的泪渍。

陆亦修不知所措地去抹她的泪："好了，别哭了，陈应月我错了，你原谅我好不好。"

"你出去。"

她嘟着嘴，死活冷着个脸。

陆亦修慌了，脱了鞋，立刻不管不顾地爬上了陈应月的病床。

单人病床实在狭窄，陆亦修快一米九的大高个一窝进去，陈应月大半个病床就被占领了。偏偏他还十分厚脸皮地扯开了她的被子，钻了进去。

"陆亦修你给我下去！"陈应月使劲瞪他。

"不下去。"

他不要脸地又贴上来，甚至还想把陈应月固定在怀里。陈应月赤脚踢他的膝盖，没想到他反而越贴越紧。

反抗到后头，陈应月没力气了，懒得反抗了。

陆亦修奸计得逞，悄悄凑近她，拿额头抵着她的额头，鼻尖贴得很紧："别哭了吧。"

"我哭关你什么事。"陈应月呛他。

"我心疼。"

"那疼死你算了。"

陆亦修问她："是因为考试的事情吗？"

她沉默几秒，将脑袋压得低低的："我爸已经给我报名复读了，我不等成绩了，出了院就去。"

"好吧。"

闻言，陆亦修也沉默了好一会儿。

两人僵持地拥抱在狭窄的病床上，隔了好久，陆亦修忽然抬脸，对上她的眼，眼梢微弯，在笑。

"小月亮。"

"嗯？"

"明年我陪你复读一年吧。"

"你疯了吧。"陈应月吓了一大跳，"今年你艺考成绩这么好，高考也没出差错，如果顺利的话，中戏不是问题，你为什么要复读！"

"你考英语的时候昏倒，可不都是我闯的祸，这锅我得背。"

陆亦修是个直脑筋，陈应月知道他敢说，就真的敢做，可她怎么能让他放弃这么好的机会。

她咬咬牙，说："不是你的问题，是我自己对英语没信心，借了这个借口才装晕的。"

"都是我犯了错，才能让你有这借口。"他拍胸脯说，"这事，我陆亦修负责到底。"

"你这人怎么就说不听呢。"

"我不想你一个人去复读。"

"有的路我必须一个人走。"陈应月对他又气又感动，"你答应我，今年考上了就去上，你要是敢不去，我这辈子都不理你了。"

陆亦修听她这么说，到底还有点怕，只得乖乖点头说"好吧"。陈应月悬着的那颗心终于放下来，轻轻推他。

"走开点，你身上都是沙。"

陆亦修挠着脑袋，有点不好意思："刚过来那会儿爬了水管，身上有点脏，我这就下去。"

他听话地去穿鞋了，狭窄的小床一下子宽松了下来，陈应月居然有点不适应。

穿好鞋，他像是想到什么，又回过身来。

"小月亮，你看我都答应你，你可不也得满足我点条件。"

"什么？"

"你复读的时候，我来找你，你不能当不认识我。"

“好。”

“我找你，你就得出来。”他得寸进尺。

“凭什么？”

“你要是不出来，我就跟门口保安说我是你男朋友。”

她气得咬牙切齿：“陆亦修算你狠。”

临出院的那天晚上，陆亦修爬窗的时间很早。

白天医生已经揭过陈应月额头上的纱布，确认过愈合良好，不再有贴纱布的必要。

陆亦修爬进来的时候，陈应月正对着镜子观察伤疤的愈合情况。那条疤很长，增生后的角质层很厚，贴在额角，像一根凭空长出来的肉条。

一见陆亦修冒出来，她慌得立刻取了块纱布，重新贴在额角。陆亦修见到了她的小动作，怔了怔，没说话。

在医院住了大半个月，陈应月家当都在这儿，收拾起来有点麻烦。

陆亦修想帮她忙，搞了半天也没能收拾好，索性一屁股坐在了病床前。

闲着没事儿，他瞄了眼果盘，上头有几个苹果还有把刀。他想起自己生病，奶奶总会削苹果给他吃。一时兴起，取了把刀子和苹果就开始忙活起来。

陈应月整理中途，陆亦修递来了一个削好的苹果。

她瞧了一眼那苹果，又好气又好笑：“你这苹果怎么是方的？”

“它长成这样，我也没辙。”

陈应月不信，低头看了眼垃圾桶，里头堆了大块连着皮的果肉，她有点儿心疼：“你到底是在削皮呢，还是削肉呢？”

“削皮啊。”陆亦修取了个苹果，又开始笨拙地用刀削，好几次差点划到手。

陈应月看得心惊胆战，赶紧抢过他的刀子和苹果：“错了错了，应该是这样削的。”

她给他演示一遍，他目不转睛地盯着。锋利的刀子来回几圈，就描摹出了苹果浑圆的轮廓。

“原来是这样啊。”陆亦修看得汗颜，挠挠后脑勺说，“我第一次削，没经验。”

“第一次？”陈应月一愣。

“是啊。”陆亦修从果盘里举了个苹果起来，在陈应月面前炫耀，“不过这次是第二个了。”

他埋首又开始忙活，经陈应月指点后，他依然没什么长进，动作笨拙。不知为什么，看着看着，陈应月却觉得心头暖暖的。

“你还不赶紧尝尝甜不甜。”陆亦修催她。

陈应月咬了口方形苹果：“还挺甜的。”

整理床铺的时候，或许是因为动作太大，又或许是陈应月出了汗，纱布没粘紧，一半掉了下来。

这回的苹果削得比上回好，陆亦修得意扬扬地在陈应月跟前炫耀，结果一抬头，就见到了那条疤。

那条疤很深、很长。

陆亦修紧盯着，眼里又是悔又是恨。

气氛突然安静下来，陈应月下意识地望向陆亦修，这才发现他正盯着她的额头。她下意识地摸上去，这才发现纱布掉了一半下来，那条疤正暴露在空气里。她下意识地用手去挡，面容上的缺陷，让她自卑得不敢看他。

陆亦修站定在她面前，制止她急于遮挡的手：“给我看看。”

“不要。”

“我就看一眼。”

她最终还是妥协了。

陆亦修轻轻抚摸着那条疤，一直从额头蜿蜒至眉梢：“对不起，把你伤成了这样。”

“我知道你不是故意的。”

“早知道你那么怕飞蛾，我绝对不会这样的。”

“没事。”陈应月笑笑，“这次过后就知道了。”

陆亦修说：“让我好好看看这疤，好好记得我犯下的错。”

“好了，不疼了，别看了。”

她想躲，陆亦修却抓住了她的手臂。

她一挣扎，他一使力，她就落进了他的怀里。半秒之后，她看见他的嘴唇压了下来，对上了她的嘴唇。

这次的吻，不同于上次那个蜻蜓点水般的接触。陆亦修霸道地长驱直入，攻陷她的唇齿，甚至还用舌头舔舐着她的唇。

陈应月的心都快跳出来了！

他的嘴唇炙热滚烫，一直吻了很久。在唇齿交缠中，她仿佛能感受到他情绪里，那些心疼愧疚。

长久之后，他终于从她的嘴唇上离开，转而吻上了她的那条疤。

“小月亮，我会对你负责的。”他说。

“嗯？”

“你妈说，女孩子有了疤就嫁不掉了。”他一本正经地说，“我想着既然这样，那不如我负全责，娶了你算了。”

“啊？”

“家里说我们刚毕业，虽然成年了但还不到法定结婚年龄。”

陈应月不知所措。

陆亦修却开始畅想未来，自言自语。

“那你就先做我女朋友，等我们大学毕业就结婚好了！”

“不行，大学毕业有点远。”

“要是你愿意的话，大二也行。”

高中毕业的这一年，时间在陆亦修和陈应月之间设了个分水岭。

陆亦修进入大学学习，陈应月则是进入了漫长且艰难的复读时光。北京距离南城一千公里以上，两人的相处也因距离变少，不过幸运的是，陆亦修总会变着法地，趁陈应月学校每周放假的时间，偷偷去找她。

也是这一年，网络高速发展。

陈应月无意间在小餐馆拍下了陆亦修的侧颜照，放到社交网络，后来这张侧颜照被诸多知名大V转载。陆亦修意外走红网络，被知名导演一眼相中，接到《城府》的片约。

陈应月已经能在南城的大街小巷见到陆亦修的照片，可不知为什么，分明是那张熟悉的脸，手机叮咚还响着他的微信，她却觉得，她离他越来越远。

高考复读成绩揭晓的那天，陆亦修戴着墨镜、口罩，躲在陈应月家门口。

陈应月一边查成绩，一边跟他打电话，俩人都紧张得只剩喘气声。

知道自己发挥正常，考上第一志愿复旦大学完全没问题的时候，陈应月“唰”地就冲出了小院，跳进了陆亦修的怀里。她哭得像个傻子，他揉着她的脑袋只剩宠溺。

陆亦修是从剧组偷跑出来的，这样偷来的快乐没能持续多久，他就被工作人员叫上保姆车，开走了。

选择专业的时候，陈应月鬼使神差地选了中文系。

她心里小小的愿望，是要离陆亦修近一点，再近一点。

本科入学后，陈应月的生活逐渐步入正轨。

在校园里，她加入了自己喜欢的编剧社，有了一帮可以深交的朋友，还有了份兼职——在奶茶店当服务员。

进奶茶店当服务员，一来可以勤工俭学，为不太富裕的家庭减少开支；二来学校周边的兼职向来难找，能进这家品牌知名的连锁奶茶店，陈应月还是过了五关斩了六将的，隐隐觉得还有点荣耀。

晚上，她高兴地跟陆亦修发微信：“我被奶茶店录用了，这家店的时薪是学校周边最高的。”

陆亦修大概在忙，隔了好久也没回。舍友正巧找她一起去洗衣服，陈应月端了个盆，拿起手机就走了。这时陆亦修回微信了：“厉害，等我下次来上海，尝尝你做的奶茶。”

她按掉他微信头像上的小红点，回复道：“好啊，只要你不怕被我毒死。”

“陈应月你够狠啊！”

看见他的回复，她嘴角微微上扬，眼里有止不住的甜蜜。

舍友捧着盆子，好奇凑过来：“跟谁聊天呢？”

陈应月赶紧把对话框关掉，敷衍地说：“是高中同学。”

“哟，笑得这么甜，我看不简单。”

她打开的那个水龙头恰好没水，她端着盆，不动声色地挪了个位置：

“真的只是普通同学。”

就在她换位置的那一刻，手机忽然嗡嗡地响了起来，来电显示是陆亦修。

陈应月立马把满手的泡沫冲了，往身上擦干，挂掉了他的电话。

陆亦修有点蒙，微信里给她打了三个问号。

陈应月简单回了句：“舍友在，待会儿回你。”

入学以来，为了陆亦修的公众人物形象，她一直没跟陆亦修公开关系。毕竟校园圈子不小，这一传十十传百，总容易传出去。陆亦修现在还处在事业上升期，用他经纪人田悦的话来说，现在娱乐圈跟陆亦修一样咖位的人，跟韭菜一样多，割了一茬还有一茬。要想让陆亦修继续生存下去，公布感情状况肯定不利，所以陈应月打定了主意不公开。

洗完衣服，陈应月绕到宿舍阳台，反锁了门，才给陆亦修拨过去。

没一会儿电话就通了。

“衣服洗完了？”陆亦修问。

“是啊。”

“舍友不在了？”

“嗯，走了。”

陆亦修停顿半秒：“我挺生气的。”

“怎么了？”

他的声音闷闷的：“他们都不知道你有男朋友。”

她低低地笑了一声：“这不是为了你的前途，咱们先忍忍嘛。”

“忍是可以的。”陆亦修沉思了一下，“但他们可以不知道你男朋友叫陆亦修，但前提是，他们得知道你有男朋友。”

“用不着吧。”

陈应月的话仿佛激怒了陆亦修，她听见他在电话那头拍了一下桌子，声音老响。

陆亦修有点气愤：“要是有人追你，追到宿舍楼下，我又赶不及过来打他，我可不得气死。我们班里有个姑娘，追求者都追到宿舍楼下布置烛光爱心了，我当时就在想，要是陈应月被人这样求爱，我可不得气喷血了！”

陈应月咯咯笑个不停：“好好好，我明天就说我有男朋友行了吧。”

“这还差不多。”

陆亦修很满意，声音带笑。

两人胡乱聊了一些，又说到陈应月的兼职。

提起满意的工作，陈应月有点儿得意，跟陆亦修分享：“刚忘了跟你说，我们奶茶店是有提成的，每卖一杯奶茶，还能拿时薪以外的一份工资。”

“那倒是不错。”陆亦修忽然想到了什么，“对了，过段时间我们班要来上海做汇报演出，到时候我带他们来你们奶茶店好了，正好给你捧捧场。”

“别，让同事看见不好。”

“趁此机会，正好让他们都知道你是有男朋友的。”

陈应月认真地跟他分析利害：“《城府》快开播了，你可别搞什么幺蛾子。田悦不都跟你嘱咐过了，你现在不适合公开关系，等过段时间再说。”

陆亦修认真思考了一下，难得地听话了：“那我就纯当给你捧个人场好了。”

“算了，你还是别过来了。”

“到时候再说吧。”

不知道为什么，陆亦修说要带着班里同学来捧场，陈应月就觉得浑身不自在。

她会担心，他的同学用异样的眼光看她，甚至会担心让人知道陆亦修的女朋友是个卖奶茶的，给他丢了面子。

陈应月的心思很细腻，也很自卑脆弱。

那天陈应月正巧在奶茶店上班，门口忽然黑压压地来了好一堆人。

那群人，男的年轻帅气，女的貌美明媚，一度引起了很多人的注意。瞧年纪，应该都还是学生，但打扮穿着都很时髦，相比之下，倒显得陈应月这类的学生俗气很多。

他们似乎在等什么人，一直没进来。只不过偶尔有人对奶茶店指指点点，还有人在偷笑。

直到有个戴着黑口罩的男人推开奶茶店大门，人群才蜂拥而入。

奶茶店里的员工们都好奇地看着这一切，甚至有点不知所措。

陈应月一抬头，目光就对上了领头那人的眼，他只露了双眼睛，但陈应月一眼就认出，他是陆亦修。

彼时，陈应月正在后厨忙活，陆亦修一登门，就指名道姓地要她点单。

同事不知情，只觉得是被抢了单子，十分不情愿地喊了陈应月的名字，直接把收银柜钥匙扔给了陈应月。

后厨开始有人对陈应月指指点点，她有点脸红，硬着头皮上了收银台。

“您好，请问要点些什么？”

陈应月试图装得很平静，但陆亦修却格外兴奋。他悄悄将口罩扯下一个角，露出嘴唇，轻声说：“小月亮，这些都是我班里的同学。”

“看出来了。”她一边触控着屏幕，一边漫不经心地回他。

他嘿嘿地傻笑：“我们一共三十三个人，你随便点。”

“没有随便的选项。”

“那做什么最方便、提成最高，你就点什么。”

说完，陆亦修就回过头去，跟全班同学说：“今天都我请。”

陆亦修拿手撑着下巴，眼巴巴地看着她。但陈应月却不敢回应，只是目光呆滞地在屏幕上操控。

其实，她和陆亦修已经一个月未见了，照理说分别这么久，他还特地带着大部队来支持她，她应该高兴的，可偏偏这时候，陈应月一点都提不起力气。她知道陆亦修家境不错、不缺钱，但他这样费尽心思花自己的钱补贴给她，她还是觉得有点难过，该死的自尊心在作祟，她在心里骂自己，实在太矫情。后来，她给他们点了一杯净利润最低、提成最少的奶茶，又觍着脸请后厨做奶茶的同事，多放些好料。

她没钱也没势力，但好歹陆亦修的同学她得好好照顾。

她一一把奶茶送到桌上时，有个打扮清纯，画着橘色好看眼影的女孩子叫住了她："你就是陈应月吧。"

"嗯，我是。"陈应月微笑点点头，那女孩长得很漂亮，有股天然的亲和感。

"哦。"女孩子也回以一抹笑，说，"我也喜欢陆亦修。"

闻言，陈应月动作一顿。

与此同时，那女孩子挤了一下陈应月手中的托盘。平时只盛七分满的杯子，今天在陈应月的嘱咐下已然盛满，她轻轻一推，奶茶就立刻从杯里跑了出来，打湿了陈应月的围兜。

陈应月还未来得及反应，就见那女孩子轻佻地勾起唇，开始笑她："瞧你这模样打扮，哪里配得上他。"

陈应月向来是个胆大、不怕事的，高中刚入学，她就敢伪造校服装好学生。她擅长反击，也知道如何打败敌人。可这漂亮姑娘没说两句话，她就觉得自己好像被打倒了，还是输得很惨的那种。

她太在意陆亦修，才会太容易受伤。

《城府》在万众期待中上映，陆亦修也凭借此影片，获得了外界的一片好评。

有人摸着陆亦修的行程，来到了陈应月打工的奶茶店，在陆亦修微博里拍过的地方，一一打卡。

每次在店里，听到女孩子们激动的欢呼，她就觉得陆亦修离她远一分。

她已然成了生活里疲于奔命的一个小市民，他却成了遥不可及的明星偶像。

关于陆亦修的新闻越来越多，没多久，网络上就有人爆出实证，表明陆亦修是聚立集团太子爷。而他正是凭借家里的关系，才走得顺风顺水。

陈应月原先听陆亦修提过，他家是做生意的，家境还算不错。他不喜欢提家里的事儿，陈应月也默契地选择不问。她绝对没想到，陆亦修所指的不错，竟是掌控国家房地产命脉的聚立集团。

而这个聚立集团，又曾和父亲的事故扯上过千丝万缕的关系。

她虽然知道，那件事根本和陆亦修扯不上关系，但打心眼里，还是会抵触，会难过。

逐渐的心生芥蒂、相处的日行渐远、毕业与工作的双重压力，让两人的争吵越来越多，甚至一度走到分手的境地。

那句“咱们就等大学毕业就结婚好了”，好像被俩人遗失在了时光里。

第六章
为了报复

两年后。

与时间一同增长的，还有陈应月的月薪。在日复一日的加班后，她最终决定跳槽到了华映——国内 Top3 的上市影视公司，在寸土寸金的上海有了人生的第一间独立办公室。

这两年与过往毫无差异，依然飞快。职位的上升，同样伴随着压力。为了让自己看起来更有威慑性，她剪了个齐耳的短发。

晚上十点，她最后一个走出办公室，关上灯，整个九楼都暗了下来。

九楼以下，依旧灯火通明。华映等级森严，以十楼为分界线，十楼以上是管理层，十楼以下是基层员工，而加班在十楼以下最普遍。

地下车库的灯坏了好几个，连着看了一天电脑屏幕，陈应月觉得眼前黑得慌。车停在哪个位置，她记不得了。

在上海，没有房子、没有男友、没有家庭，即将到来的三十岁分水岭让陈应月头一回觉得迷茫。头一次觉得累得慌，想找个肩膀靠一靠，但一时半会儿也找不着，只好提起精神，举着车钥匙，一圈一圈地找车。

找了整十分钟，终于找着了车。她将手扶上门把手，刚准备开门，就看见从后备厢处冒出了好几个人影，头上还戴着尖头的生日帽。

“恭贺陈姐二十九岁‘大寿’！”

“恭贺陈姐即将迈入三十大关！”

一看是组里那群姑娘，陈应月立刻就笑开了。

打头的Lily举着蛋糕："陈姐你这班加得可够晚，你可都不知道，我们在这乌烟瘴气的停车场埋伏了多久。"

"看陈姐这一脸蒙，估计是班加得自己都忘了生日了。"有人附和。

陈应月摇头笑笑："还真忘了。"

陈应月还真不是骗人的，大清早陈母给她发了好几条微信，让她记得今天是生日，要记得吃长寿面。可一忙起来，什么事都抛在脑后了。还好有这么一群共患难的加班队友，还记得她生日。

"干我们这行，忙起来就没个头。"Lily涂了一块奶油到陈应月脸上，"来，陈姐赶紧许个愿吧。"

"别别……"有姑娘制止，"在这乌漆抹黑的停车场许愿，陈姐估计回家得做噩梦。"

"也是，要不换个地方？"

陈应月伸手揽住几个姑娘："你们不是种草定海神针很久了吗？一起撸个串儿？"

"好！"

难得的生日，陈应月不想躲在黑漆漆的公寓，一个人煮面。

一个蛋糕换了一顿饭，组员们也是乐意得很。

凌晨的烧烤店很热闹，夜猫子都爱吃夜宵。

刚点完菜，Lily就端上了蛋糕："来，咱们赶紧把流程给走了。寿星许愿吧！"

"赶紧赶紧！"

陈应月脱下外套，放在椅背上。等到做完这一套动作，她才虔诚地闭上了眼，双手合十。许愿很短暂，组员们照例问她许了什么愿。

和陈应月关系最好的Lily忽然举手："我知道陈姐的愿望！"

"什么？"

"三十岁前嫁出去。"顿了顿，她又一脸遗憾，"可惜这愿望看起来很难实现。"

"万一陈姐闪婚了呢？"

"首先陈姐得有个男朋友。"

大家哄堂大笑。

刚入编剧行当的大多都是年轻人，陈应月早习惯了大家无厘头的搞怪，拿手肘戳了一下Lily，没忍住也笑了开来。

几瓶啤酒下去，大家都喝到兴头了。不知是谁聊到了初恋的话题，忽然就停不下来了。

话题转了一圈，绕到了陈应月头上，不知是谁问了一句："陈姐你的初恋是什么样的人？"

好像积了灰的秘密盒子被人用鸡毛掸子掸了一下，在酒精的作用下，陈应月一向灵活的思维短路了。尘封了两年的名字忽然冒上了脑袋，陈应月摇头思考了很久，也不知道该怎么形容他。

不过两年的时间，她却觉得，他好远，好远。

或许是过往的那些年，太习惯他的闹腾，以至于在他消失的那一段时间，她总会产生他来撞过她公寓门、打过她电话的错觉。

烧烤店里，不知道是谁，把原本播放足球直播的电视转到了娱乐台。

女主播的播报很娴熟："近日，大满贯影帝陆亦修的粉丝集资包下纽约时代广场大屏，为陆亦修庆祝二十九岁生日。据悉，陆亦修工作室官方微博已宣布，将在即将到来的陆亦修二十九岁庆生会上，发布一条震撼消息。具体是什么，让我们拭目以待！"

店里很吵，但陆亦修的影响力显然不容小觑。娱乐播报刚结束，就有人开始议论纷纷。

陈应月这桌都是半只脚踏进娱乐圈的人，没有理由对这件事一无所知。

"你们听说没，陆亦修二十九岁生日会的门票都已经炒到上万了。"

"真的假的。"

"是真的，我也听说了。"

"官宣说当场有震撼消息，谁都想成为第一个知道的，能不抢吗。"

"能有什么震撼消息，说不定是噱头。"

"这不一定。"

"怎么，你听说了什么小道消息。"

"我一圈内朋友跟我说，陆亦修和周纤因戏生情，还被拍到共同出入医院妇产科，疑似怀孕，准备奉子成婚。"

“听说周纤是因为家里欠债才出来当演员的，一下傍上聚立集团太子，还是影帝陆亦修，简直人生赢家……”Lily 说了一半，忽然停下来望了一眼陈应月，“对了陈姐，你的电视剧《半生》不就是陆亦修的金牌经纪人田悦指导的嘛，你有没有什么内部消息透露一下。”

“还真没有。”陈应月仰头喝了口酒，“人家毕竟是大牌经纪人，我们也就是合作而已，合作完了就没再联系了。”

“太可惜了。”Lily 叹气。

娱乐新闻告一段落，饭桌上也恢复了气氛。陈应月作为寿星，自然是大家的关注对象。“对了，回到刚才的话题，陈姐你的初恋是个什么样的人。”

“他啊……”陈应月眼前的回忆有很多，却独独想起了那年，墙角的意外。那是她，也是他的初吻。

她想了很久，也没想出个形容词，只说：“他是个嘴硬又心软的好人。”

“那你们为什么分手？”

“大概是他太好，我不该耽误他。”

陈应月的回答，或许戳中了成年人关于初恋的痛感。没人再追问，转换了愉快的话题。

散伙时已近凌晨一点。

沪上酒驾查得越来越严，陈应月喝了酒，没开车，和另一个组员一起拼车回家。

上海不像南城，即便是凌晨，都是灯光辉煌的。

公交站旁的广告牌在黑夜里尤为显眼，这条路陈应月开车路过很多遍，但上头的人，却是陈应月不敢直视的。每个加班的夜晚，人就越发脆弱，但每一次，她都迫使自己直视前方，绝不流连两旁的广告牌。

但组员不一样，她是个女孩子，喝了酒上了头，难免有些叽叽喳喳：“你说陆亦修怎么就那么红呢，这都快十年了，还没过气。这道路两边都是他的广告牌，可不得看腻了。”

陈应月笑笑，扳过她的脑袋，“那就不看了吧。”

喝了酒的人，话变得多了：“陈姐，我见过陆亦修真人。”

“是吗？”

她摇头叹气：“真不是夸他，他真人比荧幕里看起来更好看，甚至看见这个人，总觉得他不应该跟我生活在同一个地球。虽然我们做编剧，常年跟组，也算是见过不少明星、半只脚踏进娱乐圈的，但陆亦修这样的人，总感觉离我们好远好远，完全不像是一个世界的。尤其是近两年，看海报的时候，都感觉他的眼神好冰冷，让人感觉更遥远了。”

陈应月顿了顿：“我也见过他。”

“感觉怎么样？”

“是一个不敢再见第二次的人。”

说完，陈应月不知道怎么地，觉得鼻子酸酸的。

组员没察觉出，笑嘻嘻地道：“我就说嘛，明星离我们的生活太远了。我以前一同事，喜欢上一个三线小明星，最后小明星发达了，连挽回的机会都不给，就被迫分手了。”

“是啊，他真的离我太远了，不敢想，也不能想。”

陈应月头一回，大着胆子，望向窗外。广告牌上，他还是那副模样，干净的白衬衫、棱角分明的脸，有媒体评论他是全球穿白衬衫最帅的男生之一。但陈应月觉得，他们一定没见过他穿南城二中校服的样子，那是陈应月一辈子都忘不了的模样。

从出租车上下车，陈应月独自一人往公寓方向走。

包里的手机忽然嗡嗡作响，一接通，是个有点眼熟的号码。

“喂，陈小姐您好。”

“您是……”

“我是上次打您电话的小曾，想问下您南城悦西花苑的房子有意出售吗？您还记得上回的李先生吗？他家小孩急着入学，看中您这学区房，他让我跟您说价格不是问题，都好商量。”

近年来南城房价疯涨，悦西花苑位于南城最好的学区，价格已经翻了好几倍。陈应月母亲受房产中介诱导，把悦西花苑的房子挂了上去，最近陈应月的电话快被打爆了。

陈应月说：“抱歉，这房子不是我一个人的。”

“那您方便透露我应该找谁吗？”

“找陆亦修吧。”

当这个两年没吐出口的名字，从嘴里脱口而出的时候，细微的陌生感，让陈应月觉得有些疼痛。

“您有他的电话吗？”

“没有。”陈应月怕自己回头，已经删得彻彻底底。

“那我怎么联系他？”

“我想或许你能联系他的经纪公司，乐灿娱乐。”

“陈小姐，您不想卖房子可以，但骗我说房子是陆影帝的，就不厚道了。”

陈应月懒得与他多费口舌，挂断电话后，她摇头笑了笑，眼底有些水光：“我说我和他在一起过，你们都不会信我的。那也挺好，那就永远不说吧。”

大清早，陈应月刚进公司，就被顶头上司——运营部总监叫进了办公室。

总监助理跟她交好，刚进门那会儿，她就开始跟陈应月通气，说是里头进了个访客，大有来头，带来的项目前景丰厚，是总监的座上宾。

陈应月蹙眉，仔细回想了一遍自己的社交圈，也没能猜出来那人是谁。更何况，总监偏心手底下某个员工是全部门都清楚的事情，今天偏偏是她被叫进办公室，有点百思不得其解。

结果，刚进门，这个问题就得到了解答。

“你好！陈班长！”

陈应月愣了半秒，回了句：“文海，好久不见。”

她这才想起来，前段时间文海的影视公司刚获得IPO（首次公开募股），正是大有可为的时候。加之，上海这影视圈实在小得很，选上华映做资本扩张，也实在是绝佳的选择。

总监适时地站出来：“应月，文总最近和一家上市投资公司确认了合作关系，已经确认了是现代军事题材的选题，这将作为我们下半年主推的剧集，这个项目接洽已经有半年了，公司高层十分看重。具体剧本相关的事宜，你跟文总接洽。相信你们老友协力，一定非同凡响。”

“陈班长的能力我在高中那会儿就见识过了，毋庸置疑的。”文海热络地鼓掌，似乎很期待这次合作。

在场三人，只有陈应月一个人是蒙的。

她入职华映一年，知道下半年主推剧集是什么意思，这意味着所有的资源杠杆都将向她这边倾斜。这是一个绝佳的好机会，但同时，这也是个大挑战。一旦这部剧不能如愿火起来，她会成为众矢之的。

文海和总监聊了很久，临送陈应月出门时，总监忽然压在陈应月耳边，低低地说了声：“林艳琼跟你实力相当，如果这次剧本不能让投资方满意，那我会安排她接替你。”

陈应月昂起头，笑笑：“放心总监，我不会让她有接替我的机会。”

总监的脸有点黑，但这是陈应月预料的效果。

林艳琼是总监秘密的枕边人，也是亲信，整个部门的资源向来都是林艳琼一人独有。尤其像陈应月这样，刚入职一年的编剧，想从林艳琼嘴里抢块肉，实在难于登天。这意味着，今天从总监手里拿下这块肉，无论它好不好吃，陈应月都得一口吞下。

陈应月出门没多久，文海跟了出来。

陈应月当了三年班长，对每个同学，心里都有本记录。时隔这么多年，她有点难以联想，眼前西装笔挺的男人，曾经是个上课爱赤脚的邋遢大王。

文海拦住陈应月：“陈班长，上回见面还是在两年前的同学会吧，这回见面，是不是该请老同学吃顿饭？”

“当然要请。”陈应月拍拍他的肩膀，“你这案子很紧，下月就要交剧本，我得先把工作安排下去，晚上找你一起。”

“别别，剧本为先，这顿饭当庆功宴也不迟。”

“那两顿凑一顿，来顿好的。”

文海：“对了，陈班长你知道林艳琼是谁吗？”

“她啊。”陈应月高深莫测地笑笑，“总监的人。”

“哦……怪不得。”

“有什么问题吗？”

“这案子刚开始，你们集团是选定她来当编剧的，可是后来……”文海还没说完，忽然瞟了一眼陈应月，停了。

陈应月追问："后来怎么了？"

"也没什么大事儿。"文海想了一会儿，才说，"后来我想到我们陈班长在华映，同学一场，我没有理由不偏向你。于是，我就点名说要你编剧，要是你不做，那我们这案子也就别做了，结果他们一听，全同意了。"

说起这些，文海还有点儿得意，但听在陈应月心底，却是感动满满。陈应月说："文海，谢谢你挺我。"

文海有些不好意思："可别这么说，你们高层都是明事理的，没必要为了个编剧头衔，少了这么一大块肥肉。在商言商，我不过是顺水推舟。"

"那我这次一定不让你失望。"

"我等着。"

陈应月和文海一路聊着，直到她的办公室门口。

陈应月的办公室不太大，位于走廊尽头，离厕所没几步路，人流嘈杂。办公室背阴，看起来有些老旧。林艳琼和陈应月同一职级，但办公环境却天差地别。文海刚路过林艳琼现代化的智能办公室，要不是上头的门牌写的是陈应月，他还真不敢认。

"陈班长，这是你办公室？"

"是啊。"

文海忽然叹了一声："我自打高中那会儿就佩服你的骨气，我们高中那堆同学，谁不知道陆亦修现在在影视圈混得有多好。你但凡愿意去抱抱他的大腿，也不至于这么辛苦。况且，他看在同学一场的分上，不会不帮你的。"

听到陆亦修这个名字的时候，心尖上有微微的痛感。陈应月勉强挤出一丝笑："还是算了吧。"

"之前同学会上，他开玩笑亲你……"文海觉得自己似乎说了不该说的，"我以为你们关系挺好的。再说，陆亦修是个讲义气的人，凭着他曾经害你受伤错失高考的事儿，他肯定会帮你的。"

"不用了。"

"陈班长，有时候太有骨气，反而不是件好事儿。"

一个月后，预期的剧本提交日。

文海早早跟她打好招呼，说是这次不但华映高层会派代表出席，而且投资方也会有人过来评鉴此次剧本的投资力度，他特别嘱咐陈应月好好准备。

提交日前夜，陈应月难得地一晚都没睡着。

次日，她起了个大早，在会议室里排练。

文海是第二个到的。

剧本他已经提前看过，关于现代军事题材的选题，陈应月把握得非常独到。虽然文海是个外行人，却也觉得其中的惊险情节设计得十分巧妙。

因为一些特殊原因，文海早就对投资方剧本审核的通过十拿九稳。因此，看陈应月现在准备得这么充分，来回在会议室里演练，他倒是觉得有些歉疚。虽然投资方早有要求文海让陈应月在剧本上下足功夫，但现在陈应月这么拼命，眼下都熬出乌青了，他觉得有必要跟陈应月分享好消息，缓解她的压力。

“陈班长。”

“嗯？”

“要不休息会儿。”

“不了。”陈应月晃着激光笔，“还有二十多页，我讲完就结束了。”

“其实这项目是十拿九稳的，没必要这么认真。”文海抢过她的激光笔，握在手里，不让她讲下去。

陈应月也不去抢，只是对着电脑继续翻页，嘴里说着：“我怕到时候出错，连累你拿不到投资。”

“不会的。”

文海一听陈应月这么维护他，心里倒有点愧疚。想到即将揭晓答案，所有投资方的嘱咐他全给忘了，一股脑儿地跟陈应月倒了出来：“投资方有过承诺，只要编剧是你，就会签下这个约。”

“什么意思？”

闻言，陈应月操作键盘的手指忽然一顿，她微眯着眼，瞥向文海：“你不是说，是你向华映高层强烈要求我做编剧的吗？”

“投资方是我们的熟人，你认识的。”文海回。

“是谁？”

陈应月顿了一秒，脑子里忽然有个难以置信的名字浮了出来。

而这个名字，让她胆怯，却又隐隐期待。

文海咬着下嘴唇，犹豫了一会儿，终于没忍住。

“给这个项目投资的，其实就是陆……”

文海话音未落。

陈应月就看见了那一堆她在公司内刊版面才见到过的高层人物。他们簇拥着一个身形颀长的男人。

他一如既往地戴着鸭舌帽、墨镜、口罩，只露出个鼻子，但仅凭鼻尖那一颗细小的黑痣，陈应月就能一眼认出他。

那个人啊，她怎么忘得了啊。

陈应月很难形容此刻的感觉。

彻夜未眠，原本还有些微薄的睡意，但此时此刻，因为他的到来统统被驱散干净。

一一去除鸭舌帽、墨镜、口罩之后，陈应月看见了那张时隔两年未见的脸。

仿佛他只是在那个细雨夜，在小区的花园里迷了路，一回头，她才刚找着他。他依旧会回过头，拿食指弹她的脑袋，跟她说：“小月亮，你这个傻子，怎么让我等这么久。”

可惜，陈应月知道，过去就是回不去。说出了那样的话，就意味着再见陌路。

脑子里嗡嗡响，她听见顶头上司在介绍他：“这位是陆亦修，陆影帝。同时，他也是本次项目的投资方。”

有人鼓掌，陈应月就跟着鼓掌。

直到总监要求陈应月讲解剧本，她才扶着凳子站了起来，打开了PPT。红外线笔像着了魔似的，怎么都掌控不住，她想点这边，它却偏偏往另一边跑。

陈应月深吸了好几口气，才稍稍平复情绪。

PPT 讲解很顺利，剧本也由助理分发下来，交到在场所有人的手里。

阅读剧本的环节，会议室里安静得吓人。十几个考官端坐面前，陈应月说不紧张是骗人的。好在先前对剧本已经研究得滚瓜烂熟，面对现在这样的场面，她也并不局促慌张，安静地坐在座位上等待着最后的结果。

项目组对陈应月的剧本早有研读，对她的干练讲解和亮点评析也给予了肯定。

最后，是投资方那关，也就是陆亦修那关。

文海显然对投资方这关放宽了心，甚至玩起了手机。这样的场面，让陈应月稍稍安心了些，但不知道为什么，她总觉得事有蹊跷。

许久之后，陆亦修从剧本里抬起头来。他眼角微眯，一只手握着剧本，另一只手拿墨镜轻轻敲击着桌面。

一下、两下、三下，像是敲在每个人心上。

他环视了一圈在座项目组成员："大家都没问题了吗？"

华映高层领导点头，代表着所有人一致通过。

"好。"陆亦修扔掉墨镜，站起来，椅轮往后退了好几圈。他忽然抬眼，直指陈应月，"既然大家都没问题了，那我倒是想问问陈编剧，你入行几年了。"

文海躲在底下偷笑，还扯扯陈应月的衣角，压低了声音说："快瞧，陆亦修还跟你装不熟。瞧他这架势，估计是故意拖时间，想让你在华映高层面前好好露露脸，还不加油赶紧表现！"

文海这样说，但陈应月却不觉得。

陆亦修此刻的眼神很危险，陈应月不知道他意欲何为，只得回答："从毕业起，入行近七年了。"

陆亦修说："七年，也算挺久的了，独立撰写剧本应该是没有问题的。"

总监赶紧表现自己："陆影帝可能不了解，陈编剧是我们部门里最优秀的编剧之一，当年红透半边天的《半生》，就是陈编剧操刀的剧本，您经纪人田悦也参与了制作。"

"所以——"陆亦修猛地将剧本拍在桌上，"砰"的一声，整个会议厅的人都吓了一跳，"这就是你给我看这些垃圾的理由？"

"我不懂您的意思。"陈应月说。

陆亦修向前跨一步，站到她面前。他比她高了一个头，陈应月一抬眼就能看见他放大的、熟悉的眉眼。她还记得，第一次这么近距离看他，是在他被罚站的老师办公室。然而，此刻熟悉的眉眼，里头是全然陌生的攻击性。

他说："人物脸谱化，剧本中出现的人物善恶一眼瞧到底。一个军事题材热血剧，男主角过分英雄主义，故事没有起伏。还有……"

"还有什么？"

陆亦修将剧本上的书夹取下："一个七年的编剧，居然还有用错成语的地方。"

他侧头朝向坐在前排的华映总经理道："张董、文总，这就是你们的诚意？这就是你们公司 Top1 的编剧？"

张董的脸上明显挂不住，而文海则是一脸的难以置信。

陆亦修不顾在场的尴尬场面，看向陈应月。他举起剧本，二话不说，狠狠甩在陈应月的脸上。顿时之间，A4 纸在会议室里满天飞。

"陈编剧入行七年，怎么写点东西垃圾都不如！也怪不得你的办公室要缩在边角，没人看重你。"

会议室死寂，没人想到会有这样的情况发生。

陆亦修拿上墨镜，助理识眼色地推开大门。

"陆亦修，你给我站住。"

长久无言的陈应月忽然开口。

"嗯？"他的脚步一顿。

她站在原地，质问他："你认真看过我的剧本了吗？"

"你觉得呢？"他戴上墨镜，转身反问她，"所以你这是在质疑我的专业？"

陈应月冷笑了一声，捡起一张 A4 纸，团在手里："陆亦修你难道不觉得你是在故意找碴儿吗？传闻中陆影帝性格暴躁，一切全凭心情说话，果然是真的。"

陆亦修冷笑："陈编剧就是这么跟投资方说话的？"

张董见情势不妙，赶紧凑到陆亦修跟前："陆影帝可别生气，咱们还可以换编剧，这剧本我也看过，确实不够好，我们会改正的。"

"你们喜欢拿投资人的钱玩大富翁，可我不见得愿意陪玩。"陆亦修一脚跨出会议室，末了，还不忘回头轻蔑地瞥了陈应月一眼。这个神色很微小，但他却演得让所有人都看见了。

他说："抱歉，在陈编剧身上，我看不见任何的诚意。"

陆亦修前脚离开，后脚那堆高层也蜂拥而散，围着陆亦修去了。总监临走时抛来一个待会儿找你算账的眼色，恶狠狠的，估计开除自己都不够让他解气。

空空的会议室，除了陈应月和文海，还有漫天的白纸。

文海瘫在椅子里，手里点了根烟，崭新的剧本被他用来抖烟灰："陈班长，我看你这么认真准备，以为你很靠谱。"

密闭的空间，烟味弥散，呛得陈应月喉咙发痒。文海的郁闷，陈应月看得出来。

她不知道该说什么，回了句："抱歉。"

"一句抱歉就算了吗？"文海原本在点烟，听她说抱歉，索性将打火机一扔，"我们那堆同学，有人毕业结婚一路走得顺畅，你也是知道我的，从毕业起就开始创业，至今七年了。我的房子、事业、爱情全都扔在了创业里，陈班长你知不知道因为你的错误，会毁了我七年的努力。"

陈应月咳了好几声，声音哑哑的，像是哭过。

她不知道该说什么，只能问他："文海，你看过剧本了吗？"

"看过。"他又点了一支烟，"但我也就是半个外行，以你的水平，骗骗我足够了。"

"骗你？"陈应月反问。

文海往空气里吐烟圈："要不是陆亦修今天在会上点穿，我的 IPO 估计彻底打水漂了，我真没想到你居然会这么马虎地对待这个项目。还是说，你本来的水平就摆在这儿。"

陈应月说："剧本不是我一个人写的，这是我们整个团队的努力。"

文海笑："我以为华映很厉害，所以你们整个团队的水平就是这样？"

陈应月不理解："为什么你们都只听他的一面之词！"

文海根本不理会陈应月的话，他只相信自己所看到的。今天会上，所有人都响应和同意了陆亦修的质疑。他亲眼所见，没有异议。

文海掐灭烟头，将那堆积着烟灰的剧本拍飞，他在说话，声音里有明显的讽刺。

“陆亦修要求编剧是你，我还以为你很有能耐。没想到……陈应月，你可真让人失望。”

会议室里真的只剩下了陈应月一个人。

或许是太过安静，她听见了自己的心脏扑通扑通跳动的声音，躁动而不甘。

她忽然发了疯似的，捡起了地上的剧本，一张纸，一张纸地仔细读了一遍。

这份剧本，她曾熬夜读过二十多遍，三十集的情节几乎能通篇背下，同组编剧成员都一致认为这是今年写过最精彩的剧。关于文字内容，她和组员来回校对过十遍以上，为了今天的剧本会，她甚至拉下面子请了做大学语文教授的同学帮忙校对。

她编剧七年，人物脸谱化、成语用错，全都是不可能存在的问题。

然而，这场会上，所有人都早已经设定好了立场。

他们都认为，陆亦修与她毫无瓜葛，唯一的牵绊就只有这次合作。陆亦修的火发得越大，就是陈应月职责偏差得越大。

当作为投资人的陆亦修怒不可遏反驳她时，无论她有没有做错，那都是做错了。

满心的欢喜彻底落空，陈应月这才知道，他回来了。

他不是回来拥抱她的。

他是回来报复她的。

周会上，因为剧本沟通会的难看场面，陈应月受了不小的处分。

虽然总监是个职场偏心眼的小人，但在剧本这一块还是有所钻研的。他也知道场面难看不是因为剧本的问题，但为了照拂陆影帝的面子、安抚高层情绪，只好给陈应月个小小处分。

周会中场休息间隙。

陈应月挨批挨得有点心累，端着骨瓷杯准备往茶水间倒杯咖啡。

好巧不巧地，就看见狭窄的茶水间里挤了一男一女，男人伏在女人耳边说话，也不知道说了什么，女人的肩膀抖了抖，笑得乐不可支。

男人笑着从女人的脖颈窝里探出脑袋来，这时候陈应月才看清，这男人竟然是总监，而旁边的则是同部门的林艳琼。

公司明令禁止办公室恋情，更不用说跟下属搞婚外情了。

虽然陈应月早知道这俩人的事，但亲眼见到，还是有点震撼。

茶水间里，林艳琼看见了陈应月，她立刻推了一下总监。大概是这样的场景发生过太多次，总监很平静，在林艳琼的手背上亲了一下，才不慌不忙地端着杯子，一本正经地走出了茶水间。

等总监走了，陈应月才回过神来，走进茶水间。

此时，林艳琼正靠在流理台上，端着杯咖啡，慢慢地喝着。林艳琼是个正宗的美人，她身材姣好，一双腿匀称纤长，听说早年参加选美比赛退下来，才走上了编剧这条路。其实陈应月挺想不通，林艳琼这么个美人，绝对能有更好的路，怎么就偏偏看上了总监那个已婚秃顶的男人。

“应月，你也来喝咖啡。”林艳琼礼貌地打招呼。

“是啊，会议长了就容易发困。”

虽然林艳琼在工作上得了总监照顾，但她倒也不恃宠而骄，对待所有人都谦逊有礼。陈应月与她打交道的地方不多，传闻中说她是个会玩手段的，但在陈应月与她日常的交往中，却没觉得她是这样的人。她仔细想想，职场上会嫉妒的人太多了，或许林艳琼不是这样的人，但闲言碎语传出来，她也就变成这样的人了。

“那天剧本沟通会没受什么委屈吧。”林艳琼问。

别人都关心她受的处分够不够重，林艳琼倒是关心她的想法。陈应月有点感动：“多大点事儿啊，我们这行难搞的甲方一直有，挨批习惯了。”

“这事怪不得你，我早就听说陆亦修脾气暴躁，是个不好伺候的。”

“也没那么夸张。”

林艳琼安慰她：“总不能什么委屈都让你扛，要是有什么不开心的事，我帮你跟总监反应。”

“能有什么委屈，也就是改个剧本而已。只要项目还在，受点委屈也值得。”陈应月朝她笑笑。

“抱歉，应月。”林艳琼放下茶杯。

“怎么了？”陈应月问。

林艳琼很为难：“刚才总监跟我说，以后这个项目由我来负责了。”

“是……是吗？”

“嗯。”林艳琼说，“上次会议高层脸上没光，加上陆亦修为难你，要是你再继续跟下去，怕是项目会黄，所以……”

“没事。”嘴上说没事，陈应月的心里却还是一空。她振作精神，拍拍林艳琼的肩膀，“也好，那你就帮我好好继续这个案子吧。”

陈应月原以为总监知道不是剧本的问题后，还会让自己跟下去，却没想到自己会被替换掉。她心里不舒服，倒完咖啡就走了。

林艳琼却忽然喊住她：“应月，上次你们组的剧本可以给我借鉴一下吗？听说你写得很好。”

“抱歉，这可能不行。”剧本是全组人的努力成果，她不能轻易许诺。

“你也不想让自己的剧本就这么冷藏对不对？”林艳琼甜甜地朝她笑，“我们组借鉴修改之后，等电视上映会加上你们组员的名字。大家都是同个公司的，目标也都是为了华映好，我都跟总监说好了，他也同意了。”

“好吧。”

林艳琼拿总监压她，她也没法不同意。

半个月后，项目进度依旧迟缓，停留在剧本阶段无法前行。

林艳琼的焦头烂额，部门所有人都看得出来。

与此同时，陈应月已经放下了没能拿下项目的失落感，开始投身新的工作。

最近，她所编剧创作的青春题材电影《不归人》即将上映，她全身心地扑在了这上面，陪伴主创全国各地参加首映礼、点播会。观众反响特别好，陈应月甚至隐隐期待这部电影将接替《半生》成为她的代表作之一。

华映今年暑期档排片不多，《不归人》极有可能成为华映在这段时间的主推大戏。

然而，因为国庆档进口大片云集，由林艳琼编剧的都市情感电影点映很一般，林艳琼联合制片人一致向华映高层要求，将她的电影提档到今年暑期档，以避免与进口大片厮杀，从而获得较好的票房。因为总监的游说，高层基本同意了这样的做法。

暑期档即将打响，公司资源有限，华映内部关于主推哪部电影一直未能决定。

不过陈应月听到了内部消息，华映将在《不归人》与林艳琼所编剧的电影里选出一部作为主推。

周三，影视事业部邀请多部门参与了两部电影的推广。

近三个小时的会议，陈应月与林艳琼据理力争，谁都不让，场面一度陷入尴尬。

可就在会议下半场，林艳琼不知怎么地，在接到一个电话之后，忽然态度大变，主动服软，将主推影片的位置让给陈应月。最后，总监十分不情愿地拍板，决定让陈应月所编剧的《不归人》成为华映暑期档的主推影片。

《不归人》一下子成为主推影片，陈应月一时间竟有些难以置信。直到同组成员高兴地把她抱住时，她才反应过来这是真的。

会议结束后，林艳琼和她一同走出来。陈应月快走了几步，与她并肩，说了声：“谢谢。”

闻言，林艳琼停下脚步，从怀里的资料中抬起头来：“不客气，我们都是为了公司利益着想，让优秀的作品出线也是应该的。”

两人并肩朝电梯走去，临进电梯的时候，林艳琼忽然嘴角微扬，笑得灿烂如花：“我这人不喜欢跟别人争，我相信，该是我的都是我的，别人想抢也抢不过来。”

不知道为什么，陈应月觉得林艳琼的笑容诡谲而危险，完全不像平时与她交谈时礼貌谦恭的样子。林艳琼主动让贤，《不归人》已经通过会议成为暑期档主推电影，一切都已经在掌握中，还能有什么变故呢？

她觉得一定是自己多想了。

傍晚，陈应月刚从总监办公室走出来，正好看见一个女孩子越过她，走进了华映人力资源部。

华映大楼里每天进进出出很多人，陈应月照理说不该留心这么一个女孩子，但她却忍不住停下脚步，因为这人的背影实在太像陈应月以前的组员娜娜了。

不过她认真想想，又觉得应该不是。

因为以前的一些事，娜娜应该早不在这一行了。况且，以娜娜的资历根本没法爬上华映，她绝对是看错人了。

半个小时后，当她看见娜娜坐在会议室里，脖子上挂着面试牌，与林艳琼对话时，她才知道自己没认错人。

隔壁组招收员工，照理说她不该打扰，但想到林艳琼主动谦让，好心地把主推的位置给她，她还是下决心闯了进去。

目光穿过磨砂玻璃门，林艳琼看见陈应月的身影正在靠近。

正当陈应月推开门时，她忽然站了起来，整张脸笑容满满："应月，跟你介绍下，这是我们组的新成员陈娜。"

陈应月忽略她的话，说："林组长，方便出来说话吗？"

"好。"

靠在走廊的栏杆上，陈应月对林艳琼说："陈娜是我以前的组员。"

"我知道。"林艳琼了然，"她的简历上写了《半生》项目。"

"我不建议你录取她。"

"能说说原因吗？"

"她以前是被我劝退的。"陈应月将齐耳的短发拨到耳后，"她曾经因剧本抄袭，差点害得整个公司赔付天价违约金。后来我翻看了她以前的剧本，不同程度都有抄袭。"

林艳琼反问："仅仅是这样吗？"

"编剧是原创行业，对抄袭是零容忍的。"陈应月态度强硬。

"我不这么认为。"林艳琼笑，"她以前犯过错，不代表以后还会犯错。"

陈应月反驳："抄袭就像出轨，只有零次和无限次。"

"你不给她机会，她永远无法改正。"林艳琼将束着的马尾辫拆了，一头黑发披散下来，衬得她美丽而危险，“而我愿意给她这个机会。”

说完，她转身离开。

陈应月留在走廊，任由夕阳的光影将她拉长。

有一种不妙的预感，开始在她心里发酵。

转眼，《不归人》上映已进入倒计时。

华映前期宣传铺路，《不归人》的热度也持续上升，可就在影片上映前半个月，忽然有官媒宣布，陆亦修新片也会提前登陆暑期档。陆亦修向来是娱乐圈的风暴中心，新片提前上映的消息一经发布，瞬间夺去了《不归人》大半的关注。

好在《不归人》点映时好评不断，微博“自来水”更是一波一波，陈应月对《不归人》的票房也很有信心。

与此同时，陈应月的前同事陈娜也正式签约林艳琼团队。

《不归人》上映前五天的晚上。

陈应月待在家里，准备五天后参加首映礼的文字资料。

正当她整理完资料，洗完澡准备睡觉时，同事Lily忽然打来电话，还未等陈应月应声，她已经开口，声音很着急：“陈姐，你看到了吗？”

“看到什么？”

“你快看微博热搜！”

“怎么了？”

“《不归人》的热搜都爆了！”

“看来公司的宣传很到位啊。”陈应月在擦头发，肩膀夹着手机。

“不是！一个小时前有人披露《不归人》抄袭的丑闻。”

“什么？抄袭？”陈应月微眯着眼。

“微博热搜现在漫天都是《不归人》抄袭的消息。”

“怎么可能？”陈应月扔掉毛巾，半干的头发耷拉在脖颈儿里，她找到手机，立刻打开微博，果然微博全都是#《不归人》剧本抄袭#的话题，而且已经上了热搜第一。

Lily快哭了：“陈姐你说这可怎么办才好。”

“你等等，我先看看。”

陈应月挂掉电话，深吸了好几口气，才沉下心来，打开了 #《不归人》剧本抄袭 # 的话题。

话题首页是一个视频，画面里的人物和声音都做了特殊处理，看不见样貌，但变调了的人声依旧让陈应月感到几分熟悉。视频里的人披露，陈姓编剧在前公司就经常抄袭他人创意，其中某个剧本更是因为抄袭被甲方发现，被要求索赔五百万巨款。此外，她更直接指明，陈姓编剧曾经和她讨论过，打算借鉴某部曾经大火的小说，创作一部青春电影，而最新上映的《不归人》就是抄袭了该本小说剧情。

陈姓编剧毋庸置疑，指的就是陈应月。

往下拉微博，她看见了一张剧本调色盘，直指陈应月所编剧的《不归人》抄袭了十年前某大热小说。

《不归人》还未上映，只刚刚发布了预告，连正片都没有，但点开调色盘大图，里头剧本的一字一句、人物对话，分明就是陈应月《不归人》剧本里的内容。

陈应月这才知道，遭内鬼了。

调色盘一路往下，陈应月这才看见《不归人》被指抄袭的小说竟然是《与你有关的两三事》。

那部十年前陆亦修和陈应月共同写完的小说。

陈应月觉得可笑，居然有人说她抄了她自己写的书。

作为这两个故事的著作者，陈应月最清楚里头的剧情，她也太清楚《不归人》和《与你有关的两三事》完全是两回事，她在创作之初就从未沿用过以前的剧情。

她重新阅读了一遍调色盘内容，这才发现，有心人把《不归人》里完全不同的剧情，硬是自圆其说对应上了《与你有关的两三事》的内容。唯一令她无法辩解的，是两个故事的写作文风是类似的，因为都出于她一人之手。

陈应月简直想笑，但偏偏底下一水儿的评论都一致认同陈应月抄袭。偶有认真看过调色盘、了解清楚事情真相的人，为陈应月辩解，却被骂惨了。

陈应月仔细回想了视频内容以及调色盘，心里的想法越发明确，有个名字呼之欲出。当年剧本抄袭事件，前东家采取了冷处理的模式，知道的人少之又少，怕是也只有当事人抄袭者最清楚其中缘由。与此同时，她忽然想起来，两年前的某次剧本会上，那时她还和陆亦修在一起，她曾跟她提过，有想法改编《与你有关的两三事》，而这件事只有一个人知道——陈娜。

抄袭是编剧圈里的大忌，被贴上这个标签，陈应月怕是整个职业生涯都要毁了。

她知道背地里有人想害她，甚至于这个名字也已经清晰，但现在对她而言，报复不是关键，如何向观众解释清楚来龙去脉，不影响《不归人》上映，这才是当前要义。

要怎么跟观众解释清楚来龙去脉呢？

如果直接开发布会，公开所有剧本，确认无抄袭嫌疑，一来会影响《不归人》播出时剧情的神秘性，二来堵得住嘴却堵不住人心。加上陈娜利用自己抄袭泼给她的脏水，怕是洗不清。

陈应月能想到最简单、最永无后患的办法，就是证明自己是《与你有关的两三事》的作者。

她立刻打开电脑，搜索《与你有关的两三事》。这才发现，当年首发该文的普江网，在一年前因经营不善倒闭，网域已被注销。况且，当年的账号是陆亦修注册的，她根本无从证明自己是原作者。

头皮都快被抓破的时候，陈应月脑袋里的思绪一闪而过，她忽然想起两年前的某个夜晚。

那时，陆亦修和她窝在书房里，有说有笑地，一同打开《与你有关的两三事》的评论区。当时，他说过的，他要找回注册账号。

这是陈应月的最后一线生机。

她最后能想到的，只有他。

打开手机，翻到陆亦修的那一页。绿色的通话键就在眼前，但陈应月却按不下去。

刚才着急证明的情绪忽然退了下去，她开始犹豫跟他开口的第一句该说什么，说“你好”，还是说“抱歉”。他现在会在做什么呢，听说他和女演员因戏生情，即将奉子成婚，她这样冒昧地打电话过去会不会打扰他。

想得太多，思绪很乱，陈应月犹豫很久，都没能把电话拨出去。

她猛灌了两瓶啤酒，在酒精的作用下，她坐在地上，把手机放在茶几上，按下了通话键。

“嘟……嘟……”

等待是最漫长的煎熬，她将脑袋靠在沙发边缘，昂着头，像个等待救赎的乞讨者。两年没拨出过这个电话，或许是因为过于紧张，她整个身体都是麻的。

长久之后，她听见那头出现忙音。

“对不起，您拨打的电话无人接听，请稍后再拨。”

刻板的女声，没有一丝情感。

陈应月听着听着，感觉眼角有滚烫的东西掉了出来。

“真不接？”

田悦抱着肩膀，站在陆亦修身后，一脸看好戏的模样。

市郊别墅内，陆亦修从沙发里起身。一旁的柜子上，手机正嗡嗡地响着，屏幕亮着，显示“小月亮”。

他从冰箱里取出一瓶冰水，仰头喝了下去。

陆亦修身形颀长，比例匀称，明明只穿了简单的家居服，但靠在沙发上，却宛如一张时尚大片。喉结顺着水流滚动，田悦站在旁边不禁感叹，陆亦修这样的男人太诱惑。只可惜她跟他工作多年，太了解了他的脾气性格，对他的好感真的不太多。

田悦跟在他身后，好整以暇地问他：“等这个电话两年了，不接，难道不遗憾吗？”

陆亦修不答，田悦继续笑。

“万一她有重要的话跟你说呢，你就不怕她打了这次没打通，就再也不打了。”

“够了。”陆亦修喝止她喋喋不休的问话。

客厅大屏正在播放晚间娱乐新闻，华映新片《不归人》涉嫌抄袭已成为晚间热点话题。

“不帮她吗？”田悦问。

“为什么要帮。”陆亦修反问。

“眼睁睁地看她被人栽赃，泼脏水，你忍得住？”

陆亦修勾起嘴角，笑得有些轻蔑：“一朝被蛇咬，十年怕井绳。你难道没听过这句话？”

陆亦修漫不经心地重新坐回沙发，田悦绕到餐桌旁，举起一沓资料，放在陆亦修的面前：“那我倒是想咨询一下，你准备的这些能佐证她是原作者的资料该怎么办？”

“给我。”

陆亦修从田悦手中接过那沓资料，往书房走。

田悦一步不落地跟在他后头：“处心积虑提前档期，故意跟她的《不归人》撞个正着，让她全身心投入的新片票房难看，这不就是你的本意吗？既然如此，你为什么一听见她被诬陷抄袭，还要收集这么多为她澄清的信息。”

“承认吧陆亦修，你还在乎她在乎得要死。”

“住嘴！”

陆亦修回过头去，恶狠狠地瞪了她一眼：“现在我就让你看看什么叫在乎。”

说完，不等田悦反应，他将牛皮纸袋整个撕开，毫不犹豫地将里头的那沓纸塞入碎纸机。

“等等！”

田悦赶忙阻止，只可惜为时已晚，所有的资料都已粉碎。

“你又发什么疯！”田悦是个暴脾气，气得把碎纸机踢了，“你不愿意给，可以让我给，现在资料都没了，还怎么给陈应月澄清，你让陈应月在这个圈子里怎么混！”

陆亦修轻轻笑了一声，表情淡漠。

“我从来没有给自己设定立场，我没必要站在她身边。

田悦气得又踢了碎纸机一脚。

她在心里骂陆亦修，真是越活越糊涂。

第七章
逢场作戏

陈应月一夜没睡。

因为第二天有点映礼，她收拾了一下，拖着疲惫的身体出了门。

出租车上，电台正在播送消息，融媒体时代信息没有界限，《不归人》涉嫌抄袭的新闻也同样上了电台。

手机振动送来一条微信，打开才看见是母亲发来的消息：“囡囡最近身体怎么样？”

她回了句“挺好的”，不敢再多说，转头望向了窗外。

父母的问候总是那么朴实，不会问你今天赚了多少钱，只会问你身体好不好，早饭吃了没。抄袭事件发布，陈应月不知道等待她的会是什么样的结果，但她庆幸的是，南城很小，还算闭塞，这件事没让父母知道就好。她实在不想打扰他们的生活，也不想他们像过去的工伤案一样，不堪媒体骚扰。

抄袭事件爆发后，《不归人》受影响的程度比陈应月想象得要严重。

点映礼上，原本满座的观众，现在只剩三三两两，基本都是主创们的粉丝。提问环节，媒体的问题都很尖锐，直指剧本抄袭。

陈应月多次解释，这是有心人故意泼脏水，但她没有证据，站不住脚，媒体只以为是她在推脱责任。一夜未眠，陈应月的脑袋晕晕的，面对狂轰滥炸的问题，眼前有些晕眩。

这时，放映厅外忽然传来哄闹，隔得不远，能听见有人在尖叫。

“陆亦修！”

“陆亦修！”

影院工作人员听到尖叫，开始窃窃私语。

“听说陆亦修要来了！”

“真的假的？”

“说是陆亦修新片原定的影院临时停电，无法开展首映礼，所以把地点改到我们影院了，就在隔壁厅。”

媒体听说陆影帝要来，懒得再去顾陈应月抄袭的话题，直奔另一场次的影厅。只等着趁这次意外事件，能抢个陆亦修的头条。毕竟陆亦修的头条，可比《不归人》抄袭更夺人眼球。

放映厅里不多的人，又去了大半。

此刻，偌大的放映厅空空的，只能看见前排坐着三个人，还有最后排的阴影里躲了两个。一时间，台上的人反倒比台下多，场面有些尴尬。

主持人尝试缓解气氛，但场面依旧不好看，几个主角整张脸都拉下来了。

前排粉丝没忍住，把餐巾纸揉成一团，扔在了陈应月脸上。

“垃圾编剧，你不会写剧本就不要写，为什么要来害我家哥哥！”

“是啊，不会原创，做什么编剧。”

“滚出编剧圈！”

纸巾扔脸的触感并不疼，但陈应月却整个人都失了力气。粉丝的护短，也一并激起了主创们的情绪。

男主角走到台前，指责陈应月：“陈编剧，你可以没灵感，但你为什么要抄袭。”

另一个主创也站了出来：“你抄袭可以，但是你有没有考虑过我们，从此以后我们都会被贴上抄袭剧主演的标签。”

“是啊。”

男主角把帽子摘下，摔在地上：“陈编剧你知不知道，你害了我们所有人！”

“我没有抄袭！”陈应月打断他，喝止这样的质疑。

“你敢抄，为什么不敢认？”粉丝说，“难道就因为是网络小说，所以你才敢抄，是吗？”

陈应月所有的委屈在这一刻爆发：“我就是《与你有关的两三事》的作者。”

“呵。”有人开始笑。

粉丝索性拿起爆米花，一股脑儿地往她身上扔。

“你以为《与你有关的两三事》的作者消失很久，你就能冒充了！”

“你怕是都没做做功课，都不知道《与你有关的两三事》是一男一女两个人写的吧。”

“编剧也太不要脸了。”

男主角听不下去，他冷冷地看着陈应月，说：“陈编剧，你简直就像一条蛀虫。”

门外，等候陆亦修的人群热闹非凡。

门内，《不归人》正面临彻底崩盘。

《不归人》放映厅，无人关注的黑暗角落里，坐着一男一女，戴着黑色帽子和墨镜。

田悦对这样的场面看不下去，摘掉墨镜和帽子，露出了脸来。

一旁，黑帽墨镜的男人意犹未尽，正举着手机拍照。

田悦不满意，摘下了他的帽子，他一头毛茸茸的黑发在暗夜里扬起。她问他：“你拍够了没。”

“还没。”

陆亦修的手机镜头里露出陈应月的狼狈模样，“咔嚓”一声，他按下快门。

外头粉丝尖叫不断，田悦叹了口气：“外面那么多粉丝等着你，偏偏你还就躲在别人家的点映礼拍照，有这样的道理吗？”

陆亦修不咸不淡地说：“你要是无聊，可以先过去。”

田悦抢走他的手机：“陈应月的可怜样你也应该看够了，收拾收拾准备首映礼吧。”

“你怎么不维护她了？”陆亦修忽然问她。

“我维护她有什么用，我看她这样我心酸，还是不看了。”

陆亦修笑着说：“这样的情况太难得了，你确定不多看几眼？”

“确定。”田悦扔掉帽子，站起来，“明知道她是被污蔑的，你能看得下去？”

“看得下去。”

“陆亦修你真是越来越冷漠了。”

“该走了。”田悦不再去看台前的场面，只是转头对陆亦修说，“首映礼要开始了。”

“好。”

陆亦修和田悦绕过大厅，走到暗处的通道口。那里大批安保人员已经就位，穿过通道就能走到新片首映礼大厅。

快到通道口的时候，陆亦修下意识地回头看了一眼台上。

《不归人》的放映厅里依旧一片混乱，陈应月被人狂轰滥炸地围攻，但她却完全没有反抗，埋着头，整个人看起来柔弱又无助。陆亦修有点不敢相信，眼前的人居然是陈应月，因为在他眼里，很多时候，陈应月都是张牙舞爪的。

“不走？”通道口很矮，田悦弓着腰问他。

陆亦修却不动，反而摘下口罩：“你今天怎么不劝我帮她了。”

“劝你有用吗？”田悦愤懑地道，“你也是够绝，把那些资料都扔进碎纸机。”

“你后来不是拿走那些碎纸了吗？”

“我找人拼了，碎太过，拼不上。再说……”

“再说什么？”

“再说我觉得陈应月这么狼狈也挺好的。”田悦从通道口出来，托着腮帮子，“我的管理学老师说过，一个人在饱腹的状态下，你送给他一块饼干，他不会感激。但一个人在饥饿的时候，你送给他一块饼干，他会把你当作上帝。现在陈应月跌落谷底，正是饥饿的状态，如果这时候你去拯救她，她以后会死心塌地地待在你身边。”

陆亦修嘴硬：“我已经不需要她的死心塌地了。”

“陆亦修你这两年过得好不好我知道。”田悦叹了一口气，倒像是看破红尘的模样，“如果你想跟她重新在一起，我也不介意多个左膀右臂。”

“什么意思？”

“你待在娱乐圈这么久，你难道不懂编剧被坐实抄袭罪名会有什么后果吗？”

陆亦修眼梢上挑，好看的嘴唇微微勾起，他并不说话，只是高深莫测地笑了。

田悦拍拍他的肩膀：“等这场首映礼结束后，我会去后场找她。你以前闯过那么多祸，她私下帮过我很多。如果你还想她，那我会帮你处理好所有事情，让她安心待在你身边。现在她在编剧界的名声已经彻底脏了，以后怕是没法再做编剧，不过凭我田悦的人脉，在娱乐圈帮她找个工作不难。”田悦朝他挑挑眉毛，“又或者说，你想直接把她藏起来，让她当你的全职太太，我也是没意见的……”

田悦没说完，陆亦修就打断了她。

“田悦，你不懂。”

“不懂什么？”

“你不懂陈应月这个人。”

“什么意思？”

陆亦修眼神遥遥地，穿透外界所有喧嚣，将眼神落向台上的女孩。一瞬之间，那锐利冷冽的黑眸，一下子变得温暖如水：“要是真脏了她的名声，她绝对不敢再出现在任何人的面前，她只敢回家一个人舔伤口。她就是这样，在家像只老虎，出门就像只猫。”

“所以呢？”

闻言，田悦同样望向台上，陆亦修的话令她有些隐隐期待接下来会发生的事情。

陆亦修问：“我的包在你那儿吗？”

“在。”

“给我。”

田悦从助理手中取过陆亦修的公文包，递给他。

接过之后，陆亦修快速打开，拉开内袋，取出里头的牛皮纸袋。

揭开封口，陆亦修取出了里头的文件，仔细核对过后，才重新塞回纸袋里。

当场，田悦看见那个熟悉的牛皮纸袋，整个人都愣住了："你不是都扔碎纸机了吗？怎么还会有一份一模一样的。"

陆亦修长腿一抬，跨过面前的座位，站定之后，他回头看向田悦，斜勾的嘴角有些莫名的挑衅，像极了逃课被教导主任连环追逐，却侥幸翻过围墙，得意坏笑的少年。

"你难道不知道有备份这种东西吗？"陆亦修笑得坏坏的，"毁的那份是复印件。"

"好你个臭小子。"田悦隔着座位拿包扔他，"怪不得我说，你仔细搜罗了两年的材料，还准备等陈应月授权把书拍成电视，怎么舍得说碎就碎了，原来是在骗我。"

放映厅里，已经有不满的粉丝越过座位向陈应月冲去。

陆亦修快走几步跨下台阶，不忘跟田悦嘱咐："接下来的事还要你帮忙。"

田悦一脸"我懂"的表情，立刻穿过暗处通道，对陆亦修说："我去叫媒体。"

点映厅里一片混乱。

陈应月不堪被冤枉，情绪激动地回应了几句。男主角年纪很轻，是个初出茅庐的新人，粉丝的据理力争点燃了他的怒气，再加上他以为的害人者陈应月一直没能给出正面回应，他很不满，站到了陈应月跟前。

"我没有抄袭！"陈应月解释。

粉丝根本不听，只在一旁嘲讽："敢做不敢认。"

"到这关头还在说谎！"男主角很气愤，"你害了我们整个剧组的人！"

主持人见情势不妙，立刻挡在两方跟前。可血气方刚的男主角并没有就此罢手，反倒是朝陈应月冲了上去。

挡在陈应月跟前的主持人被他用力推开，陈应月眼睁睁地看着男主角跑过来，他表情狰狞，挥动的手掌越发张扬。面前有风吹过，陈应月下意识地闭上了眼。她想，这个即将到来的耳光应该会很疼。

预期的疼痛没有降临，在即将落拳的那一刻，有人擒住了男主角的手。

陈应月闻见一种熟悉的青草气息，淡淡的，像是那年深秋，南城二中的操场上，他和她一同扫过的落叶清香。

“天哪！是陆亦修！”

“我没看错吧。”

一夜没睡，陈应月以为产生了幻觉。

直到睁眼，才发现他真的站在自己跟前。他背对着她，熟悉的高度差，黑色的短袖 T 恤衫，精干壮实的脊背。

男主角对陆亦修的到来，同样的惊讶。

“陆、陆前辈……”

他落下的那只手下意识地想往回收，却发现手腕被陆亦修捏紧了，根本拔不出来。

陆亦修扯着嘴角，淡淡地笑：“你凭什么打她？”

“因为她抄袭。”除非电影上映，陆亦修很少出现在人前，几乎是圈里的神级人物。男主角这样的二三线明星，虽然平时在剧组能耍耍威风，但看见陆亦修这样的人物，依旧会紧张到结巴，“她害得我们全组辛苦完成的片子受到所有人的歧视，她就是个蛀虫。”

“你有证据证明她抄袭吗？”陆亦修问。

“网上所有人都这么说。”他不正面回答，“还有人出抄袭调色盘了，我看过都是我们剧本里的内容，这应该不会有假。”

“只是应该？”陆亦修不怒反笑，“你们剧组拍摄耗时多久？”

“半年。”

“那作为编剧的陈应月应该也跟了你们整整半年。”陆亦修瞥了一眼放映厅里不断循环的《不归人》预告片，冷冷地问，“你凭什么相信别人的一面之词，而不相信一个为了同个目标，跟你一起奋斗了半年的人。”

“我……”

“我不想跟你讨论这些。”陆亦修摆摆手，柔顺的乌黑短发随之轻轻晃动。他忽然扯起嘴角，笑容很张扬，“今天我只想教教你，对女人动手未免太不绅士。”

他话音未落，拽着男主角的手就压了下去。同时，右手一记重拳，打在男主角脸上。

男主角“啊”地叫了一声，他没能站稳，一下子被打趴在地上。

陆亦修哪舍得放过他，跨坐在他身上，对着他的侧脸又是一记拳头。

陆亦修五岁起就开始学跆拳道，男主角体力哪能比得过他，连还手的能力都没有。有人尝试劝架，但陆亦修却像发了疯似的，打红了眼。

“告诉你。男人打男人这才叫打架。男人打女人叫窝囊废。”

“住手！”

等陈应月回过神来的时候，男主角已经挨了陆亦修好几拳。她赶忙去拉陆亦修，但他却杀红了眼，根本不理会。

在场没有人知道陆亦修的真正脾性，他要是真动起火来，怕是真要出事儿。

这种感觉令陈应月感到害怕。

高中那年，因为高年级学长对她吹了个口哨，陆亦修愣是追了三层楼，把那学长的门牙打掉了两颗，到现在，那学长的两颗门牙都还是假的。

陈应月至今想来都是后怕的，当年学长身边有一把椅子，如果不是她及时阻止，那把椅子就会被陆亦修砸在他身上。那样，别说门牙，怕是性命都不保了。

陈应月不敢迟疑，她立刻拨开人群，跑到陆亦修跟前。陆亦修不理会，她就索性跪到了他的面前，用力攥住他的手臂。

将男星殴打住院，这样的新闻传出去，怕是陆亦修的前程毁了大半。陈应月不想他为了自己变成那样，急得眼泪都掉了下来。她睁着眼，目光灼灼地看着他：“陆亦修，求求你，停下……”

或许是陈应月眼底楚楚可怜的哀求刺痛了陆亦修，他终于恢复理智，喘着粗气，放下了拳头。

陈应月握着他的手腕，瘫坐在一旁。

两人像是厮杀过后，两败俱伤，如精疲力竭的猛兽。

厅外传来动静。

陆亦修拍拍西裤上的灰尘，站了起来。回过身去，他向地上的陈应月伸出手：“起来。”

陈应月犹豫半秒，还没干掉的眼泪“啪嗒”一声落了地，她送上手：“谢谢。”

不愧是娱乐圈顶尖经纪人，田悦的工作能力可见一斑。

不到十分钟，原首映场的媒体已经蜂拥而来。见难得一见的陆亦修在场，媒体的闪光灯一直没停下来。

陆亦修弯下腰，捡起刚才因打架而掉落在地上的牛皮纸袋，掸了掸灰尘，当着所有人的面撕开封口。

助理收集完各家媒体话筒，送到陆亦修跟前。

陆亦修清了清嗓子，嘴角微微上扬，难得地配合工作：“今天很高兴大家能参加我的新片首映礼。”

有好事的媒体立即开口：“听闻陆影帝是极其厌恶抄袭的，场地变更一波三折，《不归人》点映还没结束，陆影帝不惜抢占《不归人》的影厅，是要代表原创圈对抄袭说不，和《不归人》正式对立竞争吗？”

“我厌恶抄袭不假。”陆亦修弯下腰，凑近话筒，环视周围媒体一圈后，问，“各位信誓旦旦说《不归人》抄袭，有证据吗？”

媒体各有一套说法——

“微博早前已有人披露。”

“甚至有人爆料，陈编剧在原公司就有抄袭历史。”

“而且《不归人》所抄袭的，是十年前红极一时的青春小说鼻祖《与你有关的两三事》，大家都看得出来两个文风太像了，这不是抄袭是什么？”

千张嘴，千种说法。

在一片议论声中，陆亦修忽然做了个暂停的手势。

他轻咳一声，说“那如果我说，《与你有关的两三事》的作者就是《不归人》的编剧陈应月呢？”

“这不可能！”

有个年轻的女性媒体人站了出来：“我是《与你有关的两三事》的老读者，陆影帝可能没看过原著不知道，这篇小说的作者是两个人，作者也亲口承认过，这篇文章是一男一女两个作者用不同角度写下的故事。虽然《与你有关的两三事》的两个作者失联多年，但也不能就说陈编剧是原作者！”

陆亦修将撕开的纸条揉成一团，投篮似的扔了出去。

他的语气漫不经心：“那如果男作者是我，女作者是陈应月，大家觉得这个结果怎么样？”

底下媒体窃窃私语，对这个答案表示震惊。

在一片争议声中，陆亦修扬起那一沓授权书，交由助理递下去：“我手上有当年《与你有关的两三事》首发网站普江网的授权书，当时所有账号均由我本人实名注册，所有账号都已经公证过。如果大家有疑惑，稍后留下邮箱，我会请助理把所有文件整理发送。”

“稍等，我有问题想问陈编剧！”那名年轻的女媒体人举起手来。

被人点名，陈应月才回过神来。

放映厅里发生的事峰回路转，她先是被人恶言相向，现在又洗脱罪名成了焦点。最令她难以置信的是，陆亦修居然在这个时候愿意站出来。

她都是个满身脏臭的人了，他为什么不干脆居高临下地鄙视她，偏偏还要跟她蹚同一潭浑水。陈应月不理解，也不敢相信。

陆亦修低头看向那个躲在一旁发蒙的女人，在成堆的话筒前，她整个人显得很小。

一头乌黑的短发，因为刚才的纠纷显得有些乱糟糟的。垂眼望着她的时候，陆亦修忽然觉得有些好笑，别人剪短发都是衬得干练，怎么偏偏她陈应月剪了短发，倒像是缩回了十七八岁的时候，显得渺小且稚嫩。

“能回答吗？”陆亦修悄悄挪了几步，知道她不太适应人多的场合，会怯场，于是细声问她，“紧张的话，我帮你答。”

“不用，我可以。”她咬了下嘴唇，抓过他的话筒。

大概是太紧张，她没注意，抓话筒的同时，也一把抓住了他的手。

她比他矮了一个头，她揪住他的手，陆亦修没办法，只能弯着膝盖配合她的高度。

陆亦修觉得又好气又好笑。

女媒体人见陈应月接过话筒，立刻举手提问："陈编剧，您确认您是《与你有关的两三事》的女作者吗？"

"确认。"

"那我想问，如果男作者是陆亦修，女作者是你，那当时你们曾在书中提及过合著双方是初恋的男女朋友，这样的关系是否存在过？"

陈应月没能回答出。

陆亦修见状，立刻喝止："等等！"

女媒体人并不停下，反倒将话锋指向陆亦修："陆影帝这么维护陈编剧，甚至愿意在双方电影撞档期的时候出来澄清，是否是因为双方的初恋男女友关系？"

出乎在场媒体人意料之外的，是陆亦修随之而来的大笑。

"这位女记者未免太过入戏了。"他轻描淡写，"当年我和陈应月首次接触写作，不过是为了满足读者的猎奇心理，才谎称我和陈应月是初恋男女朋友，这难道有什么问题吗？"

"咯噔"——

陈应月心里一空。

她不是回答不出，她只是想知道，陆亦修会怎样回答这个话题。听到他说这些，她才知道，他是放下了。因为放下了，才能把那些过往述说得那么轻松明快。

大概是怕媒体人不信，他还哥们似的大大方方地揽住了陈应月瘦弱的肩膀："忘了跟大家介绍，陈应月是我的高中同学，兼班长。这次，我为《不归人》站台，是希望大家能够捧场，一起为我们的青春致敬。"

"青春致敬！"

"青春致敬！"

观众席位里，陆亦修的粉丝"一休哥"们爆发出一致的呼声，为陆亦修声援。

待呼声停止，陆亦修才再次接过话筒，声音清冽："之前许诺过，在我三十岁生日那天，会在所有支持我的观众面前，公布一个属于我的大消息。趁着这次机会，我希望把这个消息提前发布！"

"哇！"

观众席里传来经久不息的欢呼。

不远处，摄影器材已全部架设完毕，闪光灯如波涛般涌来。

陆亦修说：“我相信我的粉丝都知道，我一直有个梦想。”

陆亦修话音刚落，台上的人群开始隐退，逐渐只剩下陈应月一个人。

面对空荡荡的舞台和闪光灯以及身旁熟悉又陌生的陆亦修，陈应月有些慌张。成年之后，因为陆亦修和父亲工伤事件的联系，她太害怕成为别人的焦点了，以致现在的她，慌不择路地想要逃跑。她害怕陆亦修会在台上，说出一些令她害怕的话。

陆亦修低眉，难得笑得腼腆。

“我相信我的粉丝们都知道，我一直有个导演梦。今天，我这里有一份《与你有关的两三事》的授权书，我希望陈应月能在这份文件上签名，同意由我导演、陈应月编剧将它拍摄成电影。”

“同意！”

“同意！”

“同意！”

呼声一波波涌来，陈应月却觉得安定了。

刚才，她的心脏快跳到嗓子眼。这样的环境，太浪漫，太憧憬。她一度以为，陆亦修会跪下来向她求婚。现在她才知道，是她想多了。传闻中他已经有了因戏结缘的女友，怎么还需要她这么个寡淡又无趣的人。

陈应月觉得她那样的想法根本不该有，可偏偏该死的心里，还隐隐有所期待。

在众人的欢呼声中，陈应月虔诚地签下了自己的名字。

陆亦修甚至邀功似的，当场调侃她：“陈班长，编剧那一栏，记得把我加上。”

签约完毕，陆亦修兴奋地把她抱起来，来回地在舞台上转圈，但无意间看见陆亦修的眼神时，她才知道，他是在演戏。

她跟他相识多年，他每个神情她都了如指掌。

关于现在的他，她能准确地辨识到，他是在逢场作戏。

因为他眼底的笑全都是假的。

盛宴终了。

见过娱乐圈大风浪的人显然对这场一波三折的点映礼并不感冒，下台后依然安心地忙着各自的事儿。

陈应月比陆亦修下台早些，有些《与你有关的两三事》的书迷听说了消息，躲在后台通道口等陈应月签名。

本子不断递过来，陈应月签得手都快断了。正当她不知该怎么拒绝热情的书迷时，田悦忽然拨开人群闯了进来："抱歉，陈小姐还有事情要忙，请大家让让。"

说完，她也不顾人群拥挤，直接把陈应月推回了后台。

人少了，田悦才松了口气，调侃她："都没跟我打声招呼就想走。"

"金牌经纪人事多人忙，我哪敢打扰。"陈应月回她。

"你说说，咱俩都多久没见了。"

"有两年了吧。"

"亏你还好意思说，每回找你都在出差。"田悦抱怨，"小月亮你个小没良心的。"

"以后一定拨一点时间给您老人家。"陈应月笑。

田悦拍拍她的肩："对了，你先等等我，有个东西给你。"

"好。"

田悦转身找东西去了，陈应月就一直站在后台等着，看身边的人一拨拨地走过去，也没见田悦回来。再后来，她等着等着，等来了陆亦修。

"你找我？"

"没有啊。"陈应月有点错愕。

"看来田悦又在耍我。"

他没戴墨镜，整张脸暴露在空气里，素净而清秀。只不过他的表情是冷的，眼是冷的，似乎一眼望下去，连心都是冷的。陈应月忽然觉得，曾经那个张扬如火、爱发疯的男人，反倒更可爱些。只不过现在的他，很有可能是她造成的。

"那个……"陈应月不擅长表达情感，声音越说越小，"谢谢你。"

"应该的，这是你的知识产权。"

"还是很感谢你站出来。"

陆亦修语气淡淡的："没什么事的话，我先走了。"

“那你先忙。”

两人的对话疏离又陌生，陈应月觉得气氛怪怪的。

后台是个幽暗的长廊，周遭人来人往，一直有人在和他打招呼。她看着他越走越远，快走到长廊尽头的时候，他忽然停住了。

隔了快三米远的长度，他回过头来，问：“怎么想到剪短发了？”

旁边人很多，但陈应月却觉得，他是独独对她一个人说的。

她下意识地顺了顺齐耳的短发，笑得有些腼腆：“快三十了，短发显得干练些。”

“哦，挺难看的。”

“陆亦修！”

几乎是下意识地，她瞪圆了眼，喊出他的名字。

他忽然掩嘴笑了，狭长的影子在灯幕里微微抖动着：“这模样真像你高三的时候，为了节省洗头时间，把头发剪短的傻样。”

“你怎么说话的！”

“这样子看起来特别蠢。”

陈应月习惯他笑她蠢，也不生气，只是拿眼白他。

两天后。

运营部周会之后，总监神秘兮兮地把陈应月叫进了办公室，说是晚上有个私人饭局，找了几个圈内的重磅人物，想叫上陈应月和林艳琼两个得力助手一同赴宴。

陈应月不知道总监肚里藏了什么鬼主意，但他既然叫上了林艳琼，她倒是想去会一会。

晚上七点，里瓦西餐厅。

总监难得出手阔绰，外滩畔连排位都要约半年的米其林餐厅，今天居然被他包了场。

陈应月是个识眼色的，总监请客，主角只会是林艳琼，这次带上她，绝对只会是一个陪衬。她已经做好了陪衬的准备，至于要怎么陪衬，这就是她的事了。

陆陆续续地来了好几个影视圈里的大咖，林艳琼负责迎接，而陈应月则被安排坐在角落里。

人快来齐了，但主位还空着。总监惴惴不安，一直在看手机，像是在等什么重要人物。

直到八点，玻璃门大敞的时候，陈应月才知道，总监迟迟等待的那个人是谁。

因为那个人她实在熟悉不过。

陆亦修。

他是在保镖的护送下过来的。大概是刚下了颁奖礼，肩膀上还留着些闪烁的亮片，油亮的发胶紧紧贴着发际，衬得整个人稳重而干练。

“哎哟，我的大救星来了！”总监不再看手表，起身迎接他。

总监是公关出身，向来擅长与人交际，但面对他喋喋不休的寒暄，陆亦修却像充耳不闻似的，表情不咸不淡，看不出喜怒。

酒过三巡，总监终于开腔了。

“陆先生，最近这段时间真是麻烦您了。先是我们林艳琼在项目上给您添了不少麻烦，后来我们陈应月新片出问题，还得亏您帮忙及时解除了丑闻。说到这儿，我敬您一杯！”总监一饮而尽。

陆亦修轻轻转动红酒杯，深红的酒液在杯壁打转：“那我倒也有事请您帮忙。”

“您尽管说！”

陆亦修朝林艳琼使了个眼色：“把林艳琼从项目上撤了吧。”

林艳琼手一抖，有点惊，没想到陆亦修这么不给面子。

“这……”总监的脸有点绿，“之前已经把陈编剧从项目上撤下，要是再换小林，高层那边怕是不好交代。更何况，小林初出茅庐，肯定没其他编剧老练，不过她好歹是个聪明的，给她点时日绝对能行。”

“聪明？”陆亦修玩味地读着这两个字眼。

“是啊。”

“你是说床上聪明吗？”

总监一时无话，饭桌上有人开始窃笑。

陈应月适时地举起酒杯：“床上聪明我是不知道，不过既然能让我连改稿的机会都没有，就取代我成为陆先生投资新剧的编剧，我们林经理肯定也是有过人之处的。”说到这里，陈应月朝向陆亦修的方向，“我要敬我的老同学一杯，谢谢那天抄袭事件发生的第一时间你为我解围。”

“客气。”

陆亦修摇头笑笑，端起酒杯仰头一饮而尽。

陆亦修很了解陈应月，他知道她不是好事的人，相比于成为宴会的主角，她更愿意成为底下的看客，但如果她挑起事儿来，那就意味着，今天谁也别想逃跑。

他倒是很乐意当这个配角，跟着陈应月唱唱双簧，凑凑热闹。

陈应月一边落座，嘴里一边嘟囔，她的声音不大，但足以让每个人听见：“有时候我这人运气真是好，被指明抄袭的小说居然是我多年前和陆亦修合写的。我一直在想，要不是我写的，怕是泼给我的脏水怎么都洗不清了。”

“被泼的脏水？”陆亦修故意问了一声。

陈应月把玩着手上的筷子：“《不归人》的热度一直在热搜十名以外，在这个原创不被关注的时代，凭借抄袭话题，居然能把热搜拱爆，难道不奇怪吗？”

“倒也是。”陆亦修假装不经意，“在座的应该有做宣传的老总吧，我倒是想问问，能这么快把热度炒起来，是不是有点水分？”

“是有些奇怪。”有人附和。

陈应月拿筷子轻轻地在筷架上点着：“我听说最新发布爆料者采访视频的，还是我们一个合作对象，跟公司关系紧密。而且那天曝光的视频里，虽然声音和人像都做了特殊处理，但依旧很像我认识的某个人。”

“谁？”

餐桌转盘不知怎么地撂倒了林艳琼面前的杯子，红酒淌了一桌。

林艳琼慌张地收拾着，总监皱着眉，压低了声音质问她：“怎么搞的！”

陈应月在一旁笑：“林经理不要紧张，我可不是暗示是你。”

“这种事情不能开玩笑。”总监一本正经地道。

“是是是，同事情稳如山。”陈应月伏低做小，但过了一会儿，她却站了起来，话题直指总监，“总监，我想假设性地问一句，如果公司出了内鬼该怎么罚？”

总监沉默着，没回答。

这时，陆亦修佯装无意地插了进来，逼他给答案：“怕是开除不够解恨吧，总监您说是吧？”

“当然。”被点了名的人没法不回答，“一定得出公告，让他以后不能在这个圈子立足。”

“好，我帮您记下了。”

陈应月笑得爽朗。

林艳琼却全程未说过一句话。

中途，林艳琼拎了包跑去洗手间补妆。

陈应月见状，拉开了椅子跟了过去。

等林艳琼从厕所隔间出来时，陈应月正在洗手台前磨蹭，她愣了几秒，才跟陈应月打招呼：“应月，你也在啊。”

“是啊，出来了。”陈应月摇了摇手指，“男人聊天总离不开钱和女人，没意思。”

林艳琼今天穿了一身纯白的套装，腰间是镂空的，隔着若隐若现的蕾丝，纤细的腰肢引人犯罪。

陈应月凑近镜面，拿小指将口红抹匀：“对了，你认识一个叫‘今朝侃’的吗？”

“怎么这么问？”

“不是有人爆料我抄袭，在前东家还有抄袭史吗？”陈应月仰起脸，透过镜面，观察林艳琼的表情，“那个最先发布爆料视频的就叫‘今朝侃’。”

林艳琼大笑起来：“我哪能认识这种微博大V，我平时跟新浪……”

“微博大V？”

“怎么了？”

陈应月眼眸微眯，带着阴谋得逞的笑意：“我可从来没说过，最先发布爆料视频的‘今朝侃’是个微博大V。”

“我猜的。”林艳琼有点慌张，“在新浪发布，还能有这么大影响力，那肯定是大V无疑。”

“是吗？”

陈应月取过洗手液，来回按了好几下，只按出一滴来，她纳闷儿：“这洗手液喷头是坏了吗？”

说完，她用力拧开了洗手液瓶子，可偏偏手上残留了洗手液，滑得很，一不注意，这洗手液瓶子就飞了出去，飞到了不远处正在补妆的林艳琼身上。

一瞬间，她纯白的套装上，沾满了绿色的洗手液，场面很难看。

“陈应月你在干什么！”林艳琼发飙了。

看见林艳琼紧张整理，整张脸涨红的模样，陈应月没忍住，掩嘴笑出了声来。

林艳琼不停地抽着纸，往身上擦。原本好闻的香水，现在全都变成了廉价的洗手液味，林艳琼一边清洗，一边拿眼恨恨地瞪陈应月。

陈应月却在一旁抱着臂膀，饶有兴致地看着她的表演。

等她整理得差不多了，陈应月才幽幽地凑了过去，似笑非笑：“被别人泼脏水的感觉不好受吧。是不是很紧张？很不知所措呢？”

“陈应月你什么意思！”

陈应月的眼神一下子变狠了：“往别人身上泼脏水，就不要害怕别人回泼你。”

“陈应月！”

“你自己做的事你自己心里知道。”陈应月压低了声音伏在她的耳边，“林艳琼，你最好别让我抓到什么把柄，否则别说总监护着你，怕是董事长护着你，我也绝对不会让你有好日子过！”

白裙子变得绿一块灰一块，林艳琼差点哭了：“你是成心跟我过不去是吧？”

陈应月懒得理会她，回头给她一个微笑：“你如果想试试，我随时奉陪。”

她潇洒地留给林艳琼一个背影以及满屋子的洗手液气味。

陈应月回到餐厅的时候，听见那堆老男人正在说说笑笑，气氛好不热闹，陆亦修坐在他们中间，倒像是个冷漠的雕塑，连表情都看不见。

离得很近的时候，她听见狡猾如老狐狸的总监在跟陆亦修攀关系：“最近陆先生确实帮了大忙，要不我割点肉，给您尝尝鲜？”

“怎么说？”陆亦修挑眉。

总监哈哈大笑：“我瞧着我们部门的编剧陈应月跟您是老相识，也不怕生。”他泛白的眉毛抖个不停，“要不我做主，让她给您肉偿算了！”

陆亦修与总监面对面坐着，但此刻陈应月走过去，却是与陆亦修正面相迎的。陆亦修学过表演心理学，陈应月稍显局促的表情显然是因为她听到了这席话，他忽然起了恶作剧的想法，嘴角微勾，笑得有些意味深长：“那就恭敬不如从命了。”

在场人还很多，总监怕大家当真，赶忙喊停：“开开玩笑而已，不能当真，不能当真。”

陈应月落座。

“果然说曹操，曹操就到。”总监笑说着，岔开了话题，制止了低俗玩笑的继续。

落座之后，总监打着提前为《不归人》庆功的名义，又灌了陈应月一轮酒。

她酒量不佳，刚才又光顾着喝酒，没吃点东西，醉得更快。等散场的时候，她已经迷迷糊糊，连眼睛都快睁不开了。

人走得差不多了，她才从厅里出来，扶着餐厅走廊的墙壁，慢吞吞地走，像只壁虎。

好不容易走到电梯口，还没来得及按下按钮，就被人扯了一下，跌进一个黑暗的楼梯间。等陈应月回过神来的时候，才发觉自己正靠着凉爽的墙壁，面前有陆亦修放大的脸以及带着青草气味的清新气息。

喝了酒之后，她整个人都很迟钝。如果换作平时，陆亦修这样拉扯她，她一定会张牙舞爪地反抗，甚至踢他揍他，但喝了酒的陈应月显然有点蒙，还有点脆弱。

好半天，她才憋出一句：“有事吗？”

“嗯。”

安全门开了一条缝，缝里漏出的灯光正好打在陆亦修的脸上，一半浅，一半深。挺拔的鼻梁、深邃的眼，隐没在黑暗里，露出一张好看的薄唇。

“有东西给你。”他说。

“什么？”

陆亦修从西装裤口袋里掏出一袋白色粉末，递给她。

陈应月眼睛一眯：“这是什么？”

“迷药。”

陆亦修嘴角微勾：“你知道这是谁给我的吗？”

“谁？”

“你的上司。”陆亦修说，“他让我下在你最后喝的那一杯红酒里。”

虽然陈应月知道总监爱搞小动作，但这样的事，她是真的没想到。她尝试仔细回想了一下刚才的片段，却没察觉任何蛛丝马迹。

陆亦修看出了陈应月的惊讶，冷声说：“你确定这样的上司还要继续追随他吗？”

陈应月不吭声。

陆亦修收回那包粉末，撕开来，抛洒在空气中。稀疏的灯光下，粉末细屑随气流飘扬，闪着微弱的光。

“田悦有意向组建一家传媒公司，如果你想换工作可以联系她。”

“不用。”

陆亦修有点生气：“这次是我，如果下次是别人呢？你以为还有谁会告诉你。”

“谢谢你。”陈应月疲惫地揉了揉额头，“不过你不用管我。”

“好，这是你说的！”她一如既往的倔脾气，照例激怒了陆亦修，他跨了一大步，拉开了安全门，“你愿意当砧板上任人宰割的肉，那我绝对不会拦着。只希望陈应月你不要有天来哭着求我帮你！”

迷药的事情陈应月心里简直委屈死了，现在在这个关头，陆亦修还拿这样的话激她，她真是恼羞成怒，心底那该死的骄傲又上来了，她立刻大声回他：“一定不会！”

分开两年了，她宁愿陆亦修不理她，针对她，也比现在护着她好。她不想要这样的心意，她受不起。

陆亦修是真被她气昏头了，二话没说，转身就走。

可偏就在推开门的那一刻，陈应月“呕”了一声。

情绪上涌，在酒精的作用下，陈应月没忍住，干呕了好几声。透过敞开的安全通道大门，陆亦修看见她整张脸涨得通红，看起来很不舒服。

他犹豫了好久，做了好大的努力，才终于重新把安全门关上，回到她的跟前。

他一只手抱住她的肩膀，一只手揽着她纤细的腰肢，此刻的陈应月大概是醉昏了，脑袋都耷拉在了陆亦修的胸膛里，短发扎在他的脖颈儿有点痒，不知怎么地，陆亦修就想到了第一次拥抱陈应月的散伙饭。

那是他第一次抱她，心跳到了嗓子眼里。

以前父母没少带他参加社交，偶遇外国女孩子，照例会给个亲密的拥抱。他自认为早已将拥抱这项技能熟练且自然地写进自己的社交手册，但真正抱到陈应月的时候，他紧张得都不知道手该往哪里放才好。后来，等他想好放哪儿了，陈应月已经慌不择路地从他怀里退出去了，他后悔死了，当时简直恨不得扇自己几个巴掌。

他扶着她，没走电梯，走了楼梯，搂着她一步步往下。

她还有点不配合，一直不停在乱动。

陆亦修有点火气，却又怕吵醒她，声音很小地嘟囔："陈应月你就是个纸糊的老虎，就知道欺负对你好的人。"

第八章
局外人

夜凉风吹，脑子里的酒精被赶跑了点。坐在露天的吧台上，陈应月从昏昏沉沉中醒来。

面前有杯淡黄色的水，还有个一直没走的男人。

陆亦修说："我请服务生调的蜂蜜水，很醒酒。时间不早了，赶紧喝了回去吧。"

陈应月低头看了眼手表，距离宴会散伙已经过去一个多小时："抱歉，害你等到十二点。"

"太早回去路人多，不方便，等一会儿也无所谓。"

"那就好。"

"前段时间刚发生空姐打车遇害的事情，坐出租车不安全。"他指指不远处，"我请了司机送你回家。"

"不用了，我自己回家就好。"

"那好吧。"

陆亦修不强求她，见她拎起包，就从口袋里掏出了个打火机，在指尖玩转。

陈应月一低头，发现他身旁的桌子上积了一堆烟灰："又开始抽上了？"

"嗯。"他点燃一根，"没人管。"

她仰头喝了口蜂蜜水，微微的甜。她还想说点什么，却又觉得不合适，刚要说出口的话和蜂蜜水一起，咽了回去。可刚走了几步，她却又不死心，回过头来。

“陆亦修。”

“嗯？”

“你……”

陈应月话还没出口，面前马路上忽然传来引擎的呼啸，一辆保时捷超跑快速绕过弯道，在一个急刹之后，稳稳停在陈应月所在的咖啡厅门口。明晃晃的大灯射进陈应月的眼里，她下意识地拿手遮了遮。

引擎声打断了陈应月的话，正当她准备再次开口时，那辆保时捷忽然车门大敞，从车上走下来一个女人。

第一眼，陈应月就看见了她的腿，或者说是她的脚踝，纤细而骨感。陈应月见过的女明星不算少，但是一个连脚踝都能透着纯粹性感的女人，她还是头一回见。半秒后，陈应月瞧见了她的脸——周纤。周纤骨子里透着魅惑与陈应月的清新干练形成鲜明对比。

她回头看陆亦修，这才发觉，他的目光早已越过了她，看向了周纤。

周纤，是陆亦修传说中即将奉子成婚的绯闻明星女友。

“喂，姓陆的，应酬也不跟我说一声。”

隔着大半条马路，周纤就开始闹脾气：“要不是悦姐跟我说你喝了酒要叫司机，我还不知道你在这儿呢！”她长相性感，但声音却是甜到能腻死人的娃娃音。

刚走近，她一眼就注意到了陈应月：“这位是？”

陆亦修说：“我高中同学，陈……”

还未等陆亦修说完，周纤已经先一步递上双手：“您是陆亦修的高中班长，陈班长吧，久仰大名，经常听陆亦修提起您。我看过您的《半生》，特别好看。我大学时代还去试镜了《半生》，可惜没选上，演您的青春片是我一直以来的梦想。”

“那有机会合作下。”

“太好了。”

陈应月强迫自己咧嘴，笑出了八颗牙：“我看过网上新闻，您是周纤？陆亦修的女朋友？”

“她……”陆亦修想说什么，却被周纤打断。

周纤白他一眼，语气有点娇娇的：“你就是这么跟陈班长介绍我的吗？我难道不是你的小甜心，小宝贝吗？”过了会儿，她好像意识到这样的言辞不雅，又一本正经地跟陈应月笑，“我们俩的关系就跟网上报道的差不多，只不过奉子成婚就是媒体放的狗屁了。”

不小心说了脏话，周纤尴尬地捂了下嘴巴。

陈应月觉得她这样的小动作，很简单，很可爱。可不知为什么，她却觉得这样纯粹单纯的可爱，令她感到嫉妒。或许是她从小太过早熟，几乎没有过这么少女的体验吧！

她试想了一下，总觉得小甜心、小宝贝这样的称呼从陆亦修口中说出，未免太过诡异。可即便这样，她的心尖上还是有些微微的疼痛。

周纤往陆亦修怀里靠了靠，看起来很亲昵。她又围着陆亦修说了好些话，两人的对话里有陈应月没听过的人名、听不懂的话题，陈应月站在一边，像个尴尬的旁观者。

聊得差不多了，周纤才跟陈应月友好地话了别，挽着陆亦修往马路对面的保时捷那边走。

陆亦修取了打火机点烟，周纤顺手从他烟盒里抢了一支烟，凑过去也点着了往嘴里塞。两人一边走，一边吐着烟圈，陈应月瞧着这金童玉女一般的和谐画面，只觉得自己像个局外人。

开朗乐观，又没明星架子的周纤，确实配得上陆亦修。

可不知为什么，陈应月打心眼里，自私地不愿意祝福。

保时捷追风跑过。

旁边的丰田凯美瑞司机“嘟嘟”了好几声，催促陈应月上车。

酒劲还没退去，刚走了几步，陈应月就有点晕，扶着花坛停了一会儿。

花坛里，杜鹃花开得火红。

陈应月恍惚想起那年分班散伙饭。

那天她压根儿没醉，只是想着以后不能再坐前后桌，人生头一回大了胆子，借着酒劲，假装迷糊，缠在他的身边不肯跑。她还记得，那是他头一回揽着她，她靠在他怀里，紧张得脸通红。怕被他看见，戳穿装醉的谎话，只能把脸死死地埋在他怀里。夏夜里，少年的衬衫浸湿汗水，轻声叫她“小月亮”，那股带着心跳芬芳的味道，陈应月怕是这辈子都不敢再回味。

只可惜，从今往后，她再装醉，也没有一个叫“陆亦修”的少年，在花坛里拥抱她了。

小月亮。

想到这里，她忍不住笑了笑。

好久没听见这个称呼了。

周纤脱了高跟鞋，大大咧咧地光着脚，搁在车窗上。

陆亦修一只手握着方向盘，一只手掐灭烟蒂：“谁让你过来的？”

“我作为女朋友，难道不能过来吗？”

陆亦修不回她。

周纤看他脸色铁青，知道刚才估计发生了些不愉快的事。她知道陆亦修的脾气，不敢顶撞他，笑得贼兮兮：“我刚和悦姐在一块儿，听说你跑来华映高层的饭局，我就奇了怪了，向来最讨厌饭局的陆影帝怎么会愿意去，心里好奇来凑凑热闹。”

“那你这热闹凑得真巧。”陆亦修嘲讽她。

“所以你这意思是嫌我来得太早是吧？”周纤解掉发绳，打开窗，“陈班长真是闻名不如见面，真人可比照片好看百倍，那小脸嫩的，简直就是男人梦想中的初恋脸。”

陆亦修拿了包烟扔她：“周纤，适可而止。”

“我这不是正吃着醋呢。”周纤装得幽怨。

“你可别给我搞事！”

“欸！”周纤脾气上来了，“你这么说我就不服气了。”

“你不服气也得服气。”

“凭什么？”

“信不信明天我就让聂文泽从法国回来。”

“呃……好吧。”

周纤的话停了，过了会儿，她却又不消停了：“她是在华映工作吧。”

这个她是指谁，陆亦修不用脑子都能想出来是谁：“怎么了？”

“没什么。”她笑靥如花，像藏着什么阴谋诡计，“我有个大礼物要送给你。”

“什么？”

“过两天你就知道。”

忙着《不归人》的宣传，陈应月已经好几天没回公司了。

今天刚一走进运营部大门，就听说出了大事儿。

运营部最重视的项目，莫过于文海和陆亦修共同投资的那部现代军事题材剧，文海代表影视界新兴力量，陆亦修背后有聚立集团加持，无论是华映内部，还是外界影视圈，都对此次合作期待重重。

前两天，陆亦修工作室刚公开钦定陆亦修的绯闻女友周纤为该剧女主角。今天，林艳琼不知道做错了什么事，惹得周纤不快，直接告状告到了部门总经理的面前，场面难堪。

陈应月公关能力还行，刚进公司，就被总监叫进去调解矛盾。

她进去一看，周纤正坐在主位上，眼泪流得稀里哗啦，一身简单的T恤衫和牛仔裤上沾满了黄褐色的咖啡，整个人看起来很狼狈。

总监和总经理是俩男人，都不知道怎么安抚她。而林艳琼则是站在一旁，铁青着脸，什么话也不说。

周纤见陈应月进来，又开始大哭大闹：“不就是因为我嫌她剧本改得不够好吗，用得着一大早看见我，就故意给我泼一身咖啡吗。这是我刚买的限定款，待会儿还要用来参加草地音乐节的。”

“周小姐息怒，林艳琼她不是故意的。”总监很为难。

周纤埋怨：“可我现在根本来不及回去换衣服了。”

“那我现在就请人帮您去楼下买。”

“我周纤穿的所有衣服都得是厂商冠名的，要是穿了别的牌子，会被扣违约金。”一大滴眼泪又滚下来，周纤哽咽着，“再说了，我也不是贪图你们这一件衣服。你们这编剧摆明了是看我不顺眼，嫌我意见多，才往我身上泼咖啡的，你们华映就是这么欺负人的吗？”

“我们哪敢欺负您呢。”总监示好。

周纤步步紧逼：“今天你们华映不给我个说法我就不走了。”

“那您想怎么办呢？”总经理开口了。

“我也不要求你们开除她。”周纤深吸一口气，指着林艳琼，口气蛮横，“但是我周纤待的项目组，有我没她！”

周纤言下之意，就是要林艳琼退出这次现代军事剧的编剧团队。

总监赶忙打圆场：“林艳琼跟这个项目很久了，跟陆先生、文总都很熟。”

“你的意思是我没有这个权利了！”

周纤一下子站了起来，猛地拍了桌子一下：“难道我身为陆亦修的女朋友，连换一个编剧的权利都没有。要不我现在就打电话给他，看大家怎么收场。”

“可林艳琼要是走了，谁来接替这个项目？”总监为难。

周纤抿嘴一笑：“陈编剧不就可以吗？”

“可是，她已经被陆先生否决了。”

“呵。”周纤冷哼，“据我所知，当初陆亦修只是不满意她的剧本，还愿意给她改的机会。可偏偏华映这边二话不说，就把这个林编剧抬了过来，用的还是陈编剧原来的剧本，不停在改。华映送这么一个没能力的人给我们的项目组，难道是因为不看重我们这个项目吗？我开始怀疑你们的诚意了，我得跟陆亦修、文海重新沟通，看看还能不能跟华映继续合作了。”

“您稍等。”头发花白的总经理发了话，把总监和林艳琼都叫了出去。

会客室一下就空了。

周纤见人散了，赶紧抽了几张纸，往脸上揩了揩。末了，还不忘拿出镜子，补了补妆。

人都走完了，陈应月也想走，但刚有这想法，就被周纤叫住了。

“陈班长、陈班长……”周纤压低了嗓子，悄悄喊住她，又朝她招招手，让她过来。

陈应月在周纤的左侧落座，刚坐下，就见周纤神秘兮兮地从破洞牛仔裤里掏出了一件东西，在陈应月跟前甩了甩。

“冰袋？”陈应月疑惑。

“嗯。”周纤一扫刚才的阴霾怒气，笑容狡黠可爱，“怕被林艳琼的咖啡烫伤，所以在好几个地方都塞了冰袋。”

“你故意的？”

“是。”

周纤大大方方地承认：“刚才趁她倒咖啡，我故意冲过去，碰倒了她的咖啡泼在了我的身上。”

“这样很危险。”周纤头发上还沾了咖啡渍，陈应月拿纸给她擦了擦。陈应月觉得周纤很像曾经的自己，坦白直率，遇到不开心的事随时都在想着怎么回击。“注意点自己，别到时候烫伤了，留下疤就不好了。”

陈应月的关心，一下子让周纤觉得很值：“考虑一下加入我们的项目组。”

“怎么忽然这么说？”

“我看林艳琼不爽很久了。”周纤说。

“为什么？”

“你是不知道。”周纤认真地说，“林艳琼这女人不是个善茬儿，悦姐跟我说，前段时间她经常借着修改剧本的理由，晚上去陆亦修的房间找他。还好陆亦修软硬不吃，没那么容易被她勾引。”

“放心。”

相识十年，陈应月了解陆亦修的个性，她拍拍她的肩：“陆亦修绝对是个有定力的人。”

“不过我总觉得这女人是个定时炸弹，埋在陆亦修身边不放心。”

“那倒也是。”

“这剧至少拍摄得三个月，又是个男主戏，等我杀青之后，好一段时间都是陆亦修一个人在拍。”周纤挑眉暗示了一下陈应月，“倒不如让陈班长来，你跟陆亦修是老相识了，跟组编剧，我绝对放心。”

“这不行。”

“只有你才能让我放心。”

周纤执着信任的眼神，让陈应月觉得心底羞愧。

她知道，周纤应该是不知道她和陆亦修曾经的那些事，所以才对她这么毫无保留地信任。陈应月在职场上敢作敢当，但偏偏在感情上，有点懦弱，甚至有点自卑。

她不愿意去欺骗纯真善良的周纤。

与陆亦修相处整整三个月，陈应月对自己都没有信心。

正当陈应月踌躇之时，会客室大门被推开，总经理、总监、林艳琼等人蜂拥而入。

总监的脸色很不好看："周小姐，我代表华映向您赔罪。待会儿我会向陆先生汇报，今后这个项目上所有事情，都会全权交托陈应月处理……"

"不用汇报。"

男人沉稳的声音，穿过一片喧嚣嘈杂，落在在场所有人的耳中。

皮鞋踢踏在地板上，发出清脆的声响，脚步猝然停住的那一刻，陆亦修出现在所有人面前。

他微扬的嘴角斜斜地勾着，眼梢似有笑意在蔓延，他是对所有人说的，但目光却分明只停在了陈应月一人身上。

"我同意，今后由陈应月全权负责《夜火》剧本。"

"太好了！"

周纤高兴地蹦到陆亦修的身边，扯着他的袖子高兴个没完。

失而复得的机会，重新落回自己手上。

陈应月本该高兴的，但陆亦修变幻莫测的眼神、周纤欢呼雀跃的尖叫、林艳琼嫉妒愤恨的小动作，都让陈应月心里没底。

《夜火》的未来是什么？

陈应月不知道。

重新接手《夜火》后，一切变得奇迹般顺利。

第一个星期剧本定稿，第二个星期选角完成，第三个星期就准备开机仪式了。

作为《夜火》的编剧，此次开机仪式陈应月没理由不出席，她早早收拾了大堆行李，准备一个星期后奔赴象山影视城，开始长期跟组。

上回出长差还是在《不归人》剧组，距离这次已经过去三个月，陈应月生怕东西没带齐，来回检查了好几遍。

等收拾完毕，一打开手机，才发现了十几条的未接来电，全是周纤的。陈应月担心有什么急事，立刻回拨过去。

“嘟嘟——”

第二下就接通了。

“陈班长，你现在在上海吗？”周纤火急火燎的。

“在。”

“准备好去象山的东西了吗？”

“准备好了。”

“机票怎么说？”

“项目组助理帮忙一起订的，下周五启程。”

周纤问了一连串问题，倒让陈应月摸不透她的意思。

过了会儿，她的声音变得憨憨的。陈应月这两天跟她接触比较多，明白她声调一变，定然是有求于她了。

周纤说：“其实是这样的，我现在刚到法国开始工作，突然发现有东西落在家里了。等回上海取了再去象山怕赶不上开机。想请你提前帮忙带去象山，交给工作人员布置。”

“可以。”这不是什么大事儿，陈应月欣然同意。

听见陈应月的回应，周纤似乎对电话外的什么人说了些话，忽然就笑了：“那请助理帮你改今天下午的飞机可以吗？”

“这么急？”

“是的。”

“那好吧。”

周纤暗自高兴：“你等等，我现在就让助理改机票。”

“没事，待会儿让她改好了。”

周纤没挂，隔了几秒，说：“助理改好了。”

周五出发的飞机，一下变成今天下午，时间紧张，陈应月就准备挂断了。

然而，她刚开口说再见，周纤却忽然打断她：“陈班长，既然票都订好了，那我能不能再麻烦你件事儿？”

“嗯？”

周纤跟变戏法似的，声音一下从欢快变成带着点哭腔：“陆亦修发烧了。”

“怎么会？”陈应月一下紧张起来。

陆亦修平时注重健身，很少生病，听说他发烧了，陈应月心里一紧。

“也不是什么大事儿。”周纤认真地说，“就是前两天象山下大雨，他在前个剧组淋了三天雨，开始烧了。我想既然你都提前去象山了，那能不能帮我去照顾照顾他。我人在法国，一时飞不过去，他身边居心叵测的人太多，我只相信你。陈班长，你帮帮忙好不好？”

陈应月觉得怪怪的，但也顾不得太多。

周纤刻不容缓地给她改票，逼她提前去象山，怕不是为了带东西，而是为了让她照顾陆亦修。现在，周纤已经将她逼到了死胡同里，她要是不答应“顺便”照顾陆亦修，倒显得她心里有鬼。

“我过去也不能派上什么大用场。”陈应月推托。

周纤说：“他这人爱逞强，我也不知道他现在情况怎么样，你就帮我去看一眼好不好？”

话说到这份儿上，陈应月真不好拒绝。

她想了想，回了个“嗯”。

周纤不愧是做演员的，听陈应月答应，一扫之前的阴霾，在电话那头高喊“谢谢陈班长”。

陈应月总觉得周纤这人很奇怪，变了法地让她和陆亦修产生些不必要的关联。

可仔细想想，她又觉得是自己在多想。

周纤纯真善良，兴许真是把她当作了最信任的姐姐，所以男友生病了第一时间请最信任的人帮忙照顾。

想到这里，陈应月内心更加羞愧了。

下午，陈应月准时抵达机场。

盛夏炎热，台风叫嚣得也越发张狂。为了安全起见，上海近百架飞机全部停飞。

陈应月觉得停飞也挺好，至少不用提前到象山，自己也有了不去见陆亦修的理由。她不像以前一样敢爱敢恨了，即将迈入三十岁，她步步谨慎，不敢像从前那样恣意张扬，不敢再走错一步。她知道，她和陆亦修的那段爱情曾经发过芽，也曾幻想过会开花结果，只可惜世事不由人，死活是棵长不出果子的树，只有叶子，只能等待着四季轮回的凋落。

机场大厅开始广播登机信息，陈应月乘坐的飞机没晚点，准时准点停在了上海。

侥幸逃脱台风准时起飞，机舱里很热闹。

找到位置，陈应月就开始找位置放行李。可偏偏现在是暑期，学生党一波一波，行李挤占了大半个行李舱，找了老半天，陈应月才找到一个空隙，把自己的行李箱放进去。

不知是空隙太小，还是行李太重，陈应月来回塞了好几遍，也没将行李箱塞进去。她准备再尝试最后一次，实在不行只能另想办法。

长时间举着行李，她整张脸已经涨得通红，力气有点透支。她用力将行李往里头塞，不知是角度错了，还是位置不对，行李忽然失了重心，往她身上掉。

行李即将砸向手臂，陈应月躲闪不及。

就在这个时候，忽然横空多了只男人的手，稳稳地将行李塞了进去。

“这种苦力活，得男士帮忙。”他的声音带着笑，如清流一般，让人听着很愉悦。

陈应月跟他说了声“谢谢”，但机舱里人多嘈杂，他大概是没听见，留给陈应月一个背影就离开了。

陈应月座位靠窗，是个双人座，刚落座没多久，就看见身边走来个年轻的男士，说来也巧，就是刚才帮她提行李的人。

他大概是搞艺术这行的，临上飞机，腋窝里还夹着本素描画本。他人很高，肩很窄，穿着一件耐克的黑白款经典 T 恤衫，戴着个红色的鸭舌帽，清秀的眉眼藏在圆框眼镜的后头，看起来温文尔雅。

陈应月跟他点头，他也认出了她，朝她抿嘴一笑。

“刚才，谢谢帮忙。”

“不客气，为女士服务是应该的。”

飞机怠速准备起飞。

陈应月打开手机，看见组员 Lily 发来的信息：“陈姐，坐飞机很无聊吧。负责《夜火》全程花絮摄影的摄影师吴新伟也在这趟飞机上，人很帅，帮我提前认识一下。”

“帮你要号码？”陈应月回。

“没错！”Lily发了张图片，附言，“长得不错。”

陈应月点开Lily发来的图片，可惜机场信号屏蔽，图片一直在加载，只能看到个模糊的轮廓。

加载到99%的时候，空姐已经站在陈应月的面前催她关机了，陈应月脸皮薄，只好关了机。

她昂起脑袋，前后望了望，机舱人太多，要想找一个连面都没见过、长相都不知道的摄影师实在太难，她干脆放弃了。

飞机升到高空，空姐开始发放餐食。就在这时，飞机忽然猛烈颠簸，一名空姐没站稳，整个人跌在了地上。

陈应月刚从洗手间回来，刚想去扶那个空姐一把，但猝不及防的一个气流，她差点也摔倒了。所幸，邻座的那位男士再次相助，扶了她一把，她才幸免于难。

飞机颠簸得更厉害了，机舱里像是地震，所有的机械零件都在碰撞。

空姐催她回座位，她没敢耽搁，赶紧坐回去，系上安全带。

机舱广播遇到严重气流，与此同时，氧气面罩全部脱落。

还以为顺利躲过台风已经是万幸，没想到上了飞机，居然遇到更惊险的情况。陈应月说不害怕是假的，她双手紧抓着扶手，整个人紧紧贴在座位上。飞机急速下降，陈应月的心都快跳到嗓子眼了。

偏偏在这时候，身旁传来个气定神闲的声音：“很害怕？”

“嗯。”陈应月不太会戴氧气面罩，有点手忙脚乱，“从没遇上过这么严重的气流，怕见不到明天的太阳。”

“我帮你。”男人镇定地接过她的氧气面罩，松开皮筋，给她戴上，“这时候还能开玩笑，你的心理素质很强。”

“哪能比得过你，到现在都没戴氧气面罩。”陈应月笑。

“我只是想感受下气压。”那人深吸一口气，才把氧气面罩戴上，“我在法国遇到过比这更严重的情况，当时空姐给我们每人一支笔，让我们写遗书。”

“法国人可真是浪漫。”

“怎么说？”

“空难发生机毁人亡，遗书有谁能看得到。”

那人扑哧笑了：“你思路很清晰，看来也没那么紧张。”

飞机又一阵摇，陈应月耳蜗不好，高速下降时，感觉脑子都快炸开了。她紧闭着眼，死死咬着嘴唇，缓解这种痛苦。

不知过了多久，飞机渐渐平稳下来，脑袋也不那么疼了。她睁开眼，才发现邻座的那位男士正在素描本上绘画，笔尖触到纸上，声音沙沙的。

定睛一看，陈应月觉得他的画有点眼熟。

“你这画的是……”陈应月问。

“你啊。”年轻的男人嘴角上扬，笑容里阳光遍布，“刚看你望着窗外的样子很美，没忍住，记在了脑袋里，就画了下来。”

男人侧颜深邃，仔细描画的样子认真而细致，与记忆里某个人的影子有一瞬间的重合。

她恍惚想起，高三那年，她发生意外住院。

她头上绑着绷带，不敢笑也不敢动，只要稍稍做一个表情，就会撕扯到伤口，痛得咬牙切齿。

陆亦修是害她受伤的罪魁祸首，陈家父母听说可能要留疤，对他更是恨得牙痒痒，不准他来探望。

可每逢陈家父母不在，陆亦修总会偷偷爬了医院的窗子，溜进陈应月的病房。他不常说话，只是会撑着脑袋认真地看陈应月的每一个表情。

那时，陈应月对他有恨，不肯看他，总会倔强地别着脸，死死地看着窗外，完全不理他。后来，陆亦修知道她不会跟他搭话，于是每回溜进来的时候，都会带个素描本。

快出院的时候，陈应月的伤已经痊愈了，气也渐渐消了。

那天她抢过陆亦修的素描本，才发现上头全是她。被当事人发现了小心思，少年陆亦修涨红了脸，挠着脑袋，有点结巴，语气还像是生了闷气：“你老是看窗不看我，我没事做，就只能把你画下来了。反正一天也就陪你个把小时，倒不如把你留在画里，我回家也能带着。”

少年的话真挚坦诚，分明是他侵犯了自己的肖像权，但少女陈应月却没忍住，也红了脸。

“没笔芯了。”

邻座男人突然出声，打断了陈应月漫长的回忆。他起身打开行李舱，取出随身背包，在里头翻找。

找到笔芯的同时，一张工牌也随之牵了出来，陈应月看见上头的字样有点眼熟，隐约是《夜火》二字。

陈应月很惊讶：“你是到象山吗？”

“你怎么知道？”男人也很讶异。

她戳了戳他那张工牌：“是《夜火》的工作人员？”

“难不成你也是？”

两人伸手互指着，有种他乡遇故知的奇妙感觉。

男人想到了什么，睁圆了眼：“你该不会是陈应月、陈编剧吧？”

“你是……”陈应月又重新仔细瞧了一眼他的打扮，猛地想起临上飞机前 Lily 发来的那张加载了 99% 的模糊照片，“吴新伟？”

吴新伟用力点了点头，眼底充满了欣赏：“我早就听说，华映美女编剧陈应月在这架飞机上，一直想认识一下，没想到就在我旁边。”

“过奖了。”陈应月笑了笑，“我手底下好几个组员都惦记着新锐摄影师吴新伟，让我帮忙要个联系方式呢。”

“彼此，彼此。”吴新伟哈哈大笑。

陈应月和吴新伟聊了一路。

因为同是前往象山影视城，两人又拼了同一辆车。

抵达目的地后，陈应月挥手跟他告别，吴新伟却意外地喊住她，腼腆地挠着后脑勺，跟她说：“离《夜火》开机还有大半个星期，陈编剧这么早到，应该也没同事一起吧，要不考虑考虑一起吃个晚饭？”

陈应月是个写东西的，向来注意细节，懂辨识人心。刚才那一路的相处，陈应月不难看出吴新伟对她有些许好感，可她并没有那些闲心思，考虑到以后还有业务往来，总不好直接拒绝。她没立刻回答，抬头望了一眼面前的洲际酒店大厦。

陆亦修入住十八层，她还不知道他现在怎么样，只好说：“待会儿再联系吧。”

陈应月没拒绝，吴新伟明显很高兴。

临走的时候，他跟她扬扬手机，很热情："待会儿微信联系。"

电梯急速上升。

快到十六层的时候，电梯里同乘的住客开始消失。十六层以上，仅有酒店贵宾才有资格入住。

陈应月盯着显示屏上的数字，在心里读秒。

"叮咚——"

还没数到三秒，电梯门就开了。

服务生热情地跟她问好："您是要去哪间房间，需要指引吗？"

"1808。"

"是陆先生的访客吗？"

"嗯。"

职业操守，让服务生懂事地不再追问更多。将陈应月送到 1808 房间门口，完成职责后，服务生就离开了。

陈应月从没想到，有一天自己面对陆亦修的时候，还需要像备考英语口语考试一般，来回操练着开场白。

陈应月犹豫了好一会儿，也没按下门铃，她来回想着，总觉得这样傍晚造访，似乎不太恰当。

该怎么让这样的出场变得顺理成章？

正当她掰着手指头，踌躇不决的时候，1808 的房间大门忽然敞开了，陈应月看到一只修长的手挡在了门框上，指节纤细修长，曾经在许多个夜里，抚摸过陈应月的每一寸肌肤。

她一抬头，他一低眼，两人目光就猝不及防地撞上了。

"服务生说有人找我。"大概是刚睡醒，陆亦修的头发乱糟糟的，他穿着宽松的居家服，那出众的眉眼活像个邻家少年，和电视里风光无限、西装笔挺的陆影帝完全不像是同个人。

陈应月试图让场面不那么尴尬："没想到是我吧。"

"早想到了。"

"怎么会？"

陆亦修打开门让她进来："周纤一早就发了微信给我，说请你提前过来照顾我。”

“悦姐他们人呢？”陈应月往房间里瞧了瞧，没见一个人在，“怎么生活助理没随行照顾你吗。”

“早两年我就要求取消生活助理了。”

“因为私生饭？”

“嗯。”陆亦修关上房门，斜靠在玄关口的镜子上，“自从之前出了生活助理被私生饭贿赂出卖照片那事儿，我就再也没雇过了。”

两人共同的回忆很多，以至于无须陆亦修解释，陈应月就知道其中的缘由。

当年她还跟陆亦修在一起的时候，田悦给陆亦修雇佣的生活助理就因为收了私生饭的钱，卖了很多陆亦修的私房照片给私生饭。陆亦修空了档期，就会往陈应月那儿跑，生活助理知道后，还把信息透露给狗仔。陈应月发现被跟拍，还以为是陆亦修为了曝光关系特意搞的小动作，气得差点跟陆亦修闹翻。从此之后，陆亦修很少相信身边雇佣的那些人，无论到哪儿都是独来独往。

光洁的镜子里，映出了陆亦修的倒影。因为与镜子靠得太近，背部重叠到了一块儿。

陈应月尊重礼节，没往陆亦修的房间去，只是与他同站在玄关。

国际音乐频道正在播放《Yesterday Once More》，富有轻摇滚的旋律，缓和而生动。十八层的高度，一切都是静悄悄的。相识十多年，陆亦修和陈应月在一块儿的时候，永远是争吵多于安静。一个是易怒暴躁的烂脾气，一个是爱憋心事的闷性格，每次吵架总会把对方伤得遍体鳞伤。难得的安静时光，陆亦修和陈应月面对面站着，十年光阴在眼前一闪而过，双方都已长成大人模样，只可惜到如今“我们”变成了“你和我”，仿佛应了这首歌的中文译名《昨日重现》。

很久之后，陆亦修才幽幽开口：“你最近和周纤走得挺近的。”

“嗯。”单肩包滑了下来，她重新拢了拢，“她就是个没长大的小女孩，没什么坏心思。而且看得出来，她很关心你，不然也不会人在法国还惦记着让我来照顾你。”

“难道你不关心我吗？”

陆亦修的话让陈应月如鲠在喉，胸口发涩。她勉强笑笑，岔开话题：“她是你女朋友，总比我关心你。”

“你可真是大言不惭。”陆亦修长腿一迈，停在陈应月面前，他嘴角微勾，带着阴谋诡谲的笑意，“就因为周纤没什么心思，所以你才敢这么理直气壮地骗她？”

“你什么意思？”陈应月微眯着眼。

“你说……”陆亦修往前凑了凑，放大的脸停在陈应月面前，“要是天真的周纤知道了你和我曾经的那些事儿，她现在对你有多信任，未来就会有多痛恨。被最信任的人欺骗，大概就是这样的感觉吧。”

“我们那些事都是过去式了。”陈应月别开脸，不看他。

闻言，陆亦修忽然蛮横地捏住了她的下颌，逼迫她与他平视。偏偏陈应月是个吃软不吃硬的，他卡她下巴，她就不停地拿脚去踩他的脚背。可男人的力气明显大了很多，任陈应月怎么闹，陆亦修就是不放开她。

她看见他的瞳孔变得深邃，像是一头饥饿的狼，正紧盯着面前的猎物：“那如果我说，一切都过不去呢？”

还没等陈应月反应过来，他忽然低下脑袋，稳稳地噙住了陈应月的嘴唇，她看到他临落吻的那一刻，嘴角依稀有奸计得逞的笑。陈应月拼了命地反抗，但无奈他的力道大得很，她怎么挣扎也挣脱不开。

灵活的舌尖撬开了陈应月紧咬的贝齿，描着她的唇，他的吻炙热如火。

大概是他发了烧，呼吸变得异常滚烫，落在她嘴唇上的吻也烫得惊人。

这样的温度，同样烧热了陈应月的嘴唇。

不知是情感驱使，还是被那首《Yesterday Once More》混乱了头脑，陈应月几乎是下意识地，放弃了反抗，开始回吻他。两人像厮打的野兽，开始无限加深这个吻。

“啪嗒——”

陈应月的单肩包落到了地上。这突如其来的声响，把陈应月拉回了现实。她猛地一下推开陆亦修，陆亦修没稳住重心，踉跄了好几步才站稳。

他扬起衣袖，往嘴上揩了揩，笑容带着挑衅：“骗我说什么过去式，陈应月，你就是全世界最大的骗子。”

陈应月知道自己犯了错，不敢看他。

陆亦修看出了陈应月的心思，从兜里掏出一部手机：“刚才我亲你的时候，我偷偷拍了下来，你说要是周纤看到了，她会是什么想法。”

“陆亦修你疯了是不是！”

陈应月冲过去，跳到他跟前就是一顿疯抢。

他仗着比她高出很多，举着手机不让她碰，这样的场景曾发生过很多次，陈应月没一次赢过，但这次她恼羞成怒了，下定了决心要赢他，围着他满房间跑。

最后，趁他绕到床头，她灵机一动，脱下了鞋蹦到了床上，借助床的高度，一把抓住了手机，也一并抓住了他的手腕。

互相角力的那一瞬间，陆亦修没站稳，倒在床上。

临倒下的同时，他扑上了陈应月的身，两人双双落在床垫的凹陷里。

陆亦修在上，陈应月在下，身体严丝合缝地贴在一块。两具曾经贴合的身体，在这一瞬间，都起了反应。

周遭静悄悄的，陆亦修的呼吸全都喷吐在陈应月脸上，陈应月的脸被他的呼吸烧红了。

“小月亮。”

“嗯？”

她低沉地回应，柔软而腼腆。

年少时代的爱恋青涩纯真，但成年人的世界却禁不起蛊惑。隔得太近，陆亦修没忍住，蜻蜓点水般碰了一下她的嘴唇。她迟钝得没有反应，却给了陆亦修莫大的勇气。

空调送着冷气，全然洞开的窗，却洒了一片炙热的阳光在床上。

一切都是滚烫的。

他吻了她滚烫的嘴唇，他滚烫的手抚摸着她的皮肤，他滚烫的身体贴合着她的曲线……

当最后一丝屏障被剥除的时候，一切开始变得理所应当。

汗水和体温给房间加了热。

陆亦修是被淋浴房里的水声吵醒的，一抬眼，隔着磨砂的玻璃门，能模糊地看清陈应月昂着脸，水流正一路顺着她的身体往下滑，场面诱惑人心。

陆亦修吞了吞口水，两年没碰过她，反应还是很大。

刚才的一切太过混乱，床下扔着陈应月的衣服，他想找双拖鞋都累得半死。

淋浴房的水流开始变小，陆亦修知道她要出来，找鞋的动作快了很多。

刚摸到拖鞋，床头柜上陈应月的手机就“嗡嗡”地响了起来，没响两下就停了。陆亦修瞟了一眼，看见新消息提醒是个男人的头像，备注是“吴新伟”。

一看就是男人的名字，陆亦修一下子打起了精神。

趁她还在洗澡，陆亦修取过她的手机，这才发现吴新伟给她发了快十条信息。

什么人能找她这么急？工作上的伙伴？这都快九点了还有人找她工作？陆亦修觉得不寻常，点开了对话框。

吴新伟的十几条信息，无外乎传递着两个想法——

他想约陈应月吃饭。

他对陈应月有意思。

陆亦修占有欲强得很，平生最讨厌别人觊觎他的东西。

凭着陈应月和吴新伟之前的那几条聊天记录，陆亦修不难猜出来，他们应该是在飞机上遇上的。敢情这陈应月真是厉害，居然在飞机上都能遇到这种烂桃花。

陆亦修很生气，啪啪地在屏幕上打下几个字：“我在洲际酒店1808。”

要是那个不怕死的真那么喜欢陈应月，陆亦修倒是不介意给他当面表演一些限制级的画面。他是演员出身，这点还真难不倒他。

花洒被关上，陈应月就快出来了。

陆亦修灵机一动，怕吴新伟找不着地方，立刻点开了位置共享。

很快，吴新伟回了个“我马上到”。

快别说，陆亦修居然还有点成就感。

浴室里吹风机声停了。陆亦修警惕地把手机放回了床头柜上，同时不忘把刚才的消息设为未读。

陈应月擦着头发从淋浴房里出来的时候，就看见陆亦修双手抱着头，百无聊赖地在看电视。

旧情人一不留心滚了床单，这样的桥段陈应月在狗血剧本里也没少写过，但真正发生在自己身上的时候，她觉得这种感觉很不一样，是尴尬，或者应该说是……窘迫。虽然陆亦修身上哪一处她没见过，但在他已有女友的情况下，她觉得站不住脚，想逃跑。

陆亦修倒是很冷静，他拿眼示意床头柜上的手机："刚屏幕亮了，有个叫吴新伟的找你。"

"知道了。"

陈应月走到床头柜旁，陆亦修见她要拿手机，生怕他的恶作剧曝光，赶紧一把抢了过来："你不觉得该跟我解释一下吴新伟是谁吗。"

"飞机上认识的。"陈应月也不瞒着。

"哟，你可真是越来越能耐了，连飞机上都能认识人。"他假装瞟了一眼屏幕，"还挺人模人样，这么晚找你，是不是对你有意思？"

陈应月一把抢过手机："跟你有关系吗？"

陆亦修禁不起激，拍了一下床："陈应月你什么意思？"

"字面意思。"

"完事儿了就不认了？"

陈应月被气笑了，明明是自己被他占了便宜，倒像是她理亏了："什么叫不认了？陆亦修我就想问你，刚才是谁亲的我？"

陆亦修脾气上头："对，是我亲你的，可你也没反抗。"

"是谁先出手的。"

"是我。"

"是谁先脱衣服的。"

"没错。"陆亦修软了下来，"也是我。"

"那你有什么理由指责我？"陈应月拎起一个枕头，往他脑袋上砸，"我现在走出门，随便找个人，说是你强了我，你的罪名就坐实了。"

"陈应月你是不是写狗血剧写疯魔了。"

场面像是小学生斗嘴，陆亦修和陈应月互不相让。

手机忽然振动了一下，又进来一条微信。

是周纤。

“陈班长，见到陆亦修了吗？”

陈应月还算晴朗的心情一下子沉了下去，她盯着那条消息，好半天才回过神来。她很想回她，哪只见过了，但她到底不擅长扮演钩心斗角的坏女人角色。即便面对曾经心爱的人，她也不愿意强行占有，只愿意做个缩头乌龟。

陆亦修察觉了她的变化，直起身来看她的手机：“谁啊？”

“没什么。”陈应月赶忙将手机藏在背后。

“既然没什么，那就过来吧。”陆亦修将被子掀开一角，拍了拍，示意陈应月躺进来。

陈应月皱眉：“你这样，对得起周纤吗？”

“有什么好对不起的。”陆亦修把玩着遥控器，一脸的无所谓，“你要是在意的话，我明天就让官博发公告，宣布和她分手。”

周纤知道他这么说，该有多伤心。陈应月气不打一处来，气自己也为周纤生气。她一句话都不说，反倒是将地上散落的衣服一件件捡起来。她背对着他，原本调侃的语气，开始变得很冷：“陆亦修你怎么还不懂，我们刚才就是一时兴起，做不得数。”

“做不得数？”陆亦修眯着眼，眼神危险。

“没错。”

陈应月取过他的手机，扔给他：“刚才的那场交易，想必你也很满意了吧。现在，请你删除刚才的那些照片。”

“你就是为了让我删刚才拍的那些照片？”

“是的。”陈应月一脸的嫌恶，“我可不想某天刷微博，发现自己插足陆影帝的恋情，还是个三儿。”

先前的私生饭事件，早让陆亦修对身边的人失去信任。现在陈应月这样做，无疑是在践踏陆亦修的底线。

终于，陆亦修竖起了满身的防备。

他冷笑着打开了手机，嘲讽道：“陈应月，我不知道笑你是蠢还是傻。”

“怎么？”

“但凡你有点脑子，都该试试解锁。”

当着陈应月的面，陆亦修在上面打下了 0313 四个数字。

咔嚓一声，密码锁被揭开。

他说：“密码一直是你的生日，从没改过。可能不是你没脑子，只是你对我陆亦修没良心罢了。”

大学时代，年轻男女都爱把对方的生日当作密码，以显甜蜜，陆亦修和陈应月当年也玩过这些梗。可后来吵架闹得凶了，陈应月一生气就把密码改了，后来再也没换回来。

她是真没想到，在一起十年，分手两年，陆亦修竟然还保留着这个习惯。

心头莫名有些钝痛。

她深吸一口气，假装无所谓：“就当我没脑子，白卖了一次肉，现在可以把照片都删了吧。”

“可以。”

陆亦修漠然地顺从，他将手机竖起来，来回地触碰着。过了会儿，他将手机翻过来，扔在床上。

陈应月心尖疼，她根本不在意陆亦修有没有删照片，可既然戏做了，那就不如做全套。她俯下身，取过陆亦修的手机，按下解锁密码的那一刻，指尖微微发麻。打开相册，确认照片删除后，她才重新放回去。

陆亦修看见了她拿手机检查的动作，冷不丁地笑了笑。

“陈应月，我们认识不止十年了吧。”

“嗯。”

“你到现在还是这样防着我。”

陈应月把衣服一件件地穿起来，她背对着他，不让他看清自己的表情。她努力挤出一抹笑容，语气有着不自然的戏谑：“那以后我们就互相防着吧。”

他长久都未开口。

直到陈应月收拾完毕出门，他才开始大笑，也不知是在笑陈应月，还是在笑他自己：“果然，我是从没走进过你心里的。”

陈应月从来不是个脆弱的人，但走出陆亦修房间的那一刻，那种背负了他人的期待，而被亲爱的人误会的感觉，让她格外脆弱。她觉得自己活该，既然不愿意去做陆亦修与周纤的小三，为什么还不愿意离陆亦修远一点。可女人到底是不理智的，很多时候，陈应月都随感情走。就比如刚才发生的那场错误。

天气预报早有预言，台风会路过象山。

外头狂风大作，大雨像是泼下来的。

鬼使神差地，陈应月没回房间，乘坐了电梯一路往下。

酒店外是大风骤雨，连根系发达的香樟树都被风吹得来回抖。陈应月内心忽然萌生出一种想法，想去淋一淋这大雨，让自己清醒点、理智点。

她这么想着，也就这么做了。

可还没等她踏出大厅，就看见门口走过来一个黑白 T 恤衫的男人。他是从台风天里过来的，两侧的袖口湿了大半，但那张年轻稚嫩的脸，却并未因这扫兴的台风天而塌下来。吴新伟和陆亦修最不一样的地方，大概就是那浑身上下充斥着的淡然和气。

看见陈应月，吴新伟整张脸都露了笑：“抱歉，台风天打不到车，来得有点晚。”

“你怎么会在这儿？”陈应月不解。

他晃晃手机：“你难不成忘了，刚才你给我发的地址，说是在1808。”

陈应月错愕地打开手机，才发现在十几分钟前有人用她的手机回了吴新伟信息，而这个人，陈应月不用脑子想都能猜到是谁。她不清楚他这么做的原因，她也懒得猜测，她只觉得这应该是他恶作剧的一个小游戏罢了。

趁她查阅手机的间隙，吴新伟挠了挠脑袋，显得有些青涩。

“我有点路盲，再加上外头风大，找不着方向，也看不见洲际的标志。也幸亏你给我分享了定位，我才找到了这儿。”

“这天气赶过来，真是辛苦你了。”陈应月回他。

吴新伟有点不好意思：“不怪天气，是我没早点过来，耽搁了。”

“没事。”

“那你看想吃什么，我就当赔罪了。”

疾风大雨叫嚣着，但陈应月宁可到外头淋雨，也不想躲在这酒店里。洲际每一个角落里，相似的装潢，类似的设计，总会让她想起刚才在1808号房间发生的一切。

她头疼，急需要清醒。

她说：“隔壁有个川菜馆。”

“好。”

“我们走过去吧。”

“好。”

两人走出大厅，吴新伟替她打伞。

大雨里头，他大半个肩膀露在雨里，没几秒就湿了。

陈应月见状，揪着他的伞柄，拉他退回大厅：“这么大的雨还让你陪我走出去，实在抱歉，要不我们打个车吧，去个附近的商场吧。”

“不用。”吴新伟拿手握住陈应月撑伞的手，微微使力，与她一同重新走进风雨里，“只要你愿意淋雨，我就没有不陪的说法。”

陈应月不年轻了，做任何决定都开始变得顾虑重重。连酣畅淋漓地淋一场雨，都会担心会不会感冒伤风，影响了工作。

偏偏在这时候，忽然有个人站出来，告诉她。

他要陪她淋雨。

忽然之间，陈应月有种轻微的心动。

第九章
期盼落了空

十八层的高空往下俯瞰，想看清一个熟悉的背影，还不算难。

酒店泊车平台，一男一女正撑着伞，缓慢挪动着。男人将伞侧着，所有的遮蔽都往女方那儿去，他黑白T恤衫的半边淋在雨里。窄小的伞下，两人贴得很近，胳膊几乎要挽上去。

“砰——”

陆亦修猛地一记重拳打在了落地窗上。落地窗做了加固处理，这一记拳头对玻璃而言毫无撼动，只是陆亦修的拳头破了，血顺着指缝往下滑。

床边，是开着锁屏的手机，上头是陆亦修与陈应月仅有的高中毕业时的合照。

从前有明星因修理电脑，暴露性丑闻，从此各家公司对艺人电子产品的使用都极为严格。作为公众人物，陆亦修怕手机遗失造成隐私泄露，他从不在任何电子设备上拍摄照片以及视频，唯一在每样电子设备中都会留存的，只有和陈应月的这张合照。但凡陈应月刚才解了锁，她都会知道，刚才亲吻的时候，陆亦修从不曾拍摄任何的照片与视频。

只可惜，人心禁不起试探，她到底还是不信任他。

远处，风雨中的两人渐行渐远。

陆亦修忽然大笑起来。

他头一回体会到了，什么是为他人作嫁衣。

他简直蠢到家了，没事开什么定位，把陈应月定位到了别人怀里。

吴新伟的追求攻势很猛烈。

自打那天和陈应月从川菜馆里出来，知道陈应月独自一人先来象山，同事还得往后一拨，他就有意和陈应月热络起来。每逢饭点，总要问上陈应月一问。

问得趟数多了，陈应月总不好次次回绝，总有几回是出来的。毕竟将来还有业务合作，不好不留情面。

碰头多了，原本不相熟的两个人，话题也开始多了。

午饭结束，吴新伟将陈应月送回酒店。

九月的太阳，热辣得快将人晒脱一层皮。

路过一家便利店的时候，吴新伟说口渴要去买饮料，陈应月就一道跟了进去。

吴新伟去冰柜边挑饮料，陈应月就漫无目的地逛着。他买好饮料，回头去找陈应月的时候，她正好停了饰品货架那边。

“买好了？”陈应月问。

“嗯。”

“那就准备走吧。”

吴新伟却忽然喊住了她：“等等。”

“怎么了？”陈应月有点诧异。

他抱着肩，上下打量她：“应月，其实我不太懂，为什么你会剪短发。”

陈应月捋顺短发：“我长得不算高，样貌也不拔尖，剪个短发，好歹能看起来利落点，有点儿威慑力。”

吴新伟被她这个理由弄得哭笑不得：“以一个摄影师视觉审美的角度来说，你是鹅蛋脸，留长发会更好看。”

“谢谢你的意见。”陈应月接过吴新伟递来的饮料，跟他碰了碰，“我会考虑采纳的。”

陈应月转身回头，趁这间隙，吴新伟赶忙把手上的饮料搁到货架上，罐子上有水珠，他往身上揩了揩，才从饰品货架上取了个粉色发箍下来，怕被陈应月看见，急忙背在身后。

陈应月已走到下个货架，他赶忙快走几步，跟上她。

“有没有人跟你说过，你的短发看起来并没有那么成熟睿智。”

“是吗？”

“要不是你告诉我，我根本不相信你今年三十。”

“我保养有道。”陈应月开玩笑。

“短发的你，更像个女高中生。”吴新伟低头看她，趁她脚步放缓，他眼疾手快地把那只粉色发箍套到了她头上。

陈应月一时间没反应过来发生了什么，等她回过神来，借着便利店狭长的镜子，才发现自己的头上多了个发箍。对于二十九岁的陈应月来说，把这样幼稚的粉色戴在头上有些羞耻，可这么少女心的时刻，她也并不反感。

吴新伟显然很欣赏自己的成果：“粉色发箍配十八岁的陈应月，正好。”

他好玩地凑了过来，镜子里头不再只有陈应月一人，吴新伟也入了镜来。狭窄的镜子，拉长纵向人像的同时，也缩短了横向的距离。吴新伟与陈应月的距离，变得很近很近。

镜面反射的人影，开始变得模糊，吴新伟的模样忽然与记忆中的陆亦修有一瞬间的重叠。

她仿佛想起复读那年，课业很紧，全校实行封闭式管理，仅有周日上午允许学生出门采购日用品，同学们都把这段时间笑称为监狱里的例行“放风”。

那时候，陆亦修经常在校门口等她。

陈应月每回从班级里走到校门口的那一路，永远是最紧张的。学校没收手机，她跟陆亦修彻底断了联系。她担心陆亦修过来，害羞不知道怎么跟他单独相处。她又担心陆亦修不来，一整个星期的期盼都落了空。

每一回，她都会不落痕迹地在校门口观望一阵。但陆亦修倒好，总会故意躲在犄角旮旯里，等陈应月找得着急，再蹦到她面前。

“陈应月，你说你是不是偷偷在找我。”

“没有。”

“你就嘴硬吧。”

陈应月懒得理他，年少的她觉得他可真是恬不知耻。她心想，你看穿就好，干吗还要说穿！

在校门口保安的注视下，他总会毫不客气地牵上她的手，大大方方地带走她。

那时的她和他也没地儿去，加上时间紧张，只能在校园周边逛逛。难得出门，日用品免不了，陈应月家境拮据，就总爱把陆亦修往学校旁边那家两元店带。

两元店里日用品多，女生饰品就更多了。陆亦修总爱变着法地把发箍往她头上戴，把发卡往她发上夹。

那时你爱笑，他爱闹，两元店的镜子里，每一面都留下过他们打闹的影子。

便利店里。

想起往事，陈应月怔在了一边。

吴新伟问她：“怎么了？”

陈应月回过神来，说：“没什么。”

她摘下头上粉色的发箍，拿在手上来回瞧了一遍，忽然耸肩笑笑：“我已经过了戴发箍的年纪了。”

她退回饰品货架，将发箍物归原处。临放手的那一刻，她还摸了摸上头的廉价的粉色蝴蝶结，它有着陈应月记忆里相同的形状。

陈应月知道，她不仅仅是过了戴发箍的年纪，更多的，是因为身边少了那个爱把发饰一股脑儿地往她头上戴的男人了。

短小的插曲过后，陈应月和吴新伟到柜台结账。

打火机陈列在柜台一侧，吴新伟忽然想到了什么，和收银员使了个眼色，示意她稍等。收银员会意地停下来，这时，吴新伟忽然转头向陈应月：“我想抽根烟，你有打火机吗？”

“嗯？”陈应月蹙眉，“你不是不抽烟的吗？”

她的回答不对，吴新伟叹了口气，好整以暇地说：“忽略这些细节，我想问你，你有打火机吗？”

"没有啊。"

"那你是怎么点燃我的心的。"

陈应月"啊"了一声，没听明白。

一旁的收银员听懂了，掩着嘴偷笑。

过了会儿，陈应月才反应过来，吴新伟这是在说正流行的土味情话呢。

陈应月将饮料递过去，收银员抬头望了一眼两人，低着眉头在笑。

吴新伟见状，忽然伸手，揉了揉陈应月的脑袋，语态亲昵说："抱歉，我女朋友比较害羞。"

女朋友？

陈应月被他这三个字吓得一愣。

等出了便利店，陈应月才拦住他："你怎么说你是我的女朋友？"

吴新伟知道陈应月一定会问他，早有准备。他酝酿了一会儿，转身面对陈应月，漆黑的眼眸里泛着笑："我是从来都不相信一见钟情的，但前两天的那趟飞机，让我相信了。"

"什么？"

吴新伟拿手掩着额头，很腼腆："我想，我可能对你一见钟情了，陈应月。"

一辆迈巴赫疾驰而过，轰鸣的发动机声，掩盖了吴新伟的那句话。

面前，是象山的希尔顿酒店，各色有头有脸的娱乐圈人物在这里来往密集。

陈应月一抬头，就看见了两个熟悉的人影，一下子将她的注意力全吸引过去。

那是一男一女，男的是当红小鲜肉卢毅，至于那女的，陈应月只看见一个背影，但凭她性感的身材和披肩的长发，她已经大致猜出了是谁。

吴新伟身形高大，她怕被发现，稍稍侧了侧身，往他的背影里躲了躲，只露出一双眼，窥探着面前的一切。

同时，吴新伟也发觉出了异样，转头看向背后。

酒店平台上，迈巴赫已停好。

卢毅接过司机的钥匙，走向驾驶座。女人依依不舍地跟了过去，把手揽在他脖子上，整个人都挂在他身上。卢毅勾唇邪魅地笑笑，拿胯顶了顶那女人，女人识相地勾起一只腿，挂在他腰上。

大白天的，陈应月觉得这场面有点辣眼睛。

她刚想别开眼不去看，结果那女人一转头，果然正中陈应月的猜测。

是林艳琼。

林艳琼和卢毅的纠缠还在继续，他们开始旁若无人地热吻起来。陈应月眼睛一眨不眨地盯着，可偏偏，半路却横出一只手来。

“别看了，知道太多对自己不好。”吴新伟说。

陈应月眯眼：“你知道些什么？”

吴新伟笑得理所当然：“我也算半个华映的人，运营部林编剧身材姣好、功夫了得，深得已婚总监的宠爱，是众所周知的事情。只不过林编剧脚踏着总监的大船，要是还准备搭个游轮，这大家就不太清楚了。”

陈应月眼神一变，目光凶狠而危险：“她既然准备搭游轮，就别怕大船上的船工，把她拉下水了。”

“你想干什么？”吴新伟没明白她的意思。

陈应月不答，只是从包里掏出手机，打开相机。林艳琼和卢毅还在旁若无人地热吻，她“咔嚓咔嚓”连续摄下好几张照片。

吴新伟赶忙捂住陈应月的摄像头：“赶紧删掉，留下这种照片只会树敌。”

“凭什么？”陈应月反问。

他见她没停下来的意思，索性去抢她的手机：“林艳琼是华映的红人，现在又巴上了卢毅。你我要是得罪了她，吃不了兜着走。”

陈应月无视吴新伟的警告：“她当初敢设计陷害我，就别怕我现在出头报复。”

“现在不是和她伤和气的时候。”吴新伟说。

“所以你现在是在害怕吗？”陈应月反问。

吴新伟算个男人，面对喜欢女人的质问，即使没底气，都要迎难而上。他假装轻松，但磕巴的话，已暴露出他的紧张：“我……我怎么可能会害怕树敌？”

“对了，你刚才说你喜欢我是吗？”

“是。”吴新伟深吸一口气。

“好。”陈应月朝他摆摆手，“那你跟我走，我带你看看什么叫鱼死网破。”

陈应月头也不回地往希尔顿酒店走去，吴新伟在后头走得很慢。

彼时，林艳琼和卢毅还沉浸在旁若无人的亲吻中，连陈应月走到跟前，两人都没发觉。

陈应月嘴角扬起奸计得逞似的笑意。

然后，她抬起手，猛地用力拍了一下林艳琼的肩。

啪——

力道很大，声音很响。

林艳琼吓了一跳，嘴上没轻重，咬破了卢毅的唇，卢毅骂了一声。

陈应月看见林艳琼转过身来，一脸见了鬼似的模样。

“你……你怎么在这儿？”

陈应月很得意，微笑着露出八颗牙齿：“看到同事，难道不该来碰个面吗？”

“更何况，这种搁电视剧才能见到的郎才女貌的热吻画面，我不该多欣赏欣赏，才能让以后写剧本灵感多多，不被林编剧嫌弃针对，难道不是吗？”

林艳琼姣好的脸，一阵青一阵绿。

《夜火》开机当天，场地内外围满了粉丝和记者。

时隔两年没有新剧上映的陆影帝，忽然接下名不见经传的现代军事题材电视剧，对于粉丝和媒体来说，都是一桩大事儿。

不过是去个洗手间的光景，等陈应月回来的时候，面前已经竖起人墙，挤都挤不进去。

她拿工牌跟保安说明了情况，壮硕的保安面对人海也有点儿为难，最后碍于工作职责，只能带陈应月冲了进去。

场面实在混乱得很，挤了近五分钟，陈应月也没看到人群的尽头在哪儿。开机仪式在早晨七点，陈应月忙着布置工作，没来得及吃早饭，挤在人群中，逐渐呼吸不上来，脑袋晕晕的，像是低血糖发作的前兆。

越往前人越多，快挤出人群、到达开机场地的时候，陈应月眼前一黑，身体晃了晃，不巧就撞上了抬香炉的小哥，小半滚烫的香灰洒在了她身上。

抬香灰的小哥有点蒙，说了好几声“对不起”，怔在当场有点不知道该如何是好。

从不远处走来个工作人员，着急询问她：“没事吧？”

香灰落在陈应月裸露在外的小臂上，泛起大片的红。陈应月脑袋晕晕的，连痛觉都变得迟钝：“没事。”

“您这胳膊都烫红了，得赶紧做降温处理，不然待会儿就要起水泡了。”

“请问附近有冰块或冲水的地方吗？”

“有，我带你去。”

工作人员怕耽误陈应月的伤，走得很快，陈应月跟在后头，渐渐地有些喘不过气来。小臂麻麻的，眩晕着，陈应月知道身体不对劲，赶忙停下来，扶住一旁的栏杆。

工作人员没发觉陈应月的停留，还在前面快步走着。可即便有栏杆支撑，陈应月整个人还是摇摇欲坠。

彼时，陆亦修正在露天的录影棚里，接受记者的采访。

自打陈应月拨开人群跑出来的那一刻，他就注意到了她。看她迷迷糊糊，把香灰撞在手臂上的时候，他很着急，赶紧派了工作人员帮忙照顾。可现在她闭眼靠在栏杆上，脚步明显不稳，甚至还有点快要倒下的样子，整个人看起来病恹恹的。陆亦修捏了一把汗，将所有的精神都放在了她的身上，目光直往她那儿去，根本顾不上采访。

“陆先生？”

“陆先生方便回答下这个问题吗？”

低血糖的反应越来越大，陈应月没站稳，手上也没力气，身体开始往一侧倾斜，眼见就快倒在地上！

陆亦修“噌”地一下，从椅子上站起来。

面前是千万号粉丝和媒体，还有一台实事直播的摄影机，但他根本顾不上这些，也顾不得别人的想法。他推开椅子，迈开步子往陈应月那儿去。

他向来知轻重，因为陈应月才是他的重中之重。

然而，他刚跨出一步，就看见有个穿黑白耐克T恤衫的男人，已经飞奔过去，越过他站到了陈应月的跟前，稳稳地扶住她。

陆亦修悬着的那颗心，终于松了些。

可当那男人转过身来，露出了那张和微信头像上一模一样的脸时，陆亦修忍不住握紧拳头。

吴新伟小心翼翼地扶着陈应月另一只未受伤的手臂，将她往休息室里带。他一边走一边有说有笑地跟陈应月聊着天。陈应月半闭着眼，脑袋耷拉在他的肩膀上，看起来很安心。

在适当的角度下，陆亦修看到他们贴得很近，这样的发现几乎快让他爆炸。

“陆先生，怎么了？”记者问。

陆亦修深吸一口气，拉开凳子坐下：“没什么。”

坐下后的全程，陆亦修的目光一直紧紧盯着陈应月那儿，生怕俩人做出什么让他无法接受的事。

记者感觉到不对劲。

因为从重新坐下的那一秒，陆影帝就不再配合，开始恢复暴躁的本性，几乎一个话题都进行不下去。

有几次甚至差点飙出了脏话。

采访结束后，陆亦修在临时休息室等待开机仪式启动，越想刚才的那个场面，他就越是气不打一处来。

“瞧你刚才那紧张样儿！”周纤撩开幕布，从后台走出来。

“关你什么事。”陆亦修懒得理她。

周纤饶有兴致地坐到陆亦修身边，从果盘里挑了个橘子，剥了起来：“她不就是低血糖嘛，你用得着采访都不管，就要奔过去吗。傻子都看得出你对陈应月有多上心了。”

陆亦修将墨镜拉下一半，架在鼻梁上，露出一双眼看周纤：“只是低血糖吗？”

“要不然呢？”

“那就好。”

“总不见得是怀孕了吧。”

陆亦修瞪她一眼：“闭上你的乌鸦嘴。”

周纤丢了瓣橘子进嘴里：“快跟我说说，这星期趁我这绯闻女友不在，有没有跟陈班长好好温存温存。”

“温存个屁。”陆亦修气得直接把墨镜一扔，梳妆台上的化妆品，一股脑儿地倒了，“她没把我气死已经不错了。”

“什么意思？”周纤蹙眉，“难不成你俩还没和好？”

“你觉得呢？”

周纤一听，立刻来了精神，把椅子又拉近了陆亦修一点，盘着腿，拷问他：“喂，我先想方设法让她进剧组，又变着花样让她提前来，可不就是为了让你们说清楚，早点重修旧好。你是没看见，我每次在陈班长面前骗她说你对我有多好，她那小眼神，感觉都快哭了。”

陆亦修一拍桌子：“你要是敢弄哭她，信不信我明儿个就让聂文泽回来给你收骨头。”

“不敢不敢。”周纤缴械投降，满脸卖笑，“我就是想跟你打包票，要是她陈应月对你没意思，我周纤愿意直接把这梳妆台吃下去。”

“那你可能真的要吃梳妆台了。”

“快别这么说。”

休息室外传来工作人员的催促。

化妆师一拥而上，开始给两人补妆。

过往十年的经验，早让陆亦修对这一切驾轻就熟。只是现在他心烦得很，索性闭了眼，任由化妆师操作。

一旁，周纤忽然想到了什么，小声问他：“刚才那男的是谁？”

“哪个？”

“就那个扶陈班长的。”

“大概是她的新欢吧。”

陆亦修觉得，这周纤真是哪壶不开提哪壶，绝对要让聂文泽早点回来，把她收拾了。

“什么？！”

周纤突然从位子上跳了起来。化妆师“啊”了一声，没拿稳眼线笔，一下子在周纤眼尾拉出好长一条黑线。

化妆师想给她抹掉，周纤根本顾不上，直接推开了她的手，压低声音，凑在陆亦修耳边：“陆亦修你可别跟我说，她跑别人怀里去了。我这地下党当了这么久，顶着你绯闻女友的头衔，可不就是为了让陈应月更好隐藏嘛。结果你给我搞这一出，这也太不爷们儿了！”

虽然一致对外承认，但周纤实际上并不是陆亦修的女朋友，两人只是互惠互利的拍档而已。

自打前段时间重遇陈应月，陆亦修就打定了主意要把她绑回身边。恰好，好友聂文泽的女友在演艺圈人气不佳，想请陆亦修帮一把。田悦听后，灵机一动，决定使个一箭双雕的计策，一来用绯闻刺激陈应月，保护陆亦修的真女友；二来也为陆亦修的假女友周纤博得曝光率。因此，没等陆亦修同意，田悦就把陆亦修和聂文泽女友的绯闻放到了网上，一石激起千层浪。

而聂文泽的圈内女友，就是周纤。

“跟悦姐说的一样，你俩真不是让人省心的一对儿。”周纤抚着额头，明显有些无奈，“我前两天还看到有人发帖扒你和陈应月高中的那点事儿，要不是我认识那个网站的老板，及时制止，说不定谣言满天飞了。”

“有什么好制止的。”陆亦修回。

这回换周纤蒙了。

以往陆亦修一直对陈应月百般护着。前段时间，陈应月的属相被好事网友扒到了，他都气得大发雷霆，找人告那网友侵犯了他人隐私。

“你什么意思？”周纤微眯起眼。

陆亦修扬唇浅笑，嘴角勾起的弧度里，明显有些恶作剧似的邪恶笑意。

他说：“我要跟她拼个鱼死网破。”

《夜火》顺利地开机了。

凭借陆亦修与周纤的粉丝基础和热度，仅仅是一场简单开机仪式和几张合照，就让《夜火》成功登顶热搜。观众对这部新戏期待满满，陈应月肩上的分量也随之增加。

挑战来临，陈应月一门心思扑在《夜火》的跟组拍摄中。可偏偏总有些眼红的，就爱趁着她全身心投入的时候，搞小动作。

傍晚，陈应月收到总监的微信，说《夜火》运营情况良好，要请陈应月全组人提前参加庆功宴。

上次的迷药事件还没从她心里过去，她正想拒绝，没想到总监已提前到了象山，诚心满满，连日料位置都已订好，就等他们全组人赴宴。这半强迫似的宴会不能不去，她心里笃定，十有八九是个鸿门宴。

素雅的日料店里，传唱着日本民谣。窄小的私人包间里，所有人的距离都很紧密。

陈应月组里几个都是年轻人，趁总监还没到场、压力不大，叽叽喳喳地开始聊天。

没一会儿，总监到了。

他难得地不是衬衫领带的打扮，穿了一身休闲的棒球服，看起来年轻很多，只是头上秃掉的那一块，还在不停提醒着他的年龄。组员们见他到场，纷纷不再说话，一个劲地点头哈腰，叫“总监好”。

可等他身后随从的人到场后，大家的脸色都变得奇怪。

只陈应月一个人很平静，心里跟个明镜似的，知道他无事不登三宝殿。趁大家面面相觑的时候，陈应月主动从榻榻米上起身，跟她伸出手：“林编剧，早就听说你也在象山。同在一个公司，怎么也不早点来跟我们碰碰面。”

林艳琼挤出一抹笑，跟她握手：“碰头不论早晚，这不今天就到了嘛。”

世上没有不透风的墙，自打那天私人晚宴的针锋相对后，华映内部就传言陈应月与林艳琼不和。空穴来风，未必无因。从日常的工作沟通中，林艳琼组经常给陈应月组设壁开始，组员们都互相知道该如何站队了。

陈应月和林艳琼的握手，让气氛缓和了很多。

几盅清酒下肚，总监的话茬儿开始避开《夜火》，往别处去。

共事两年，陈应月早看清了他的套路，知道接下来的才是正题。不过还好，她已经准备好作战了。

总监端了杯酒，先给陈应月敬了一杯后，又转向她身边的人：“这位是……”

Lily 有点紧张，酒没拿稳，不小心泼在了桌上，场面有点混乱。陈应月见状，立刻连抽几张纸巾，抵在 Lily 的桌沿边，以防酒滴下去，弄脏她的裙子。

与此同时，陈应月淡笑着介绍：“我的助手，Lily。”

Lily 又重新倒了杯酒，敬过去：“总监好，我是 Lily。”

“原来你就是 Lily 啊。”总监的声音听起来很惊讶，但表情却平静无波，像是早预料到了似的，“我早就听林艳琼说过，你是中戏毕业的，科班出身功底深厚，这次《夜火》剧本能顺利通过，你也有大半的功劳。”

“您过奖了。”Lily 羞赧地低下了脑袋。

“现在在《夜火》还忙得过来吗？”

“还行，有陈姐带着，心里笃定。”Lily 抬头跟陈应月相视一笑。

陈应月没 Lily 那么轻松，与 Lily 相视微笑的时候，她用余光扫了总监一眼。彼时，他的目光还未从 Lily 身上落下，明显还有其他意图。

果然，总监又问：“你跟在陈应月身边多久了？”

“一年半。”

“一年半也不算短了。”总监这才喝下了 Lily 敬的那杯酒，“陈编剧把你培养得这么能干，也是时候挑大梁了。”

“总监我不懂您的意思。”Lily 蹙眉。

总监看了一眼林艳琼，笑了笑：“林编剧这边刚接了一个新项目，是今年从韩国男团单飞的卢毅的新剧，上头很看好。正好林编剧手头组员正好有人离职了，要不你过来给她当副手吧。”

闻言，在座人面面相觑。

作为话题中心，Lily 不知如何是好。当年，她从中戏播音系毕业，因热爱编剧事业，四处投递简历。可多家大型影视公司皆以专业与工作岗位不符为由，连面试机会都不给她一个。后来，机缘巧合之下，陈应月见到了她的简历邀请她面试，力排众议让她进了自己的组里。

陈应月对她有知遇之恩，更何况她也不蠢，知道这是个鸿门宴，而总监和林艳琼是一条船上的人。

Lily只相信陈应月，她在桌底下紧张地扯陈应月的衣袖，直喊："陈姐、陈姐，怎么办？"

反观陈应月，她一脸淡定，甚至嘴角还露出了一丝笑。

她在桌底下握住了Lily颤抖的手，拍了拍："别急。"

敢情是林艳琼傍上了卢毅这艘游艇，咽不下之前那口气，迫不及待地到陈应月这里炫耀、要人了。陈应月觉得她简直就像小孩子过家家，完全不值一提。

她从面前的烧烤盘里挑了一块最大的五花肉，竖在两人面前："总监和林编剧想从我这边抢人我没意见，但这人手总得有来有往，我这边走个Lily，你那边总要丢一个人给我吧。"

林艳琼面露为难，扯着总监的手臂，不让他答应。

林艳琼组里没一个能独当一面的，总监也是知道的。因此，他宠着林艳琼，才答应了她要人的要求。可从陈应月那边抢人本就不合规矩，退而求其次，拿个草包换个精明能干的是个不赔本的买卖。

他一口答应："可以。"

"我想要……"陈应月一眨不眨地盯着林艳琼的表情，"我要陈娜。"

"不行！"林艳琼瞪大了眼，一口喝止。

总监却根本不管她，把她拦在身后："拿陈娜换Lily，我答应了。"

"那就太好了。"陈应月给自己倒了杯酒，对着林艳琼的方向碰了碰杯，"Lily换陈娜，这块肉可是大得很，我就怕林编剧胃口太大，吃不下。"

"放心，我胃口可以。"林艳琼面上如沐春风，实则心里恨得痒痒。

宴会中途，陈应月假借家里有事，拿着手机溜了出去。

在洗手间侧边的安全出口站定后，她解开手机锁屏，给Lily发微信，告诉她位置。让她五分钟后，借口上厕所，出来碰面。

五分钟后，Lily抵达指定位置。

Lily显然还没从刚才的双方较量中回过神来，揪着陈应月的手腕，整个人都是紧张的："陈姐，我真的一定得去吗？"

"你想去吗？"

"我不知道我该不该去。"

"Lily，我该这么跟你说。"陈应月温柔地笑笑，将她的手从自己腕上拉下来，认真握住，"首先，我从来没有让你离开组里的想法，刚才那一场换人的游戏，也不过是逢场作戏。"

"我知道。"Lily 信任陈应月，用力地点头。

陈应月说："其次，林艳琼那组里会做事的人少，如果你真的过去，很有可能会被重用。但更大的可能性，你会成为我和她角力斗争的牺牲品，她会在工作中处处设壁，让你待不下去离职，借此削弱我在大家面前的影响力。甚至，她以后可能还会用同样的方式，对待我们组里的每个人。直到最后，达成目的把我赶出去。"

"我懂。"

"要是你想过去，我绝对不会拦着。"她抿嘴笑笑，贴心地用手替 Lily 将乱糟糟的头发捋齐，"可你也必须理解，今后你做好的每个项目，都是她林艳琼一人的功劳，但要是做毁了一个项目，我陈应月会陪着你一起背。"

Lily 眼里闪着泪花，她跟陈应月共事时一起吃过的那些苦头不断浮现在眼前。

深夜加班时全组人的欢声笑语，改稿头疼时陈应月的贴心陪伴，还有跟组遇上极端恶劣天气、感冒发烧时，陈应月给她煮的那杯姜汤。

她定下心神，握紧陈应月的手："陈姐，放心，我绝对不会去的。"

"那好。"陈应月有规律地，不轻不重地拍了拍她的手，像是在打节拍，"既然这样，那我们就一起演一出戏吧。"

"怎么演？"

"你把耳朵凑过来。"

"好。"

三天后。

依照林艳琼栽赃她抄袭的好手段，陈应月如法炮制了一场大戏。

如果要说有哪些不同，她只能说《不归人》“抄袭事件”，她一人的影响力实在不算太大。这回，林艳琼蹭上当红小鲜肉卢毅的热度，一秒就爆了热搜。

前一天凌晨，她就将那天拍下的卢毅与林艳琼的拥吻照，发到了多家杂志社的爆料邮箱。

向来走呆萌可爱路线的韩国男团单飞的中国成员卢毅，一下子爆出与新剧女编剧的桃色绯闻，在公开场合激吻，严重偏离公司人设，网友纷纷惊掉下巴。

今天一早，微博热搜就爆了。

如陈应月所想的一般，这时林艳琼正在开会。公司有规定，开会手机必须静音，想必林艳琼至今还不知道这个消息。

办公室里好不热闹，几乎所有人都点开了那条微博，指指点点。

陈应月订了一早的班机飞回上海，为的就是见证这一刻。

是她心狠，要把林艳琼拉下水？

不是。

她只是个有怨报怨，有仇报仇的正常人而已。

Lily发来短信，示意陈应月会议室里一切已准备就绪。

陈应月从容不迫地站起来，理了理衬衫领子。油光锃亮的羊皮尖跟女鞋，在地板上落下深深浅浅的打击声。

她拉开办公室玻璃门，昂头挺胸地走了出去。因为她知道，从下一秒开始，她就再也不用回到这间距离厕所隔间只有半米、宛如犄角旮旯的办公室了。

会议室里，作为卢毅新剧的项目经理，Lily正在跟运营部所有主管报告这次项目。

当然，这些人里，也包含了总监和林艳琼。

陈应月的夺门而入，让所有人都感到意外。只有Lily一人，见陈应月来了，低头露出一抹笑，偷偷地躲到了角落里。

“陈编剧，你怎么来了？”

“你不是在象山《夜火》剧组吗？”

“现在我们正筹备新剧，突然进来不好吧。”

"……"

会议桌上，对陈应月的鄙夷声一直没断。

"大家安静点。"陈应月双手撑在讲台上，用力拍了两下，渐渐地有人安静下来，"我特地从象山赶回来，就是为了让大家看看比筹备新剧更重要的东西。"

说完，她从兜里掏出一枚U盘，插上电脑。

陈应月忽然闯入，同事们都对她颇有微词。林艳琼坐在底下，好整以暇地看着陈应月，等待着这场好戏该如何收场。

然而，她没等到好戏。等来的却是屏幕上，她和卢毅激吻的照片。

一石激起千层浪！

会议室里嘘声一片。

林艳琼的反应很快，几乎是下一秒，她就扑到了陈应月的电脑前，一把拔走U盘："什么鬼东西！"

她把U盘摔在地上，猛踩了好几下，直到把U盘踩碎。

林艳琼跟疯了似的，但陈应月却淡定得很，她脸上扬着笑，敲了敲桌面："U盘碎了没关系，我建议大家打开手机，翻出微博，现在当红呆萌小鲜肉卢毅和新剧女编剧的激吻照，不用下载，随处都能看。"

"怎么可能！"林艳琼抢过旁人的手机，这才发现，自己和卢毅的激吻照已经满天飞了。

总监的脸色很不好看。

陈应月踱着步子，慢条斯理地凑到总监跟前，声音不小，足够让所有人听见："总监，您可要好好看看，这就是您一路帮扶的人。为了上位，不择手段，连公司的颜面都不要了。"

"陈应月你乱说！"林艳琼大吼。

激吻照里的场景，林艳琼还有印象，就是在象山的希尔顿酒店，也就是那天和陈应月撞上的时间。她向来谨慎，统共也就跟卢毅在外头接过一次吻，除了这次就再也没有其他。她仔细想了想，能把照片拍下来的，除了陈应月就不可能有其他人了。

她张牙舞爪地朝陈应月奔去，却被Lily拦住。她不死心，大叫着："是你偷拍，是你诬陷我！"

"我诬陷你？"陈应月冷笑一声，"我有原图，你大可以找摄影师鉴定，如果不是，我陈应月任你处置。”

“所以你承认是你偷拍的？”林艳琼逼问。

“是，我承认。”陈应月拿手指戳着她的鼻子，“可你敢承认，你没有做过照片上这些事吗？林编剧你也真够敬业，为了新剧，把自己都贴上去了。这样敬业的员工，可不是得让总监给你发个敬业福。”

陈应月话音刚落，林艳琼的手机就响了。

一看是金主卢毅，林艳琼立刻就接通了。可没等她开口卖惨抱怨，卢毅已经一股脑儿地开了口。手机的隔音效果实在差劲，卢毅直接飚脏话，要多难听有多难听，几乎在场所有人都听到了。

“好了！”总监冷静下来，放下话来，“现在要做的不是内斗，而是赶紧想解决办法。”

会议室里开始有人退场。

陈应月站在那边，不动作：“照我看，解决问题不难。难的是……”

“是什么？”有人问。

总监收起本子准备走人，陈应月将眼神投到他身上：“总监教我们，做事要找重点。依我看目前的情况，挑出蛀虫，才是重中之重。总监，您说对不对？”

“那是当然。”Lily 在一旁附议。

其间有人开始驻足，停在会议室门口交头接耳，一脸看好戏的模样。

难得导演这么场大戏，陈应月哪舍得轻易让它结束：“总监，还记得之前我被诬陷抄袭的事吗？”

“都过去了。”总监轻描淡写，“翻篇的事就别提了。”

“可以。”趁他动作有所停顿，陈应月踱步到他跟前，拿肘撑在桌面上，饶有兴致地问，“那您还记得那天在晚宴上许诺我的吗？”

总监紧闭着嘴，不说话。

陈应月掩嘴笑笑，拿余光瞥了一眼角落处的林艳琼：“时隔一月，您可能不记得了。那我不介意提醒您，当时您可是说过的，假使公司出了内鬼，不仅会开除她，还会设法让她不能在这个圈子里立足。”说到最后几个字的时候，陈应月清亮的嗓音，沉稳有力，字字掷在所有人心上。

“有个人我觉得必须让您见一见。”陈应月扬手拍了拍。

身穿灰色运动套装的女人听到暗号，从外头走进会议室。她的脑袋埋得低低的，根本看不清面容。直到她抬起头，所有人才认出，这是林艳琼曾经的组员——陈娜。

“不介意的话，告诉总监真相吧。”陈应月做了个请的手势。

陈娜微微点了点头，声音很小，却足以撼动在场每个人的神经：“当初陈编剧抄袭事件，都是林编剧指使我做的。当年我因为抄袭丑闻被陈编剧从前东家劝退，林编剧知道后，千方百计把我从别家公司挖来，想利用我对付与她有竞争关系的陈编剧。因为我之前负责过陈编剧的项目，知道她的写作风格，才利用了先前的一些素材伪造出了她抄袭的调色盘。包括之前的爆料视频，里面的爆料人也是我。我手上有林编剧诬陷陈编剧的所有证据。”

气氛冷凝，会议室内一片死寂。

林艳琼伪造出的温婉善良形象一下子被全部推翻，在场所有人都是搞影视这行的，知道抄袭的罪名有多重，也明白林艳琼有多恶毒，才会试图毁了陈应月的职业生涯。

陈应月对大家的反应很满意，所有人都不敢吱声，就说明这件事的严重性了。她清了清嗓子，将话茬对准最高层：“总监，是该给答复的时候了。”

总监拿本子在桌上一掷，不咸不淡地说：“一个有过抄袭前科的人，很难让人信任。陈娜所说的话，还需要再考证。”

“那陈娜的证据呢？”陈应月追问。

“证据难道没可能是捏造的？”总监笑着反问。

陈应月气得发笑：“好，您说的都对。”

人群开始散场。

戏到这里，已快落幕。

总监这个主演不入戏，这场戏就注定演不下去。

不过，陈应月不仅是导演，还是这场戏的编剧。会议室里的戏已经结束了，但会议室外，更多的好戏正在上演。她不想让这场戏结束，总还有千千万万个转折，可以让她编得下去。

总监把玩着手中的钢笔，走出办公室。

共事两年，陈应月对他的小动作已经非常熟稔，他转笔，是说明他正在筹谋着什么。

陈应月是时候阴魂不散地凑过去："总监，别着急走，我还有些体己的话想跟您说一说。"

"什么？"刚那一场戏，让总监对陈应月开始有戒备。

"也没什么大事。"陈应月一边走，一边数着地上的地砖格子，四两拨千斤似的说，"我听说，最近嫂子和家里两个双胞胎都在加拿大玩。"

总监的眸子沉了沉。

陈应月微微笑，知道自己戳中了他的软肋。

总监这人，虽然在外头花天酒地，四面开花，但在家里却一直扮演着居家好男人的形象。他花花肠子的那些事儿，家里是一丁点都不知道。他妻子是华映副总的侄女，当年他就是凭借着妻子那头的关系，才顺风顺水地爬到了这个位置。前途无量的事业，背景雄厚的妻子，可爱的双胞胎儿子，让总监一度被打上华映最幸福男人的标签。

闻言，总监眯了眯眼，目光凶险："怎么忽然提这个？"

"也没什么。"陈应月摊摊手，"也就是原来我组里的Lily，跟我关系挺好的，去了林艳琼那儿之后，告诉了我一点儿秘密。"

"什么秘密？"

"事情大不大，可能也得听了才知道。"

陈应月故意不多补充，总监会意地跟她一同往前走。

两人沿走廊走着，直到走到一处无人之地。陈应月才压低了声音，缓缓开口："Lily告诉我，林艳琼傍上卢毅后，她无意间见到过他们的聊天记录。看到林艳琼跟卢毅许诺，只要是他做主演的片子，就会得到华映最丰厚的资源。卢毅问她哪来的信心，她说，她收好了所有你和她有关的出轨证据，如果有一天你敢不捧她，她就打算把这些全都发给你的家人，大家一起鱼死网破。她说就是知道你不敢，所有她才这么自信。"

"那些证据在哪儿？"总监沉声道。

他知道陈应月敢开口，就势必掌握了所有的证据。

陈应月不浅不淡地笑笑："她跟Lily说漏过嘴，应该是在她家保险箱的一个红色U盘里。"

"我知道了。"手上的钢笔咯吱咯吱地响，总监紧抿着嘴唇，指节泛白，能看得出他在隐忍，"下一步你想怎么办。"

陈应月声音无波，却字字冰冷。

"把她赶出华映，于你于我都是好事。"

"好。"

做完决定，总监转身离去。望着他的背影，陈应月忍不住冷笑。

基于过往的感情，总监绝对舍不得把林艳琼剥离开。可现在的总监几乎已经走到了人生赢家的高峰，站得太高，就让他更加胆怯谨慎，因为他舍不得从上头跌下来。

此时，如果旁人提醒他，有人正尝试拉他下水。即便有那么丁点的可能性，他都会立刻视若警铃，狠狠扼杀在摇篮里。

即便这样的可能性，来源于一个陪伴了他许多年的情人。

看吧。

男人有时就是这么绝情。

总监以雷霆手段，迅速把林艳琼从华映剔除。

很快，陈应月一跃坐上编剧组头把交椅，搬离原有办公室，进驻新领地。

对于这些权利变更，陈应月感知并不敏感。因为《夜火》的长期驻守拍摄，她除了搬办公室的那天在公司，其他时间天天驻守象山，根本没时间享受这些升级的待遇。

职场上的顺风顺水，并没有带来任何日常工作上的便利。《夜火》剧组拍摄期间鸡飞狗跳，险些把陈应月搞得精神崩溃。

她安慰自己，生活大致就是个恒等式。这边赢的，那边总会再输过去。

这不，陆亦修又开始折腾了。

剧本里的一句话，让陆亦修觉得不符合男主整体性格，要求改。

好，陈应月就当他是对角色负责，改。

过了会儿，他又觉得场景不符合人物形象，要求编剧和导演协商更换场地。陈应月不同意，跟他据理力争，结果又被导演一句“尊重主演”给打了回去，重新修改剧本场景对话。

不知为何，她有一种回到了学生时代的感觉。

如从前一样，胡搅蛮缠的陆亦修平生没什么兴趣爱好，他最大的乐趣，就是找她的碴儿，不让她好过。

第十章
恼羞成怒

导演正给陆亦修讲戏。

挥汗淋漓的炙夏，陆亦修身着厚重的迷彩服，在烈日下暴晒，没有任何遮挡，也没有助理服务。他额头上的汗，成滴成滴地淌下来，挂在他的鬓角两旁。他懒得去擦，一门心思地在跟导演讨论剧本。隔着摄影机屏幕，都能嗅到一股凌厉的阳刚气息。

作为《夜火》的跟拍摄影师，吴新伟准确抓住这一时机，按下快门。一帧照片被摄下，他迫不及待地打开相册回放。果然，画面如他想要呈现给观众的一样。

他很得意，放下广角镜头，又从随身的镜头袋里，掏出一枚长焦镜头换上。换镜头的时候，他没注意，不小心蹭到了闪光灯的按键。没想到拍照的时候，闪光灯“咔咔”地响了好几下。

正听戏的陆亦修察觉到了这突如其来的光线，拿手挡了挡。

之前进场的时候，场记就跟吴新伟提醒过，陆亦修脾气暴躁，最讨厌别人在他专心的时候打搅。吴新伟一想，自己这可不是犯了大忌，赶忙举双手赔罪：“抱歉，抱歉！”

吴新伟是躲在一处脚手架下拍的，赶忙道歉没注意，直起身的时候，脑袋就撞上了根铁棍。

他撞上铁棍的声音老响，陈应月离得不远，听得一清二楚。陈应月赶紧和同组同事跑过去查看，吴新伟大概是撞重了，捂着脑袋，疼得龇牙咧嘴。

“没事吧？”陈应月赶忙问。

吴新伟摸了摸后脑勺说：“还行，就是撞到的地方湿湿的，不知道是汗，还是流血了。现在眼前黑得很，分不清汗和血。”

“那你低下点。”

他闻言，屈下膝盖，把身子放低了点。

陈应月不敢耽误，立刻踮起脚尖，查看他后脑勺的伤势。

这一场面毫无意外地被一旁听戏的陆亦修看见了，或者说，自从陈应月奔去吴新伟那儿的那一刻起，他就开始关注了。虽然只是因吴新伟受伤产生的小插曲，但这在陆亦修看来，场面可就不那么清汤寡水了。吴新伟对陈应月有意思，陈应月非但不避嫌，还这么关心她，她到底想干什么！

这样的发现，让陆亦修差点想把陈应月给撕了。

好在吴新伟的伤势并不严重，只是后脑勺鼓了个大包，没外伤。工作任务还很多，陈应月赶紧陪他找了个位置坐下，又赶紧投入工作中。

没一会儿，她正跟场记讨论着道具的摆放，吴新伟忽然又飘到她跟前。

她边指挥，边跟他搭话：“不多休息会儿吗？”

“大家都这么忙，我哪能停下来。”吴新伟往后一步，对准陈应月，趁她不备，按下了快门键，“更何况你认真工作的样子这么美，我于公于私都该偷拍，留个纪念。”

“你这还叫偷拍吗？”陈应月反问。

“哦不对。”吴新伟更正，“我这是正大光明地记录。”

陈应月拿剧本挡在他镜头上，笑着白他一眼：“反正不准再偷拍。”

刚说完，一转头，就发现导演和制片助理正朝这边走来，而他俩中间，还站着个陆亦修。

到陈应月和吴新伟面前的时候，陆亦修忽然停下了步子，目光落在吴新伟身上：“这位是？”

制片助理是个明眼人，赶紧介绍：“是华映特地请来的，《夜火》跟组的花絮摄影师吴新伟。《夜火》开播前，吴摄影师拍摄的花絮将会提前播放，为新剧预热。同时，等《夜火》开播，所有的花絮将会制作成一本影集，作为周边福利给粉丝发放。吴摄影师承担着很重的责任呢。”

吴新伟弯下腰，抿着嘴笑，点点头：“一定不负您所望。”

“花絮摄影师？”陆亦修口气玩味。

“有什么疑问吗？”

“可能是我见的摄影师太少。”陆亦修扑哧笑出了声，“我不太理解，花絮摄影师就是满场子到处跑，逢人就拍的职业吗？”

“当然不是。”制片助理讨好地拿剧本给陆亦修扇扇风，“任何拍摄，主演才是主角。”

陆亦修拿手挡住制片助理来回扇风的剧本：“哦？那我倒想请问一下，为什么吴摄影师的镜头总跟着陈编剧走，难不成在我不知道的时候，导演把女主角替换成了她。”

“没有，没有。”导演在一旁偷笑。

陆亦修爱找陈应月的碴儿，片场里几乎没人不知道这事儿。制片助理觉得陆亦修看不爽陈应月，就故意趁着这机会抱大腿：“以陈编剧的姿色，怕是票房毒药的可能性更大。”

“这剧改变风格，从正剧变成爆笑剧，或许会更适合陈编剧当女主角。”陆亦修扬唇坏笑，眼神直勾勾地盯着陈应月，“要不陈编剧改改剧本，让自己当一回女主角？”

陈应月倒不怕他：“我敢改，就怕你不敢接。”

“那我拭目以待。”

话音刚落，陆亦修就与导演等人重新开始往前走，边走还边商量着剧情。可刚走了几步，他却又停下来，转过头来，煞有其事地抛下一句：“对了，既然是花絮摄影师，应该有花絮拍摄的脚本吧。”

“目前……还没有。”吴新伟答。

都是混迹娱乐圈的，吴新伟知道陆亦修在影视圈的分量，跟他对话的时候，他还难免有点儿紧张。

陈应月拿眼白陆亦修，嘴里嘟囔着：“摄影师都是根据灵感进行拍摄的，哪可能有什么脚本存在。”

“是吗？”陆亦修双手交叉，饶有兴致地看着她，“既然没有脚本，那我又怎么相信他的专业性。我又怎么知道他拍出来的效果是不是我想要的。难道现在摄影师都不需要前期准备吗？”

制片助理似懂非懂地点了点头，赶紧附和：“陆先生都说了，那就定个截止日期，给个花絮脚本吧。”

“什么？”陈应月难以接受。

陈应月的反应令陆亦修很是受用，他清了清嗓子，说：“那就明天下午吧。”

作为编剧，陈应月知道在一天之内编写出一篇拍摄脚本的难度有多大，她觉得陆亦修欺人太甚。她走过去，就要拉住他：“陆亦修，你不觉得你太过分了吗？”

结果话刚说了一半，吴新伟就拉住了她的胳膊，声音细细的，紧张的表情像是生怕惹了麻烦：“应月，别说了，多说多错，不就是一篇脚本吗，我现在就回去赶，一晚上到明天下午不吃不睡，总能赶出来的。”

“不对，是他陆亦修不该强人所难。”陈应月据理力争。

吴新伟反而帮陆亦修说话：“他只是对剧组负责而已。”

两人纠缠之间，陆亦修已然走远。

望着他离去的背影，陈应月觉得自己像是吃了个白煮蛋，蛋黄卡在喉咙里，一口气全憋在了肚子里。

田悦没少听说片场的事儿，也知道陈应月在《夜火》里，被陆亦修打压得有多惨。她可真有点儿担心，照这样下去，以陆亦修的情商，什么时候才能把媳妇儿追回来。

趁着工作间隙，她特地赶去了象山。

好巧不巧，就看见陆亦修因为吃醋，故意针对陈应月的这一幕。

场记打板已开始下场拍摄，田悦没来得及跟陆亦修说上话，只匆匆对他使了个眼色，就回到了摄影机监视器后头观看拍摄。

制片助理跟田悦以前打过些交道，知道田悦抽烟，给人派烟的时候，也递了一根给她。

两人一起走到空旷的吸烟区，田悦掏出打火机，把烟点着：“陆亦修戏演得好，但脾气确实差了点，还请多担待。”

“您可别瞎说。”田悦按亮打火机，制片助理凑了过去，“在我看来，陆先生的脾气可没外界传得那么坏，只不过片场里总有些人爱对着干，尤其那陈编剧真不是个省油的灯。”

“这……”

制片助理是个直肠子，不等田悦说话，他就拍了拍胸脯，说：“您放心，她不给咱们陆先生面子，我也不会让她好过。”

“我不是这意思。”

“那是……”

田悦急得摇手，烟灰散了一身：“我的意思是，你千万别随着陆亦修的性子走。”

“啊？”

“你千万别去针对陈应月。”

“为什么？”

“具体原因不好说，反正你随便针对谁，也不能针对她。”

田悦给了他忠告，但他根本不信，反倒自顾自地笑了起来。

“您太久不在剧组，不知道情况。”制片助理蹲下身子，往地上的铁皮桶里掸了掸烟灰，“无论剧组里的哪个人，都看得出陆先生对陈编剧意见大得很。听说他俩是高中同学，陈编剧还是他曾经的班长，想必是高中时代，她给他穿了小鞋，陆先生现在才会那么讨厌她。”

“讨厌？怎么可能。”

“不是讨厌还能是什么？”

田悦差点笑场，如果讨厌的意思可以译为“讨人喜欢百看不厌”，那她觉得倒也在理。

看着一脸懵懂的制片助理，又想着他递烟的诚恳，她是真不忍心看他深陷陆亦修和陈应月的纠葛中。

监视器暂停，拍摄已然结束。

田悦掐灭了烟，意味深长地扔下两句话给制片助理。

“你针对谁都好，可千万别针对陈应月。”“有些事情你迟早会知道的。”

属于陆亦修的戏份儿在下午，他难得睡了个饱觉，心情好得很。

平时只在房间用早餐，今天破天荒地去自助餐厅里晃悠。

酒店住客见了陆亦修，不停举手机拍照，餐厅里好几盘自助菜肴，都被挤到了地上。酒店没办法，只好借着早餐打烊的借口，堵上了门，单独让陆亦修在里头用餐。

一碗苏式红油汤面刚上桌，陆亦修刚动了几下筷子，就听见门口传来动静。

“小姐，已经打烊了，你不能进来。”

“哎！小姐！”

桌面猛地被人锤了一下，红汤漾了两圈波纹。

陆亦修一抬头，就看见陈应月火急火燎地站在他面前，眼下顶着两个黑眼圈，胸口起伏很大，喘着粗气。大概是跑过来的，碎发都还飘着。

“你看一下微信。”陈应月一派命令的口气。

陆亦修没回答，吃了一口面，才解开锁屏，点开那个一直置顶着，却两年没发来任何消息的头像。多少个日夜，他曾经无比期待这头像上能够出现一条未读消息，可却一直没有。现在看到这条未读消息，他心里不免雀跃，可点开后，事情却不如他想得那样：“你发了什么给我？”

“花絮摄影脚本。”

“为什么是你发给我？”

“既然你确认收到，那就好。”

他追问：“你还没回答我，为什么是你发给我，这难道不是吴新伟的工作？”

陈应月抱着肩，一脸无所谓：“他连夜赶了一晚上做出来的，周边没有打印文稿的店，加你微信怕你不通过，所以我帮他发给你。既然你已收到，那就请你不要再揪着不放。”

“连夜？你怎么知道的？”他一口面噎住了，心情一下子不好了，“你陪他写的？”

“要不然呢？”

她一脸的理所当然彻底激怒了陆亦修。以前，她赶稿的每个深夜，他陪着她，她困得眼神迷糊，连他偷亲她都不知道。现在，一想起吴新伟跟她共处一室，他就忍不住想歪。越想，气越不打一处来。

陈应月有意离开，他快走好几步跟上她，牢牢握住她的手腕。

“你是不是喜欢他？”

陈应月的表情瞬息万变，先是难以置信，后又冷笑，最后平静下来：“我喜欢他跟你有什么关系，那全都是我自己的事，跟你无关。”

“怎么会跟我没关系！”

“陆亦修你搞清楚，我们早就分手了。”她一把甩开他的手腕，“现在你有周纤，我找我的爱情也是理所当然。”

“那要是没有周纤呢？”他问。

“我不想回答你这样毫无营养的话。”

陆亦修低眉望向她，嘴角忽然飘出一丝笑意，他紧紧盯着她，不放过她脸上的一丝表情：“你这么在意周纤，是不是因为吃醋？”

闻言，陈应月瞪大了眼：“陆亦修你脑子进水了？”

她拎起手包就往他身上砸，此情此景，倒有些恼羞成怒的感觉。

陆亦修腾出手按住她的肩，不想让她走，但陈应月却很狡猾，一个屈膝，就顺势躲开了他的手。

“喂，小月亮。”

她不理他。

他宠溺地看着她的背影。

“喂，我跟周纤只是……”

服务员正走过来，他警惕地停下话音，却不小心遗落了跑走的女人。

陆亦修想，有机会一定要跟她说清楚和周纤的事。

田悦听说陆亦修出现餐厅引发围观，就忙不迭地跑来收拾残局。

隔着玻璃窗，她将脸贴上去，就看见陆亦修和陈应月在里头吵，陆亦修不知道说了什么，气得陈应月直接跑了。对陆亦修的如此行为，她恨铁不成钢地叹了口气。

与此同时，她听到身后也有人在叹气。

一回头，是墨镜口罩全副武装的周纤。

周纤掩着嘴，偷笑个不停：“悦姐，前两天陆亦修跟我撂下了一句话。”

“什么话？”

“他说他要跟陈应月拼个鱼死网破。”

田悦听完没忍住，大笑起来。

望着陆亦修落寞的背影，周纤一脸遗憾：“我看他现在这样子，怕是得一个人跳死在渔网里了。”

“有道理。”

两人对视一眼，不约而同地点了点头。

人生，可真是不是冤家不聚头。

前脚陆亦修刚跟陈应月因为吴新伟的事吵完，后脚，新一集刚开机，他就在摄影棚里跟吴新伟撞个正着。

吴新伟显然不知道陈应月和陆亦修曾经的那些事儿，还毕恭毕敬地跟陆亦修点了个头，又转头回到拍摄上。吴新伟乐观开朗，对每个人都很和气，不分职位，连向来待人刻薄的女道具师，都对他青睐有加。

陆亦修想着，如果他跟吴新伟之间没隔个陈应月，他或许也会对吴新伟另眼相看。毕竟他对待工作上的认真专注是有目共睹的。

助理递来剧本，翻到了本场的一页。

科班出身，让陆亦修对剧本的掌握能力比同年龄段的演员，更胜一筹。昨晚熟读过剧本，今天就基本能背下了。

开拍在即，他草草背了一遍。导演已喊麦，要求各组准备。这时候，陆亦修发现戏服不见了。

一回头，他才发现抱着戏服的助理，正在一处人迹罕至的棚子里，跟吴新伟聊着天。两人时不时还打打闹闹，模样十分热络。

陆亦修摆了摆手，助理明白意思，不敢耽误，立刻跑来。

助理是个刚毕业的学生，虽然年纪很轻，但工作能力不差，和陆亦修已合作过两部戏。平时拍戏两人也免不了工作上的合作，也算有点交情。

戏服很沉，助理帮忙搭手的间隙，陆亦修有一搭没一搭地和她说着话。

陆亦修说：“吴新伟这人，怎么样？”

助理回：“还行。”

“你……”陆亦修嘴角微扬，“你是不是对他有点意思。”

助理动作一顿，忽然大笑出声："怎么可能！"

"我看你和他挺配的。"

"得得得，那还是算了。"助理满眼嫌弃，"您是不是年纪上去了，开始学人家乱点鸳鸯谱了，我跟他就算了吧。"

敢情是看走了眼？陆亦修有点纳闷儿。

他追问："怎么就不行了？"

"他又不是什么好人。"

"不是好人？"陆亦修不解。

"是啊。"助理环顾了一圈，确认吴新伟不在，才幽幽地开口，"我和他是高中同学，他高中那会儿，就搞大过女生的肚子。好在他家境不差，父母花了大价钱摆平了这事儿。"

陆亦修眼眸一眯，神色危险，但嘴上却不动声色："不能以过去评判一个人的好坏。"

"那我可要告诉您，他现在也不是什么好人。"助理压低了声音，附在他耳边，"剧组里人人都知道，他善良执着，因为跟陈编剧对上了眼，不管俩人年龄跨度三岁，不管家里多反对，死活要把陈编剧追到手。可除了我，大概没人知道，他一边追着陈编剧，背地里还和交往了五年的前女友打得火热。"

"你怎么知道的？"

"他前女友是我的闺密。"助理急着证明自己，"刚才我跟他说话那会儿，还看见他跟我闺蜜回信息，语气腻歪得不行。谁能想到，他一边甜言蜜语哄前女友，一边还脚踏着陈编剧这条船呢。"

陆亦修握紧了拳头，紧抿着嘴，一句话不说。

助理显然还沉浸其中，没注意到陆亦修的小动作，连叹了好几口气："我其实挺心疼陈编剧的，她年纪也不小了，不应该被吴新伟这么耗着。更何况组里这么多人，人人都知道俩人的事儿，陈编剧也是进退两难。说实在的，我当年也是您和她《与你有关的两三事》的读者之一，看她受着这样的委屈，蒙在鼓里，还因为是自家闺密的事儿不能告诉她，我心里也很难过。"

助理还在絮絮地说着，陆亦修却忽然站了起来。

"你说，他保持着和你闺密的联系？"

“是。”

“好，我知道了。”

陆亦修心底已然酝酿出解决办法。

吴新伟既然敢这么做，那陆亦修和他，铁定是过不去的了。

“咔嚓——”

吴新伟又完成一张摄影作品，他似乎对这张照片尤为满意，还打开手机对准单反屏幕临时来了一张。他似乎是发给了谁，眼梢还带着细微的弧度，有掩饰不住的得意。

陆亦修用余光瞥见他的动作，觉得时机到了。

他立刻请导演以群演缺人的名义，让吴新伟放下所有电子设备，锁到柜里，到后台待命。

剧组是认他这张脸的，他一开口，管理员二话不说，就把吴新伟柜子的钥匙给了他。

不到半分钟的工夫，吴新伟的手机已然上锁，看来是平时早有防备。陆亦修本意是想取走他的手机，请人打开解锁密码，却不想刚拿到手机，屏幕就叮咚叮咚，响了好几声。

一连串的微信发了过来，来自一个孙心甜的账户。

吴新伟应该是把刚才手机摄影的照片发给了这个叫孙心甜的人，她很亲昵地叫吴新伟“老公”，还夸他的摄影水平简直跟他的床上水平有得一拼。

与他所料想的一样，吴新伟当真是脚踏两条船。他既然敢踏，陆亦修就敢让他付出代价。

微信消息有够辣眼睛，陆亦修嫌弃得想扔掉。

偏偏在这个时候，一条消息又转进来。

陆亦修还以为他眼花了，等真看见上头“陈应月”三个大字，他简直怒火中烧！

更让他生气的是，陈应月居然还回了一句：“这张图拍得不错。再接再厉，少拍点陆亦修，多拍点剧组工作人员更好。”

敢情他这傻姑娘还不知道，自己被人玩弄了，连一张图都是同时发给两个人的。

陆亦修真是气不打一处来。

陆亦修把吴新伟的手机扔回柜子，不顾导演在喊他开拍，头也不回地往第二片场去。

此时，陈应月正在陪女配角对戏，陆亦修的出现着实把她吓了一大跳。

烈日顶在头上，他的脸却阴沉得可怕。陈应月第一反应就是，自己哪儿得罪了他。

女配角也愣住了，以为陆亦修是来找自己的，“噌”地从躺椅上弹了起来，毕恭毕敬鞠了个躬：“陆前辈好！”

“我有话跟你说。”陆亦修冷着张脸。

女配角以为陆亦修是对她说的，紧张得声音都在发颤：“您找我……”

她话音未完，陆亦修已经拽起了坐在塑料板凳上的陈应月：“陈应月你给我过来！”

陈应月被他忽然扯了一下，没站稳，差点栽下来。

众目睽睽之下，她被他拉扯得老远，一跌一撞地到了道具棚的门口。

刚站定，陆亦修就语气不善：“陈应月，你到底想干吗！”

陈应月觉得他简直是恶人先告状，她好端端地待在那儿陪演员对戏，就被他当着大家的面，胡乱一顿扯，丢到了这儿。这明明是他陆亦修理亏，敢情还成了她的问题。

陈应月昂起头：“我倒是想问问你想干吗。”

他俩谁都不让谁，就那么僵持着。

道具棚门口向着太阳，陆亦修和陈应月一前一后地站着，陆亦修背着太阳，陈应月迎着日光。

暑期的太阳毒辣得很，光是晒着背，陆亦修就觉得火烫，更何况陈应月还迎着光，没一会儿，整张脸都晒红了。

他本来气得不行，现在看她这样子，又有点舍不得。他揽着她的肩膀，掉转了一个方向，替她挡着光。过了会儿，又不满意，变换个角度，跨前了一步，把她挡在自己高大的阴影里。

这下她终于晒不着太阳了。

“陆亦修你别动手动脚。”

他还想替她多挡点光，却被她拍开了手。陆亦修觉得她狗咬吕洞宾不识好人心，张口就开始顶她：“我对你动手动脚又怎么了，你怎么不问问自己是谁先动手动脚的。”

“难不成还是我了？”陈应月不服气。

“不是你还能是谁！”陆亦修气不打一处来，“你可别忘了，二十岁那年还是你自己主动的。”

他话音未落，陈应月就瞪大了眼，伸手去堵他的嘴巴。

“陆亦修你闭嘴！”

把陈应月惹毛了，陆亦修倒爽快了。

他清了清嗓子，问她：“你跟吴新伟很熟吗？”

“你什么意思？”

陆亦修有点分神，他还真不知道该怎么跟陈应月说。他太了解她，明白她自尊心很强，要真被她知道自己被吴新伟玩弄了，估计得难过伤心一阵子。

而他更怕的是，陈应月真对吴新伟有点意思。

“反正我不准你跟他有联系。”陆亦修说。

“呵。”陈应月嗤笑一声，“男未婚女未嫁，我和他怎么样，跟你有什么关系。”

“你以为他是什么好人。”

陈应月迈开一步就要走：“如果你拉我过来，就是为了跟我说这些，不好意思我没空听。”

“等等。”

陆亦修抓住了她的肩。

他顾不得她的自尊心了，与其让她蒙在鼓里，当个傻子，倒不如清醒点。至少她如果真有了伤口，他还能陪她一起愈合。

陆亦修顿了顿，声音微涩：“吴新伟脚踏两条船。”

“嗯？”

“除你以外，他还有别的暧昧对象。”

陈应月蹙眉，冒出一句：“你有证据吗？”

“要什么证据。他手机微信里的聊天记录，全都是证据。”

“那你有聊天记录吗？”

陆亦修冷笑一声，觉得她简直无理取闹。他的好心提醒，在她看来，根本没有信任的成分存在。

未等他反驳举证，陈应月已然开口：“我陈应月被人诬陷过，平生最见不得张口就来，随意往别人身上泼脏水。如果你是因为吴新伟能力不足，想赶走他，可以，我陈应月毫无异议。但如果你是为了自身偏见找借口想赶走他，那你就别怪我看不起你。”

她留给他一个漠然的背影。

陆亦修气愤地脱了外套，狠狠地甩在地上。

陈应月还未走远，陆亦修气得对着她的背影大吼——

“我就是贱，永远忍不住不管你！”

陆亦修向来喜欢跟陈应月对着干，可迄今为止，也从未做过任何对陈应月不利的事情。

沉下心来，陈应月隐隐开始有些怀疑。可转念一想，她又觉得吴新伟为人单纯善良不像是会脚踏两条船的人。更何况，虽然全组人都知道吴新伟在追她，可她只把他当普通朋友。

她嘴上说不相信陆亦修的话，但暗地里却开始提防。

清晨，陈应月在片场陪周纤对戏。没想到戏对到一半，导演临时把周纤叫走了，落了陈应月一个人在休息棚里。

吴新伟就是这时候过来的。他原本在给女配角拍照，见陈应月空了，立刻热络地凑了过来。

他指了指不远处的计划表，神秘兮兮地说：“我听女二号说，今天会有个特邀嘉宾过来助阵演出。”

“是啊。”陈应月把剧本合起来，“是男主角弟弟的角色。”

“跟陆亦修对戏？”

“嗯。”

“我天，知道是谁吗？”吴新伟瞪大了眼。

“导演没明说。”陈应月回忆了一下，“但根据我剧本的要求，应该会是一个十四岁左右的小演员。”

“有点担心。”

“怎么？”

吴新伟叹了口气：“陆影帝对对戏演员要求一向严格，我听女二号说，她因为台词背错，都被他骂哭过好几回了。小演员才初出茅庐，没接受过专业训练，但愿陆影帝别把他骂太惨。”

“女二号跟你关系不错嘛。”陈应月揶揄他，“她都没跟我说她被陆亦修骂哭过。”

“她也就是说漏嘴了而已。”吴新伟怕陈应月怀疑他的异性缘，赶紧转移话题，“话说回来，你剧本里这个男主角弟弟虽然是个配角，却是剧里比较出彩的一个人。”

“为什么这么说？”

“人物形象很丰满，从年少的天真懵懂，到懂事后从戎，虽然出场次数不多，但人设很精彩。”吴新伟点评道，“看剧本里的描述，总觉得是有原型的。”

抛开吴新伟是否有花边新闻不说，陈应月觉得，他倒确实是个优秀的阅读者。

她点了点头，想起记忆中那个可爱的男孩子，嘴角带笑：“确实是有原型的。”

陈应月话音未落，周纤已踩着高跟鞋过来了：“这原型给我的感觉挺熟悉的。”

“对，原型你可能认识。”陈应月回。

周纤与陈应月相视一笑，慢条斯理地说：“很像陆亦修的弟弟，陆亦鸣。”

吴新伟不明所以，皱着眉问：“应月，你认识陆亦修的弟弟？”

陈应月正要答，周纤却抢过他的话茬儿，跟陈应月说：“其实我们今天请来了一个特别的演出嘉宾，相信由他演出这个角色，你一定会很满意。”

“谁？”

周纤粲然一笑，低头看了眼表：“应该没两分钟就到了。”

陈应月在脑袋里数了一遍当红且演技较好的小演员，却也没能猜出来。就在这时，周纤忽然伸出手，指着陈应月背后，一脸的惊喜。

“陈班长快看，说曹操，曹操就到。”

陈应月一回头，一个男孩把她抱了个满怀。一低头，赫然是那张几年未见、仍然圆滚滚的小脸。

“亦……亦鸣？”

陆亦鸣的大眼睛骨碌碌地转了一圈，跟周纤眨了眨眼。确认过眼神之后，他深吸一口气，用在场所有人都能听到的音量，大叫一声——

“嫂子，好久不见！”

几乎整个片场都听见了这稚嫩的声音，不远处的陆亦修听见这个声音皱了皱眉。

他早就知道周纤跟导演鼎力推荐了陆亦鸣，他想着他暑假还没过，来剧组历练下也好，就顺口答应了。没想到这好小子，一开场就来了个重磅炸弹！

可不知道为什么，他倒觉得这小破孩挺聪明的呢。陆亦鸣杵在陈应月和吴新伟中间的模样真是太可爱了，尤其吴新伟那张无措的面孔，让他格外高兴。

制片助理也是一脸蒙。他好好跟陈应月作对，敢情这陆影帝的弟弟，还叫了陈应月嫂子。这关系，真让他丈二和尚摸不着头脑。

陈应月也被陆亦鸣这声嫂子吓得不轻。

她环顾四周，所有人的眼神都聚焦在她这儿，让她浑身发热。那些不知道陆亦鸣是陆亦修弟弟的倒还好，只是图个热闹。但那些个知道的，可是看她的眼色都变了，纳闷儿、震惊，还有鄙夷。

“亦鸣，不能乱叫。”陈应月轻轻拍拍陆亦鸣的背。

与此同时，陆亦修也赶了过来：“陆亦鸣，你在瞎喊瞎叫什么呢？”

陆亦鸣倒还是有点怕陆亦修，见他来了，躲在陈应月怀里，只露了个脸，挠着脑袋，咯咯地在那儿笑：“嫂子是月月姐高中时候的昵称，叫习惯了。”

他话一出，好多人都松了口气，尤其是制片助理。

陆亦修严厉又不失温柔地瞪他一眼：“一个男孩子躲在女人背后干什么，还不赶紧过来。”

陆亦鸣规规矩矩地从陈应月怀里拔出脑袋，压低声音说：“嫂子我先去我哥那儿一趟，待会儿再回来。”

“好。”陈应月知道他是小孩，不懂人情世故。刚才那场乌龙，她一点也不怪他。她揉揉他的脑袋，嘱咐他，“不过记得要懂事，你哥骂你也别跟他斗嘴，咱们有力气也没必要跟他斗。还有，在剧组不准再叫我嫂子啦。”

陆亦鸣给陈应月敬了个礼：“好的，嫂子。”

陈应月真有点无奈。

陆亦鸣这小孩聪明倒是聪明，可偏偏就是教不会。

陆亦修腿长，陆亦鸣还是个小毛孩。

陆亦修脚程快，陆亦鸣只得屁颠屁颠地跟在他后头，时不时还得用跑的。他一度跟不上，在后头喊：“哥，你等等我。”

陆亦修回头白他一眼：“你刚才闹事的时候，怎么不等等我。”

“嘿嘿……”陆亦鸣挠头憨笑，两条逗趣的眉毛挑得老高，“哥你这就不懂了吧，我这次是来外援的。”

“什么意思？”

陆亦鸣一脸的骄傲：“纤纤姐都跟我说过了，刚才站在嫂子旁边的那男人，是嫂子的新男友。”

“什么狗屁新男友！”陆亦修被气得不轻，赶紧纠正，“是她的追求者。”

“对对对，就是追求者。”

“陆亦鸣你这嘴上能不能把个门？”

陆亦鸣不好意思地笑笑：“我还听纤纤姐说，那男人对嫂子不好，还脚踏两条船了。”

“周纤也是个大嘴巴。”

“这我同意的。”

周纤在片场直打喷嚏。

陆亦鸣还在这边邀功：“哥，你看我刚才的表现不错吧。我这次过来，就是要把他赶走，让我嫂子重新变回我嫂子。”

“你小心思不少嘛。”

“那是必须的。”

“要是放在读书上，估计会更好。”

“哥嫂感情有问题，当然比读书更重要。老师都说了，做事要抓重点。”

陆亦修觉得这小子说话难得中听，他瞥他一眼：“好，那我拭目以待。”

陆亦修开始教陆亦鸣背台词，对戏。

或许是遗传因素所在，陆亦鸣学得特别快。陈应月也陪陆亦鸣对了两次戏，发现他进步神速，一点也不输拍过几部戏的童星。

开拍后的中场休息时间，陆亦修和陆亦鸣坐在监视器后头，回放刚才的拍摄视频。

彼时，陈应月正跟周纤在一旁，有说有笑地聊着什么。

夕阳的余晖是画面的背景，陈应月把短发扎了起来，发梢显得有些凌乱。橙黄色的温暖光线穿过她的碎发，仿佛形成了一个天然的光晕。闷热的节气里，她额头沁着薄汗，陆亦修恍惚想起了那个深秋，她蹲在他用树枝作笔、水迹当墨的简陋画作前，埋头认真欣赏的模样。

那是陆亦修头一回觉得，女孩子这种东西，居然可以那么美好。

鬼使神差地，陆亦修从监视器旁取过了自己的手机，对着陈应月“咔嚓”照了一张。

“哥，你偷拍嫂子！”被陆亦鸣发现了。

陆亦修把他的脑袋摁到监视器上：“别废话，看你的戏。”

“好吧。”

陆亦鸣安静后，陆亦修才打开微博，把这张照片上传到了一个微博账号，配文：“快三十岁的女孩子，跟我十八岁认识她时，真没什么两样。”

陆亦鸣看见了陆亦修上传照片的动作，无意间还瞄见了他的账号名称。陆亦鸣气得大叫：“啊喂！哥你居然有微博小号也不告诉我，让我互粉下！”

“闭嘴。”

吴新伟有晚上修图的习惯，陆亦修和陆亦鸣俩兄弟原准备去酒店餐厅，正巧碰上了在咖啡厅里工作的吴新伟。

见到陆亦修，吴新伟立刻热络地打了个照面。

不过他好像吃坏肚子了，匆匆应了一声，就冲进了厕所里。他跑得很急，桌上的笔记本电脑和单反都没顾上，孤零零地摆在桌上。

看见那台笔记本电脑，陆亦修灵机一动："陆亦鸣我记得你电脑玩得不错。"

陆亦鸣摇摇手："一般，也就得了全省计算机比赛一等奖。"

"有个事情想让你帮忙。"

"我没听错吧！"陆亦鸣震惊了，"哥，你居然跟我说帮忙！"

"会黑电脑吗？"

"小菜一碟。"

陆亦修摘下墨镜，露出一双眼，悄悄看了眼周围。见没人在场，他推了下陆亦鸣，把他送到那台笔记本电脑前："黑进那台电脑里，把他所有的资料都格式化。"

"啊？只需要格式化，不需要偷点什么资料吗。"

"他有什么资料好偷。"

"这跟电视里演的谍战片不一样啊。"陆亦鸣挠挠小脑袋，"你难不成是要删除他所有资料，让他交不了差，这样就能顺理成章地赶走他。"

"就你废话多。"陆亦修敲了他一下脑门，"赶紧干活！"

陆亦鸣给他竖大拇指："哥，妙招！"

很快，陆亦鸣破解了吴新伟电脑的密码，进了他的系统。结果界面刚呈现，陆亦鸣又有了新的发现："哥，你快过来，这人还登着微信呢！"

陆亦修刚凑过来，就看见了吴新伟和某个女人的暧昧聊天记录，甚至里面还带有情色成分。他赶紧捂住陆亦鸣的眼："小孩子别看这种东西！"

陆亦鸣扒开陆亦修的手，抬头跟他对视，愤愤不平："嫂子这追求者真不是个好东西。"

"讲话轻点儿声。"陆亦修瞪他一眼，"知道就好。"

“这可不行，我要把这些都截屏存好，让嫂子好好看看这渣男！”

“好好好，随你怎么办，但要加快速度。”

陆亦鸣跃跃欲试：“是时候让我表现了。”

啪啪啪——

陆亦鸣的手指极快地在键盘上跃动。

吴新伟捂着肚子出厕所的那一刻，陆亦鸣手头的所有的东西全部完工。末了，他还不忘合上电脑，抽出一张纸巾擦了擦电脑面上的痕迹，以防指纹遗留。做完这一整套动作，他悠然地走到陆亦修身边。

“都弄完了？”陆亦修问。

“全部完工。”陆亦鸣做个了个OK的手势，“我还给他写了个程序，他开机后只会以为是电脑故障丢失文件，不会知道有人进过他电脑。”

临走出咖啡厅的那一秒，陆亦修听见后头传来吴新伟的鬼哭狼嚎。

陆亦鸣说：“哥，你得谢谢我。”

“就因为删了台电脑资料？”

“不止。”陆亦鸣得意洋扬扬，“我可不只删了他资料，我还送了他一份大礼。”

陆亦修眼睛一眯：“什么大礼？”

陆亦鸣挑眉坏笑，那模样跟陆亦修有七分相似：“我把他和别人的聊天记录截屏后，用他的邮件账号发送到了《夜火》工作群，他现在应该还没发现，不过整个剧组的邮箱，估计现在得炸了。”

陆亦修急得直跺脚：“我让你留聊天记录，可没让你发出去！”

“啊？”

“陆亦鸣我可真想打死你。”

陆亦修走了，倒留下陆亦鸣一个人丈二和尚摸不着头脑。

他心想，把聊天记录传给所有人，大家都知道吴新伟不是好人，那样陈应月不就也知道了吗。再加上自己和纤纤姐的助攻，嫂子重回他哥身边，简直指日可待。

他真想不明白，他哥为什么这么气。

陈应月是半夜睡醒，查收邮箱才看见这封邮件的。

她对吴新伟没感情，但看见这封邮件上暧昧的聊天截图时，血液还是涌上了头，她既气愤又难堪。仔细一查看收件人，才知道截图打包发给了全剧组。她下意识地打开微信，想去问问Lily是否收到了邮件，但认真想想，又怕别人以为她太过在意才会特意去问询。

陈应月打开了床头灯，坐起来，抱着膝盖，蜷缩着。

她脑子里太乱，不想追究到底是谁发出了邮件，也懒得去追究吴新伟的责任。

长夜漫漫，情绪也变得敏感。

即将迈入三十岁，陈应月没少听人在剧组笑话自己，说她是剩女，嫁不出去。甚至吴新伟一度热情追求，都被解读为是看上了陈应月在圈内的人脉。周边朋友结婚的结婚，生子的生子，只有她囿于狭窄的圈子里，走不出去。她只想置身在自己的小小世界，什么都不去听，什么都不去看。可她知道，明日之后推开门，仍旧会接触到外界难听的评论与笑话。她也想变得独立刚强，活在自己的世界，可事实上，很多时候她都太在意别人的看法。

如她所料，第二天刚开机，就有几个群头在那儿指着她的背影窃窃私语。

“你们昨天收到邮件了没？”

“收到了，收到了。”

“你们说那吴摄影师心里怎么想的，怎么一边追陈编剧，还一边跟别人打得火热。”

“快别说吴摄影师了，这事儿发生后，连夜被召回公司了。”

“出大事儿喽。”

“感觉吴摄影师不是真喜欢陈编剧，兴许就是看中了陈编剧的人脉。”

“果然女人不能太能干，职场得意，情场失意。”

“不过话说回来，她都快三十岁了，哪还有人看得上她。”

“你可别说，陈编剧可是个手段高明的人，前段时间还使计撵走了林编剧。”

“林编剧人美心善，实在太可怜了。”

话题全都聚集在了陈应月身上，那些好的坏的，全都成了陈应月被消遣的一种谈资。她也知道自己不该理会，但不知道为什么，低头看着剧本的眼睛，还是有点儿酸。

不远处，陆亦修和周纤背对着陈应月，靠得很近。

陈应月忽然觉得，自己真是个十足的失败者。她该在乎的没抓住，不该在乎的，反要惹得她满身腥。

陆亦修离陈应月很近，俨然也听见了那几个群头的对话。

他嫌恶地瞥了一眼，转身找来制片助理，放下狠话："刚才摄影棚旁边的那三个群头，但凡我陆亦修的戏，就决不允许他们进组。如果圈内谁敢用他们，那就是跟我作对。"

"是，知道了。"

制片助理有点蒙，不知道大早上的那三个群头怎么招惹陆亦修了，让他这么大火气。不过他懒得猜测，毕竟吴新伟劈腿的新闻才是今日头条。

只可惜，吴新伟临阵逃了。

整个剧组的八卦火力都集中在了陈应月身上，有质疑的、有嘲笑的、有同情的，还有看热闹的。

两天后，《夜火》剧组在象山拍摄的戏份儿已全部杀青。

剧组所有工作人员分为前后两批离开，陆亦修和陈应月被分在了同一批。

这两天因为吴新伟的那件事，组里舆论颇多，陈应月的精神状态一直不太好。她拼了命地开始工作，每天都是最早到组的，也永远是最晚离开的。全剧组都能看见，陈应月眼下的那两团乌青越来越深，他们不知道实情，只以为陈应月是真喜欢上了吴新伟，被他劈腿，才难过成这样。

吴新伟这个名字，几乎成了全剧组的禁忌。

第十一章
初恋女友

经过这两天，陆亦鸣也知道错了，知道自己给陈应月惹了大事儿。今天返程回上海，他打定了主意跟陈应月坐一块儿，好好哄她开心。

剧组包了班机回去，影视基地在远郊，要回上海，首先得上高速到象山机场去坐飞机。陆亦鸣本是可以跟陆亦修、周纤等大腕主演坐保姆车去象山机场的，但为了能跟陈应月一起，他主动请缨，挤上了那辆旧的凯美瑞。

导演组给了优待，原本那辆凯美瑞是要挤五个人的。现在陆亦修的亲弟弟点名要坐，他硬是把其余几人都赶下去，就剩了陆亦鸣、陈应月和司机三人。

陈应月和陆亦鸣所坐的凯美瑞先一步出发，陆亦修和周纤的保姆车则在车队的最后。

凯美瑞有些年头了，门上的橡胶圈塑化了，窗关不紧，行驶在高速上，呼呼地往里头送着风，空调已经开到最大，但制冷效果依旧平平，车厢内像个蒸笼。

看陈应月满脖子都是汗，陆亦鸣悄悄凑了过去，拿手当扇，给她扇风。

车里风声很大，陈应月没说话，只是朝他笑笑，把他肉肉的手压下去，示意不用。他挪了挪身子，往陈应月那儿移了移：“嫂子，我看你最近挺不开心。”

“也没有啦。”

零散的风，把陈应月的头发吹得很乱。

陆亦鸣鼓起勇气，清了清嗓子：“嫂子我要跟你说件事，听完后，你要是生气，想拿我怎么样就怎么样。”

“你和陆亦修可真是俩兄弟。”陈应月扑哧一笑，“做错了事，认错的样子都一模一样。”

“我哥居然会认错！”

这回反倒是陆亦鸣惊讶了。

陈应月没回应，只是温和地笑。

陆亦鸣试探着问她：“嫂子，我猜你不开心都是因为吴新伟那事儿吧。如果是的话，我觉得我应该向你道歉。”

“什么意思？”陈应月略微皱了皱眉。

“是我黑进了他的电脑，把截图发出来的。”

怕陈应月误会，他赶忙三指对天，跟她发誓：“不过我没坏心思，我只是想借这机会，让你知道被骗了，他不是好人。没想到，居然把事情弄得这么糟糕。”

“傻小子。”

她想过很多种可能，却没想到居然是陆亦鸣做的。陆亦鸣生性单纯，这样的做事方式，倒也像他的作风。

陈应月揉揉他的脑袋，笑笑：“不算什么。”

“嫂子，那你能……”

陆亦鸣话音未落，陈应月就听见前头传来尖锐的刹车声——

车辆行驶在第一车道，前头的卡车开得极快，原准备超车，没想到成吨的货物没包装好，不到半秒的时间，货物集体倒在第一车道。卡车急忙刹车，在地面留下了一道深黑色的刹车痕。

陈应月所乘的凯美瑞就在第一车道，司机师傅赶忙打方向盘，却还是因为躲闪不及，直直地撞上了那堆货物。

“砰”的一声巨响——

危险来临前，陈应月吓傻了。

可她的第一反应，却是一把抓住陆亦鸣，把他护在怀里。

保姆车里，陆亦修也听见了那声巨响。

他心头隐隐不安，摘掉碍事的眼罩，询问司机："前面发生什么事情了？"

"还不清楚，看样子像是追尾。"司机回。

前方开始拥堵，保姆车车速也逐渐变慢。

陆亦修眼睛一眨不眨地盯着窗外，直到被对讲机里头传来的声音打断。

"我司车牌号为683的凯美瑞轿车，撞上了前方卡车滚落的货物，还不清楚是否有人员伤亡，请各位谨慎驾驶。"

闻声，陆亦修一下子就趴到了驾驶座跟前："是哪辆凯美瑞？"

他依稀记得，陈应月和陆亦鸣就是上了一辆旧凯美瑞。

"车牌号685……"司机回忆了一下，语气开始变得紧张，"好像就是您弟弟和陈编剧坐的那辆。"

保姆车逐渐接近事故发生地。

救援还没到场，现场一片狼藉。凯美瑞的车头撞上了铁皮货厢，整个车头都被挤扁了，车子碎片四散而飞，情况不容乐观。

司机啧啧感叹："这情况，怕是危险……"

陆亦修整张脸都没有表情，周纤见了急忙安慰："放心，凯美瑞安全性好，亦鸣和陈班长不会有事的。"

未等周纤说完，陆亦修一声喝止。

"停车。"

"啊？"

"我说停车！"

司机马上减速，停在了应急车道。

不等所有人反应，他已然推开车门，朝前方那辆撞烂的凯美瑞奔去。

保姆车内议论纷纷。

"毕竟是亲兄弟，感情深啊！"

"……"

然而，陆亦修杀了所有人个措手不及。

他奔到车前，拉开了后排车门。

所有人都看见，他从里头拉出了个女人，一个叫陈应月的女人。

之后，宛若失而复得的宝贝似的，他把吓得直哆嗦的陈应月牢牢搂在怀里。

凯美瑞里历经惊险一刻的陆亦鸣，还有保姆车里的一干人等，统统呆若木鸡。

脑袋被他摁进有温度的怀抱，抓乱的头发粘在吓出了汗的脖子里，从保护者切换到被保护者的身份，陈应月找到了心安的感觉。

高速公路上风大，呼呼地震动着耳膜。

陆亦修上下打量她好几遍，确定她没外伤后，仍旧紧张得眉头紧皱。陈应月撇着嘴，一双手像在抖筛子，还没从刚才那一阵惊吓中缓过神来。

她像个木头人，不像平常一样，有脾气会发火，今天他抱她她就躲进他怀里，他拉她她就往哪儿去。这样的感觉，陆亦修觉得并不好。

他抓住她不停抖的手："别怕，都过去了。"

埋首在他怀里，吮吸着那股安心的味道，不知怎么地，陈应月的鼻头酸酸的，最近以来所有的委屈苦恼都涌了上来，声音带着哭腔："我都快吓死了。"

"好了，好了。"

听到她说话，陆亦修的心安定了点，拍拍她的背："这不我来了嘛。"

周纤和组里一干人等坐在保姆车里，眼巴巴地看着陆亦修和陈应月拥抱的身影，期待着下一秒会不会有更劲爆的事情发生。

"我天……"

"陆影帝和陈编剧？"

"不会吧！"

"周纤她……"

保姆车里的话题就一直没断过。

拥抱完后，陆亦修似乎有做其他动作的趋势，周纤当机立断，爬上驾驶座前的空间，用力拍了司机几下："开车！"

"可陆影帝他还没回来。"

“我让你开车，听见没有！”

周纤瞪圆了眼，怒气冲冲，下了命令。

保姆车内再无一人敢说话，司机也不敢与她对立，只悄悄挂了档，加速往前开。

直到后头陆亦修和陈应月的身影变成一个小圆点，周纤才缓和下表情，偷偷笑了笑。

仗着陆亦修绯闻女友的名头，车里人都只会以为，她是因为被戴了绿帽子，恼羞成怒才要求开车。没人知道，她是故意抛下陆亦修，让他有和陈应月单独相处的机会。更何况现在陈应月吓了一大跳，正是最需要保护的时候，陆亦修这时候出马，还用担心不会马到功成吗。

周纤越想越觉得自己聪明绝顶，而且演技一流。刚才她装生气下命令，愣是没一个人敢说话，看来是气场到位了。她今年的金马奖最佳女演员跑不掉了。

对着反光镜里即将消失的两人，周纤悄悄眨了眨眼睛。

她心里念叨着：陆亦修，不用太感谢我。

惊魂未定的陈应月，俨然还没从刚才的那一幕中缓过来，整个人都是呆滞的。陆亦修见她眼神浑浑噩噩的，目光也不知道飘到了哪处，真像是魂魄离体了。他心疼地抱紧她，下意识地低头吻了吻她的额头。

一双柔软的唇忽然触到自己脑门上，陈应月愣了半秒，没什么反应。

周边大货车还在嘀嘀地鸣着号，催促着车辆往前。前头贴着《不归人》广告的面包车一闪而过，陈应月一下子醒过神来了。

她猛地推开了陆亦修，甚至还离了他一步。

时间太短，刚才他吻她的触感还没褪去，陈应月的脸噌地就红了。

陆亦鸣看热闹不嫌事大，坐在车里，撑着脑袋眼巴巴地看陆亦修和陈应月在那儿拥抱亲吻。大概是因为以前也见过，也不觉得稀奇，甚至还调侃起来：“哥，嫂子，你们亲完了没？”

“滚一边儿去。”陆亦修懒得理他。

陆亦鸣指了指左腿，开始卖惨：“哥，我左腿被前排座椅给卡住了，司机师傅跑去处理事故了，你能帮忙挪挪不？”

闻言，陈应月拔腿就跑：“我这就过来。”

“别去。”陆亦修拉住她的胳膊，“右边车多，你过去开车门不安全。”

陆亦鸣欲哭无泪：“那哥你倒是过来啊。”

“那么大条缝，你把鞋脱了不就行了。”陆亦修无所谓。

“这是我新买的限量版耶！”

“那你就继续卡着吧。”

“好……好吧。”

事故解决完，已经是傍晚了。

剧组派了专车，送陆亦修、陈应月、陆亦鸣回程。

陈应月坐在右后排，陆亦修为掩人耳目坐在左后排，剩个陆亦鸣在副驾驶座。车开到半路，陆亦鸣不消停，硬是说坐副驾没安全感，要坐后排。陈应月让他，他却偏不要，吵着闹着要跟陆亦修和陈应月挤一排。

后来，三人真挤一排去了。

陆亦修一个快一米九的男人，被挤在中间，气得不是滋味。但转念想想，又觉得他这傻弟弟也不傻，趁着这空当儿，他还能离陈应月近点，多揩点油。

好小子！

高速上疾驰近两小时，天也黑透了。

坐在陆亦修旁边，隔得这么近，陈应月有点不自在。她随手拿了手机，漫无目的地刷新 APP，突然有一条推送进来——《不归人》剧组遭严重车祸！

她一惊，难道白天被人偷拍了？手一抖就点了进去。

副标题是，陆亦修首次投资电视剧开拍，未料遭遇严重车祸，影帝亲临现场关心员工安危。

她随手刷了刷，新闻很短，都是些路透图。幸运的是，两人拥抱的那一幕没被拍下来，否则陈应月真没想好怎么应对，更何况两个人之间还横着个周纤。她知道陆亦修乘坐的那辆保姆车里有周纤，她心里有些担心，不知道那一幕有没有被周纤看到。

陈应月有仇必报，却不擅长以德报怨。

新闻下方是近万条的评论，陈应月手滑点到了末尾，看见了一个叫“芸生生”的ID留言：“女的背影好像陈编剧，听说俩人是高中同学，陆亦修和她还是《与你有关的两三事》的合著者，陆影帝亲自下场关怀，会不会是高中情愫？反正这个瓜我吃定了。编剧和影帝，有点期待。”

这条评论，让陈应月忍不住嘴角上扬。

黑暗中的亮光有点刺眼，同时照亮了陈应月嘴角的浅笑。

陆亦修下意识地别过脸来，陈应月闻见旁边的窸窣声，立刻锁上屏幕。

她收好手机，若无其事地闭了眼。深吸一口气，她想了想，那么垫底的位置，也没人评论点赞，应该是不会有曝光的问题的。可不知道为什么，心里竟然有一丝丝的遗憾。

眼睛长久地闭着，渐渐地，就有些发困了。脑袋垂在一边，陈应月就睡着了。

白天车祸的惊吓在梦里又一遍上演，她连睡梦中都是皱着眉的。恐怖的梦魇总是会带来更加可怕的记忆，父亲的那场事故，也被重新掀起，陈应月梦呓着——

“救救爸爸……救救爸爸……”“蝴蝶……走开……”

两人间仅隔着方寸，陆亦修哪能听不见她带着哭腔的呼喊。

睡着的陆亦鸣被陈应月惊恐的梦话吵醒了，扯着陆亦修的袖口，小声问：“嫂子怎么了？”

“继续睡你的，别吵。”

“哦。”

陆亦修对他做了个噤声的动作，又拿手托着他的脑袋，把他拨到另一边。

陆亦鸣打了个呵欠，又睡着了。

一辈子也就百来个春秋，陆亦修和陈应月已经相识这一辈子十分之一的春秋。

他了解她，知道她是个在外绝不露胆怯的人。然而在她的梦境里，他能听到她所有的害怕恐惧。

陆亦修调查过陈父的那件事，知道陈父的重伤对陈应月的打击有多大。他甚至看到材料说，陈应月十三岁前是个调皮捣蛋的娇娇女，不爱学习、当着老师的面撕书，还曾把隔壁班男孩的门牙打掉过。十六岁以后，他所认识的陈应月是被重新塑造过的。她胆小谨慎，拼命读书，做事稳重，懂得讨好别人以达成自己的目标。

他不知道她经历了多少苦难才变成后来那样，他唯一能感知到的，是心疼。

逼仄的车厢里，他小心地脱掉自己的外套，披在她单薄的肩上。她睡梦中的表情逐渐舒缓，他替她掖了掖外套，轻轻在她额上落下一吻。

陆亦修觉得自己有点儿贪心。

一天偷吻了她两回。

车子驶离高速，往市区赶去。

低下头，陆亦修发现陆亦鸣缺了一只鞋的脚，耷拉在了另一只脚的鞋面上。

之前的车祸，副驾驶座后的轨道把陆亦鸣的鞋卡住了，除非拆掉副驾驶座，才能取出鞋子。原本他们是打算取了鞋再走，可陆亦修毕竟是个国内知名的一线演员，没隔几分钟，事故发生地两侧就围满了人。

高速交警担心人群影响交通，不准陆亦修再逗留，一行三人就只能灰溜溜地走了。

现在瞧着陆亦鸣这情况，他倒有点心疼。脱下了自己的鞋子，套在了陆亦鸣脚上。

三人挤在后座，很狭窄，却也很温暖。

陆亦修恍惚想起，有年寒假，他偷吃陆亦鸣的巧克力，被陈应月嫌弃偷小孩东西，连追三里路，把巧克力抢了回来，还特别要求亲眼见证他还到陆亦鸣手里。

他还记得，当时陆亦鸣拿回失而复得的巧克力，兴奋地塞了一个在嘴里，巧克力味的口水流了一脸。

陈应月耐心地替他擦掉，没想到陆亦鸣那小娃娃昂起脑袋，一口就亲在了陈应月脸上。

他陆亦修还没亲够，就被这臭小子占了便宜。

陆亦修气得差点没抽死他！

没想下一秒，他语出惊人。

一句甜甜的“谢谢嫂子”，把陆亦修和陈应月的脸都给叫得通红。

陆亦修思来想去，总结下来——

陆亦鸣这小子从小就不是个善茬儿。

抵达象山市区，已经很晚。

因为车祸的缘故，陆亦修、陆亦鸣和陈应月回到酒店的时候，剧组大部队已经集体包机返回上海了。田悦出于对陆亦修身份的担心，还特意留了两个助理下来。

助理给他们仨都安排了酒店最好的湖景房，陈应月的身份是编剧，是剧组工作人员之一，照理说是不能以主演的经费来安排房间的。但助理却眨眨眼，热心地告诉她，这是白天给周纤候机休息用的房间，包了一整天，现在周纤走了，空着倒不如让陈应月来住。

以往捡便宜这种事儿，陈应月都会觉得幸运，但听助理这么一说，她内心忽然生出一股愧疚感。

她记得陆亦修应该是与周纤同乘的，真不知道陆亦修从房车跑下去拥抱她的时候，有没有被周纤看见。

她胆怯、害怕，觉得自己像个偷窃者，在掠夺别人的所有物。

从小贫瘠的生活，让陈应月很会看人眼色。或许正是因为左右摇摆的性格，成长以后，陈应月在爱情中也摇摇晃晃、磕磕绊绊。她试图改变，但深入脊髓的性格、习惯，让她处处掣肘。

隔天，三人返回上海。

象山机场占地面积较小，登机口也没几个。近年来国内影视业疯狂拓展，作为国内仅有的几个影视城，象山基地脱颖而出，剧组人流量极大。

机场狭小，人显得愈多。

陈应月进机场没多久，就看见了好几张曾经打过交道的熟面孔。许多二线三线的演员在这儿驻了地，每逢片子临时缺角，作为替补总得在这儿住上一阵。

有演员的地方，自然少不了记者。

为了防止陆亦修被人认出，引发骚动，助理特地安排了三人到VIP休息室里等候登机。

VIP休息室在二楼，是个悬空的平台。从平台眺望，机场内来来往往的面孔，都能瞧得一清二楚。

陆亦鸣被休息室里的蛋糕点心吸引，取了个盘子，高兴地开始一个个试吃去了。

陆亦修握着手机，似乎在跟人聊天，未被口罩遮住的眼梢浅浅上扬。过了会儿，他忽然站了起来，走了两步到休息室的落地窗前。一边看窗外，一边还时不时往手机上对照几眼，像是在找什么。

他这一系列动作，让陈应月觉得奇怪。

正巧回邮件累了，陈应月也就站了起来，她不想跟陆亦修有过多交流，就找了处离陆亦修远几步的窗，看看风景。

就在这时，不远处一个年轻女人进入了她的视野。

那人身材纤瘦、形体窈窕，走路都透露着性感，看着背影倒有点像周纤。

仔细想来，陈应月又觉得不可能，周纤昨日已经和大部队离开了象山，今天怎么可能出现在机场。她觉得一定是自己做贼心虚，想太多了。

年轻女人身后还跟了个男人，他西装革履，利落的黑发丝丝分明地往后梳，整个人显得干练成熟。

陈应月是个做编剧的，对细节很敏感，她虽然不精通时尚，但也注意到了，他那一身全都是阿玛尼的当季全球限定款。

俩人一前一后地走着，估计是吵架了。

男人尝试去牵女人的手，连着好几次都被狠狠甩开了。最后一次，男人忍无可忍，霸道地攥住她的胳膊，直接把她搂进怀里，在人头攒动的机场，当众拥吻了那个年轻女人！这回年轻女人倒是乖了，不反抗了。

陈应月躲在平台上，看着这两个人的互动，觉得甜得齁。自己不就休息一会儿，还平白无故吃了顿狗粮。

“哎……”她无奈地叹了口气。

俊男美女的画面委实好看，写进剧本里也不失为经典画面，可手机叮咚还提醒着她有邮件要处理。她抬头最后看了一眼，就打算不再围观。

然而，就是那最后一眼出了偏差。

年轻女人在男人的亲吻中，遮脸的黑帽直接掉落，一张素净妖冶的面孔暴露在空气里，

大概是因为太熟悉，即便隔得老远，陈应月也能一眼认出，那人竟然是周纤！

她难以置信地捂住嘴。

反应过来面前发生的一切，她下意识地往陆亦修那边看，结果一回头，陆亦修已经在她身后。

“看什么呢？”

陆亦修把脸靠近她，贴着窗，与她刚才的视线同向，开始往外看。

陈应月心想，这还得了！

依陆亦修这暴脾气，要是被他知道周纤劈腿，指不定闹出什么大事儿。几乎是下意识地，陈应月张开手捂住了陆亦修的脸。

陆亦修愣住了，她也手足无措。

“你你你……”她紧张到磕巴。

如她所愿，陆亦修的注意力一下子集中到她身上。

她的手还牢牢贴在他脸上，他抱着肩，饶有兴致地问她：“陈应月，你想干什么？”

“我……我的意思是你别离窗户那么近，待会儿被拍了就不好了。”她胡乱编了个借口。

“所以你这是在给我挡脸？”

“嗯。”

“手动马赛克？”

“对。”

陈应月紧张死了，哪还有闲工夫理他，一门心思用余光瞥底下拥吻那俩人，祈祷他们赶紧走远。她撑得了一分钟，撑不了一小时啊！

陆亦修哪能看不见陈应月的小动作，趁她出神的时候，偷望了底下一眼。看见机场内拥吻的两个人影，他忽然起了小心思，拉下陈应月捂他脸的手。

“小月亮。”

“嗯？”

“我觉得我有更好的挡脸技巧。”

“什么？”

“比如这样。”

说罢，陆亦修从左耳摘下固定口罩的那根皮筋，揭下边角，凑近陈应月，把皮筋套上了她的右耳。

一个口罩，一左一右系在两人耳朵上，辟出了一个小小天地。

无纺布的材质并不透气，带着体温的呼吸喷吐出来，双方唇齿狭小的距离中，温度一直在上升。

陆亦修说：“我觉得这方法不错。”

陈应月作势就要揭掉。

“待会儿。”他按住她的手，嘴角有奸计得逞的微笑，“这才是第一步，要想把脸全遮住，还有下一步……”

他的鼻尖越凑越近，直到与她的鼻尖紧贴。

陈应月有不祥的预感，条件反射似的要逃跑。可下一秒，陆亦修已然抓住了她逃跑的小手，牢牢地吻上她的嘴唇。

临吻上的那一刻，她听见他恶作剧般的坏笑：“把嘴唇紧紧贴着，把我的脸贴上你的，再把舌头放进你嘴里，就不会被人发现了。小月亮，你说对不对？”

陈应月气得直锤他。

可他死活不松口，陈应月反抗到最后，也就没力气反抗了。

大厅里一对情侣在拥吻，二楼平台上还有一对情侣吻得更深。

陆亦修抱着陈应月，悄无声息地换了个角度，他悄悄在亲吻中，把眼睛睁开，将视线转向楼下那两人。

周纤第一个注意到陆亦修，看见他和陈应月在拥吻，激动地拿手乱指，笑啊叫啊地让聂文泽快看。聂文泽捂住周纤的眼不准她看，自己反倒跟陆亦修敬了个礼，打了个照面。

陆亦修对他眨眨眼，回礼。

其实，陆亦修早看见了聂文泽和周纤俩人，也是眼睁睁看着他们走向陈应月那边的。他原本只是想试探陈应月，却没想到她反应那么大。

他知道，陈应月到现在还以为周纤是他女朋友。她担心周纤劈腿令他伤心，才故意变着花样不让他看见，不让他知道真相。这么多年过去，他还觉得陈应月真是像极了隔壁周爷爷家的那条阿拉斯加大狗，维护他的模样，真是可爱死了。

聂文泽在底下比了个手势，示意要上去找他。

陆亦修怕事情败露，讨不着陈应月的便宜，赶紧给他使眼色。

聂文泽会意点头，扯着心不甘情不愿的周纤，立马走了。

被陆亦修吻着的陈应月根本没察觉，等陆亦修肯消停了，终于放开她的时候，她用力舒了一口大气。

陈应月觉得陆亦修真可怜，头上顶了绿光都没被发现。

她越想越觉得，陆亦修简直太惨了。

陆亦鸣尝完点心刚回来，就看见他的哥哥和嫂子正抱一块儿。

他很奇怪，因为他哥的嘴唇特别红。他哥平时嘴唇薄得很，现在嘴唇反倒整个儿都涨红了。

他很纳闷儿："哥，你吃什么了吗？"

"怎么了？"

"都快成香肠嘴影帝了。"

陆亦鸣凑近他，拿手摸了摸他的嘴唇。这一摸还得了，他手上全都是红的，他一下子跳起来："呀！这该不会是血吧！"

一旁冷眼旁观的陈应月这才想起来，今早涂了点口红，估计刚才陆亦修亲她那会儿，全沾过去了。她赶忙拿了镜子照照自己，见自己嘴上不明显，嘲讽道："亦鸣啊，我跟你说，人啊，偷啃了不该啃的东西就会变成香肠嘴，就比如你哥这样的，典型就是嘴欠。"

陆亦修气得拿口罩抹嘴巴，不敢跟陈应月撒气，只能把火力对准陆亦鸣："你不说话没人把你当哑巴。"

陆亦鸣怯怯地低下头，扯了扯陆亦修的衣角，坐在他旁边。陆亦修在跟人聊天，啪啪地在屏幕上打字。陆亦鸣见他不理他，好奇地望过去。好巧不巧，就看见陆亦修在跟聂文泽聊天。

陆亦鸣激动地大叫："哇，聂哥从法国回来了吗？"

"轻点声。"

他抢过陆亦修的手机，在上头滑动："天哪，聂哥居然也在象山！"

"嗯。"

陆亦鸣下意识地问："聂哥和纤纤姐是男女朋友，那纤纤姐是不是没回上海，在他旁边呀？"

"陆亦鸣！"

陆亦修赶紧捂住他的嘴。

刚才演了一半的苦情戏，要是被陈应月知道，他可不得吃不了兜着走。

陆亦修觉得，陆亦鸣这小子不靠谱，真不靠谱！

《夜火》拍摄进入尾声，仅剩下一些内景需要在上海完成。

补镜头的那天，陈应月起了个大早，从剧组行程表上拿了周纤的酒店和房号，气冲冲地跑了过去。机场偶遇周纤和神秘男人接吻的画面久久不去，虽然她和陆亦修也亲热过了，也知道这是周纤和陆亦修两人的事儿，可她心里仍旧无法接受有人用脚踏两条船的方式伤害陆亦修。

陈应月只觉得气愤，她却未曾打心里想过，这完全偏袒的爱意，实则就是爱情的另一种诠释。

敲门声响起时，周纤正睡得迷迷糊糊。她披了件睡衣，揉着惺忪的睡眼，就去开门。门刚开一条缝，就被人大力地推开了，她以为是有人入侵，心一惊，睡意去了一半。等大门敞开见到是陈应月，才定下心来。

"陈班长，这么早找我？"她打了个呵欠，"怎么也不打个电话来，刚才那一下，我还以为有人来抢劫了。"

对她的玩笑话，陈应月一概不理，只冷着脸："你前天在哪儿？"

"前天？"

"对。"陈应月单刀直入，"那天和你一起在象山机场的那个男人是谁？"

"啊？"

周纤抓了抓头皮，她没想到陆亦修居然到现在也没跟陈应月解释她和聂文泽的关系。会不会聂文泽和陆亦修有什么地下交易是她不知道的，那她到底是该说还是不该说呢。

周纤的迟疑，在陈应月眼里全都成了做贼心虚。

她砰的一脚，踹上酒店的大门踹上了，抓住周纤的肩："要不是我那天急中生智把陆亦修给拦住，要是被他看见，指不定就要出大事。"

"陈班长，你很关心陆亦修嘛。"周纤嘴角的笑意一直没压下去。

"不要岔开话题。"陈应月沉浸在自己的世界里，她开始质问周纤，"陆亦修到底是哪点不好，你要这样对他。"

她刚说完，从室内就走出来一个身披浴袍的男人。

陈应月一眼认出他就是象山机场里拥吻周纤的西装男，她心想这倒好，居然给她捉奸个正着！

没想到那男人理直气壮，一把扯过周纤搂在怀里，理直气壮地说："既然有了我，当然不能跟陆亦修在一起。"

怒火在胸口燃烧，陈应月抓过一个花瓶，就要往两人身上摔。

聂文泽也不阻止，只抬眼看向陈应月，慢条斯理地问她："陆亦修难道没跟你解释过我和周纤的关系？"

"什么？"陈应月动作一顿，"陆亦修知道？"

聂文泽笑出了声，对周纤说："或许你该扛个摄像机，我们把陈应月捉奸的场面拍下来，陆亦修或许会更开心。果然，在陈应月心里找存在感这件事，陆亦修比我们都擅长。"

"什么意思？"陈应月蹙眉。

"或许我该好好介绍一下自己。"聂文泽伸出手，"嫂子好，我叫聂文泽，陆亦修的发小。"

"怎么回事？"

"周纤是我的女朋友，是我托陆亦修照顾她的。"

"这……"

看陈应月一脸蒙，周纤忍不住站出来。她接过陈应月手里悬着的花瓶，放到架子上，认真地说："陆亦修这人也真是的，居然到现在都不告诉你。"

"所以你跟陆亦修只是合约情侣？"

"是的，我早就知道你俩的事儿了。"周纤说，"从编剧换角，到陆亦修剧组生病，这些莫名其妙的巧合，你难道感觉不出来吗？这统统都是我为你们俩和好，故意策划的。”

陈应月这才明白，原来她先前对周纤的愧疚、心疼都是不必要的。她还以为自己和陆亦修那档子事儿，周纤是个受害者，没想到搞清楚后，自己才是蒙在鼓里的那个。

周纤恨铁不成钢地叹了口气：“只可惜，陆亦修那蠢蛋，演戏一流，哄女人却是最末流的。我那些心血啊，全给他白费了。”

聂文泽这时也站了出来：“嫂子，其实你仔细想想就知道，自打你被诬陷抄袭，他挺身而出的那一秒，就说明他一直放不下你了。”

陈应月埋下了头，那些关于陆亦修点点滴滴的记忆都涌了上来。

聂文泽中肯地说：“他不知道怎么处理跟你这段关系，只是因为他不清楚自己有多爱你。”

周纤与聂文泽对视一眼，附和道：“而我们旁观者，是最清楚的。”

未等周纤说完，陈应月已然推门离开。

望着陈应月离去的背影，周纤感慨颇深：“陆亦修这人脑子清醒，可偏碰上陈应月的时候，就跟个迷糊蛋似的。”

“是啊。”

“早点说清，也不至于这样。”

“不，你不懂他。”聂文泽低头亲了亲周纤的发，无奈地说，“陆亦修向来骄傲，他是不允许自身示弱，博取陈应月的同情的，可但凡陈应月示一点弱，他就绝对不会坐视不理，这就是我们的陆影帝。”

“所以呢？”

聂文泽挑了挑眉毛：“成败看此一役。”

陆亦修的手机没打通，陈应月四处寻找，逢人就问，这才在剧组的一间休息室里找到了他。

彼时，他正接受媒体采访，全程录像、四周无死角的摄像机，让陈应月不敢走近，只得将门打开了一条缝儿，悄悄观察着里头的一切。

有个记者提前做足了功课，事无巨细地把陆亦修问了个遍。

“《夜火》中有一场戏是男主被马蜂追逐，跳下悬崖。官宣说，这场戏堪称《夜火》最惊险的一场戏，每一幕都是真枪实弹地上演的，没用替身，连蜂群都是真的。听闻陆影帝极为厌恶昆虫，是如何抵制住反感，最后完成拍摄的呢？”

“你可能误解了。”陆亦修微笑，拿手轻轻在桌面上点了点，“我不厌恶昆虫，只是讨厌蝴蝶罢了。”

“抱歉，是我信息错误了。”

有人跟上，继续提问：“圈里有传言说，有一次粉丝见面会，因工作人员失误错将白色蝴蝶放上广告牌，您当天出场后，严格要求所有广告牌必须撤下，导致这件事后来被粉丝笑称‘首场黑屏见面会’，这是确有其事吗？”

“是的。”

记者激动地将话筒凑过去：“方便说一下您这么厌恶蝴蝶的原因是什么吗？”

陆亦修从未在公开场合谈论过厌恶蝴蝶的原因，甚至以往每次提及蝴蝶二字，都会被他冷声喝止。今天，他格外开恩，主动提及此事，记者也尤其期待。

陆亦修摘下遮目的墨镜，折起来，放到桌上：“我的初恋女友害怕蝴蝶。”

“初恋女友？！”

全场哗然。

有记性好的记者举起了手：“是两年前在机场提及，南城二中一起就读的那位吗？”

“没错。”

“看来陆影帝是个重情的人。”

“不是重情。”陆亦修笑着摇头，“只是因为，她是个没法忘掉的人罢了。”

“能具体说说吗？”

想起那段往事，陆亦修有些出神：“十多年前，我用她最害怕的蝴蝶吓她，我的恶作剧导致她的额上留下了一条八厘米的疤。我都干出这事儿了，哪还能过得去？”

与陆亦修相关的，统统都是话题热点。咔嚓咔嚓的拍摄声就没停过，记者啪啪地在电脑上记录下来，只等待会儿跟同行比比，谁先拿下头版头条。

向来嘴巴严实、感情成迷的陆影帝，难得提及初恋，底下记者的提问，就再也没断过。

“请问，您现在跟她还有联系吗？”

“请问，她结婚生子了吗？”

“请问，您现在对她是否还念念不忘？”

“……”

在众人的提问声中，陆亦修并未着急回答。他只是不动声色地别过脸，望向左侧开着条缝的休息室大门。有张他不能忘记的脸孔，正躲在门后。

他说：“她是我想负责一生的女孩子，我们甚至约定过大二那年结婚的。只可惜到后来，她不再想让我负责她的一辈子了。”

门后的阴影很黑，陈应月躲在后头，谁都瞧不见。

陈应月把陆亦修说的所有话都听了进去，但不知为什么，他的话好像有温度似的，烫得她整个眼眶都红了。

“啪嗒——”

有泪花滴到了手背上。

她甚至一度想冲进去，拿拳捶他。

谁说她不愿意的？

是夜，两年未去的湖景别墅前，陈应月再次按下了密码锁。

锁开了，1112，还是她的生日。

陈应月生在南城的小镇，镇子四面环水，她家就住在河边一隅。她从小习水性，也最喜欢水。当初，陆亦修说要在上海置业，选了好几处地方都没看中，最终选定这里，可不就是因为屋前有大片的水面，是陈应月喜欢的。

打开门，屋里没人，陈应月熟练地摸了左手边的开关，点亮了一世界的清明。

微信传来消息，陆亦修说还有十多分钟才能到，陈应月就在客厅沙发上随意坐了下来。

茶几上的一本蓝色封皮的册子，有点眼熟，引起了陈应月的注意。她俯下身，把册子拿过来，才看清上头的几个大字——同学录。

同学录是有锁扣的，顺序明显被人重新编排过了，打开的第一页就是陈应月的。

陈应月认得这是自己的字迹，甚至约莫还能想出，当年陆亦修缠着她签同学录时，她明明害羞紧张得要死，却还要假装不耐烦，在上头乱写。

只有她知道，她每笔都是认真思考过的。

年少时她虽不懂爱情，可关于陆亦修的每件事，她假装漫不经心，却字字走心。

后面是其他同学的留言，有蒋磊、蔺妮、吴帆……还有很多人的。

每翻开一张，陈应月眼前都能浮现出他们的面容，好像那段青葱时光离自己并不远。

最后一页，是陆亦修个人的主页。

通篇的字迹，都潦草笨拙。

陈应月忍不住嘴角上扬，大概这世上也就她知道，陆亦修曾经的字迹有多丑。后来是经纪公司特意请书法大师教他练字，才把他的签名训练成现在这般精致好看。

她读着陆亦修的每一项个人信息，直到看见爱好那一栏。

爱好那栏留了一行横线，原本填的是绘画，却不知道主人历经了怎样的纠结，硬生生地把绘画那两字划掉，修正成了“陈应月”三个字。

再往下看。

未来理想是什么？答：陈应月。

未来想去哪儿旅游？答：陈应月心里。

未来想从事的工作是什么？答：陈应月的老公。

所有关于陈应月的，都写进了他的人生规划里。

幼稚的字体，一度引人发笑，但看到最后，陈应月只剩感动。眼眶在发热，陈应月心想，自己的眼睛今天一定是生病了，所以才会老是发烧。

正想翻往下一页，同学录却被一双突如其来的手给抢了过去。

陆亦修脱下风衣扔向沙发，把同学录叠齐收好，语气遮遮掩掩的：

“童言无忌的东西，有什么好看的。”

陈应月跟他伸手：“既然不好看，那就借我带回家好好回味吧。”

“还回味？这就算了吧。”

里头写了什么，陆亦修清楚得很，他虽然平时在陈应月面前没脸没皮惯了，但毕竟是年轻时候的事儿解释起来会害臊。这一想，他赶紧把同学录收好了。

趁他藏同学录，陈应月就单刀直入了。

“问你个事儿？”

“什么？”

“聂文泽认识吗？”

陆亦修拉开抽屉的手一顿：“认识。”

“他是谁？”

“周纤她男人，我发小。”

陈应月俯下身，拉开他的手，替他把抽屉关上：“所以说，你当初和周纤在一起，都是骗我的。”

“谁骗你了！”陆亦修一屁股往沙发上坐，开始耍赖，“你也没来问我啊。”

陆亦修一股脑儿地把责任往她身上推，陈应月心里觉得委屈。在陆亦修不知道的很多夜里，陈应月辗转反侧，都是因为背弃信任自己的周纤而带来的不安和愧疚，这些都是陆亦修不知道的。

陈应月嗓子有点哑，埋怨道：“要是你早点说清，我就不用……”

“不用什么？”陆亦修打断她，“你跟吴新伟不也打得火热吗？”

陆亦修还觉得委屈呢，凭什么她跟吴新伟搞得剧组人人皆知，他跟她在一起近十年，却被当作隐形人，谁都不能说。即便是基于她父亲曾经的事故，陆亦修仍然觉得站不住脚。当年，因为隐藏关系的缘故，他甚至一度以为她从未爱过他。

“陆亦修你欺人太甚！”

“好，是我陆亦修欺人太甚！”

他站起来，拎起沙发旁的风衣狠狠一甩：“那你陈应月怎么不扪心自问，我等你两年，拿这点事儿刺激刺激你又怎么了！”

昂贵的风衣，被他用力地摔在地上，扬起漫天灰尘。

被他这样一吼，陈应月满心的委屈就涌了上来。没人说话，客厅内死气沉沉的，静得能听见呼吸声。

两人不规律的心跳像是一场博弈，谁都不肯服输。

本就烫红的眼眶，热得快蒸出泪来。

陈应月到底是个好强的人，不准让陆亦修看见自己示弱的模样。拎起了手包，埋头就往外头赶。

一步。

两步。

三步。

陈应月数着数，故意走得很慢，却也没见陆亦修回头喊住她。

现在这情况，仿佛两年前那场离别的重现，唯一不同的是，上次她目送他远去。这一回，是她主动离去。

甘心吗？

陈应月问自己。

她分明知道，陆亦修是爱她的，甚至于这样的爱意笃定而坚韧，十年都未曾改变。而她，也一如他爱她一般坚定。可是，她也知道，他们都是性格顽固自我的人，谁都不愿被改变。回头是不是意味着重蹈覆辙，连她自己都不太清楚。

手指触上冰冷的铜制把手，脑里清明许多。

陈应月停顿半秒，终究明白自己的内心。

她不甘心。

她握上门把手，清了清嗓子，准备开口。

然而，未等她发出声音。

沙发上的陆亦修已然站起来，声音没了戾气，舒缓平和许多。他温柔地看向陈应月，说："小月亮。"

"嗯？"

"明天是蒋磊家小儿子满月，一起吗？"

他示好，陈应月哪有不回的道理。

她表面上装得不动声色，心底却在雀跃。她清了清嗓子，说了声"好"。

语音刚落，陆亦修的脸上也倏忽出现了笑意。

刚才那场吵架像是一场闹剧，没在两人身上留下什么，转眼就过去了。只不过陈应月到底是害羞，回了他那句好，又因为面子上过不去，打开门赶紧逃了。

陆亦修不再拦她。

既然明天还会见面，今天他也就不着急了。

第十二章
想要的只有你

满月宴，是孩子生而为人的首场宴席。蒋磊全家都很注重，整个会场布置得温暖而充满童趣。

下午刚结束拍摄，陆亦修接了陈应月就赶到了满月宴所在的半岛酒店。

因为是私人晚宴，邀请的人不多，仅有几桌而已。陆亦修打扮得很低调，加之先前在蒋磊结婚时已露过一次面，蒋家的亲戚都知道陆影帝是蒋磊兄弟，也就见怪不怪了。晚宴期间，虽一直有人来要签名合影，却也都是断断续续的，不至于影响满月宴的正常进行。

蒋磊抱着小儿子到处显摆，他老婆则抱着一岁多的小女儿跟在后头，一男一女，凑成一个好字。蒋磊夫妇都是陆亦修和陈应月的高中同学，他们的爱情之路比陆亦修和陈应月来得顺利很多，大学在一起，毕业之后就顺理成章地结了婚。

陆亦修刚进门，蒋磊一把就把他给逮住了："陆影帝抽空到访，真让我儿子这满月酒星光熠熠。"

"酒喝多了吧，净说醉话。"陆亦修锤了一下他的肩。

"哪敢。"蒋磊直摇头，"老婆在这儿呢，家教严。回头喝了酒，老婆孩子一个都不准碰。"

蒋磊的老婆白他一眼，转头看向陆亦修旁边。

陈应月换了发型，蒋磊老婆没一眼认出来，现在离得近，仔细看才发觉是陈应月："呀，陈班长也来啦！这都好几年不见了。"

"是啊，得有两三年了吧。"陈应月笑笑。

"不止。上次同学聚会蒋磊去了，我怀孕产检没去，仔细算算得有五年了。不过话说回来，陈班长还是老样子，清秀漂亮有气质，一点都没变。"

"哪有，年纪大了，这不，你们家第二代都登场了。"陈应月拿手逗了逗蒋磊家女儿。

"你跟陆亦修也抓紧呀。"蒋磊老婆对陈应月眨了眨眼。

这是头一回陈应月和陆亦修相伴出席同学宴会，也是头一回把关系暴露人前。蒋磊老婆这样开玩笑，陈应月脸上有点发烧。

陆亦修见她害羞红脸，特别维护地搂着她的肩膀，把她往怀里摁了摁。

蒋磊看热闹不嫌事儿大，凑过去拍拍陈应月："陈班长，你带请柬了吗？"

"啊？"陈应月有点蒙。

"我这儿是私人宴会，只邀请了我一些要好的兄弟，如果你是以女同学的身份过来的话，不好意思我这边暂不接受。"蒋磊故作神秘地顿了一下，"可如果你是以我兄弟陆亦修老婆的身份过来的话，我敞开大门，热烈欢迎！"

陈应月整个脸都烧红了，陆亦修宠溺地看着她，又移下墨镜，从镜框边角里露出眼睛来，瞪蒋磊。

"喂，别闹她了。"

"知道知道，兄弟是舍不得了。"

闹过笑过后，四人聊起了高中往事，乐不可支。

宴席已开场，关闭的大门被打开，有个男人姗姗来迟。

蒋磊一眼就捕捉到了他，指着不远处："忘了说，这次满月酒，还叫了我们高中一兄弟，吴帆。"

约莫是刚下班，吴帆还打着领带，牛津布的衬衫泛着褶子，手里还挽了件西装。看见陈应月在，他明显愣了一下，脚步停了半秒，才又走过来。

两年前聚会表白被拒绝还历历在目，吴帆碰上陈应月还真有点不自在。跟蒋磊夫妇打过招呼后，吴帆把目光挪到了陈应月这边。他跟陈应月伸出手："好久不见。"

陈应月微笑着平静地伸出手，没想到半路杀出个程咬金，陆亦修横空把吴帆的手给握住了。

"好久不见是真的，握手就不必了。"陆亦修说。

陈应月偷偷白他一眼，在心里暗骂他小心眼。

吴帆出现后，陆亦修明显有些警惕，搂着陈应月的肩，又把她往怀里按一点。吴帆看出了陆亦修的小动作，低头偷笑。

蒋磊夫妇见气氛不妙，趁着舞台上司仪开腔开启满月宴仪式时，借口要让陆亦修作代表发言把他给支走了，就剩陈应月和吴帆还站在那儿。

蒋磊在台上说着感谢词，语气端正大气，吴帆感叹道："大家真的都长大了。"

"是啊。"

"蒋磊可真是快，转眼小孩都两个了。"

"那你也抓紧点。"陈应月掩嘴在笑，"儿女双全倒不急，首先得有个老婆。"

"那你呢？"

"我？"

"嗯。"吴帆与她对视一笑，挑着眉问他，"还跟陆亦修在一块儿？"

兜着肩的披肩落了一半下来，长长地拖在地上，陈应月显然没注意到，但低头看她的吴帆却注意到了。他俯身就要替她拾起，然而手刚伸出去，已经有人替她把披肩拾起，掸了掸灰尘，重新盖在她肩头。

陆亦修半路杀出来，语气不善："不跟我在一起，难不成还跟你在一块儿？"

陈应月没回答，等同于默认。

吴帆不理会陆亦修的敌意，反倒语气淡淡地说："过段时间办同学聚会，到时候期待你们一起过来。"

"一定！"

陆亦修故意和陈应月十指紧扣，还举给吴帆看。

吴帆无奈，懒得再做陆亦修的假想敌。他从包里翻出准备好的红包，开始往礼仪台那边去。

可刚走了几步，他却生生回过头来：“对了，应月。”

“嗯？”

“叫这么亲热干吗！”陆亦修吼。

吴帆不理会陆亦修，只是浅笑着看向陈应月：“等你结婚的时候一定要记得发个朋友圈，无论我在哪儿，都一定会赶过来。”

陆亦修呛他：“你过来干什么？”

陈应月瞪他一眼：“陆亦修你给我闭嘴。”

吴帆说：“虽然我知道你俩不一定会邀请我，但我一定会厚着脸皮到场。我要亲眼看着我少年时代暗恋的女神，嫁给我们班那个恶人，被他缠着一辈子。别人不了解陆亦修，我倒是了解的，高中时代打架斗殴一件不落，哪里配得上应月。”

“吴帆，你再说一遍！”

陆亦修作势就要冲上去，陈应月见情势不妙，赶紧跟吴帆眨眨眼，示意他快点离开。

吴帆和陈应月对视一眼，对她做了个“OK”手势，溜了。

陆亦修差点气炸了：“你别走！”

“有种给老子滚回来！”

陈应月把他牢牢地抱住了，就像那年他因为高年级学长的一声口哨，连跑六层楼，把学长按在地上打时，她死死拦住他时一样。

她有时觉得陆亦修真是个傻子。

吴帆刚才的话虽然是在激他，却也是暗地里在祝福他们修成正果。可陆亦修到底是个爱情傻子，听见难听的话，就只会恼羞成怒。

吴帆没多待，接了个电话，就离开了。

陆亦修满身的气没地撒，一言不合和蒋磊那老哥们在酒桌上对干了起来，两人你一杯我一杯，喝到最后蒋磊没撑住先倒下了。陆亦修坐在那儿哈哈大笑，还指着蒋磊笑他“孬货”，陈应月担心他喝醉的样子影响形象，跟蒋磊老婆说了一声，扶着陆亦修离场了。

陆亦修一身酒气，电梯里空气不流通，没几秒钟，那酒味激得陈应月眼睛酸。偏偏陆亦修还不消停，把搭在陈应月肩上的手撤下来，背靠在电梯一侧，警惕地离她好远。

“你谁啊？”他眯着眼，脸上两坨红，有点怪异又有点好笑。

陈应月按下电梯按钮：“我你都认不出？”

“真认不出。”他憨笑着打了个酒嗝，“眼前太模糊了，要不我凑近看看？”

“随你。”

他扶着电梯栏杆往她那边走，离得够近的时候，他终于认了出来，拿食指去拨她的下巴：“原来是我的小月亮，我这眼睛可真模糊，连自己老婆都认不出，嘿嘿。”

“我看你真是喝醉了。”

“瞎说，我可清醒着呢！”喝醉的人最怕别人笑他醉，陆亦修也一样。

陈应月笑着白他一眼：“谁是你老婆？”

“你难道不承认！”被拒绝了，醉得迷糊的陆亦修一下子生起气来，用力推了她一把。陈应月觉得莫名其妙，瞪了他一眼。

“叮咚——”

电梯到了负一层，陆亦修靠在电梯壁上，手扶着栏杆，眼睛却是闭着的。陈应月还记恨着刚刚他推她那一下，一个人走出了电梯，回头看看他没有动作，在电梯门外叫：“喂，陆亦修，走了。”

他没回应，迷迷糊糊的。

她走了两步又折返回来，重新走进电梯，拍拍他的脸，他还是没反应。

陈应月无可奈何地从他口袋里取出口罩替他戴上，又把他的手搭上自己的肩，扶着他吃力地往外走。她一边走，一边在轻声骂他：“陆亦修，你这个不省心的臭家伙。”

转眼到车跟前，她把他扶上车，不小心把他的膝盖撞上车门，好大一声响之后，她又赶紧撩开他的裤管查看他的膝盖，着急紧张地问：“陆亦修疼不疼呀？好歹你也吱一声。”

女人总是这样口是心非。

陈应月好不容易把他安顿到副驾驶座上，低头准备给他系安全带的时候，他终于把眼睁开了一条缝儿。见陈应月离他很近，他非但不亲昵地凑过去，反倒还拍开了陈应月替他系安全带的手。

“陈应月你别碰我。”

安全带一下缩回去，陈应月有点火气：“大半夜你发什么疯？”

醉酒后的陆亦修反射弧变得很长，他似乎还沉浸在电梯里的对话中：“你说你不是我老婆。”

“我本来就不是。”

“哼。”陆亦修幽怨地道，“我看你就是因为刚才吴帆说我配不上你，你才有这样的想法了。”

他提到吴帆，陈应月这才想起，刚才吴帆刺激他的时候，确实说了句他配不上她的话。可明眼人都知道，陆亦修和陈应月，分明是陈应月配不上他啊。没想到他居然把吴帆的话听进了耳朵里，还这么在意。

感动之余，陈应月更多的是害羞。

她一股脑地替他把安全带系上：“真不知道你在乱说什么。”

迷糊中的陆亦修俨然没听到陈应月声音里的害羞，沉浸在自己固化的思维里，只觉得是陈应月否认他们关系的另一种方式。

陈应月轻轻把门关上的时候，陆亦修冷笑一声，他仿佛是在自问自答。

“原来你只当我是在胡说？

“陈应月你真的有感情吗？

“两年了，你把我的感情放哪儿去了？”

随着车门的关闭，陆亦修的话也被吞没在寂静的车厢里。

陈应月没听见，只看见他的嘴张张合合。当她打开驾驶座进去，想仔细听他说话的时候，他已经闭了眼，不再说话。

周五晚上的延安路高架堵得水泄不通，车流是静止的。高德地图上路线红到发黑，漫长且无尽的堵车时间，让陈应月觉得疲惫。

陆亦修斜靠在副驾驶座上，看不见表情，约莫睡着了。

连连打了几个呵欠之后，陈应月撑不住，打开了收音机，放点声音提提神。怕吵着陆亦修，她把音量调到了最低。

高架上收音不好，许多电台都听不清晰，陈应月最后锁定了一个情感节目。

陈应月以前听过这档节目，是个晚间档的情感电台，专门为男女们解决爱情中的困扰。主持人在线接通求助者的来电，利用电话直播的方式，为他们答疑解惑。凭借犀利的言辞，逻辑精准的分析，女主播的电台一度走红网络。

现在正求助的，是个丈夫出轨的女人。

她在电台那头哭诉，丈夫出轨他长相甜美的同事。因为她怀孕生子身材走样，丈夫从不曾把她带出家门，甚至在很多朋友面前承认小三才是他真正的妻子，叫她抬不起头来。

女主播同情她的遭遇，认真地劝她放开手，从头来过。可那妻子却奴性上身，完全不理女主播的话，甚至开始给丈夫说起好话来。

女主播气愤道："这样的男人不离婚你还打算留着过年？"

"为了孩子我也得忍着。"妻子含泪说。

"那你活着是为了孩子，还是为了自己？"

"我……"

"连承认你是他妻子都不敢的男人，就不配为人丈夫。"

妻子还在絮絮叨叨，节目给嘉宾的时间已经不够了，女主播断然打断，说："感谢这位女士的来电，下面让我们进一段音乐，等待下一位听众的到来。同时，如果您有任何情感问题，都可以打进热线进来，让小楚为您服务。"

女主播话音刚落，车流就开始松动了。陈应月转头关注路况，踩下油门开始往前行驶。

油门没多踩几下，车又被挤在中间动弹不得。与此同时，音乐声也在渐退的音效里终结，迎来了下一位听众。

女主播说："喂，你好。"

电话那头没人应。

女主播又说了一声，还是没人应。

陈应月以为是电话断线了，却看见身旁副驾驶座闪过一阵屏幕的亮光，陆亦修把手机接了起来。

他说："你好。"

寂静的车厢里，陆亦修话音刚落，同样音色的男声就从广播里传出来。

陈应月一惊，眼睛瞪得浑圆。她这才明白是陆亦修打通了情感热线，赶忙压低了声音吼他：“快挂掉！”

陆亦修完全不理会，沉下嗓子，闭着眼：“我有情感问题咨询。”

做主播这行，对声音有着特别的敏感度，听到陆亦修的声音，女主播顿了顿，开玩笑道：“咱们这位听众声音有点耳熟，怎么听着有点像陆影帝的声音，我是不是该找电话编辑问问，难不成今天是给我们听众的特别福利？”

“是吗？现实生活中很多人都说我声音像他。”他未否认声音的相似，又毫无破绽地打破了自己是陆影帝的可能性。

女主播没察觉破绽：“好，下面让我们来听听冒牌陆影帝的故事。”

高架上橙黄色的路灯打在陈应月脸上，映出她一脸的焦灼。

陆亦修睁开眼，用那双带着血丝的眼睛，与她对视：“今天我打这个电话过来，是想知道，她到底还在不在意我。”

陈应月顾不上他满眼的情绪，只担心他发酒疯惹事，压着嗓子问他：“你想干吗？”

陆亦修不回答，只是继续用那双深邃的眼眸看着她，伴随广播里低沉乐曲的响起，陆亦修再次合上眼，陷入回忆。

“我们曾在一起十年。她是我年少时的初恋，也是我至今为止最爱的那个人。可在一起这么多年，她却从未与我公开过关系，甚至许多关于我的事她避之不及，生怕跟我扯上关系。”

“你问过她原因吗？”女主播问。

“问过。”陆亦修深吸一口气，“她说是为我着想才不公开，可她真正考虑过我想要的是什么吗。”

驾驶座上的陈应月听着广播，试图让自己平静下来。

然而，自陆亦修说出刚才那番话起，陈应月握着方向盘的手一直在抖。

陆亦修捂着手机，沉默很久。

女主播及时救场：“能告诉听众朋友们，你想要的到底是什么吗？”

酝酿一整晚的火气终于彻底爆发，陆亦修睁开眼，用力将手机一甩，砸在车窗玻璃上，发出好大一声响。

陈应月不知如何回应，只能假装认真开车，企图逃避。

他却根本不给她机会，直接从副驾驶座上坐起来，看向陈应月："十年了，你看不明白我的心吗？"

女主播听到他遥远的声音，急忙在电台里头问："她现在是在你旁边吗？"

场面一片混乱，连临场经验丰富的女主播都慌了。

不顾女主播的问话，陆亦修质问开车的陈应月："名和利我都不在意，小月亮，这么多年兜兜转转，你难道不明白我想要的到底是什么吗？从踏上这条不能后退的路开始，我想要的只有你！"

"你冷静点。"陈应月脑子乱得很。

陆亦修却逼问她："今天我只想问你，到底想不想离开我？"

"关掉电话再说好吗？"

"当着全国听众的面，我发誓，今天如果你说要让我走，我陆亦修绝不会再骚扰你，绝不回头！"

听见他暴露自己的名字，陈应月吓得瞳孔都放大了，虽然手机丢隔得很远，但她还是觉得害怕，赶紧踩下刹车，去捂陆亦修的嘴。

她捂嘴的动作触痛了陆亦修脆弱的心脏，她不准他出声的害怕模样，在他看来无疑是拒绝。

在酒精的作用下，情绪越发地放大。他冷笑了好几声，解开安全带，推开了门就要走。

外头是离地百米的高架快速路，根本没有容纳行人的通道。车辆高速飞驰着，危险随时有可能发生。

陈应月什么都顾不得了，拉开了门就往外飞奔。

醉酒后的陆亦修一瘸一拐，但依然走得很快，陈应月赶不上他，跟在他的脚步后头大叫："陆亦修你给我回来！"

他没回头，只留给她一个背影，背对着她做了个暂停的手势。

呼啸而过的车辆摩擦着流动的风，鼓动着人的耳膜。陆亦修的声音穿透风声而来，他说："你别过来。"

"陆亦修你回来。"

他头也不回，陈应月继续追。

碍事的高跟鞋，在奔跑中断了一个跟，她索性直接把鞋脱了，赤脚往他那儿奔。沥青路面尖锐地扎着稚嫩的脚底，每一步都是扎心的疼。

终于，她追到他跟前，一把抱住了他的背。

“你站住。”她声音委屈。

他冷漠：“我说过不回头的。”

两年前的那一幕仿佛重演，陈应月这才知道，她有多害怕，他像陌生人一样对待自己。

她解释：“我刚才捂你嘴是因为你说了名字，担心你的名声。”

她又说：“之前吴帆在宴会里说你配不上我，我也没当一回事，你这么好的人，从来都是我配不上你。”

“还有，这么多年不愿意承认和你的关系，也不过是因为怕爸爸的事情暴露，让居心叵测的人以为我是故意接近你，更怕你质疑我的感情。”

她一股脑地跟他说着话，说着说着，眼泪没忍住掉了下来：“陆亦修，我到底爱不爱你，你自己不知道吗？”

他闻声一震，长久伫立的身子终于动了动。

刺目的路灯下，疾驰的车流中，他缓慢地回过身来，托起了陈应月的脸。看见她满脸的泪，他一下就心疼了。酒意一下子从脑袋上褪下去，他下意识地低头，去吻她的泪。

陈应月哭得声音都在抖，她埋怨地睁着眼，看着他：“你这疯子，我没有一秒是想离开你的。”

她说：“两年前你走后，我后悔了整整两年你知道吗？”

他吻她的嘴唇定住了：“真的吗？”

“那你收回那句话吗？”

“收。”

他心满意足地抱住她，把脸埋在她肩头，轻轻吻她的侧脸。

与此同时，他听见她坚定的声音在他耳旁响起——

“你知不知道，十年前的那次巧合，我的心跳得可不比你慢。后来在一起后我就想，我这辈子跟定陆亦修了。”

或许是因为两年的分离，让彼此明白了对方的重要性。陆亦修和陈应月和好，比以往任何时候都来得甜蜜，连看惯他俩腻歪的大灯泡田悦也看不下去了。

《夜火》剧组里，两人重合的身影无处不在。

历时四个月，戏快杀青了，天气也渐渐凉了下来。

拍摄日历里，还有几场夏天的室外戏份儿。陆亦修光着膀子，八块肌肉的模样固然好看，但这么大冷天的，还是流感季，让陆亦修这样拍摄，陈应月打心眼里有点舍不得。这一场拍了几次没过之后，陈应月坐不住了。

作为整部剧的主编剧，陈应月是有主导权的。她冲上去，各种举例说明这一幕美感度不够，坚决要求改稿。

导演听来倒觉得她的话有几分道理，留给她改稿的时间，补其他戏份儿去了。

中场休息时间，陆亦修刚下戏，就看见陈应月坐在休息棚，穿着单薄的开衫，埋头在剧本上写写画画，时不时还拿手挠后脑勺。

他走过去，握住她伸往头顶的手："快别挠了，都快秃了。"

她这才抬起脑袋，跟他笑笑："这一场结束了？"

"一次过。"

"厉害了啊。"

他拿手揉她的脑袋，看见厚厚的一沓剧本上，全是红色的纠正段落："还在改呢？"

"嗯，还差一点就结束了。"

他把手摁在剧本上，不让她继续："要不就别改了吧。"

"别。"陈应月拨开他的手，继续涂写，"都快改完了，给导演看过就能拍了。"

陆亦修还穿着短袖戏服，新来的助理很有眼色地递来一件羽绒服。

陆亦修自己没穿，反倒嫌陈应月穿得少，随手就披到她身上。

新来的助理投来赞许的神色，刚才陆影帝把演技差的女演员骂哭了，简直大快人心。现在回头，又这么暖心地给编剧披衣服。

转头离开的时候，她在心里感叹，怪不得陆影帝是个腕儿。

推崇演技，尊重艺术工作者的人，就该他火遍全国！

陆亦修自己搬了张塑料凳在陈应月旁边坐下：“我知道你为什么要改。”

“啊？”

“还不是心疼我冻着嘛，我是个男人，大冬天打个赤膊问题不大。”陆亦修撩开短袖，在她面前秀了秀肌肉。

可偏这时候，一股冷风吹过来，陆亦修很挫败地打了个喷嚏。

陈应月掩嘴偷笑。

她脱下身上的羽绒服，盖在他身上：“铜墙铁壁也禁不住风吹雨淋，我的陆影帝，快穿上吧。杀青放假，就等你一个人了，可别给我临时整事情。”

说完，她又低头拿起红笔。

陆亦修哪能那么容易放弃，撂开塑料椅子，直接把她扯了起来。

休息棚跟外头热闹的片场仅隔了一层单薄的塑料薄膜，随时都有人进来。

陈应月紧张：“你干吗？”

“你不准我冻着可以，那你也不行。”陆亦修把她搂在自己的怀里，张开羽绒服把他和她紧紧包裹在一起，“抱紧我一点，这样咱们就都不冷了。”

陈应月既好气又好笑：“陆亦修你还让不让我工作了。”

“不让。”

他幽怨地道：“小月亮，你今日份的初吻还没给我呢。”

“我……”陈应月无言以对。

想起今日份初吻这事儿，陈应月真觉得是自己挖坑给自己跳了。

那天早晨和陆亦修一起醒来，他跟她温存时，她嘲笑他堂堂一个影帝，还不是意外将初吻给了她。陆亦修不甘示弱，拿她初吻、初抱来反击她。

陈应月不甘示弱，扬言：“我每天都有初吻，每天都可以给不同的人。”

他的女人要跟别人暧昧，陆亦修一听这还得了，在床上狠狠把陈应月修理了一顿。

末了，等起床了，还不忘霸道发誓，说要取走她每日的初吻。

陈应月原本只觉得他是一句戏言，没想到自那天起，他倒如同每天上班打卡一样，一次不落地取走。

每每下床累得挪不动脚的时候，她就后悔莫及，懊悔当初死要面子活受罪。

听陆亦修现在要索要“今日份初吻”，陈应月还真有点慌。身上被他的羽绒服团团围住，明显是跑不掉的。她只好赶紧从桌上取过一沓剧本，横在两人面前。

陈应月讨饶：“回去十倍奉还好不好？”

“不行。”

中场休息时间截止，下场布景已准备就绪。好一会儿没见陆亦修人影，导演是个急性子，拿着大喇叭，扯着嗓子在喊陆亦修的名字。那层薄薄的塑料薄膜快盖不住休息室里头的事儿，陈应月急得直挠他的胳膊。

“陆亦修放过我好不好？”

她难得声音娇柔地讨饶，一下子激起了陆亦修的情绪。

他态度强硬：“现在就得要。”

话音刚落，他抽开面前的剧本就牢牢地吻住了她。

她的嘴唇四处逃窜，陆亦修就托着她的后脑勺，把她固定住。

他用舌尖描摹着她嘴唇的轮廓，再到每一颗牙齿。

最后，邀请她舌尖共舞。

眼见这场吻一发不可收拾，陈应月做贼心虚地抢走了陆亦修手里的剧本，挡在两人重叠的脑袋前。窄小的剧本遮不住两人的面容，反倒有点掩耳盗铃的意思。

制片助理撩开休息棚挡风塑料膜，大喊着“陆影帝”的时候，猝不及防地看到了这一幕。

向来高冷的影帝陆亦修，竟然与组里跟他最不对头的冤家、编剧陈应月裹在一件羽绒服里，而且剧本后头的他们……居然还在接吻！

什么鬼？难不成是自己午觉还没醒。他揉了好几次眼睛，生怕看错了。可事实告诉他，并不是。他看着两人，满眼的震惊。

与此同时，陆亦修终于停了下来。

看见制片助理在场，久经沙场的陆亦修倒没什么反应。可怜害羞的陈应月，从脸一直红到了耳根。

制片助理见到了不得了的事，直结巴："您、您和陈编剧……"

制片助理还在说话，陆亦修却只把他当透明人。脱下了羽绒服，捏着她的手腕，把她纤细的手塞进袖管里："我去拍戏了，你慢点儿改。"

和制片助理擦肩而过的时候，他瞥了他一眼，语气张扬："我亲我女人，有什么好看的。"

"您……您女人？"

"要不然呢？"

陆亦修得意扬扬地瞪他一眼："我有老婆，你有吗？"

制片助理愣在那儿，回味着"老婆"两个字。

他忽然想起两个月前，老熟人田悦嘱咐他的那句话："反正你随便针对谁，也不能针对陈应月。"

想到这里，制片助理用力拍了自己的脑袋好几下，悔不当初。

彼时，陈应月还坐在塑料板凳上改稿，四面透风的旧棚子不保暖，墙角的纸杯结出了一层薄冰。

制片助理想到刚才陈应月问他有没有安静点、可以改稿的地方，他随意差使她来了这儿，心里直喊罪过。他赶忙殷切地跑到她跟前："来来来，嫂子，我给您换个空调足的贵宾休息室。"

原先两人的关系仅仅是小圈子里公开的秘密，可自打被大嘴巴的制片助理撞破后，就再也藏不住了。

《夜火》顺利杀青后，不到一个月所有剪辑宣告完成。

得益于陆亦修的人气及号召力，很快就有国际知名影视公司买下《夜火》版权。开播发布会那天，全国知名媒体悉数到场，更有视频网站独家实况转播。《夜火》主创悉数出席，各家粉丝争抢地盘，发布会前台热闹非凡，发布会后台也是火力全开。

陆亦修作为中心人物，自然是所有人的关注点。然而，陆亦修的关注点，都在陈应月身上。

此刻，陆亦修已化完妆准备就绪，陈应月坐在梳妆台前，惴惴不安。

陆亦修看周边人不多，轻轻握住她的手："紧张吗？"

“嗯。”陈应月重重点了点头。

为在中场给予演员充分的换装准备时间，主办方特意准备了编剧现场答疑的环节。到时，作为主编剧的陈应月，将会独自一人掌控舞台，成为编剧兼主持。

当初主办方提出这想法时，陆亦修是严词拒绝的。

他的小月亮留在他身边写写稿，对对戏就好，哪需要在所有人面前抛头露面。他倒是不怕她能力不足，就怕有居心叵测的人偷瞄上她，他可得坐不住。虽然两人的关系已不像从前那般故意保密，但为了让陈应月过得舒坦，还是不会特意公开。

可这时，陈应月却勇敢地站了出来。

她说，陆亦修是演员也是明星，终有天关系曝光，她是需要适应灯光前的一切的。她不想做个幕后被人品头论足的女人，她想站在陆亦修身边，做配得上他的人。

陆亦修听后，很是感动。

在田悦的游说下，终于答应了陈应月的要求。

换上服装师精心准备的旗袍，陈应月从更衣室里走出来。

平时她衣着干练，鲜少穿修身衣裳。今天服装师特意给她配了件贴身的改良旗袍，衬得她形体窈窕，曲线玲珑，每一个角度都透露着性感。

后台人很多，她踩着高跟鞋四处观察，才在人最多的一处找到了陆亦修。

周纤本站在陆亦修身边同他说话，余光瞥见陈应月，眼前一亮。她瞪着一双大眼睛看向陈应月，脸上露着戏谑的笑意，掩着嘴，贴近陆亦修的耳根对他说：“陈班长来了。”

陆亦修回过头来，见着一身旗袍的陈应月，他眼里的惊喜和喜欢毫不掩饰。

周纤迈开一步，让开一些距离，留给陈应月和陆亦修。

贴身的旗袍把身体曲线描摹得淋漓尽致，习惯宽松闲适打扮的陈应月不适应。生疏的环境下，她还不熟悉，下意识地望向自己最信任的那个人：“陆亦修，我这样好看吗？”

他不正面回应问题，只挑着眉笑："我突然想起那年元旦晚会。"

"怎么了？"陈应月错愕。

"那时候，你头一回化妆，跟现在一样，硬是要问我好不好看。"

"是有这么一回事。"

"我嫌你化妆后跟女鬼一样，你还记得吗？"

"哪能不记得。"陈应月嘟嘴，"当时我还气了好一阵。"

"其实那时候我没说真话。"陆亦修拿手刮了刮她的鼻尖，"你头一回化妆，也是我头一回见你化妆，你不知道我那时候心跳得都快蹦出来了，满眼满心的都是你。不过……"

"不过什么？"

陆亦修上下打量她一遍："现在和以前还是有所不同的。"

"哪里不同。"

"穿了这旗袍，感觉小月亮真的长大了。"

他的目光停在她胸前某一处，陈应月噌地红了脸，瞪了他一眼："混蛋。"

陆亦修才好笑地牵起她的手："这样是不是不紧张了。"

"还行。"

陆亦修给她吃了颗定心丸："待会儿遇到任何问题，就叫我的名字。后台前台都听得见喇叭声，无论在哪儿，我都会出来给你站台。"

"好。"陈应月抬手跟他击掌，眼深万分笃定，"不过你也得相信我，我可以的。"

导演喊准备，众多主演依次上台。

陆亦修刚出现，现场就惊叫声一片，瞬间盖过所有主演风头。四面封闭的演播室里，只剩下"陆亦修、陆亦修"这三字，如海浪般循环往复。

陈应月躲在幕布后面，观望台上的一切。

演员介绍、预告片放映、粉丝互动等一系列发布会环节结束后，主持人随意抽取了几名在微博上留言最热门的问题，请主演解答。

第一个问题，是提问陆亦修的。

主持人问道："微博网友天才小朱提问：预告片中有一场是男女

主在雨夜分手，画面切到陆影帝眼神的时候，那一幕实在太让人痛心。想问陆影帝是怎么能演出这样的情感，让观众这么入戏的呢？”

陆亦修回答：“可能是因为有过类似的切身体会吧。”

观众席一阵哗然。

主持人追问：“切身体会？”

“是，我和我的初恋女友也曾在一个雨夜里分手。”

“最近好像经常听陆影帝提起初恋女友。”

“对，我很爱她。”陆亦修无意识地望了后台角落一眼，“跟她在那个雨夜分开之后，整整两年，我假装对她视若无睹，却总忍不住暗地里打听她的状况。我以前笃信微博上一句，‘你一定不准比我过得好’，可后来真当她遇上事、过得不好时，才发现自己根本坐不住。”

“那后来呢？”

陆亦修低头笑笑：“我只能说，年少时的喜欢，一喜欢，就是一辈子。”

周纤担心他说漏嘴，赶紧拿手戳了戳他。

陆亦修却十分淡定，还附了一句：“我的演技是其次，相信《夜火》的编剧也一定是有雨夜分手的经历，才会把剧情写得如此生动吧。”

他一席场面上的话，却让陈应月感动得眼眶红润。

她是个成年人了，早就不企盼童话里的爱情故事。因此，两年前那个雨夜分手后，她也笃定两人再无回转的余地。那两年里，她寄情于工作，埋头苦干，全都是为了尽快忘记这段十年的爱情。

可她没想到，竟然还能重遇他，重新在一起。甚至于，他还在公开场合坦诚了他们的感情。让她知道，在那两年里，他也过得不好，他也一直想起她。

她忽然觉得自己太自我，当初因为不知道如何处理父亲那段往事，选择了最决绝的方式，将陆亦修从生命中剥离。那件事，分明就是两人携手就能跨过去的呀。

手机嗡嗡振动了两下，她打开手机解锁画面。

看到陆亦修三分钟前发来的短信：“不要紧张，我一直在。”

是啊，他一直在。

十六岁那年，那颗篮球丢上她肩膀的那刻，也一并把陆亦修丢进了生命里。

微博推送过来《夜火》直播视频，陆亦修大爆初恋往事，引发全场高潮——

陈应月想起新接的那部《恋爱十年》剧本尚未有着落，随意发了一条微博 # 恋爱十年分手是什么样的体验 #，发送出去。

陆亦修下台的第一秒，趁旁人不注意，陈应月冲了过去将他抱了个满怀。

不等陆亦修反应，她就攀住了陆亦修的肩膀，踮起脚尖在他脸颊落下一吻。

她忘记今天化妆师给她的修身旗袍配了个大红唇，仅那一下，就在陆亦修的脸上落下了个鲜红的唇印子。怕被别人看见，她做贼心虚地立刻拿手腕去擦。

看出她要从自己身上爬下去，陆亦修眼疾手快地搂住了她细软的腰肢，让她不得不靠在自己怀里。

他的声音低低的，诱惑如斯："我的小月亮怎么突然这么热情？"

"我仔细想了想……"做完了事儿，陈应月倒有点不好意思，"爱就要表达出来。"

"那好。"他恶作剧地望了她一眼，作势就要吻上她的嘴唇。

导演在喊编剧准备，陈应月吓得赶紧捂住嘴唇。

这回陆亦修倒是停住了，拿鼻尖亲昵地蹭蹭她的鼻尖："马上上场了，补唇妆很费时。我先饶过你，晚上好好收拾你。"

陈应月屈于他的威慑，红着脸，说："好。"

两人正沉浸在亲密的谈笑中，俨然未能察觉后台某个角落里正有一双眼睛，一个偌大的单反相机"咔咔"地记录着他们的一举一动。

拿到私家侦探递来的照片，林艳琼兴奋地把照片往桌面上一甩。

与此同时，陆亦修和陈应月所有拥抱的、接吻的照片，都悉数展示在了面前。

私家侦探抬了抬墨镜："这是我一个月内跟拍陈编剧的所有照片。"

"干得好。"林艳琼点了根烟，深吸一口，"我原本只想让你拍些她在业内的把柄，没想到反而牵出这么大的事儿，妙妙妙，真是非常妙。”

“那林小姐，我的费用？”

“放心，我会给双倍。”林艳琼凑近私家侦探，把烟圈吐在他脸上，“另外，我再提点你个商机。把这些照片影印后，送到八卦杂志社。我保证，你会拿到比这次拍摄更多的钱。”

私家侦探一听有更多费用，墨镜后的眼睛都在放光，连连跟林艳琼道谢。

待私家侦探走后，林艳琼瞟了一眼桌上四散的照片。

她的目光里透露着凶狠：“陈应月，你不是想弄死我吗？现在有了这些照片，不止你，连同陆亦修我都会一个不落地统统碾死！”

下了发布会，陆亦修当真实现了他的诺言，把陈应月压在身下，收拾了一整晚。结束之后，陈应月只觉得骨架子都快散了。她累极了，没来得及洗澡，倒头就睡着了。

原以为工作结束，是个能一觉睡到自然醒的周末。没想到田悦凌晨三点多来的那个电话，直接把梦想终结了。

她睡得很深，以至于手机响了三回才听见。

来电显示是田悦，陈应月没当一回事儿，见陆亦修还沉沉睡着，躺在床上懒得动，随手就接了起来。

刚接通，田悦就语气急躁地吼了一声：“小月亮，出事了！”

田悦向来淡定从容，能让她这么紧张，陈应月知道必定是有大事。思及此，她瞌睡去了大半，担心吵醒陆亦修，她小心翼翼地翻开被子，下床之后走到阳台上，轻声合上阳台门。

“出什么事儿了？”

田悦说：“我刚从八卦杂志社那儿拿到消息，说是有个私家侦探拍到了你和陆亦修的亲密照，准备放上明天的娱乐头条。”

“私家侦探？”

“是。”

“所以，他是要钱，还是要名？”

“要钱。”

“那出钱摆平不就得了。”

陆亦修和陈应月在一起那么多年，没少被拍过，早就明白偷拍这事儿，要么是为了钱，要么就是为了借陆亦修博流量。博流量的不好对付，但要钱的，就好打发多了。

然而，田悦却给了她否定的回答："私家侦探要钱倒是好摆平，可他背后的林艳琼不好摆平。"

"林艳琼？"陈应月蹙眉。

"是啊。"田悦说，"是她授意私家侦探给八卦杂志的。我八卦杂志的内线告诉我，说是这回林艳琼既不要钱又不要名，就是一个劲地要把这事儿捅出去。即使私家侦探愿意收封口费，林艳琼也会亲自站出来爆料。到时，她会把消息发到多家杂志社。一旦杂志社多了，局势就无法被我掌控了。"

夜风吹进袖管里，像冰在扎着皮肤。

陈应月打断她："那你觉得呢？"

"看你们俩的想法吧。"田悦叹了口气，"以我职业经纪人的角度而言，艺人公布恋情，会造成粉丝的缩减，对艺人不利。但如果以朋友的角度来说，你俩都不小了，公开也不失为一件好事。"

陈应月沉声："你最多能拖延多久？"

"今晚八点前。"

"了解。"

第十三章
恋爱曝光

挂断电话后，陈应月翻来覆去都没能再睡着。闭上眼，她眼前全都是这两种结果优劣的报告分析。她忽然觉着，从前一个劲儿地抵触和陆亦修公开，像条咸鱼一样任人宰割，任由事态发展也不失为一件好事。可偏偏现在能选择、也有立场选择的时候，心却乱了。

不到早晨五点，陆亦修就听见她窸窣的穿衣声，问她去哪儿。

她低头吻了他的脸颊，假装镇定说，出去买早饭。

然而，出门之后，她就立刻打电话给了林艳琼，约在华映楼下一家西餐厅见面。

林艳琼比陈应月后到，见到陈应月眼下因熬夜产生的眼圈时，她忍不住得意大笑："陈应月没想到吧，这回被我抓住把柄了。"

"你想要什么？"陈应月单刀直入。

"你真聪明，我确实有想要的。"她入座，笑容诡谲，"我想要你和陆亦修身败名裂。"

陈应月冷笑一声："你以为，就凭你这一招，能让我和他身败名裂？"

林艳琼却不答，反而将手按在桌上，探过半个身子，眼神凌厉地望向陈应月："你知道为什么我愿意过来吗？我就想用你当初害我的方式，让你知道，得罪了我林艳琼你绝别想好过。"

"不见得。"

陈应月从容地切下一块白面包，送进口中："陆亦修背靠聚立集团，势力有多大你也是知道的，碾死你就跟碾死蚂蚁一样简单。听说现在还有小成本的电影找你编剧，还算能苟延残喘。以后，要是得罪了陆亦修团队，恐怕你最后那口气也要断了。"

"陈应月！"

林艳琼倒还是有三分清醒的，陈应月的分析不无道理，她听完真有点害怕。

陈应月知道，对于林艳琼这种敌人，恐吓足矣。她拎起手包，粲然一笑，说了声"告辞"就要转身离开。

待她刚走出卡座一步，就听见身后的林艳琼爆了句粗口，说："都怪陈娜那个狗东西！"

陈应月脚步一顿。

当初诬陷抄袭事件，陈娜和林艳琼分明是在一个阵营的，照林艳琼现在这语气怎么像恨极了她。陈应月百思不得其解。

她折返回去，问她："什么意思？"

林艳琼讥笑："要不是她临时骗我说《与你有关的两三事》比我准备的原定剧本调色盘更容易坐实你抄袭罪名，我才不会把预定发布出去的新闻换了。"

"所以说，当初你想用来栽赃我的是另一个剧本。"

沉浸在愤怒里的林艳琼，显然没发现陈应月在套她的话："没错！要不是陈娜当初一个劲地跟我说《与你有关的两三事》和你文风最相似，最容易坐实抄袭，我才不会让她改新闻。都怪我听信小人之言，我打死都没想到，你和陆亦修居然会是那本书的原作者，而且他愿意出来给你站台。要是当初用了我原定的剧本，现在被打压的人，就不会是我，而是你陈应月！"

"是陈娜提出用《与你有关的两三事》栽赃我？"

"要不然呢！"林艳琼狠狠砸了下桌面，"陈应月你是不是早就跟陈娜结成一个阵营了，故意用自己写的小说佐证，里应外合故意打压我？"

怎么会，陈娜明明不知道《与你有关的两三事》是陈应月和陆亦修合著的，又怎么会机缘巧合地，故意向林艳琼提出用那本书栽赃她。

真的只是巧合?

陈应月不相信。

前脚离开西餐厅，后脚陈应月以最快的速度敲开了陈娜家的门。

虽然已事先通过电话，但见到久违的陈应月，陈娜还是心虚地垂下了脑袋，让开一步，说：“陈姐，进来吧。”

陈娜取了杯子要给她倒茶，她却抬手制止了：“我过来就想了解一件事，问完我就走了。”

陈娜低头笑了笑，拨开她的手，顺着杯壁把水倒下去：“你想问的这件事长得很，一杯水怕是不够。”

“你知道我想问什么?”

“知道。”

坐到陈应月对面的沙发上，陈娜缓缓开口：“是想知道当初为什么我会用《与你有关的两三事》来栽赃你，对吗?”

“是的。”陈应月直截了当。

陈娜转头走向卧室，取了一个牛皮纸信封，递给陈应月。

陈应月疑惑地看了陈娜一眼，打开那信封。信封里头是一沓A4纸，令陈应月震惊的是，这些竟然全都是能够证明《与你有关的两三事》为陈应月和陆亦修合著的资料，甚至多张证明材料后面还附有陆亦修的亲笔签名。

陈娜说：“是他找到我的。”

“陆亦修?”

“对。”

陈娜回头给自己倒了杯水，浅酌一口：“当初林艳琼拉我进华映，我以为她是好意帮我，却没想到，她是打听到了我是你的前部下，想用我的抄袭黑历史来给你泼脏水。我陈娜虽然因抄袭被你劝退过，但也分得清是非黑白。我拒绝了她，没想到她一言不合，就直接把诬陷你抄袭的信息发了出去。我站在你办公室门口，准备敲门进去告诉你林艳琼准备诬陷你的事实，却没想……”

“没想到什么?”

“陆亦修给我打了电话。”

陈娜是陆亦修十年的铁杆粉丝了，说起打电话这事儿，心脏还是怦怦跳："起初我还以为是诈骗电话，心想这年头诈骗犯居然还能把声音模拟仿得这么像。没想到不到半个小时后，他就低调出现在了华映楼下。"

陈应月纳闷儿："他怎么联系到你的？"

陈娜一脸了然，掩嘴笑笑："他告诉我，他在杂志社有内线，所有关于你的大小消息都会第一时间通报到他那儿。他是从杂志社线人那里找到我的联络方式的。我起初还疑惑，他跟你有什么渊源，后来才听他解释说，原来你是他相恋十年的女友。我起初还觉得不可思议，可仔细想想咱俩同事那会儿你能拿到陆亦修那么多资源周边，也就有迹可循了。"

陈应月满心的感动，没想到陆亦修在暗地里帮了她这么多。

陈娜说："见面后，他给我看了《与你有关的两三事》的资料。他提议说，既然林艳琼打定主意要把抄袭的脏水往你身上泼，即使这回拦住了，下回依然还会有，倒不如用个计中计，彻底把林艳琼给毁了。"

"所以，你掉转风向把既定抄袭的剧本改成了《与你有关的两三事》？"

"没错。"陈娜重重地点头，"我本来就不想害你，既然能有这个方法力挽狂澜，那我何乐而不为。"

陈娜是整件事情的关键人物，要不是她当初临阵倒戈、改口抄袭，陈应月抄袭黑料怕是永远洗不清了。

陈应月越过茶几，真诚地握住陈娜的手："娜娜，真的谢谢你。"

"不客气，这是我应该做的。"陈娜抽出一只手，拍拍陈应月的手背，"我还得感谢陈姐，机缘巧合之下，让我见到了我粉了十多年的偶像。"

没想到被诬陷抄袭这事儿背后，竟掩藏着这么多不为人知的秘密，陆亦修自降身份暗中帮扶，全都是陈应月所未知的。此刻，陈应月心里的感动多于得知真相的震撼。

陈娜说："见过面之后，才知道陆影帝应该会是我一辈子的偶像。如果他不当演员了，去娱乐圈做个操盘手也挺好的。当初临时把舆论矛头转向你抄袭《与你》，又奇迹般的洗清，不仅炒热了《不归人》，也把你推到了公众面前。"

陈应月点头："我确实得感谢他。"

"对了，你和他现在还好吗？"

"挺好的。"

"准备公开吗？"

"看情况吧。"

陈应月不说，陈娜也不方便多问。

两人随口聊了几句，陈应月就告辞离开了。

送她出门的时候，陈娜忽然喊住她："陈姐。"

"怎么？"她回过头去。

陈娜的目光里有着笃定："虽然我是个局外人，但我能明显感觉到，陆影帝对你用情很深。"

"谢谢。"

陈应月走进电梯，老旧的居民公寓灯泡坏了好几盏，电梯内黑漆漆的。可即便背靠着冰冷的电梯墙面，面对的是周遭的漆黑一片，陈应月还是无惧的。

她有陆亦修，他是全世界于她而言最温暖的存在。

隆起的被窝里，藏了个娇小的人影。

傍晚六点，陆亦修下完通告回家，刚推开卧室门，就见陈应月整个人缩在床上，连脑袋都没舍得冒出来。

他以为她睡着了，脱了鞋抓在手里，赤着脚走过去。等他的手轻轻地将被子扯下来的时候，才看见陈应月睁着的双眼："不闷吗？"

"还行。"

"在想事情？"

"嗯。"

陈应月有心事的时候，就爱蒙着头，往被窝钻。这不算是个秘密，陆亦修也是知道的。

他替她把被子掖到肩下："白天去哪儿了？一睁眼人就不见了。"

"我找了林艳琼和陈娜。"陈应月一点都不瞒着。

"哦。"陆亦修稀松平常地站了起来，舒了一口气，"看来是都知道了啊。"

“嗯。”

陆亦修忽然扒了外套，身体一横，找准位置，直接躺倒床上。他挑着眉，饶有兴致地问她：“所以呢，你是打算肉偿，还是……”

原本陈应月还沉浸在恋情即将曝光的愁云惨雾中，偏偏陆亦修这一副邀功似的表情，把她逼得笑了出来。她用力拍了一下他的肩：“能不能正经点？”

“跟你，我哪儿正经过了。”

白天，田悦早把事情的原委跟陆亦修透了个底。陆亦修怕她担心，低头就往她脸上吧唧一口：“所以呢，你现在打算怎么办？”

脸上沾了他的口水，陈应月瞪他一眼，直接伸手搂住了他的脖子。趁他不注意，一个仰头，直接把脸上那点水迹往他脸上蹭。待一连串的动作完成，她才叹了一口气：“林艳琼打定主意搞我，我这边肯定是没辙的，倒是可怜了你，要背上我这口黑锅。”

陆亦修从容一笑。

片刻就从她的身上爬了下来，坐到床沿，拎着她那两根细软的胳膊，把她打横抱了起来。

他拿手掂了掂她的重量，笑道：“分量还行。”

“陆亦修！”

“你这口锅，我背得乐意。”

陈应月双手环着他的臂膀，动作之间无意触及的时候，陆亦修感觉到她的双手一片冰凉。他紧张地抽出一只手，捉住她的手，探了探温度：“怎么这么凉？”

陈应月自然地笑笑：“大事发生前照例的紧张。”

他脸上玩笑似的神情逐渐退却，继而冷静地沉声道：“是不是害怕曝光？”

“没有啦。”她嫌他大惊小怪。

“在我这儿不用装坚强，怕就尽管说。”陆亦修换了个姿势，把她抱在怀里，“如果你不想曝光，我会动用我所有的人脉把这件事压下去。”

“真的不用。”

陆亦修的话，陈应月很是受用。

她忽然觉得，他们两个人都长大了。

从前，碰上遭人暗算曝光这事，陆亦修总爱冷眼看事态发展，直到最后她冷了脸铁了心，他才愿意松口去解决曝光人。如今，阔别两年，两个人都成长了。她不再害怕恋情曝光，他也不再冷眼旁观。两人的对局博弈，依然不能决出输赢，但至少都学会了退让。

“真的不担心？”陆亦修担心她逞强，“解决一个林艳琼，对我而言不难。”

陈应月却说：“这回我们消极应战吧。”

“什么意思？”

“我的意思是，希望你的粉丝不要掉太快。”

她从他怀里跳下去，又赤脚跨上软床，屈下膝盖半跪在他跟前。陈应月娇娇地搂着他的脖颈儿，拿鼻尖抵着他的鼻尖：“陆亦修，你不怕，我就什么都不怕。”

晚间七点，距离田悦预计的恋爱新闻曝光时间仅剩下一小时。

别墅内，陆亦修有意的一番纠缠，让累坏的陈应月忍不住困意睡着了。

确认陈应月已然熟睡后，他小心翼翼地从床上下去，披了件法兰绒睡衣，拨通了田悦的电话。

“现在怎么样了？”陆亦修问。

可能是在赶路，田悦喘着粗气：“刚和一家杂志社聊完，准备往下一家去。到目前为止，三十八家收到消息的媒体，已有三十四家完成沟通接洽，剩下四家我会和助理兵分两路。预计在原定的八点爆料播出时间前，能够全部搞定……”

未等田悦说完，陆亦修打断了她。

“休息会儿吧。”

“什么？”田悦不解。

刚才那一句话他说得有点大声，他怕吵醒陈应月，回头瞄了一眼，确定陈应月还在睡梦中，他才掩住话筒，压低了声音对田悦说：“我的意思是，就这样吧。”

田悦纳闷儿：“不继续阻止事态发展了？”

“嗯。”

“你确定？”

“确定。”

“她同意了？”

“嗯。”

田悦一下从严肃的工作模式退出来，大笑出来：“恭喜贺喜陆影帝，守得云开见月明！”

“少揶揄我。”陆亦修嫌弃她。

“得得得。”田悦笑声不断，“我现在就给公司发个邮件，算是礼节性地报备一下。”

陆亦修听见电脑开机的声音，继而有键盘敲击声响起。

田悦拿肩夹着手机，问他：“下一步打算怎么办？”

“你觉得呢？”陆亦修反问。

“以我对你的了解，你绝不会坐以待毙。”

陆亦修低眉淡笑：“如果连自己的感情都要借由他人之手曝光，那我陆亦修未免太没有面子了。”

“也对。”

“田悦，安排那些媒体集体解禁。”

“你要做什么？”

“待会儿你就知道了。”

去掉睡袍，陆亦修翻身上床。

彼时，陈应月还熟睡着，她光裸着身子，白皙的皮肤在幽暗的灯下泛着光。

“小月亮。”他温柔地喊她的名字。

“嗯？”

陈应月从睡梦中迷迷糊糊将眼睁开一条缝儿：“困了，不准吵我。”

“是，长官。”

床头灯晃眼，陈应月向来是睡觉时不能见光的。

陆亦修担心她睡不好，轻轻按下开关。

待一切声音、光线全都在黑暗中隐没，他取过床头柜上的手机，划开屏幕，登录他的官方微博。

从搜索栏里输入陈应月的微博 ID，找到她最新发布的那条关于新剧《恋爱十年》的话题 # 恋爱十年分手是什么样的体验 #，陆亦修按下转发键。

可面对空白的转发留言栏时，他却犯了难。

总要说些什么吧。

这是我的初恋，我的女朋友？

他是头一回公布恋情，虽然圈内朋友公布恋情的模板不少，可总觉得都不适合他和陈应月。他来回打了好几行字，总觉得干瘪。

身旁，陈应月翻了好几趟身，有要醒来的趋势。

来不及了！

凭着微弱的手机灯光，他以惯常的语气打下一行字——

“抱歉，没分手，只是她这次闹脾气的时间稍微长了点儿。”

她翻了个身，面朝他。

陆亦修立刻眼疾手快地把手机扔回床头柜，腾出手来把她抱住。陈应月往他肩窝里蹭蹭，跟只小猫似的，声音软软的：“睡不着了。”

“那我抱着你继续睡会儿？”陆亦修拨开她眼前的碎发。

“到八点了吗？”

“嗯。”

惺忪地睁开眼，陈应月伸长脖子，抬眼望向卧室中央的时钟，指针恰好指向八点，不早不晚。她长舒一口气，与陆亦修对视一眼：“该开始的，也该开始了吧。”

他嘴角微勾，将她往怀里摁：“有我呢，没什么好担心的。”

陈应月不甘心，狡猾地从他怀里钻出来，摸到了枕头下的手机，划开解锁。

手机屏幕亮起的下一秒，陆亦修立刻抢过去，他生怕及时的推送，会让陈应月看出端倪。即便是明天醒来第一刻，她就会被漫天漫地的消息轰炸，但他还是私心希望她能安心过好这一夜。

虽然这一夜过后，很多事情都会改变。

他收走她的手机：“明天的事，明天再说吧。”

“好。”

陈应月知道无论明天发生什么，陆亦修绝不会做对她不利的选择。她相信他，无条件地信任。

睡过一阵后醒来，即便是闭着眼，陈应月脑里仍旧清明。

手机被霸道的男人没收了，她睡意不足，往他怀里钻：“刚才我做梦了。”

他吻她的头发：“噩梦？”

“不。”她说，“梦到自己重返十七岁了。”

“那我可能得提醒你，我俩都快三十了。”

“你能不说些扫兴的吗？”

“好好好。”他宠溺地低头看她，“都梦到些什么了？”

“梦到了好多人，蔺妮、蒋磊、吴帆好多好多人。”

“就这些？”

听见他醋意横飞的话，她忍不住笑出声：“当然，还有你。”

“这还差不多。”他抱怨道。

埋首在他怀里，陈应月的声音闷闷的：“虽然高中过去那么久了，可跟你的那些事儿，一闭眼，就跟还在眼前似的。”

他用力把她搂进怀里：“那可不是，你忘了谁也不能忘了我。”

“对了，我还梦见周纤了。”

“你梦见她做什么？”陆亦修撇了撇嘴，“她指不定现在跟聂文泽在哪儿潇洒呢。”

陈应月故意卖了个关子，抬头观察他的表情：“我梦见她在亲你。”

陆亦修差点一口血吐出来：“你可别误会，我跟她从来就没那种关系，我再不济也不会抢兄弟的女人。”

“我知道，也就是试探你罢了。”

“好你个陈应月！”

陆亦修作势去捏她的腰窝，陈应月吓得连忙逃窜。可他的长手长脚哪那么容易放过她，一把就把她揪了回来：“话说回来……”

“怎么？”

他拿手托腮，一本正经：“人说，日有所思夜有所梦，看来你很在意我和周纤的关系。”

“胡说！”陈应月伸手回击，“我一点儿都不在意。”

“好啊，小月亮你居然还嘴硬！”

窗外有薄雪落下来，撒在四季常青的树叶上，瞧着孤独萧条。

而室内，陆亦修和陈应月重叠的身影在微弱的灯光下拉长，温暖一片。

一觉睡醒，已到次日十点。

陆亦修一早就赶凌晨的通告去了，陈应月还迷糊地记得，他临走的那会儿给了自己一个吻。

都市青年醒来后惯常的动作，就是去摸自己的手机。陈应月向来有把手机揣枕头底下的习惯，可连翻两个枕头，也没找着，最后反倒是在床头柜下第一个抽屉里找到的。

她依稀记得，睡前分明是把手机扔枕头底下的。怎么一觉醒来，就到床头柜里去了呢。

昨夜她和陆亦修闹得过分，记忆已经不太清晰，她索性不再去管。

划了好几下屏幕，手机没什么反应。她以为是手机坏了，连按几下解锁键，才看见屏幕亮起，显示正在开机。

作为乙方编剧，陈应月早就习惯了甲方苛刻的二十四小时随时待命需要。工作七年，除非手机断电，否则绝不关机。

可昨夜刚充的电，今早怎么可能断电关机。

满心的疑惑中，手机彻底开启。

几乎是屏幕亮起那一秒，铺天盖地的未接来电涌进来，竟有百来条。

翻开通信记录，都是些陌生号码，唯独父亲和Lily两人是有备注的。

昨夜发生了什么不言而喻。

她知道和陆亦修的关系曝光是早晚的事，却没想到林艳琼那疯女人在她恐吓之后，居然还敢将事情曝光！陈应月对恋情曝光不反感，她只是后悔不是自己亲口说出，反倒是借了敌人的嘴巴。她不甘心。

然而，就在她气愤的下一秒，所有怀疑统统反转。

手机移动网络与互联网彻底连通，与此同时，微博客户端开始不断弹出信息。

陈应月的微博很冷门，粉丝不过千人，所以消息提醒一直是打开的。

弹窗条一直没停下去，手机也卡顿得厉害。

陈应月紧张地点开微博客户端，竟然发现了十几万条转发微博@她，而转发来源是那条恋爱十年的微博。

她那惨淡的黄V，一下子变为大红色。

陈应月知道微博的规矩，这意味着，她的主页阅读量已破千万。

她正准备点开那条转发破十几万的微博一探究竟，却被热搜上的一条信息所吸引。

#陆亦修承认与陈应月恋情#，后面还跟了个大红色的“爆”。

如果是林艳琼曝光他们恋情，怎么也不会用承认这个词。难不成是昨夜被曝光后，陆亦修在一大早的通告中承认了。

打开微博热搜第一条，陈应月随意刷了刷，第一页全都是推送来的热点新闻以及媒体人抽丝剥茧的恋爱时间轴，关于林艳琼曝光的消息根本不曾存在。

她没来得及细看，粗略地滑下去，忽然翻到一条来自陆亦修官方微博的消息。

她看见他转发了她那条恋爱十年的微博，转发内容是：“抱歉，没分手，只是她这次闹分手的时间长了点。”

微博发布时间是昨晚七点半，她依稀记得，那时候她正窝在他的怀里睡觉。

以陆亦修的心性，她几乎能猜到那时的场面。

她窝在他怀里呼呼睡着，他偷偷摸着手机，在黑暗里像个小贼在屏幕上来回戳动。他应该是想了很久、踌躇了很久，犹豫到后来，自己也不知道该写点什么，才随意地以平常语气附了一句话。

昨夜那隐约的亮光，她以为是外头的积雪反射过来的，却没想到原来是他啊。

陈应月没忍住，掩嘴笑了。

从前，她想过很多种和陆亦修恋情曝光的方式，被偷拍、被恶意曝光，甚至是被田悦说漏嘴，独独没想到的，是陆亦修亲口主动承认。

她曾经因父亲的事情，极度恐惧恋情的曝光。而现在，她和陆亦修坦诚地公布，决定携手走向未来之后，这一切都变得顺理成章。这种被对方亲口承认的甜美感觉，让陈应月觉得，从前的一切压抑折磨都变得不堪一击。

这世上哪有什么真的困难，两人能牵手走过去的都是不难的。

微博发来实时推送，陆亦修绯闻女友周纤第一时间发来祝福："绯闻女友成功卸任，恭喜陆影帝'成功登月'。"

紧跟着，田悦等一干圈内好友的祝福也纷至沓来。

陈应月满心都是暖的。

这辈子能遇上陆亦修，又能遇上这么多真挚的朋友，她何其幸运。

缩在被窝里，陈应月点开了陆亦修转发的那条微博。

她手心沁着汗，呼吸有些急促，目前为止，娱乐八卦媒体的画风都趋于中庸，没有对陈应月和陆亦修的恋情过多评判。陈应月不在意评判者的观感，她更在意的是那些陪伴了陆亦修十多年演艺圈生涯的粉丝们。她很怕他们接受不了她，甚至连带陆亦修都会受她的牵连。

可令她没想到的是，陆亦修官博评论区下，全都是一水儿的好评。

"《与你有关的两三事》书粉大成功，CP粉全场好评！"

"青梅竹马太浪漫啦！"

"像哥哥这样真性情的男孩子，找个圈外人简直绝配。"

"哥哥不小了，有人照顾他我们都很放心。"

虽然仍有些难看的评论，但能看到大多数粉丝给予祝福，陈应月已经很庆幸。她起初最担心的就是粉丝的反应，担心连累陆亦修，现在唯一一点担忧都彻底破除，她觉得自己幸运极了。她忍不住从被窝里窜出来，一边刷着评论，一边在床上直蹦。

这时，门锁转了一圈。

陆亦修轻手轻脚地探进脑袋，就见陈应月正在床上蹦跳。

他见她醒着，动作不再收敛，大步进来："这么高兴？"

彼时，陈应月还刷着微博，没注意到进来的陆亦修。等他站定在自己面前，她心虚地丢掉手机坐下："你……你怎么回来了？"

"回来请罪的。"

"算你识相。"

陆亦修坐到她旁边，替她把睡乱的头发拨到一边："听你这话，想必都看见了。”

“你觉得呢。”陈应月抱肩，像在审问他，“所以昨天是你关了我的手机，把它藏起来的？”

“是。”

“陆亦修你胆子越来越大了。”

“这话没错。”陆亦修眼梢有笑，“要是胆子不大，谁敢当着几千万粉丝的面，亲口承认喜欢了某个人十年。”

陈应月的脸蓦地发红，陆亦修却说：“我得跟你说一声抱歉，是我亲自公布的消息。如果你不乐意接受，要打要骂我陆亦修绝对不会还手。”

“我看起来是很喜欢动粗的人吗？”陈应月替他挽起衬衫袖子，把胳膊扯下去。

陆亦修略微皱眉：“没错。”

陈应月作势就要拿食指敲他脑袋，还没来得及试试，手就被陆亦修一把抓住。不等她反应，陆亦修一下把她扑倒在床上。

鼻尖贴得严丝合缝，他跟她说：“其实林艳琼已经答应不把照片曝光了。”

“那你……”

隐藏恋情十年，陈应月的抵触固然是关键，但陆亦修在暗地里却也是有自己的思考的。陆亦修看似脾气火爆、心性急切，但实际上他也是个知轻重的人。昨天，他突然用官微发布恋情，陈应月不相信只是出于他的一时兴起，其中必有隐情。

陆亦修沉了沉嗓子：“她迫于压力放弃曝光，可由于得知消息的杂志社过多，已经散播去的消息，哪还能原封不动收回来。钱能暂时压住事，却防不住人心，与其让别人杀我们个措手不及，倒不如我自己坦诚公布。”

他话音未落，陈应月猛地一抬脸，对上了他的嘴唇。她亲了他一大口，还恶作剧地拿贝齿咬了咬他的嘴角。她说：“陆亦修，我不喜欢坐以待毙。”

“我知道。”

“所以谢谢你。”

“不客气。”

他回吻她：“我是男人，该说的，我都会一字不落地说出来。”

“比如？”

“小月亮，我爱你。”

正准备加深这个吻，就被一个不识相的电话打断。

陆亦修暴躁地停下手中的活计，从口袋里掏出手机，刚接起来，他就语气不善：“喂，大白天的找我干吗！”

“大白天不找你，难不成暗示我晚上找？”

手机话筒就在陈应月面前，她听得很清楚，是田悦的声音。田悦气冲冲的：“陆亦修你小子我还没跟你算账呢，通告做到一半，披了个风衣开着车就跑了！”

陆亦修自知理亏，气焰消了一半：“小月亮在家。”

“美色误事！”田悦恨铁不成钢，“刚公布恋情，正是炒热点的好时候，你不给我多露露脸，居然给我跑回家了。”

陆亦修躺倒在一边，捂住话筒，悄悄说：“她一个人在家我不放心。”

虽然他说得很轻，但还是被陈应月听见了。

她一个翻身，跨坐在他身上，揪着他的领子：“你居然溜通告！”

陆亦修坏笑着挠挠脑袋，一下把她扑倒：“这不恋情曝光，担心你一个人在家会有人找上门。我怕你招架不住，整个通告都坐立不安，仔细想想与其坐那儿瞎担心，倒不如回来陪你。至于通告，大不了我改明儿免费补个十个给他们。”

陈应月有点感动。

陆亦修说话一停，电话里的田悦就叫嚣个没完。

“通告这一桩就算了。”田悦恨铁不成钢，“另一件事你是不是也该跟我解释一下？”

“什么？”

“微博小号！”

这四个字掷地有声，整个房间都回荡着田悦的声音。

陆亦修没反应过来：“什么小号？”

“你偷拍陈应月的小号。”

“怎么可能？”

“哟，你还不相信了？”田悦啧啧道，“陆亦修我可真没看出来，你本人还是个偷拍高手呢！微博名为‘小月亮的大猪蹄子’的网友，请问您敢做还不敢认了。”

“这——”

陆亦修还真没想到这一出。

他那个名叫“小月亮的大猪蹄子”的微博小号，所有粉丝都被移除，没有一个关注，连微博阅读量都只有寥寥几个。他注册这个账号，就是为了记录和陈应月生活的日常，没想到居然被网友发现了。

陆亦修捏了一把汗。

心想，天网恢恢，疏而不漏，这话果真不假。

陈应月没能听清两人的谈话内容，可她依稀确认了一个关键词——微博。

她眼疾手快地打开了客户端，不到半秒，就有热搜推送了一条标有“爆”了的话题——#陆影帝小号#。

点开该话题，头一条就是一个微博推荐——小月亮的大猪蹄子。

小月亮的大猪蹄子？

看到这个 ID，陈应月差点笑出了声。

等点进微博页面，看见那张合照的微博头像时，陈应月的眼眶却有点湿。

那是陆亦修和她在高中毕业时拍下的合照，也是他们少有的合照之一。年少时，因为家庭出身的缘故，陈应月胆小怯懦，平常同学拍照，她都是躲得远远的，生怕走进别人的视线里。她很少照相，也不知该摆些什么样的姿势，甚至担心拍照时出糗，让同学知道自家连个像样的相机都没有。

合照拍下的时间，是陈应月复读的第二年。

那年考上复旦，作为班里数一数二的尖子生，她接受了来自校长的荣誉证书。那时已小有名气的陆亦修特意乔装打扮，装成记者，到陈应月学校给她记录下这颇具意义的一刻。下台之后，陆亦修溜到陈应月身边，卸下相机，硬逼着陈应月的同班同学给他们拍下了这张合照。

当时，两人并肩站着，陆亦修嫌动作不够亲昵，还故意把手搭上了陈应月的肩。

陈应月处于拍照的紧张中没发觉，同学“咔嚓”一下，就把这场面记录了下来。

后来，陆亦修存了这张照片很久很久。

“小月亮的大猪蹄子”里的微博内容并不多，仅有寥寥十几条。

最新的一条微博配了图，是《夜火》拍摄时陆亦修抓拍的。画面里，她和周纤有说有笑地并肩站着，摄像头迎着光，把她整张脸照得灿烂无比。她自以为姿色平凡，却没想到在陆亦修的镜头里，她站在公认的美女演员周纤旁边，竟一点都不逊色。

或许真是情人眼里出西施吧。

陈应月甜甜地想着。

继续往下翻，陈应月看到了更多关于她的照片。

每一帧照片差异不大，都是她的脸，只不过场景更迭，他一直陪伴在她左右。

她这才明白，两年前陆亦修无意间的抓拍，并不是为了给恋情曝光找机会，而只是在一个私人的微博里，小心翼翼地记录着、维护着关于她的一切。

这是属于他的一方隐秘世界，暗藏着专属于他一个人的深爱秘密。

要不是被细心的网友发现，陈应月想，或许她得花很多时间才能在这个不会轻易言说的男人身上发现。

微博拉到末页，最后一条，时间显示 2009 年。

那年，陈应月和陆亦修不过是十来岁的光景。

没有图片，文字也很干瘪，只有三行——

“陈应月，

“你知不知道，

“为了抱你，我抱了全班同学。”

一瞬间，泪水烫着了眼眶。

眼帘模糊了，陈应月眨巴了好几下眼，点开微博底下的评论。

距离陆亦修微博小号被发现仅仅三个小时，这条 2009 年的微博已经积攒了五万多条评论。

点赞过三万的一条评论，来自一个平凡的粉丝，她留言道：“从校服到婚纱，他的剧本里，从来只有一个女主角。”

眼泪“吧嗒”滴在屏幕上，陈应月抹掉那滴下的水珠，给那条评论按下一个赞。

可还没等她抬头，陆亦修忽然扑上来把她抱了个满怀，开始耍无赖：“小月亮，小号被扒了，全世界都知道我喜欢了你十几年，你可得对我负责。”

陆亦修还准备继续刚才没加深的那个吻，蓦地一抬头，却撞上陈应月湿润的眼眶。

“怎么了？”他手足无措。

“陆亦修。”

“嗯？”

“你刚说的话再重复一遍。”

“啊？”陆亦修有点没底气，“是那句要你对我负责吗？”

“是！”

陈应月忽然伸出双手，捧起他的脸，深深地吻了下去。陆亦修见好就收，搂住她纤细的腰肢，严丝合缝地将她拥紧。

在他的怀里，她的声音有些发抖。她说：“我陈应月平生不常许诺，但许诺了就是一辈子的事。所以，陆亦修我会对你负责的。”

他笑出了声，说：“遵命。”

恋情曝光的第十五个小时，陈应月接到了父亲的电话。

闲暇的午后，陆亦修拥着她在沙发上看电影，无奈为了凌晨通告起太早，他看着看着一不小心就睡着了。陈应月早就料想到了父亲会打电话过来，怕吵醒陆亦修，她轻轻从他怀里缩出来，溜进厨房，合上门。

刚接通，陈父就火急火燎地道：“怎么接这么慢，你爸我都快急死了。”

“刚在睡午觉，没听见。”

“这时候还有闲心思睡午觉！”

陈应月嘴角微弯：“看来您最近智能手机玩得很好。”

“也就一般吧。”陈父叹了口气，“要不是隔壁邻居老赵他儿子回家，跟我说我女儿傍上大明星了，我估计得缓个把月才知道。”

“傍这个字，不好听。”陈应月皱了皱眉。

“在外人看来可不都是这想法。”

“可您心里应该清楚啊。”

陈父恨铁不成钢：“应月啊，你说姓陆那小子到底有什么好，值得你跟他耗那么多年。他招惹你，又害你受伤错失高考。要把你交给她，我跟你妈绝对是不情愿的。”

未等陈父说完，陈应月忽然出声，嗲嗲地喊了他一声：“爸。”

身为父亲，到底是禁不住女儿的撒娇，陈父满身的火气一下子没了，

“爸，我喜欢他。”

“然后呢？”

“很早很早就喜欢了。”

“你这小白眼狼。”

陈应月咯咯笑了两声，跟陈父认真地说：“和他在一起是我情愿的，是我先偷偷喜欢他的。至于错失高考，责任我自己也该担一半。这么多年，他一个劲把责任往自己身上扛，就是为了维护我在你们心中的好女儿形象。我跟他十多年了，早就不是年轻那会儿的小孩把戏了，到底爱不爱，我心里都知道。”

女儿的一番肺腑之言，陈父听后沉默了好久。

过了会儿，他才问：“他是个演员，以后做他身后的女人不简单，你想好了吗？”

“想好了。”

“哎……”女儿对陆亦修的维护到底是起了作用，陈父长叹一声后，忽然转变话锋，“其实，姓陆那臭小子也没什么不好的，也就是我们夫妻俩老是惦记着他害你受伤那回事儿，对他心里有道坎。其实话说回来，这小子工作不错，对你也是非常长情。你年纪不小了，与其跟那些形形色色不认识的人相亲，倒不如跟他知根知底在一块。只不过之前我跟聚立集团那回事儿，你可要给他打好预防针。”

“他都知道了。”陈应月忽然说。

陈父错愕：“什么？”

“两年前我故意让他知道了这事儿，我们分开过一段时间，可他还是回来找我了。”

“这……”

“怎么了？”

陈父噎了一下：“你爸我无话可说。”

陈应月跟他开玩笑：“你无话可说那我得挂了。”

“等会儿！”

“嗯？”

“你俩准备什么时候结婚？虽然他是个明星，结婚对人气影响大，但好歹你老大不小，也得排上日程。”

陈应月掩着话筒笑：“爸，从不同意到催婚，你这转变太大了吧。”

“女大不中留啊。”陈父笑出了声。

第十四章
无处不在的爱

两天后，《夜火》宣传会转战南城，作为陆亦修和陈应月公布恋情之后的首次合体，这次宣传会备受媒体期待。不等演员进场，会场已经挤满了山海似的人潮。

为避免引发骚动，同时为保护陈应月着想，陆亦修决定与主演先行上台热场。

在幕后等待时，有个身材圆润的男人指挥着场景布置，擦过陆亦修身前。他憨厚的相貌，粗犷的眉眼，与陆亦修印象中的某个人恰好重合。

陆亦修微眯着眼打量那人，又侧过脸跟田悦对话，而田悦正是整个会场从布置到宣传的主办人。

“他怎么会在这儿？”

“哪个？”田悦错愕地抬头，顺着陆亦修的目光望过去，才看见了在墙角处指挥的男人，“哦，你是说沈亮啊。”

“嗯。”陆亦修略微皱眉，“我对他有些印象，小月亮的前相亲对象，差点还定亲了。”

田悦托腮：“还有这渊源？”

陆亦修弓下身，抱肩问她：“所以他为什么会出现在这儿？”

“随便……”田悦打了个磕巴，“随便找的包工头而已。”

“真的只是包工头？”

“不然还能有什么？”田悦耸耸肩，跟陆亦修摊手表示无奈。

可陆亦修并不认为这样。田悦接洽的人员众多，一个随意找来的包工头，田悦又怎么会放在心上，甚至信口就说出了他的名字。再者，沈亮这个名字，他曾经跟她提及过，她不至于不知情。

不远处，沈亮俨然注意到了田悦与陆亦修的目光曾多次流连到他那儿。他起了心思，憨笑着走过去，准备跟两人打个照面。

田悦背对着沈亮，俨然没察觉到他的靠近。反倒是正对着的陆亦修，饶有兴致地瞄了跟前的来人一眼，压低声音跟田悦说：“是不是你说的那样，待会儿就知道了。”

“什么？”

田悦一脸蒙，正想追问，身后沈亮的一声招呼把她吓得弹了一下。

沈亮说：“陆影帝、田小姐，好久不见。”

陆亦修嘴角微勾，笑笑：“好久不见。”

过去发生的那些事儿，让沈亮在陆亦修面前觉得浑身不自在。虽然打从走过来那刻起，他就想跟陆亦修好好攀关系的，但看陆亦修这么冷淡且拒人于千里之外的模样，他反倒有点害怕，担心陆亦修趁机打击报复。沈亮拘谨地抱起拳，来回晃了晃，他咧嘴笑着，但笑里全是谄媚：“看到您跟应月公布恋情了，真是恭喜。”

陆亦修不咸不淡地回了句：“谢谢。”

场面太尴尬，沈亮察觉陆亦修对他的抵触，也就识相不再跟陆亦修多嘴。他转头朝向正主田悦那边，见陆亦修在场不好意思，他故意走到一边跟田悦齐肩，压低声音，开门见山：“那个……田小姐，有个事情想跟您商量……”

“等大会结束吧。”

“这……”沈亮连抓好几下脑袋，“前头打电话给您秘书，您一直没空，今天碰着您，就想跟您说说……”

田悦怕他说漏嘴，着急地把他往一边推。可偏沈亮暴发户出身，一点看不懂眼色，声音也来不及收，一股脑地扯开嗓子道：“上半年会场施工的钱还没结清，我们也合作两年多了，您看这笔款？”

怕沈亮多说多错，田悦赶紧摆摆手：“这个月一定付。”

“好嘞！”

得到答案的沈亮，满心愉悦地继续搭建舞台去了。

田悦深吸一口气，仔细回忆起沈亮不多的几句话，自觉没啥纰漏，就准备去忙别的。没想到还没迈开一步，就被陆亦修给拦住了。

“等等。”陆亦修眉头皱起，“你是不是该跟我重新解释下，你跟他是怎么认识的。”

“刚才不是说了嘛，南城的包工头而已嘛。”田悦随口回应。

“可听沈亮的口气，你们合作两年了。”

“或许是底下人合作过吧。”

“可两年前的时间节点，或许敏感了些。”

“这个……”田悦结巴了。

陆亦修趁机追问：“两年前我和陈应月分开时，沈亮也在场，你应该知道的。”

他越问越深，田悦眼见答案即将呼之欲出，也不敢再隐瞒。共事多年，田悦了解陆亦修的性格，他向来爱憎分明，要是自己再故意隐瞒，怕是会影响两人今后的合作。

“算了，跟你说实话吧。”田悦搓了搓手，往周围环顾一圈，确认陈应月不在场，才和盘托出，“两年前，沈亮故意设计让陈应月情绪崩溃，说出那些伤人的话，甚至让你们分道扬镳。可那天你离开后，陈应月担心沈亮怒气上头，会把你和她的关系说出去，甚至诬陷你，影响你今后的前途。所以，她转头就联系了我，让我去摆平沈亮。不过话说回来，沈亮说到底也就是个暴发户，好摆平。我随手把几个场地上的工程项目包给了他，没想到他这小子办事比谁都利索，而且口风紧，至今也没抖出一句。”

她话音未落，陆亦修就打断了她，语气灼热：“当天我离开后，她联系你了？”

田悦叹了口气：“是啊，她嘴上说恨极了你，厌恶你的家庭。可背过身来，她心里想的念的都是你。”

陆亦修眼底的戏谑在一瞬间消失，取而代之的是冷静的沉默。他深邃的瞳孔里不见喜怒，唯有幽深的、无法辨识的情愫。

相识多年，田悦头一回见到他这样的神情。她说：“仔细想想就知道，她要是真恨极了你，又怎么会在分开后，还惦记着你的安危。小月亮这傻姑娘，铁定是怕你知道真相后难做，才故意想了这么一个办法，索性让你对她彻底失望。不过还好，即便是那两年时光，你也从来没想过放弃她。”

田悦感慨地拍了拍陆亦修的肩：“她啊，喜欢的、爱的全都是你，可偏偏就是个不擅长表达的人。”

闻言，陆亦修忽然一把揪住田悦的手：“陈应月呢？”

田悦扯着嘴角往东南方向指：“化妆间呢。”

“好！”

工作人员在喊主演候场了，偏偏这时候，陆亦修又跑没了。

陆亦修用力推开化妆室大门，门的边角擦到了墙，发出“砰”的一声响，里头的陈应月被吓了一跳。

她蓦地一回头，却见陆亦修风尘仆仆地赶过来，前额的几根碎发被打散。他瞧起来火急火燎的，陈应月睁着双澄澈的眼，小心地把转椅调整了个方向，不明所以地问他：“怎么了？”

他不说话。

化妆室门被推开，也一并带来了外头的喧嚣。

后台因主演陆亦修的缺席忙得一团乱，广播里正不停传送着呼叫陆亦修的信号，可他却好似没听见似的，跟个雕像一样，立在她跟前。

陈应月扯扯他的衣角：“外头在叫你呢，还不过去。”

他摇头，嘴角扬起一丝满足的笑容，抓住攥着他的衣角的那双手，握在手里，吻了一下。

化妆师还在场，她一只手还抓着陈应月没做完的头发，隔得很近，她看见了陆亦修亲陈应月手背的举动，在那儿偷笑。

陆亦修这么浓情蜜意，倒是把陈应月羞得整张脸通红。

他没回应陈应月，反倒是跟化妆师说：“抱歉，我现在有事要跟陈应月说，可以回避吗？”

“好。”化妆师识相地带上门，合门的那一刻，她还不忘从门缝里探出个脑袋，瞄了眼腕表，“留给两位的时间不多，做什么都要抓紧哦！”

“那个……”

陈应月还想掩耳盗铃般解释更多，偏偏化妆师已经跑得没影了。

彼时，陆亦修还抓着她的手，他随意一扯，陈应月就被他从软椅里揪了起来，目光撞进他如海一般深邃的眼眸。

他把嘴唇贴在她耳郭上，吹着气说：“我刚才见到沈亮了。”

“啊？”陈应月还“负隅顽抗”，“他怎么会在这儿？”

“还装？”陆亦修拿手去掐她的腰窝。

陈应月直躲：“你、你知道了什么？”

“你是问哪方面？”陆亦修故意停顿了一下，用手摸着下巴，“是你趁沈亮故意挑拨说出真话，是你请田悦封他的口，还是两年前因为担心我的名声才故意把自己推远？”

听完，陈应月躲在陆亦修怀里，恨恨地锤了好几下他的胸膛：“悦姐这人，枉费我对她掏心掏肺，居然跟给你招了。”

“要不然呢？”陆亦修蛮横地托住她的后脑勺，不让她不安分地动弹。趁陈应月不备，对准她的嘴唇就吻了下去。

唇齿交缠酣畅淋漓之后，他才放开了她：“如果不是被拆穿，你还打算瞒我多久？”

“唔。”陈应月捂住嘴，“能瞒多久是多久。”

“为什么不早点告诉我？”

“不敢。”

“你还有不敢的？”陆亦修笑着反问。

陈应月回嘴：“还不是怕你嫌我傻！”

她幽幽地低下眉眼，嘴唇微微嘟起，像高中时代吃了陆亦修的瘪，又不好意思声张的模样。她说：“两年前你转身离开，我以为你是真的决心放下了，不敢再打扰你。两年后再见，你倾力维护我，我虽然感动，却惦记着你和周纤的恋情，不敢再打扰你。再后来……到现在，也就觉得那些事情解释或不解释已经无关紧要了。”

她踮起脚，亲了一口他的脸颊：“我们还在一起，这就是最重要的事了。”

陈应月的话实在平淡，甚至像是在述说一件毫无痛痒的事，但听在陆亦修心里，却完全是另一番滋味。陈应月家境不好，刚认识那会儿，他就察觉出了她对感情的抗拒和自卑。可他喜欢了她，就是喜欢了。她对他不痛不痒，他就变着法地挑衅她，占据她生命的每个角落。后来她动心了，动情了，他就变本加厉地霸占她。可这么多年，就是眼前这么个不擅表露情感的卑微姑娘，一直理智地陪在他左右，用她身上微乎其微的力量，无时无刻不在守护着他。

陆亦修伸手将她紧紧搂住："你确实傻。"

"喂！陆亦修你怎么这么说我！"

"我这辈子可能再碰不上比你傻的人了。"

他目光灼灼地看向她，说出的话，字字掷地有声："所以，就留在我身边一辈子吧。"

因为外籍丈夫的签证问题，蔺妮飞回来没多久，又要返回加拿大了。临走的前一天，她从吴帆那儿要了很多高中同学的联系方式，打算再聚一聚，而陆亦修和陈应月在邀请列表里是重点标注对象。

陈应月早就听说，蔺妮全家都已经办好了移民签证，打算今后久居加拿大不再归国了。虽然现在地球村的概念炒得火热，飞机也就一天能够抵达，但到了这年纪，高中同学们大都成立了自己的家庭，想远渡重洋再见一面，时间和家庭都会成为巨大阻碍。陈应月知道，这次聚会机会难得，又拖又拽地把陆亦修从满满的通告里揪了出来，赶赴聚会。

与两年前那场全班近乎集体到场的聚会相比，这次来的人不多，连一向爱热闹的蒋磊夫妇都因为出国旅游没参与。

人少了，陆亦修和陈应月就成了十分扎眼的存在。

刚一进门，俩人就被老同学给拉开了，跟谍战剧里审问间谍似的，各自关进一个房间仔细盘问。从俩人恋爱经过，到未来结婚生子计划统统都给拷问了个遍。

陆亦修早就料想到恋情曝光后，蔺妮搞同学聚会这一出绝对是不打算放过他和陈应月。不过陆亦修倒乐得了个自在，毕竟他曾经的人生梦想就是在所有同学们面前亲吻陈应月。后来，这个危险又刺激的梦想实现之后，他的梦想更新了，变成在大家面前承认陈应月就是他的小媳妇。让大家知道，他们的班长女神可悲地落入了他的魔爪，而且他是一辈子不会放的。他还要在那些曾经暗恋过陈应月、对她有好感的男同学面前，大声告诉他们，抱歉这个陈应月已经被我承包了。

相比之下，陈应月倒是比较惨。被藺妮推着从房间出来的时候，她的脖子都羞红了。

陆亦修见她害羞的模样，索性不再掩饰，一把把她扯进怀里，当着所有人的面说："别欺负我家小月亮，有种冲着我来。"

"哟哟哟，陆影帝开始护短了啊。"一堆人开始揶揄他。

藺妮戳戳陆亦修的肩，一脸嫌弃："注意点，小月亮这称谓估计够我们在场单身的同学吃一年狗粮了。"

吴帆抱拳笑道："求求你俩饶过我们这些单身吧。"

藺妮和吴帆俩活宝一唱一和，逗得全场笑成一团。

有两个打光棍的男同学喝高了，抢过话筒开始在台上高唱《单身情歌》，唱到高潮两人还吧唧亲了一口，引发全场大笑。等他俩唱完，有人上去接着唱，偏偏这俩醉汉还不愿放开话筒，继续在那儿哼，好好的同学聚会，俨然成了他俩的演唱会。

台上笑闹成一团，台下也没闲着。

在高涨的情绪推动下，藺妮也喝多了，抱着陈应月的脖子死活不肯放，嘴里重复着："应月你是我最好的朋友。要是陆亦修以后欺负你，你就跑加拿大来投奔我。"

虽是醉后的话，但其间的友情却也听得陈应月眼眶红热。藺妮与她家境迥异，她知道她家庭的辛苦，高中时代就对陈应月百般帮助，陈应月不是感受不到的。她拍拍她的手背，说："放心，他不敢。"

末了，陈应月还不忘给陆亦修使个眼色："你说是不是？"

陆亦修低笑了一声："我哪敢欺负你，但求你别欺负我太狠就是。"

藺妮心满意足，却还不忘恐吓陆亦修："你可不知道，加拿大的深山老林可荒凉了，我随便把陈应月藏一个窝里，怕是你这辈子都找不着。"

陆亦修对这恐吓不感冒："那藺妮你要记住了，要是有天陈应月不见了，我陆亦修铁定要拆你家。"

藺妮举手投降："好好好，你最强。"

从桌上取过一瓶红酒，蔺妮给自己倒满，又抢过陆亦修的酒杯同样倒满：“陆亦修，喝完这杯，我蔺妮就服气地把陈应月交给你了。”

“好。”

陆亦修干脆利落地举起酒杯，却又被蔺妮生生摁了下去。蔺妮睁着醉意朦胧的眼，望着陈应月，话头却是对着陆亦修说的：“其实自打那年虐猫事件，一向遇事冷漠的陈应月站出来维护你的时候，我就察觉她应该是喜欢你了。可是那时候的她，实在是太自卑了，连喜欢你都不敢开口。”

“我知道。”陆亦修的眸子沉了沉。

回忆起少年时光，陆亦修心里既有遗憾又有感动。他跟陈应月并排坐着，顺手揽住她的肩，把她拥进怀里，小心翼翼地吻了吻她的额发。十多个年岁，两人能最终相守，都付出了极大的努力。

蔺妮看着他俩亲昵的模样，叹了口气：“我以为她会藏着这小秘密一辈子，却没想到反倒是我被你俩骗了这么多年。”

陈应月白她一眼：“你不聪明得早就看出来了吗？”

“再聪明也没想到你俩那么早在一起！”

“要是你高中毕业没出国，估计早发现了。”

“哟，陈应月你这话是怪我了。”

“是你后知后觉。”

“好好好，怪我半路出国，没能及时向全班同学揭发你俩的奸情可以吧。”

“这还差不多。”

情同姐妹的俩人不甘示弱地互相斗着嘴，谁也不让谁。

争到最后，蔺妮激动了：“对了，两年前那场同学聚会，我撮合你俩，故意拦开那群女同学，让陆亦修单独送你回家。后来我走了，你们俩有没有在背地里偷乐，笑我这人太好骗！”

“唔，不记得了。”

“最好是真不记得了。”蔺妮拿手指敲了敲陈应月的脑壳，“你这么多宗罪，我也就不一一数落了。反正最后就是那句话，等你俩结婚一定得叫我，我就是在南极北极也会赶回来参加。”

“那万一不叫你呢？”

"陈应月你敢！"

蔺妮作势就要去挠陈应月的痒，陈应月笑成一团，直往陆亦修怀里缩。蔺妮气得大叫："陈应月你能耐，有靠山了啊！"

宴会落幕，俩人都喝了酒，无法再开车，就请了司机过来。

午夜十二点，摩登都市的夜生活才刚刚开始。车厢后座灯光稀薄，陆亦修和陈应月相拥而坐，身旁的景色连连往后退，像是一帧帧电影画面在翻篇。

陈应月抬起头，侧脸搁在他肩上："我有个问题。"

"什么？"

她皮肤白净，喝了酒之后，染了些醉意，面颊发红，十分可爱。她腼腆地笑着，嘴唇还嘟着："那时候我喜欢你是不是表现得特明显？"

陆亦修沉吟很久，重重地回了个"嗯"。

"真的，假的？"

"真的。"

陈应月的醉意去了一半，掩住脸："这可怎么办才好，你说大家是不是之前就发现了，只是不揭穿我们呀。大家该不会以为是我倒追的你吧！"

"有可能。"

陆亦修刮了刮她的鼻尖："我认为你当初应该表现得再明显一点，不然也不至于我这个当事人都不知道。"

"好啊！"陈应月叉着腰，一脸生气，"陆亦修你又戏弄我！"

如外界预期一样，《夜火》登上电视荧幕当天场面火爆，收视超越同期电视剧整整两倍，微博热搜相关话题持续霸榜，各主演百度人气热度持续攀升。凭借流畅的剧情，演员的出色表演，《夜火》一度成为当年电视剧的标杆。

三个月后，国内电视剧界举足轻重的晋文奖开办在即。年度现象级电视剧《夜火》获得多项提名，包括连续三届空缺的最佳编剧奖，陈应月作为《夜火》主编剧，外界媒体对她获奖十分看好。

颁奖礼当天，陈应月原本选了件烟色旗袍，但陆亦修嫌不够庄重，愣是请服装师把旗袍换成了白色纱裙礼服，这样一来，倒是与他的黑色西服完美搭配。牵手迈上红毯时，两旁欢呼声不断，主持人还调笑两人，说是来走结婚红地毯的。

无一例外地，两人又被问及婚期一事，向来大方坦白的陆亦修今天格外讳莫如深，只对媒体人做了个“嘘”的动作，就拉着陈应月往内场去了。

可没扒出来消息的媒体人一点儿都不遗憾，依照两人这穿着，把红毯背景改成欧式庄园，一条“陆影帝与陈编剧隐婚已久，婚纱照意外曝光”的消息就这么轻而易举地编出来了。

红毯走完，烦琐的颁奖典礼致辞流程结束之后，一项项奖项终于揭晓了。

《夜火》可谓今晚的大赢家，连续三个奖项，包含年度现象级电视剧、年度最佳男配角、年度最佳女配角都被统统收入囊中。

奖项颁发到最佳男演员的时候，画面甚至不再在各位提名人之间流转，直接锁定了观众席上的陆亦修。当嘉宾喊出“陆亦修”的名字的时候，众多提名人开始接连与陆亦修拥抱。同时，经久不息的掌声于此时响彻。

领奖后，陆亦修回归座位。

陈应月顺手接过那标有“年度最佳男演员”的水晶奖杯，感觉沉甸甸的。

短暂的嘉宾演出之后，颁奖再次开启，下面颁发的奖项，被誉为本年度最期待奖项，是空缺了三届的最佳编剧奖。

过往三年，因评审团对剧本要求较高，很多剧本虽提名入选，却都因达不到获奖要求而遗憾落榜。这是第四年了，所有人都在猜测这收藏三年的奖杯，能不能在今年送出去。

而对陈应月而言，她的压力更大。

至今为止已连续颁发四个奖项，《夜火》无一例外地斩获。

这第五个奖项，最佳编剧奖，要是在她手里断了场面未免难看。更何况，她站在陆亦修身边，外界就一直微词不断，她很想证明自己，她是能够站在陆亦修身边的人。

开奖嘉宾开始上场，陈应月心里的忐忑又多了一分。

手上出了汗，水晶奖杯又滑得很，她紧张地握紧，偏那奖杯滑得更厉害，差点从她的手里溜出去，所幸陆亦修眼疾手快地接住了。

他开玩笑说："是我哪儿惹了你，所以你要拿我的奖杯撒气。"

开奖嘉宾在台上热场对话，陈应月一眨不眨地盯着，那双眼睛就差从眼眶里瞪出来，她推推陆亦修的肩膀："待会儿再说。"

接过奖杯捧在手里，陆亦修才感觉到杯身上濡湿了一片。

灯光昏暗的座位席下，他将手臂伸过座椅扶手，把她的手牵住、十指紧扣，这才发觉她指缝里都是汗。他晃晃两人紧握的手："看把你紧张的，不就一个奖嘛。"

陈应月回他："提名人都是声名在外的前辈，我一个道行尚欠的编剧，能不紧张嘛。"

"就那么想要？"

"想要。"

她目光中的炙热期盼，这么多年都很少有。陆亦修看出她的在意，又怕她担心紧张："一个奖杯而已，大不了回家我请个技术上乘的雕刻师傅，给你依样画葫芦做个十个八个。"

"你明白的，那意义不一样。"她侧过脸来，笑得明媚。

陆亦修拿她没辙。

台上的开奖嘉宾开始宣读候选人名单。念到陈应月的那一刻，陆亦修从交握的那双手上感受到陈应月浑身抖了一下。陆亦修好笑地低下头，恍惚想起自己第一次在颁奖礼上听到宣读自己的名字时，他也曾紧张得全身克制不住地抖。当年，这种纠结紧张是他一个人扛过去的。现在，他在陈应月身边，他没有理由让她一个人消化。

他将脸凑到她跟前，适当的角度下，台上璀璨的灯光全都被他挡住："待会儿想好领奖词了吗？"

陈应月撇着嘴："又不一定是我。"

"那万一是你呢？"

"等真给我颁奖再说。"

他又问："那你想让谁给你颁奖呢？"

"都还没获奖呢，想这做什么，更何况颁奖人是既定好的，又不是我想就能实现的。”

陈应月话音刚落，台上的两位男女开奖嘉宾就开始对话。提到本次颁奖嘉宾时，两人忽然神秘兮兮地，同时给大家提示会有“重量级嘉宾”进行颁奖。

偌大的会场中开始播放提名人所制作影片 VCR，陈应月赶紧拨开陆亦修的脸：“待会儿画面就要切到提名人了，陆亦修你挡着我镜头了！”

陆亦修不依不饶：“你还没回答我问题呢？”

“什么问题？”

“你想要谁给你颁奖呢？”

“开奖嘉宾不都说了，是重量级嘉宾嘛。”

闻言，陆亦修忽然抖着眉，眼里有显而易见的戏谑成分：“那我够不够分量？”

“你就算了吧。”陈应月愣了一秒，托着腮帮子，“以往颁这奖的，不是编剧界大拿，就是制片界新锐。要是你给我颁奖，我觉得……”

“觉得什么？”

“这奖像是买的。”

还没说完，陈应月就没忍住笑出了声。

舞台大荧幕画面开始流转，恰好捕捉到了陈应月掩嘴偷笑的模样。她抬头望了眼，怯生生地往陆亦修肩头躲了躲，画面露出陆亦修的一张嘴，现场摄影师眼疾手快地切换了远景镜头，把陆亦修一同纳入镜头之中。

单一的提名人画面，到陈应月这儿变成了两个。她激动地指着荧幕，像是发现了新大陆，在陆亦修跟前嗷嗷直叫。

两人双手依然交叠，与先前不同的是，陈应月不再忐忑颤抖。

以至于当后来“陈应月”这三个字，经由嘉宾的话筒传至会场每个角落时，陈应月依然头脑清明。她还不忘礼貌地一一跟剧组同仁拥抱致谢之后才走上舞台。

优雅地提着裙摆，聚光灯一路尾随，陈应月走上舞台。

高跟鞋甫一踏上舞台，领奖音乐同时响彻，四面而来的灯光毫不吝啬地打在她身上，作为一个幕后工作者，一时间成为舞台焦点，陈应月还有些不习惯。

嘉宾邀请她说些获奖感言，她紧张得手都不知道往哪儿放。

一股脑地感谢完《夜火》剧组团队后，她将目光投向观众席——陆亦修的位置。可不知是否是灯光的缘故，她遥遥望过去时，陆亦修的位置是全然被遮挡住的，连他人影都瞧不见。

这么关键的时刻，他怎么临时离开了位置。

晋文奖颁奖典礼以秒计时，陈应月来不及思考其中的可能性。毕竟，她笃定他没离开场内，这四面八方的扩音设备，无论他在哪儿，都一定能听见。她不在意他的反应，只要他能听见就好。

她凑近话筒，粲然一笑："最后，我要感谢我的男友陆亦修，感谢他成就了现在的我。"

鼻子发酸，陈应月强忍住眼眶朦胧的泪光："十八岁那年，他顺利考上中戏，我却意外落榜。复读过后，我成了一个平凡的大学生，他却已然成为炙手可热的新生代演员。为了离他近一点、再近一点，我选择了中文系，在他的帮助下一同撰写了《与你有关的两三事》。能走到今天这一步，我打心眼里感谢他，谢谢他对我十多年的不言弃。"

"陆亦修，谢谢你。"

她深鞠一躬，台下掌声如擂鼓。

与此同时，震撼人心的颁奖人出场背景乐开始响起。

陈应月早就对嘉宾所说的"重量级嘉宾"充满期待，一双眼睛紧紧地盯着那块水晶幕台。

一旁，主持人开始报幕："下面有请今晚重量级嘉宾为陈应月颁奖。有请国内唯一一个囊括金熊奖、金钟奖、金像奖等世界级奖项的最年轻大满贯影帝——陆亦修登场！"

陈应月以为自己幻听了，下意识地望向陆亦修的座位，才想起来那里早就空了。

等他真的手捧奖杯出现在自己面前时，陈应月掩着张大的嘴，满眼的不可置信。

高级定制的手工皮鞋踢踏在地面上，发出清脆的声响。陈应月瞧着那鞋尖，一步一步地走向她，直到在她跟前停下。

他把那座象征晋文奖最佳编剧奖项的水晶杯交到她手上，又公式化地与她拥抱。正当她以为，他真的是很认真地在扮演颁奖人这一角色时，他却咬着她的耳朵，说：“我这个嘉宾够不够重量级？”

“更像买的了。”陈应月侧过脸，趁他不备，顶了顶他的嘴唇。

“那我收回去了？”

陆亦修作势要拿走她的奖杯，被她抢回去：“不行，这是我的！”

他在她耳畔吐气，吹得她骨头都松了：“小月亮，是不是在一起久了，你都忘了我事业上的成就了，还以为我是高中那会儿的毛头小子呢。”

“一直都是！”

媒体走上前，开始为颁奖人与获奖人拍摄合影。

陆亦修揽着陈应月的腰，压低声音，连唇部的蠕动都变得细微：“其实早在半个月前，我就听说最佳编剧奖已经属意你了。”

“那你怎么不早告诉我，看我紧张成那样很好玩？”

“小猫嘛，总要逗逗才好玩，小月亮也是一样。”

“所以，我是你养的猫？”

“不敢，不敢，你是老虎。”

陆亦修得意地说：“主办方与我私交甚好，得知你获奖，我才设计了这一出。”

“敢情你这是在开小灶？”

“可以这么说。”

拍完照，媒体有散去的迹象，偏偏陆亦修搭在她腰间的那只手迟迟不放，她私下与他角力好久，他却纹丝不动。她急了：“喂，都拍完该下台了，赶紧放开我。”

他勾唇浅笑，眼底深不可测：“既然开了小灶，那就肯定不止这一出了。”

陆亦修转过身，仰头对二楼平台上的中央控制台做了个手势。他高举的手尚未放下，自舞台周边就有炫目的特效亮起，陆亦修和陈应月被团团围在中央，场面惊喜无限，观众席尖叫不断。

同时，会场大屏重新亮起。

伴随舒缓的音乐声，那些关于陆亦修和陈应月的私人记忆被摆上舞台。

画面按照时间顺序排列，从初识到现在，所有有关二人的记忆都被收纳其中。无论是陆亦修无意间拍下她的照片，还是诸如同学录、发箍等那些具有非凡意义的物件都被摆放整齐并标明意义。精心剪辑过的每一帧画面，无不透露着主人公的用心。

她拿手掩着口鼻，却掩藏不住内心汹涌的情绪，滚烫的泪水从指缝里滑下来。

当着所有人的面，陆亦修低下头，一一吻去她脸上的水渍：“你刚的感谢词我都听见了，这是我的回礼。”

“混蛋。”

陆亦修笑：“我偷学了整整两个月的剪辑，不知道这VCR能不能让你满意。”

陈应月拍打着他的胸膛，但拳头是绵软无力的。

VCR还在继续播放，画面停留的最后一秒，是一张课桌，桌上横着一支圆规。

圆规尖头上残留着木屑，镜头一路缓慢下滑，露出了课桌右下角那几行被划过的几行小字——

陈应月，

你知不知道，

为了抱你，我抱了全班同学。

字迹工整，勾勒清晰。

可不知道刻下这行字的主人公，是历经了怎样的纠结烦恼，又生生把这行字用圆规又小心抹去，但用劲刻下的字，想抹去哪能那么容易，即便是重复划上千遍，原本的文字依旧浮于眼前。

就像陆亦修那些对于陈应月隐忍的、小心的、担忧的爱意啊，即便是嘴上掩饰着，也会从心里、眼里透出来。

礼仪小姐递来一个圆盒子。

万众瞩目之下，陆亦修打开盒盖，取出了藏在里头的戒指，单膝下跪。

“陈应月，嫁给我。”

她笑了，她哪有不答应的理由。

于是乖顺地递出手，任由他把戒指套上她左手无名指。

与此同时，台下掌声雷动，经久不息。

在万众鼓舞下，情绪已然不受控制。当着所有人的面，陈应月搂住他的脖子，主动献上吻。

可陆亦修又哪是能够示弱的人，不等她反应，就直接打横抱起她，用力加深了这个吻。

灯光和声响在两人的深吻之中隐去。

陈应月想，这辈子她还有很多的机会告诉陆亦修。

那天，他抱了全班同学。

她一人吃了全班同学的醋。

番外
与你有关的两三事

在怀孕一事上，陆亦修和陈应月可谓十分艰辛。

三十岁那年，两人低调办完婚事之后，因忙于事业，生孩子一事一直都没打算排上日程。拖了几年之后，才幽幽然想起来，却怎么怀也怀不上。向来淡定的陈应月也着急了，剧本不写了，整天埋头在那些医疗文件里，甚至预约了做试管婴儿。陆亦修早就听说过做试管婴儿对母体而言十分痛苦，舍不得自家老婆遭罪，力排众议决定放弃试管婴儿，转而领养孩子。可就在夫妻两人经由福利院挑选适龄幼儿的时候，陈应月突然怀孕了。

三十五岁那年冬天，陈应月顺利生下了一个六斤二两的女婴。

陆影帝喜得千金一事，也理所当然地成了当天的头版头条。

白天医院无数媒体蹲点，一刻不消停。等到了晚上，人渐渐散去了，才有了陈应月和陆亦修的两人空间。

对于眼前这个皱巴巴的、红彤彤的小生命，陆亦修很好奇。他小心翼翼地将食指伸进女儿蜷成拳的小手里，声音很轻："这小东西，怎么像只小猫似的。"

"敢说我女儿是小东西，陆亦修你还要不要命了。"陈应月瞪他一眼。

"嘿嘿。"陆亦修挠着后脑勺，笑容狡黠，"我女儿虽然像只小猫，看着却比别人家的小猫好看。”

“那你说她像你多，还是像我多？”

“看不出。”

“那你抱来我看看。”

“好。”

刚生出来的小孩软软的、小小的，陆亦修不敢用力气，生怕弄疼她。好不容易把她从摇篮里抱出来，摆到陈应月跟前。陈应月却忽然“嘶”地倒吸了一口凉气。

陆亦修急得赶紧问她：“是不是牵到伤口了？”

“嗯，这剖腹产可真遭罪。”陈应月低头看了眼女儿，眼神一下子温柔如水，“以后再生孩子，一定得顺产，我听说人家顺产的，生完就能下地走路了。”

陆亦修是个护妻狂魔，立马制止：“别，可别再生了。”

“可她一个人会孤独的。”

“那就给她养十只八只小宠物。”

“宠物跟兄弟姐妹可不一样。”

陆亦修叹了口气：“你怀她那会儿，一直吐，胆汁都吐出来了也没办法，我都差点心疼死。”

陆亦修抱孩子的姿势实在笨拙，没一会儿，女儿就差点从他的怀里掉出来。陈应月嫌他那些育儿课都白上了，怕摔着女儿，赶紧抢过来。

温暖的橙黄灯光下，陆亦修揽着陈应月的肩，陈应月怀里抱着俩人的小女儿，画面好不温馨。两人的目光同时聚焦在那个血脉相融的小娃娃身上，她好像能感知似的，竟然嘴角轻轻动了动，像是笑了。

女儿的小举动惹得陈应月非常激动，摇着陆亦修的手，让他赶紧拿相机记录下来。陆亦修给女儿拍了张照，还不忘将陈应月一起纳入了镜头。

画面成形，显现在单反屏幕上的那一刻，陆亦修感受到了无比的幸福。

他和他十八岁时心尖上的小姑娘，有了他俩的小姑娘。

放下单反，他弯下腰，轻声对襁褓里的小女儿说：“小东西要记着，你妈这么大年纪拼了命把你生下来，以后要是你敢不孝顺她，你爸我绝不放过你。”

说完，他还不忘伸出手，宠溺地点了点她的鼻尖。没想到，他刚收回手，就被陈应月往手背上用力打了一下。

“喂！轻点，别把她鼻梁给揉平了。”

“会吗？”

“当然！”

这下陆亦修着急了：“那怎么办，要去叫医生吗？”

陈应月掩嘴笑着：“我骗你的。”

“好你个小月亮。”陆亦修气得张牙舞爪，“等你出月子了，看我不好好收拾你！”

陈应月低头望了眼熟睡的小女儿，心里想着，陆亦修这奶爸新手上路，铁定还有很长的路要走。

还想收拾她？没门！

陈应月有时真觉得，陆亦修是个特别会惹事儿的。

自家的小女儿不知是不是不幸遗传了爸爸的坏脾气，不满一周岁就已经显现了刁蛮的气质。每天，她总要陈应月抱着才肯入睡，要是中途发现换了人，闻不到妈妈的味道，她就会立刻大哭大闹，连陆亦修都不例外。

这天，陈应月正抱着女儿在院里晒太阳。

女儿在摇篮里睡着了，陈应月这才有机会打开手机。

蔺妮发来一条名为“回忆童年时光”的游戏邀请，陈应月随手点进去，才发现居然是非常具有年代感的“你画我猜”。跟蔺妮玩了几局，她倒上瘾了，一刻不停地在屏幕上描描画画。

陆亦修回家的时候，就见到了这么一幕。

女儿在摇篮里睡得香，自家老婆却盯着手机，满脸的笑意。

陆亦修心想这笑意不寻常啊，难不成是吴帆那小子来找碴儿了。他一下子提起精神来，警惕地躲到了她的躺椅后头，瞄了一眼她的屏幕，没想到看到的居然是“你画我猜”的游戏。

他一脸嫌弃：“这不是我俩高中时玩的游戏嘛。”

“嗯。”

"今年几岁了，还玩这个？"

陈应月全身心投入游戏，哪有闲心思管他，敷衍地回了声："忘了。"

陆亦修不满这样的对待，凑到她跟前，一把搂住她的腰，将嘴唇轻清贴在她的脸颊上："不介意的话，我可以帮忙提醒下你的年纪。"

"别挡着我屏幕，还猜着呢！"

陈应月一巴掌压在了陆亦修的脸上，陆亦修满心的热血一下子浇冷了。

他堂堂陆影帝居然没一个游戏好看，他绝对是不服气的。

他也想过要跟陈应月对着干，把她手机抢走，继续接下来的事。可妻奴的本性，让他不得不退缩。

左思右想之后，陆亦修心生一计。

他下载了和陈应月一样的应用程序，又偷偷尾随她的微信，进入了她所在的游戏房间。等到一局结束，有人离开的时候，他立刻坐下，加入了游戏。

彼时，陈应月正一门心思地关注着游戏答题。

等到屏幕显示"小月亮的大猪蹄子"正在绘画中的时候，陈应月才感到事情不对劲。这账号怎么瞧怎么眼熟。半秒后，她终于想起来，当年陆亦修跟她恋情曝光时，所用的小号就是这个 ID！

她赶紧站起来，满屋子找陆亦修。打开厨房玻璃门的那刻，她找到了他。

他一只手握着开水壶，另一手得意扬扬地挥着手机："我画得还不错吧。"

陈应月靠在门框上，抱肩看他："你一个美术班毕业的，用不着来吊打我这种三流玩家吧。"

"高中学的早还给老师了。"陆亦修摆摆手，喝了口水，慢条斯理地走到她跟前。陈应月正饶有兴致地盯着他看，陆亦修脑里转了个弯，趁她不备，将脸凑过去往她脸上一贴，顺道将他嘴边的水渍悉数抹到了她脸上。

家里的保姆恰好走了过来，把两人的小动作收进眼里，偷笑着走了出去，顺手还意味深长地把常年打开的大厅门给关上了。

虽然陆亦修在家可没少折腾，但当着外人的面，陈应月还是没忍住，当下脸通红。她气得直跳脚："你可越活越回去了，居然学女儿把水往我脸上抹！"

"别急。"

她不安分地动弹，陆亦修索性把她一把抱住："看手机。"

"怎么？"

他拿眼示意她攥着的手机，笑意深不可测："能被你猜出来，才算是我的水平。"

"嗯？"

满心的疑惑中，陈应月打开了手机。

室内网络不比室外，中途游戏断线了几秒，再次打开游戏软件时，屏幕卡顿了一秒，才显现出刚才陆亦修所绘的内容。

没有画面，只有六个歪歪扭扭的大字。

"陈应月，我爱你。"

文字提示是自然现象。

几乎是下意识地，陈应月打下了"月亮"二字。

叮咚一声，提示答对。

他叫了她小月亮十多年，她没有理由答不对。

抬起头，陈应月与陆亦修对视一眼，目光胶着在一块的时候，她难得热情地主动搂住他的脖子，送上了吻。

而此时此刻，游戏房间里却炸开了锅。

"天哪，是混进小学生了吗？"

"画的什么鬼？"

"玩个游戏也被发狗粮，我要退出！"

"小月亮的大猪蹄子，ID怎么这么眼熟？"

披着马甲的蔺妮忍不住了，气得连连打下几行字："陆亦修谁准你跑来陈应月和我的房间秀恩爱的，给我滚出去！"

蔺妮信息刚发出，房间里又迎来了新一轮的高潮。

"陆亦修！"

"陈应月不是陆影帝的老婆嘛！"

"天哪！该不会是'月休夫妇'吧！"

"我要截屏，我要昏厥了！！"

关掉手机，沉沦在热吻中的两人俨然没能察觉到游戏房间里发生的一切。

直到第二天，热搜榜首再度出现#小月亮的大猪蹄子#这个话题时，陈应月才根据网友的截图，把后来游戏房间里发生的一切拼凑出了个大概。

身旁，小女儿还在不停哭闹，任陆亦修怎么哄也没见任何效果。陈应月无奈地叹了口气，接过陆亦修怀里的女儿。

她认真总结后得出结论，自家小女儿这么会惹事儿，绝对是遗传了陆亦修的本性。

婚后，陆亦修和陈应月成了微博热搜的常客，几乎每周都要登顶一回。更让她奇怪的是，她发布的微博大多是在吐槽陆亦修，可偏偏粉丝一致认为那是“月休夫妇”在发糖。

那天，陆亦修和陈应月受邀参与同一场颁奖礼。因编剧和演员分配的席位不同，两人被分开到了同一场的不同片区。好在隔得不算远，随意一眼，也能瞄到。

台上颁奖不断，奖项也花落各人之手。

这样的场面让陈应月有些熟悉。恍惚想起来，六年前陆亦修向她求婚，就是在这么一场颁奖礼上。首次获奖，她整个人都紧张得直抖，还好陆亦修一直牵着她，陪她闹陪她笑，她才缓和了许多。一晃眼，六年过去，他仍伴在她左右，两人的女儿也到了牙牙学语的年纪。

陈应月想，岁月静好这个词，大概便是这样解读的吧。

舞台上开始播报最佳男演员的提名名单，陈应月将手扶在前排的座位上，探出脑袋，才瞧见了前排的陆亦修。他双手交握膝上，表情淡然，向后梳起的头发一丝不乱，衬得他从容淡然，约莫是大奖在握了。

等到掌声响起，颁奖人顺理成章地说出陆亦修的名字时，他微笑着站了起来，转身向后鞠了个躬。末了，还不忘朝向陈应月的方向，浅浅地敬了个礼。

作为获奖人，陆亦修的一举一动都被所有人收入眼里。

因此，当他往陈应月方向敬礼的那一刻，周围人都下意识地望向了陈应月。万众瞩目之下，陈应月被人群推了出去，送到了陆亦修面前。

在主持人的号召下，全场响起“亲一个！亲一个！”的高呼。

陈应月不情不愿地退了一步，却被陆亦修蛮横地拉进了怀里，重重烙下一吻。

观众的猎奇心理受到了满足，掌声也一直没断。

当陈应月红着脸重新回到座位上时，陆亦修已抵达舞台中央。照例的颁奖致辞，他依旧回答得一丝不苟，只是话到最后的时候，他多添了一句：“今天是我和太太认识十九年的纪念日，2008 年的 9 月 1 日，开学典礼，我和她相遇在南城二中的课堂上。这么多年，无论光荣和落寞，感谢她一路陪伴。”

他话音刚落，陈应月就捂住了脸，眼泪唰唰直掉。过往的那一路，艰辛与苦楚也就两人知道。可陆亦修这个管不住嘴巴的，偏偏要说出来，惹得她感动得根本停不下来。

这混蛋，怎么不说是他欺负了她整整十九年呢。

（完）